有爱的青春陪伴者

图书在版编目（CIP）数据

你曾是少年 / 冯沅著. -- 天津：天津人民出版社, 2024. 11. -- ISBN 978-7-201-20803-9

Ⅰ. I247.5

中国国家版本馆CIP数据核字第20247X3Y62号

你曾是少年
NI CENG SHI SHAONIAN

冯沅　著

出　　　版	天津人民出版社
出 版 人	刘锦泉
地　　　址	天津市和平区西康路35号康岳大厦
邮政编码	300051
邮购电话	022-23332451
电子信箱	reader@tjrmcbs.com
责任编辑	玮丽斯
特约编辑	周丽萍
装帧设计	刘　艳　孙欣瑞
责任校对	言　一
制版印刷	天津睿和印艺科技有限公司
经　　　销	新华书店
开　　　本	880毫米×1230毫米　1/32
印　　　张	10.75
字　　　数	375千字
版次印次	2024年11月第1版　2024年11月第1次印刷
定　　　价	45.80元

版权所有 侵权必究

图书如出现印装质量问题，请致电联系调换（022-23332451）

目录 /contents

01 曾是少年 /001

02 他真的很喜欢很喜欢你 /023

03 那年九月，如梦而至 /043

04 喜欢的表现 /072

05 最重要的是失而复得 /111

06 炽热，不只是夏天 /136

07 还记得从前的自己吗 /154

目录 /contents

08　拥抱里见　/174

09　要一直爱下去　/199

10　理想之外　/225

11　童话　/243

12　一生中最爱　/268

13　这一别，就像是关闭了回忆的大门　/286

14　见证　/299

番外　番外　/338

01
曾是少年/

"现在是北京时间上午九点整,临城市受台风影响,水位已至小腿,不远处的店面正在做防洪措施,路上已有些许报废车辆。请本市居民准备好粮食、生活用品等物品,非必要不外出,请在家等待灾害过去,切记远离电线杆等危险物……"

"现在是下午一点,本市城门已全部关闭。据悉,今夜六点钟,天鄞县、温台县将开始泄洪,临城的水面将会高涨一米以上。现在是镜头采访到的画面,沿着灵江一带的老城区岌岌可危。本市现需要更多的冲锋舟、志愿者救援,将老城区的居民转移到安全地带,下面是本市公安局的救援电话……"

"现在是下午四点,临城城门失守,全市被淹,灵江出现最高洪峰,现已没过望江门桥面,大量涌入城内,居住于古城内的居民已往二楼转移……"

被窗帘遮得不见光的办公室,墙面上的投影画面不断地跳动着。

黑色的真皮沙发上,男人弯腰坐着,双手搭在腿上,习惯性思考时才有的双指交叉的动作,此时特别像是在祈祷着什么。

助理敲门后推开办公室的门,因为老板平时是一个不苟言笑且严肃之人,就像这办公室内灰黑色的装潢格调一样,低调又透着深沉,导致他身边的人也难免行事谨慎。

"何总,最靠近临城的机场目前已经关闭航班,我给您订了一趟去往杜砾机场的机票。"

何律珩点了点头:"物资到哪里了?"

"您昨天安排的冲锋舟以及食品目前已经到达临城,捐助款也已经到位,刚才临城市市长特地打了电话来致谢。"

"什么该说,什么不该说……"

"您放心,您的行踪绝对保密。"

何律珩到达杜砾机场的时候是晚上六点三十分,当地志愿者协会的组长来接的机,然后两人乘上机场门口停泊的大巴,与其他志愿者一同去往临城。

/ 001

杜砾机场位于临城的东北方向，两地相距一百四十千米，一行人到达临城已是夜晚八点五十分。

被黄泥水浸泡的城市，早已失去了原本该有的生机，整座临城几乎全面停电，只有微薄的手机灯光，打量着冲锋舟外的世界。

八月的晚风静悄悄，四周粼粼水面，只因舟迹。

何律珩靠坐在船头，看着这座死寂的城市，心中不由得感伤。

这几年他在职场练就的不动声色，始终是没逃过感情这一关。

此船去的每个地方，他都有印象，而脑海中，也早已布满另一个人的影子。

"你说组长是不是看我年纪小，就给我安排这么个地方，这里未免也太安静了吧。"同行的小伙子道。

何律珩淡淡看向小伙子，本就话少的他，嘴里自然也吐不出几个字："没有状况是最好的消息。"

小伙子想了想，有道理，坐得离他近了一些："你说这天鄞县、温台县已经放弃泄洪了，这水量怎么还有增无减呢？"

"不知道。"

"我知道，不过是小道消息，听说天鄞县又偷偷放了一半。"

何律珩"嗯"了一声。

"你也认可这样的说法？"

何律珩没接话了。

小伙子终于察觉到了他的一丝不屑，不禁道："你说你一芳华正好的大好少年，怎么就那么没有激情呢？"

何律珩觉得他是不是对"少年"有什么误解。

"少年是指十一周岁至十七周岁。"

小伙子理亏："嗨，这都不重要。你几岁？在哪个大学读书？我二十岁，在体育学院读书。"

何律珩轻扯嘴角："快三十岁了。"

小伙子惊得够呛："什么？你不会是在逗我吧，看你的模样分明和我差不多年纪。"

何律珩心想，或许是因为穿着吧。

为了来这里，他特地脱掉了平日里的西装革履，换了一身休闲装，应该是休闲衣服显稚嫩吧，说起来他好久没有穿过这样的风格了，这种感觉的终止应该是大学结束的那一刻。

小伙子忽然又靠近何律珩一些，紧紧地盯着他的脸："你真的连皱纹都没有。"

何律珩被看得浑身不自在，推开了对方，他站起来深呼吸一口这带有泥水味的空气，拿着手机照着四面，以逃避无聊的话题。

"我们去临城中学，我指路你来开。"

在何律珩的指路下，冲锋舟进入老城区范围。

临城中学位于老城区中心，有个很好听的路段叫"学府路"。如今校门口那"临城中学"四个字早已被水没得看不见，原本干净整洁的校园，水面上浮满了各种垃圾，饮料瓶、纸屑……应有尽有。

"这是整个临城最好的高中吗？因为一般带市名的都是本地最好的学校。"小伙子说。

"是的。"

小伙子喃喃自语："也不过如此嘛……"

"再好的环境都经不起自然灾害的摧残。"何律珩略显严肃。

"好嘛，好嘛。不过你不是海城的吗，怎么这么熟悉这里？"

"祖籍是临城人。"

"你一定很有钱吧？是做什么工作的？海城的房价好贵啊……"

"别说话！"

安静的夜色中，衔夹着一阵似有若无的敲击声。

小伙子还想再说些什么，因何律珩的这一声咽了回去。

两人听着这敲击声，离得很近。

"砰""砰""砰"……

何律珩仔细地听着这一声声，眼睛很快锁定在不远处快被淹没的一辆灰色轿车上。

"是那辆车，快救人！"

何律珩一声令下，小伙子赶忙拉快马达，直冲那辆车开去。

车子已经被水淹没得只能看见二十厘米的车顶，驾驶座的车窗开着，想必求救者本想着打开窗户逃出车里，无奈水力阻碍，他只能被困在车内，任由这水一寸一寸地往上涨，最后将他覆盖。好在他凭借着最后一点力气和求救心，用手抓起一部手机，直击外侧车顶的钢板，成功地引起了关注。

"现在水位太深了，我们要怎么办？"

真的面对救人计划，小伙子终究是因为年龄小手足无措。本来他只是想来逗英雄，拍些照片发发微信朋友圈以彰显自己的正义感，现在真遇到这种事情，他反而害怕了。

"把备用的救生衣准备好。"

何律珩说完这句话，就跳下了冲锋舟。

这个时间点，风大了起来，导致水流更急。

何律珩差点被水流带走，好在他快速抓住了仅打开了十厘米的车窗。

"你小心！"小伙子在冲锋舟上喊。

何律珩并未回答，他紧迫地用结实的手臂抓住窗，对着车里的人喊："麻烦伸一下手！"

他想确定一下求救者是否还有意识。但此时求救者因为在水里泡了太久处于一种缺氧的状态，他并不知道自己已经被人发现了，现在他整个人沉了下去。

有时候生死就在那么一瞬间，上一秒明明还能求救，下一秒就失去了意识，身子被死神圈住了一半。

何律珩心急如焚，求救者当时应该是因车子熄火电路受到损坏导致车门无法打开，所以被困在了车里，现在何律珩面对的问题是如何破窗。

他不想错过这个前一瞬还在求救的人，也不相信生命真的那么脆弱。

何律珩对小伙子喊："找一下有没有什么工具！需要破窗！"

小伙子手忙脚乱地在救生工具箱里找东西，终于找到了一把小榔头。他把冲锋舟开到车边，弯腰把小榔头递了过去。

何律珩接过小榔头，用力地砸车窗，力气并没有因为多砸一次而减少，反而是每砸一下就多一份希望。

终于，车窗整块裂开，他顾不得四角的碎玻璃，半个身体潜水进了车里，用手打捞求救者。

是个男人的身形，还好体形矮小，不然他一个人真不知道该如何把求救者拉上来。

他用两只手的全部力量抓着求救者的手臂就像是在抓水中的海草，再用脚抵在车壁上，一个用力终于将求救者连根拔起，两人一同浮出了水面。

"救生衣给我！"

小伙子虽然胆小但是反应还挺快，但凡何律珩喊他，他都能速度地完成。小伙子将救生衣递给何律珩，何律珩接过救生衣后，十分利索地就将救生衣套在了求救者的身上，他提着的心才算是落下了一半。

在小伙子的协助下，求救者和何律珩坐上了冲锋舟。两人一起施力给求救者做胸腔按压，没几下，求救者终于缓回了一口气。

何律珩累得瘫躺在冲锋舟上，脸上也不知是汗水还是黄泥水。

他看着漫天星光。

临城的夜空始终是如此，一颗颗星星像是璀璨的钻石，这是他在海城极少见到的佳景。

也许是刚经历了一场与死神的赛跑,他整个人格外安静。
不在意被救者一个劲的感谢,不在意小伙子的英雄语录。
他只在意这点星光,这处心境。

临城医院。
由于车窗是被小榔头急忙砸破的,所以在边沿处还留着玻璃碴,被救者和何律珩身上皆有些划痕。
何律珩在护士站包扎好手臂后,走出了医院。
临城医院地势较高,是整座城唯一一处还算完好的地方,整日灯火通明。
医院门口靠墙的角落,何律珩转身的瞬间,心跳骤然一停。
心中仿佛又有了春天。
在灾难面前,女人戴着一个蓝色的医用口罩,一身白色的衣服沾满了泥土和些许血迹,高扎的马尾因为刚才急匆匆救人而跑得散乱。
哪怕是她几乎全副武装,何律珩也认出了她。
而陈辛缭也在同一刻看见了何律珩。
她愣怔在原地,因一整日没时间喝水而干裂的嘴唇轻轻抿动,一瞬间不知所措而发紧的心脏同时又泛滥出某种酸楚的情绪。她努力压制住眼里出现的泪水,眉眼微微上扬,摘下了覆在脸上的口罩。
"好久不见。"
陈辛缭从医院门口的支援站拿了两瓶矿泉水,一瓶递给了何律珩,一瓶往喉咙里大量灌入,才终于解了渴。
实际上刚才的那句"好久不见",也是极其困难地从她嗓子里发出的。
然后,两人靠在墙上,一时有些无言,路过的人匆匆,没人注意到这边角落的气氛略显复杂。
就像她感受到的一样,这个表象特别平静,平静得没有一丝过往羁绊。
而也许是错过的四年对于那个人来说开口更难,她选择了主动为过往增近一些步履。
"你也是志愿者吗?"陈辛缭问。
"嗯。"何律珩答得有些急,似乎为了与她说话酝酿了很久。
"感谢百忙之中的何总前来救灾。"
多年后,好像也只剩下了客套。
说出这样的话,她又有些后悔。
何律珩的眼神闪烁了一下,明明想靠近,却好像有些不敢面对她。
这些年里,哪怕是很多事情在岁月中都变得似有若无,甚至好像不曾发生过一样，但是也有内心深处的一小部分事，时刻惊动着他。

他转移了话题："你家还好吗？我看临城中学被淹得挺深，我记得你住旁边小区的三楼。"

"应该还好，我看水位到二楼没上去，不过我好几年没住过那里了。"

"哦。"他的指尖轻轻地抚弄着指腹，隐隐分心。

"你家……"

她及时止住接下来想说的关于他曾经在这里的住所的事情，因为那里有着目前整个临城最成功的抗洪事例，听说每家每户的居民都搬来了自家的棉被、旧衣服拧成一堆挡在了门口，成功地将洪水抵制住了。

可是他也早已搬离那里。

这些年，她无意间路过五丰路那边的时候，以为他还住在楼上。但是很明显，那是记忆错误。

"还好你没住在这里了，你爷爷奶奶也是。"她换了一句表达。

"是吗，是还好吗？"

她偷偷看他一眼，不料与他眼神撞上。

这些年，大家好像又变了不少。

她很多次会在财经杂志上看到何律珩的消息，那个眼神，好像比见到本人时更冷漠一些。

"陈辛缭，这些年，你遗憾过吗？"

陈辛缭转回到前方，想了想："有啊，戴岑订婚的时候，我本来都提前请好假了，但是突发情况我没去成，上年裴舒舒的宝宝过周岁……"

"关于我呢？"

陈辛缭心中一怔。那关于他呢？这些年她好像一直都在特意遗忘这件事情，逃避想起他。

好像不想起，人生还是过得去。

因为她太了解自己，每每想起，就像是有千万只的蚂蚁在心里钻。

这些年，她学会了善忘。

"何律珩，你发现了吗？这些年身边的事情改变太多，临城的星空好像永远都是那么闪烁。"陈辛缭看着不远处的天空，眼神迷离。

哪怕是现在星空下的这片土地灾难重重，星空却始终无异。

而明天一定是个好天气。无论怎么样，都会过去。

何律珩往前走了几步，仰望着星空。

他曾是除了她自己以外最了解她的人，所以他又何曾不知道她最想表达的话。

她总是那么含蓄、隐忍又倔强着。她但凡任性、自私一些，也许他们会和曾经憧憬过的一样早就有了结果。

"陈辛缪，你怎么一点也不好骗了？"

"怎么，还想让我再被你骗一次？"

何律珩低头一笑，声音里有些不甘与沙哑："如果可以，想带你回到十五岁，你的十五岁，十五岁时的你。"

晚风好像渐渐吹散了空气中的那股平静，泛起了一片涟漪。

陈辛缪看着他的背影，多了感伤。

画面里好像又突然出现了那条橙色的跑道，一道矫健的身影跑来，他眯起眼的微笑，仅对她可见。那个时候，到底是年少，还是一辈子里面最真实的模样，谁也说不清。

她从后走来，站在他的身边。因为气温降了许多，她抱着臂，抬头看着漫天星光，心里颇多感慨。

"何律珩，你还记得十七岁的时候吗？你还……热爱跑步吗？"

陈辛缪十五岁那年，何律珩十七岁。

他比她大两岁，也比她高一个年级。

故事的开始发生在临城市的临城中学，临城最好的高中。

何律珩的十七岁，他基本忘了，可是十五岁的陈辛缪，他却永远记得。

仿佛，自遇见她时起，时间永远地定格在了那一刻。

何律珩第一次见到陈辛缪是在他十七岁那年九月的迎新晚会上，在镁光灯与掌声的默契结合下，陈辛缪作为优秀新生代表独自演唱完了一首歌曲。他永远记得那首歌的歌名，朴树的 *New Boy*（《新男孩》）。

与歌曲本身风格不同的是陈辛缪白净的脸上有着一副冷淡的表情，一点也没有学生的朝气与活泼，声音里是一种难以捉摸的空洞。当活力朝气的曲风与来自声音的空洞结合时，居然产生了别样的意味，令人耳目一新。

当时她正好穿着一条简单的白色连衣裙，五彩的灯光打在她的身上，她整个人闪闪发光，短裙下露出的双腿纤细笔直，何律珩瞬间红了脸。

谁都无法拒绝美的东西。

那一次他也不例外。

晚会结束的时候，校领导与优秀学生在舞台上合影，领导们坐在第一排的椅子上，学生们站在后面。校长别出心裁，让排在中间的三位学生每人按照学校成立120周年的数字做手势。本来陈辛缪在"0"同学的旁边，校长左看右看觉得陈辛缪站在"0"的位置会与"2"位的何律珩看起来更协调，于是给换了位置，陈辛缭也就站在了何律珩的身边。

摄影师就位，陈辛缭用手指摆"O"，但因为肢体不太协调，自己低头看是个"O"，摄影师位看就是个拳头。陈辛缭调整了两次手势都略显奇怪，就在摄影师准备上来帮忙之时，何律珩握住了她的手，将她的拳头往后一倒，就是摄影师满意的"O"了。

"谢谢。"陈辛缭松了一口气，对着镜头微笑着。

何律珩偷看她一眼，觉得她笑起来好假。

那一次后，何律珩便很久没再见到她了。

直到秋分来临时，何律珩无意从队友许畅嘴里听说陈辛缭是高一（2）班的，教室就在对面二楼。许畅说他喜欢陈辛缭，但是不知道该如何去行动。

何律珩没法给他出主意，只能让他好自为之。

临城中学的教学楼是长方形的，中间镂空了一块做了露天的中心花园，四角拼接着办公室、教室、厕所等地，总之这样设计的一个教学楼仿佛将所有的关系都紧密地连接着。

下课的时候，平常很少出门的人居然也渐渐地走出教室喜欢趴在围栏上往下看。

这让楼上楼下的走廊一下子热闹起来。

下课的时候，女生们会十分矫作地走起路来，堪比走秀现场，各有千秋。

大家希望引起何律珩的关注，可是那位的眼里只有对面二楼的第二间教室。

他恰好是三楼第一间教室，斜角视线看那间教室的时候，还能看到一些大概，就是没有看到陈辛缭，不知道她坐在哪个位子。

许畅是何律珩隔壁班的，他出来时看见何律珩在，也跟了过来："这些女生是疯了吗？走路好奇怪，她们是不是都觉得自己很美？"

何律珩这才朝那些路过的女生看一眼，确实挺奇怪。

然后他又收回视线，看着高一（2）班的教室。

许畅也不自觉地看向那间教室，杵着脸对何律珩说："你知道高一（2）班有个女生叫任茜茜吗？长得很漂亮。"

"不知道。"

许畅有故意嘲笑他的意思："兄弟，人生不是竞赛，你总不能只知道成绩吧？"

何律珩淡淡瞥他一眼："我还知道陈辛缭。"

"你也听说她的事了？"许畅看向他，"我和你说过？"

"嗯？"何律珩不解。

"我听说陈辛缪人际关系很不好,同学们都不喜欢她。"

这事何律珩略有耳闻,但并不以为然:"如果不认识一个人,就不要从别人口中得知。"

许畅挠挠头:"可是也不可能无缘无故被人排斥吧……"

那个时候的大多数学生,无论男女,似懂非懂,但哪怕是有一点点的小八卦,都绝不让这消息蒸发,反而觉得越激烈越好,大家都热爱当站着说话不腰疼的围观者。

何律珩时常怀念十五岁的陈辛缪,因为那是他一眼万年的开始。

陈辛缪却想逃避十五岁的时光,因为那时她正处在最复杂的人际关系中。

那一年的万众瞩目,对何律珩来说是众星捧月,但对陈辛缪来说,鲜艳却危险。

就像迎新晚会她献完歌后,鼓掌的都是男生,评头论足的都是女生,仿佛她们才是身怀绝技的那个。

"也没觉得多好听,就这也能上台表演?"

"真不知道哪里有特点,长得也很一般,我觉得她太瘦了,你们有没有这种感觉?"

"为什么会有男生说她好看?该去洗眼睛了!"

对于民间传闻与评论,陈辛缪从不做回击,因为有一个很可怕的心得叫作习惯。

自从上了初中后,陈辛缪和女生们的关系就变得很微妙。记得小学的时候,她还是有朋友的,大家都喜欢围绕着她,真诚地夸赞她并且都想和她成为朋友。可是到了初中,就连她小学时的那些好朋友都开始刻意疏远她。

刚开始她也不适应,认为是自己的问题,后来,内心的小失落居然也都乖乖习惯了。

因为她知道并不是因为自己不好,她们才疏远。

何律珩家住在五丰路上的湖畔花园,每天他都是骑着单车途经三个公交车站到学校,说远也不远。陈辛缪则是住在学校旁边的朝阳小区,徒步五分钟就能到校。

暖阳升起的早晨,校门口围着许许多多来校的学生。

校服是蓝白撞色的,远远地看着,好像海与地平线。

陈辛缪随着阳光融进那些色彩里。

"嘿!陈辛缪!"

同班同学任茜茜和项悦的突然出现,硬生生地将她拉出了那丝和谐。

任茜茜是班里的文娱委员，长相甜美，眼睛很大，忽闪忽闪的，加上从小又是学跳舞又是学唱歌的，多才多艺让她收获了很多夸赞与围绕。在竞选班干部的时候，她以为文艺委员这个职位自己是志在必得，在站上讲台时，同学们却起哄说文娱委员也很适合陈辛缭。

当时陈辛缭已经被选为班长了。

这件事让任茜茜觉得颜面无存，虽然最后她还是成了文娱委员，但是陈辛缭的出现，让这个从小到大备受瞩目的女生感到了前所未有的羞辱，包括迎新晚会的演唱她都觉得应该是自己上台才对。

关于陈辛缭乱七八糟的绯闻也是她和她的好朋友项悦传出去的，就为了孤立陈辛缭。其实陈辛缭知道是任茜茜，但是懒得和任茜茜计较。毕竟在比较上，她就已经赢了，所以她只要努力做好自己即可，而且将来，她也不是非和这群人一起不可，高中也就三年而已。

"陈辛缭，你家就住学校门口，为什么你每天还要在学校吃饭？你家里没人吗？"任茜茜和项悦左右堵着陈辛缭，与陈辛缭搭话。

"对啊，陈辛缭，你爸妈是干吗的？他们那么忙吗？都不给你做饭吃吗？"

"陈辛缭，你中午帮我们去食堂排一下队呗，反正你也要打饭的。"

陈辛缭听得烦，想要从两人间穿梭过去，却被任茜茜和项悦默契地拉住了两只胳膊。

"好不好嘛。"

"不好。"陈辛缭直接回绝了两人，然后用力甩开了两人的手，加快脚步离开。

任茜茜气得直跺脚，想要追上去，被一辆自行车挡住了去路。

浅金色的阳光照在少年的脸上，白皙的皮肤就像是撒了金粉般闪闪发亮。

何律珩是年少时大多数女生的欢喜，只要见过一眼，就无法忘记。

少年时期的何律珩，温润如玉、不卑不亢，而也许是他天生性格喜静，不怎么喜欢笑，也不怎么喜欢交朋友，有着可遇而不可求的神秘感，那些女生于是视他如珍宝。

"学长，你的车子好酷啊！什么牌子的？我也想买一辆。"

"是啊，是啊，学长，你的眼光好好呀。"

何律珩并未回复，淡漠地往前走去。

就当刚才的阻拦，不是故意。

整个高中，何律珩都在食堂吃午饭，因为大多数时间他都得在体育部训练。

缘分这种东西一言难尽，明明两个都在食堂吃饭的人，却因为每天路过的人太多，从没在食堂遇见过，但从某一天开始，两人忽然就变得有缘起来了。

何律珩称，那是蓄意而为之。

因为早上上学的时候看到了陈辛缭，就骑快车子到她后面，也就听到了她那两位同学和她的谈话。何律珩知道陈辛缭也在食堂吃，于是中午放学后一进食堂他就开始找她，果然找到了她。

瘦瘦的她那个时候有一米六五，比大多数女生要高一些，对比队伍前面的女生们，看起来就像是一棵尖笋，因为从平矮的泥土里破土而出，所以很显眼。

何律珩很自然地排在了陈辛缭的身后。

而她的心思似乎全在今天的菜单上，因为有喜欢的菜，所以有些焦急地拿饭卡拍打着手掌，以消磨被人打完的担忧。

"辛缭，我们来啦。"

听见有人很热情地喊她，陈辛缭转眸，就看见了任茜茜和项悦很激动地手挽手跑来。

手中被拍打的饭卡停下。

两人就像球一样直接挤到了陈辛缭前面，体积容量一下子将她排挤出去，她的脚在匆忙退后的同时不小心踩到了后面人的鞋子。

陈辛缭忙回头看鞋，睁大了眼睛，倒吸一口气，连忙挪开脚。

是一双新鞋，看起来很贵，现在干净的跑鞋上留下了浅灰色的鞋印。

"不好意思啊！"陈辛缭连忙道歉。

"这可是限量版，可贵了，这该如何是好？"任茜茜和项悦准备组团看戏，丝毫不觉得这件事和自己有关。

陈辛缭的脑子里此时飞悬着人民币，她低头看着鞋："同学，我给你洗吧？"

对方没接话。

陈辛缭感觉自己完了，难道是要赔鞋？

"请我吃饭。"

"啊？"

陈辛缭抬头，看见男生的时候，脑子里只有三个字：何律珩。

陈辛缭第一次见到何律珩，同样是在那次迎新晚会上。他作为优秀学生代表上台演讲的时候，坐在观众席的她因为有些近视眼所以没看清他，就觉得挺有气质的，体型也很不错。后来拍照的时候，他站在她身边还帮助了她，当时因为一心在纠正姿势上，她也没仔细看人家。

/ 011

这一刻看清了他的五官，不知为何，她的脑子里确定他就是何律珩，那个时常出现在女生们口中的人，她们时常讨论他的气质、他的模样，描写他时的唯美文字都可以组成一幅完整的画像了。

"学长，这款限量版我都没抢到呢，听说这鞋子不能经常洗的，这刚买来就要洗……"任茜茜想要煽风点火，故作心疼地看着何律珩。

"身外之物，无须挂念。"说完何律珩点了一下陈辛缭的肩，"怎么样？要洗鞋还是请我吃饭？"

陈辛缭忙说："你想吃什么？"

何律珩看着菜单："都行，你吃什么我就吃什么。"

"学长，还是我来请你吃饭吧。要不是我让辛缭帮我排队，而又没估准距离不小心挤到了她，她也不会踩到你，真的很抱歉呢。"任茜茜使出撒手锏——无辜脸。

何律珩记得陈辛缭没答应给两个女生排队，而且刚才那两个女生分明是强插进来的。

"好，我要两份。"何律珩回。

任茜茜欣喜地抓紧项悦的胳膊，然后对何律珩说："学长真的好胃口！安排！"

任茜茜和项悦开心地排队。

何律珩凑到陈辛缭耳边小声问："你喜欢吃什么？"

陈辛缭不明所以，愣愣地看他。

"我做参考。"何律珩看着牌子上的菜单，"红烧鸡腿？红烧狮子头？肉蒸蛋？糖醋排骨？"

陈辛缭说："鸡腿。"

"其他呢？"

"都不错，但我最喜欢鸡腿。"

何律珩做了解状地点了点头。等排到任茜茜和项悦的时候，任茜茜回头问何律珩："学长，你要吃什么？"

何律珩说："红烧鸡腿，其他随意，两份打一样的。"

任茜茜非常客气，六个菜放两个盘子，都是荤菜。

任茜茜把餐盘一一递给何律珩，何律珩一手一个盘子，转身的时候把靠近陈辛缭的那份递给了她。

陈辛缭呆在原地，没接。

"帮我拿一下。"

陈辛缭这才接过餐盘。

何律珩抿唇一笑:"赏你了。"

陈辛缭惊了一下,忙拿着餐盘追上去:"什么意思?"

何律珩说:"字面意思。"然后坐在一张空桌上。

陈辛缭站在旁边不知所措,她不喜欢欠人情,更何况刚才已经欠下了,现在又来一个,她怕麻烦。

"要坐下一起吃吗?"何律珩带有邀请的意思。

陈辛缭忙移到了何律珩后面的那桌,两人背对背安静地吃饭。

不远处任茜茜和项悦恶狠狠的目光让陈辛缭很为难,她后来就当没看到,一直低着头。

何律珩吃完饭站起来的时候,陈辛缭感觉背后吹来一阵风,清清凉凉。

她不自觉地回头看他,他已经收拾餐盘去往收盘点了。

陈辛缭飞快地收拾了盘子,与何律珩一前一后。

"你是何律珩吧?"陈辛缭问。

"开始好奇了?"

何律珩问得陈辛缭有些难回答,好像被误会是要搭讪了。

陈辛缭把盘子叠到了何律珩那个盘子的上面,两人去往洗手台洗手。

何律珩先洗好手,问:"有纸巾吗?"

陈辛缭加速洗好手,从口袋里摸出纸巾,抽出一张递给他。何律珩擦完手,从口袋里掏出了一罐口香糖,另一只手往陈辛缭的手上倒了两颗:"吃吧。"

陈辛缭看着手心里那两颗小小的薄荷味的口香糖,不知道要不要吃。

"在想什么?"何律珩问。

陈辛缭说:"有一种吃人嘴软的感觉。"

"那下一次准备还我什么?"

陈辛缭愣住。

她一个人独处惯了,不擅长礼尚往来。这也就是她最害怕的一种关系,往常她都是直接杜绝这种关系的产生的。

何律珩把口香糖罐子放回到口袋:"不要总是想着和人撇清关系。"

陈辛缭有些狼狈,还是被他猜到了心思。

也许对人来说,这是一种比较伤人的心思。

"我叫何律珩,高二(1)班,想认识我的话可以去学校公告栏看看。"

陈辛缭真的去了那个公告栏。

公告栏上贴着好些照片,大多是一些活动的跟拍。在照片里,陈辛缭看到了新生晚会时的合影。

看到自己摆的"0",她很满意。

视线往旁边移,陈辛缭看到了一张校园报纸,上面有一个人物简介。

何律珩,短跑奇才,成绩优秀……

陈辛缭认真阅读了他的事迹,发现原来他身上最大的标签不是"帅",而是"短跑",他从小就对跑步很有天赋,是可以进国家队的奇才,将来有望出现在奥运会上。

挺好。

陈辛缭的班级,每两个星期会换一次座位,这一周陈辛缭被安排到了靠走廊的位子。

她最不喜欢的就是这个位子,不是因为怕老师突然出现在窗边检查,而是走廊实在太吵闹。

总有外班的男生会来看他们班的女生,还有人偷偷从窗口塞信,让靠窗的她转交。一切纷扰似乎都和任茜茜有关,她格外不想掺和。

一天,对面楼一个男生夸张的交友方式,打破了这样的现象。那男生朝着他们教室这个方向,大喊一声:"任茜茜,我想和你做朋友。"

整座教学楼顿时轰动了,同学们纷纷跑出教室看对面,想看看是哪个男生,只是整座楼一下子冒出来很多人,很难分辨了。

陈辛缭往对面看时,第一眼就看见了何律珩,在人群中,他确实很耀眼。他趴在走廊的围栏上,目光正对着她。

她紧张了一下,好在他很快地转移了视线,她也马上低下头继续看书。

想和任茜茜交友的人,始终是个谜。这种张扬的交友方式把校长气炸了,迅速给各班的班主任下达任务,整顿一下班风,杜绝此类现象,任茜茜被颜明朗当众叫到了办公室谈话。

陈辛缭当时正好拿着档案进来,就听见颜明朗的教导以及任茜茜一脸委屈流眼泪的抽泣声。

陈辛缭很想当自己是隐形人,毕竟这种场面在那么好强要面子的任茜茜眼里并不希望被其他人看到,很伤她自尊也觉得很丢脸。

可颜明朗忽然就提到陈辛缭了:"你看班长就很好,你可以向班长学习一下,素面朝天要多纯洁就有多纯洁,自信是最好的美。虽然你平常的妆很淡,但是学生还是要有学生的样子。毕竟你们才高中嘛,也是人生中很关键的时刻,不让你们把时间过多花费在外表上是为了让你们能够更好地去学习,难道你不想上好的大学吗……"

陈辛缭没等颜明朗说完就赶紧溜了。

其实颜明朗的话不无道理,任茜茜的习惯在当时的陈辛缭眼里,也并不是坏习惯，只是人生每个阶段要做的事情都不一样，在学生的身份上，还是以学习为重，毕竟那么多年的努力都是为了冲向最好最向往的大学遇见更好的自己。

那段时间学校对学生的整顿很严格，一个星期一次大检查，每天一次抽检，专门检查仪容仪表，指甲有没有剪干净，校服是否完好，女生有没有化妆等。

任茜茜脱去精致的外衣后总体不如以前好看，学校里以前被她拒绝的男生开始对她议论纷纷，说她也不过是凋零的玫瑰。

何律珩和许畅趴在围栏上看风景的时候，许畅说："唉，最近有些孤独，女神们一个个露出真面目，就好像妖精被打回原型，我的世界开始失去色彩了。"

"你喜欢一个人只看外表？"何律珩问。

"性格也挺重要，不然相处起来太费神，不过还是外在美最重要。毕竟这个年龄，谁也不想负责任。"

那一刻，何律珩并不苟同。

在他看来，爱包含责任。

学校里好一阵子没新鲜事，同学们都认真上课。

快入冬的时候，风声才起来。

起初是因为新闻上某个高校学生被老师侵犯的事曝光，当时大家对此事争议很多，不成熟的八卦组织最大的探索点就是"这个人是谁"。

但是法律讲究隐私权。

后来学校有人说陈辛缭和颜明朗在学校无监控的小树林被抓包了，传闻两人师生恋曝光，大家浮想联翩，这阵风越来越大，在学校里造成了史无前例的轰动。

广播里后来还出现了校长的警示："全校同学请注意，请大家立即停止关于我校某师生的言论，这一切已经查证清楚，均以清白。请大家不要妄断结论，如若被发现，一并记过处分！"

同学们表示不服气，说这是故意包庇。

第二天颜明朗被学校下达了暂停工作的指令，这个时候又出现了另一批声音，学生们将颜明朗停职的原因全部推给了陈辛缭，说她勾引颜明朗害了他。大家表现得如何尊敬老师，不仅在背后，很多同学当面就给了陈辛缭难堪。

何律珩趴在围栏上的时候，就看见发放作业本的同学故意将作业本扔在了陈辛缭的头上，当时他的心咯噔一下，希望她可以有所反击，可是她若无其事地坐在座位上并未回应。

放学后，何律珩并未及时回家，去了校长办公室所在的那层楼。

听说陈辛缭和颜明朗之所以被抓包是因为有人给校长室塞了匿名信，里面披露陈辛缭和颜明朗之间的种种暧昧，然后透露给校长关于小树林约会的事。当晚校长和教导主任晚自习后匆匆去了一趟小树林，结果还真将人抓到了。

何律珩观察过事发第二天的时候校长办公室门口的走廊就有维修师傅在修摄像头，这是典型的关键时刻监控坏了。不过他认为举报者应该也是看准了监控坏了才投的匿名信，不然真没人敢这么做，更何况在他看来这封匿名信是恶意行为，并不是事情真相。

他又观察起附近的监控，交叉走廊各一个，一个对向楼梯，一个对向走廊。只是每天路过的学生太多，确实很难找到人。

校长正好从办公室走出，关上门后看见了何律珩。

"这么晚了你怎么还没回家？"校长向何律珩走来。

因为何律珩的短跑天赋能给学校带来荣誉，所以校长和何律珩之间接触也挺多，算有些熟悉。

"陈辛缭和颜老师既然是清白的，为什么要让颜老师回避休息？"何律珩开门见山，用他认为的真相去做突破口。

校长从不知道何律珩也会关心这种事情，既然聊到就适当解释一下，两人一同下楼梯。

"颜老师的未婚妻来了，学校在风波上是很单纯地放他假，学生们一定要往坏的方面想，我们也管不住。不过颜老师也就放一个星期假，很快就会回来了。"

"同学们确实都往坏的想了，间接地反而相信了谣言。"

校长无奈地笑了笑，有些同情的意思，随后说："谣言止于智者，只是智者太少，就和这个世界上好多人都希望遇见圣人一样，但是他们自己却当不了圣人。倒是你，挺像个智者。不过，你和陈辛缭什么关系？那么关心她？她出事是因为有人以你的名义给她发了信息，说在小树林约会，所以她当时应约的对象应该是你。"

何律珩惊讶得停下了脚步，校长下达下一级台阶后，回头看他。

何律珩急忙说："不太熟，就是见过几次，也说过几句话，但是我和她没有联系。"

两人继续下最后几级台阶，到了一楼分岔口，何律珩和校长道别，转身的时候校长突然又叫住了他。

"记住，如果可以的话，要一直当个智者，至于圣人，处无为之事，行不言之教，领悟一下。"

从不反抗的少女，人生中也有第一次披上盔甲的时候。

陈辛缭有自己的人生观，哪怕是平常与人相处总是淡淡的，很多事情虽然记得却不怎么放在心上，但如果有人因为她受牵连，她的另一面就会出现。

陈辛缭在出事的那晚托舅舅去查了陌生号码的真实主人，当时陌生人声称自己是何律珩，舅舅查出来的是"任"姓的男士办的，也查了关系，正是任茜茜的爸爸。

因为未成年人不能独立办电话卡，只能监护人代其办理，显然那张卡是任茜茜在用。

学校之所以没往下查，想必是查到了但是不想惹是生非，听说任茜茜的爸爸很有来头。

任茜茜和项悦住在同个小区，所以好朋友的关系也是在路上建立起来的。

两人回家坐车的公交车站并不是学校门口那个，她们每天必须要穿过朝阳小区的巷子再过一座桥才可以走到另一条大路上，那里才有她们回家的直达公交车。

晚自习后，两人结伴而行，一路上心情欢畅。

"项悦，我可太爽了！这叫一箭双雕！大快人心！"任茜茜挽着项悦的手臂扬扬得意，"自从上次大检查后，我都不知道掉了多少粉，一直想着怎么出气，我这招太神了！你看颜狗直接被停职，陈辛缭虽然还厚着脸皮在学校，但我感觉她也待不长了。这样的舆论我们只要再煽点风，她一定会选择退学或者转校。"

"茜茜，你不怕吗？万一事情闹大了怎么办？"项悦平常跟着任茜茜玩闹玩闹也就算了，真出事她也怕，毕竟她身后无人。

"你胆子这么小，以后怎么成大事？啊！"

突然，任茜茜被什么东西击中，一边嗷嗷叫唤，一边不受控制地往前冲了几步。她回头，看见了一个戴着帽子的女生。

冷白的路灯灯光下，哪怕女生戴上了衣服的黑色兜帽，隐藏了大部分五官，但鼻尖以下的部分仍暴露在灯光下，一明一暗加深了她此时的漠态。

影子里，她手中的棒球棍跟着一晃一晃。

"是陈辛缭？"最近的项悦惊叫一声。

陈辛缭干脆摘下帽子，摊牌。

"陈……陈辛缭，你可不要乱来，这里都有监控的。"任茜茜叫道。

陈辛缭略略抬眸："你们不是能看出哪里的监控是好的，哪里的监控是坏的吗？怎么，你没发现这里的监控是坏的？"

这一块地方陈辛缭太熟悉了，之前一个人走这条路的时候，她还有点害怕，怕监控坏了会有坏人为非作歹，现在倒好，这还帮了她。

任茜茜和项悦抬头找监控，看到后，咽了咽口水。

任茜茜放狠话："陈辛缭，我不会放过你的！"

"让你爸给你撑腰？"

"是啊，毕竟不是每个人都有个好爸爸。"任茜茜说完，得意地笑了，似乎忘了背上的疼痛。

"原来是个巨婴，那么大了还要爸爸擦屁股。"

"你！"任茜茜有些气急败坏，"我早就看你和颜明朗不爽了，一个爱出风头，一个总是装圣人满嘴大道理，所以我给校长室塞了举报信，又将你和颜明朗引到小树林被抓包。就算是我造谣你们师生恋又怎么样？你气炸了吧？但那又如何，你奈何不了我。大家都会保我，都畏惧我爸爸的身份！"

陈辛缭抿了下唇，看了眼手中的手机："那就看看你爸爸到底有多大的职权。"

任茜茜愣了一下。

陈辛缭将手机屏幕对着任茜茜，点开刚才录的视频，自任茜茜说"陈辛缭，我不会放过你"的时候开始录的。她先前看似无意地把手机放在裤边，实际上已经开始录制，录音内容就是任茜茜自曝的话语。

任茜茜瞪大眼睛，不用陈辛缭说，她就已经知道这是干什么用的了。

现在网络发达，随便什么事都可以在网上发酵，每个人都可以成为判官。

"哎呀，辛缭，大家都是同学嘛，好歹同窗一场……"项悦开始套近乎。

"不熟。"陈辛缭冷漠地回复。

"辛缭，你有什么要求我们可以谈。"项悦继续说。

陈辛缭一言不发，只是看着任茜茜，期待着她的表现。

任茜茜紧咬着牙："你到底想怎样？"

"自然是要你为之前的行为负责任，对被你伤害过的人致以最真诚的歉意，你不要觉得被你针对的人是因为她软弱。"

陈辛缭说完，挺了挺身，等着任茜茜向她道歉。

结果突然响起一声清脆的巴掌声。

陈辛缭蒙了。

"这样总可以了吧？"任茜茜咬着牙，半边脸红红的。

这个举动出乎陈辛缭的意料，心高气傲的任茜茜居然会来这一下！

"还不够吗？"任茜茜说着又要举起手。

陈辛缭想拦下，黑暗里的一道哨声先一步阻止了那一巴掌。

三人往声源处看去。

不远处的路灯下,何律珩靠在车边,嘴里含着口哨。

他不过是无意路过。

看到两个看起来弱势的女生其中一个要扇自己巴掌的画面,当时他的脑海里是四个字:校园霸凌。

等看清人,看到强势的人是陈辛缭的时候,他整个人惊呆了,有些难以置信,或许是自己看错了。

可是那个人就是陈辛缭。

从前这个人可是不声不响从不反抗的。

任茜茜和项悦看见何律珩就像是看到了救命稻草,纷纷往何律珩那边跑去。任茜茜泪流满面:"学长!学长!救命啊!陈辛缭威胁恐吓我们,还让我说她师生恋的绯闻是我造谣的,还逼我录承认的视频,怎么办?你可以帮帮我吗?她要拿着视频威胁我,让我爸爸出面解决这个事情。"

何律珩有些烦躁地皱了下眉:"你们俩平常不是很有能耐吗?"

任茜茜和项悦完全愣住了。

两人突然陷入反思,平常她们到底是做什么被他看见了?

"快走吧,这里交给我。"何律珩朝两人摆摆手。

任茜茜和项悦赶紧逃离。

何律珩看着不远处路灯下那个高挑的身影还立在那里,并且与他四目相对,他走了过去。

陈辛缭莫名很心虚,重新戴上了帽子,要转身逃走,何律珩叫住了她:"陈辛缭。"

陈辛缭在原地停了几秒,心想,自己又没做错事,逃什么。

"你这是要替她们做主?"陈辛缭转过身来,眼神冷静。

何律珩低头看了看她手中的棍子:"是来报复的?"

听到这句话,陈辛缭知道他并没有听信任茜茜和项悦的话。

"是。"陈辛缭承认。

"她打自己是因为你手上有她的证据?"何律珩又问。

"是。"

何律珩抱臂看着陈辛缭,看了好一会儿:"陈辛缭,你到底是什么样的?"

陈辛缭疑惑他的问题。

"第一次见你的时候感觉你很冷淡,不苟言笑;第二次见你的时候感觉你很有距离感,凡事都要和人划清界限;后来见你的时候感觉你很坚强也不爱计较,这一次又让我看到了不一样的你。"

019

陈辛缭第一次知道被人观察得那么仔细说得那么透,很没有安全感。

"别太好奇我。"陈辛缭转身加快脚步离开。

何律珩忙追上去:"你走慢点。"

"你不是短跑冠军?这就追不上了?"

何律珩笑了一下:"看来你已经开始了解我了。"

陈辛缭瞥了他一眼,又保持了距离。

"她们说你录像了?你准备怎么做?真的是去揭发吗?"何律珩回到话题。

"我又不是她们,自私自利,就是用来吓唬罢了。毕竟刚才看到她们胆小的样子,我已经过瘾了。而且最重要的是,现在她们有把柄在我手上,至少不会再给我添麻烦了。"

"你挺聪明。"何律珩说完又加了一句,"在处事上。"

"人不犯我,我不犯人,人若犯我,忍无可忍的时候我会报复的。"

"为什么是忍无可忍?"

"与人结怨太麻烦了,退一步海阔天空。之前我是懒得和她们计较,其实对于这种人,我有一百种方式对付。"

"第二种是什么?"

陈辛缭有些无奈,这只是一种夸张说法。

陈辛缭看了眼何律珩,忽然觉得好像少了什么东西:"你是不是从自行车上下来的?"

何律珩这才想起自己的自行车,两人一起往回跑。

陈辛缭和何律珩回到最初的地方拿车,可惜车子已经不知下落,偏偏又在监控缺失的路段。

"去报警吧。"陈辛缭说。

"算了,还是重新买一辆吧。"何律珩认栽。

"有钱。不过你知道这件事情说明什么吗?"陈辛缭一脸认真。

"什么?"

"做人不要多管闲事。"

何律珩擦掉额角的汗:"如果不是你,我才不会管。"

"嗯?"

下一秒,何律珩有些慌张,连忙解释:"一个学校的,总得照顾一下。"

陈辛缭挑了下眉算作默认这样的解释。

"你家住哪儿?"陈辛缭问。

"湖畔花园。"

"我家门口就有直达的公交车,走吧,我带你去。"

两人从最初的一前一后逐渐变成平排，从黑暗的小巷逐渐见到光亮。小区门口的公交站旁有一家便利店，陈辛缭进去挑了两个面包和两瓶牛奶，出来的时候将一份递给了何律珩。

"请你吃个夜宵，就当安慰你丢车了。"

何律珩看着手中的面包和牛奶，面包是乳酪的，牛奶是草莓味的，他又看了眼陈辛缭手中的面包和牛奶，同个口味的，他觉得喜欢草莓味的应该都是内心甜甜的人。

所以陈辛缭应该也是甜的。

"不喜欢这个口味？"陈辛缭见他没动。

"我不挑食。"

"不错。"陈辛缭说完把面包夹在胳肢窝下，拿着吸管去戳牛奶瓶。

可是也许是运气问题，这根吸管居然是钝的，怎么也扎不进去。她准备直接用牙咬，何律珩拿过了她的牛奶瓶。

"你这样以后老了牙会不好。"

何律珩将自己的牛奶和面包随手放在了公交站的凳子上，然后用自己的吸管扎进了她的牛奶瓶。

"给。"他将牛奶瓶递给她。

陈辛缭看着他手中的牛奶，透明的玻璃瓶身，浅粉的奶色，颜色里有风景的倒影，也有她的影子。

好像这一刻的自己，不像只刺猬。

她接过牛奶瓶，说了声"谢谢"。

当拥有大背景的始作俑者不再使坏，同学之间开始有了奇怪的现象，大家居然都懂得了分寸，看见陈辛缭会礼貌起来。

几天后，颜明朗复职了。

陈辛缭为了避嫌递交了辞职表。

那个年龄的陈辛缭，还没学会遗忘，用最直白的话说，并不是潇洒的，她会为自己的过失而内疚，有着小小的敏感。

陈辛缭把辞职表放到颜明朗的办公桌上，颜明朗只是看了一眼并未说关于辞职信的事。

但颜明朗在办公室对陈辛缭说的那段话，她记了一辈子——

"陈辛缭，你不用被她们影响，你应该继续做最好的自己。在不久的将来，你会感谢自己。当然，老师也希望你能做稍稍的改变，就是见人的时候，可以先笑，我觉得在人际交往上，你会比现在更好。"

陈辛缭想了一下，说："谢谢，我知道了。"

办公室的门被打开，来人是颜明朗的未婚妻戚文斐。

戚文斐是北方人，大高个，气势强，是国内顶尖音乐学院的老师，虽然年纪不大，但是天赋高，是行业里的佼佼者。

那天的戚文斐一身长款驼色羊绒大衣，栗棕色的长直发束于脑后，整个人干净利落。

那是陈辛缭第一次在现实中见到这种类型的女人，莫名地被她的气质所吸引，导致陈辛缭开始有了想留长发的念头，也想要像她一样自信洒脱。

"你好，我是颜明朗的女朋友，戚文斐。"戚文斐伸出手与陈辛缭握手。

"你好。"陈辛缭递上手。

戚文斐握着陈辛缭的手，像个大姐姐："你还小，以后人生还很长，高三的时候，你可能会被保送世津大学。"

"我不想去世津。"

戚文斐愣住。她遇到的学生里没有人不想去世津大学，世津大学是国内最好的大学之一。

"那你想去哪儿？不是世津难道是牛津？"戚文斐问。

陈辛缭没有犹豫地回答："国内最好的音乐学院。"

戚文斐和颜明朗大眼瞪小眼。

"老颜，看来你这学生得步我后尘啊。"戚文斐说。

"人各有志，谁说音乐家就不能是学霸了？"颜明朗变相地鼓励陈辛缭，"那么说好了，班长这个位置你坐稳，到时候我看看戚文斐老师能不能向你送出保送名额。"

没遇见戚文斐之前，陈辛缭觉得自己已经是个小大人了，在同龄人里，她成熟懂事许多，但是在戚文斐面前，她仍然是个小朋友。所以在成为大人的路上，她需要学习的还有很多很多。

戚文斐在临城待了好几天，期间受校长邀请做了几天代课老师，给学生们上音乐课。她大大方方地在学校里，和颜明朗该恋爱的时候是恋人的样子，在面对众多学生的时候也是规规矩矩，但是细节里，大家都能看出她和颜明朗非常恩爱。而在这期间戚文斐和陈辛缭相处如友人，时常谈笑风生。这些事情的发生，让绯闻不攻而破，一直吃的瓜突然不香了，大家也都分心去关注别的事。

陈辛缭逐渐希望有朋友。

她喜欢像戚文斐这样的女人，只是年龄差距在，对方只能是她的良师。

人生几何，难得一知己。

02
他真的很喜欢很喜欢你 /

　　留长发的过程陈辛缭这辈子都不想经历第二次。
　　她小的时候很长一段时间是外婆带大的,外婆因为没时间给她梳辫子就索性一直给她留短发,后来外婆身体不好就没继续照顾她了,反而是她自己开始贪图方便也就选择短发,这一次算是鼓足了勇气。
　　镜子前,陈辛缭期待着自己的齐脖短发一寸一寸地变长,还上网去搜了快速长头发的秘诀,用过生姜擦头皮,多吃核桃、黑豆,可是留长头发是非常缓慢的过程,期间经历过外翘又扎不起来的尴尬,后来到了寒假结束,也不过是长长了四五厘米。
　　学校里不能披头散发,她这个尴尬的长度已经算范围内,于是她又开始学扎头发。
　　春天的到来,万物复苏,欣欣然睁开了眼。
　　当某天陈辛缭扎了一个当季最流行的丸子头出现在学校的时候,不少的同学都对她投以目光。她有些不自在地摸了摸自己的头发,原本好不容易挤出来的自信全部坍塌,她在人群中加快了脚步。
　　何律珩骑车经过的时候,正好看到了她露怯走掉的过程。
　　阳光细细地打在她的背影处,她整齐的发梢,裸露出来的修长白皙的脖颈,不禁让他联想到了白天鹅。
　　如果她再自信一些就好了。
　　陈辛缭来到教室,同学们不约而同地发出了一声"哇",这让她奔走的脚尖一下子抵在了晶透的大理石地砖上。
　　她紧紧地抓着背包的肩带,好似没听见,坐到了自己的座位上。
　　"陈辛缭,你是要留长发了吗?"做了半年同桌从不说话的江原突然与她说话了。
　　陈辛缭有些许不适应,但是想到了之前颜明朗说过的,见人先笑。
　　她好像渐渐地学会了,她对江原微微一笑:"嗯,我想改变一下。"
　　她这一笑,哪怕是很浅,但在江原眼里,就像是暖化冬雪的那丝骄阳,

/ 023

心也被化开了。

"陈辛缭居然笑了,我没看错吧?"江原低头看着自己的桌板,心里嘀咕着,满满不真实的感觉。

看着江原这突然不说话的反应,陈辛缭内心叹了口气,杵着脸。

如果有朋友就好了。这样她就可以问下所谓的好朋友,一起参考一下自己的改变。

同学们差不多到齐,颜明朗走进教室致开学词。他的视线转了一圈教室,看见陈辛缭的时候,有种眼前一亮的感觉。

"同学们好,新的一年又开始了,新学期新气象,一个寒假不见,大家又都成长了。老师发现好多同学都有些新的变化,很不错,祝大家都越来越好!"

小小的改变,有时候就是一个转折,从而改变整个人生。

从前的陈辛缭只知道每天要干干净净地出门,衣服经常换洗,头发两天洗一次,家里有一支洗面奶和大宝护肤乳,她对美的理解懵懵懂懂,也不太追求。

现在,因为自己的喜欢,只是留了长发,生活中的好多人都变得友善起来。

男生女生都是,都是喜欢美的。

她反倒是更不喜欢出去了。

下课期间,陈辛缭在座位上练字,最近她想学行楷。

同桌江原撑着脸痴痴地看着她,仿佛她是一幅绝美的画。

陈辛缭有所察觉,只当自己没发现。

"辛缭,你知道'星星之火'的下一句是什么吗?"江原的声音温柔极了。

陈辛缭心里打了个寒战,头没转,冷声道:"不知道。"

"星星之火,可以燎原。"

陈辛缭应不出来。

"你知道这句话是什么意思吗?"

"不知道。"

"那就让我来告诉你吧。'星星之火,可以燎原'的字面意思是一点点的小火星也可以烧掉一大片原野。你就是那个小火星,而我江原,则是那个原野。"

陈辛缭手中的笔停在字帖上,她一个分心,正好在写的"迥"活生生被写成了"迥"。

这时,任茜茜带着一堆信封扔到了她的桌上,刚好不经意间替她缓解了尴尬。

她看着桌上五颜六色的信封，一时不解。

"没见过这个吗？"任茜茜说。

"谁的？"陈辛缭问。

"咱们学校数位不知名的男生写给你的。我也是受人所托，你快拆开看看吧，一般下面都会署名和留 QQ 的。"

陈辛缭"哦"了一声，继续低头练字。

任茜茜和项悦见她这反应，对视一眼。还真是第一次见到这种人，哪有女生对这种事情不感兴趣的。

"陈辛缭，你不看看？"项悦刻意提醒。

陈辛缭满不在乎，摇头拒绝。

开学后两个星期，座位再次被调整，陈辛缭又坐到了靠窗的位子。这对其他班的男生们而言可是大好的机会，他们时常会故意路过高一（2）班的窗口，然后故意提高说话的音量，希望引起陈辛缭的注意，也有明摆着来送信的，但是那个人从未动容。

陈辛缭会把信随手拦到桌角，就继续练字了。

"辛缭，你现在就这么火，以后一定会成为歌星的，到时候我来当你的后援会会长。"江原痴痴地看着她。

"谢谢。"陈辛缭特地往没江原的方向转了一下，江原也跟着转了过来。

陈辛缭继续往窗口方向转。

忽然，窗前的光又被遮住了，对方影子落下的时候，挡住了一大片光。然后就见修长白净的手指掠过窗口捡起了她桌板上的一沓信。

陈辛缭慌张地抬起头来，以为是老师，却没想到是何律珩。

班里的女生们开始往这边围，大家都在讨论何律珩的出现。

陈辛缭不解地看着何律珩，见他举了举手中的信，面无表情道："没收。"

陈辛缭愣住了。

何律珩说完那句话后便转身离开了。陈辛缭在迟缓的反应中回过神来时，何律珩的身影已经消失在走廊了。

何律珩停在了楼梯的拐角，靠在白色的墙上，翻看着一封封信。

当何律珩以为这些信会是千篇一律从网上抄摘下来的语录时，他在这些人里有了新的认识，原来听说的那些别人对她的爱慕，都是真的。

直到看到最后一封，何律珩怔了一下。

许畅的名字就写在信封上，大大的字迹。

出于好奇，他快速打开了信封。

【陈同学，我的好朋友何律珩真的真的很不错，你可以拒绝所有人，但是千万不要错过他，不然，你会后悔的。】

当时的何律珩喜欢陈辛缭？

当时的他并不能说清什么是爱情。

过去的岁月里，好像除了学习就是跑步。

可是喜欢一个人的时候，行动是最好的出卖。

陈辛缭家不是新时代设备齐全的小区，没有保安巡逻值岗，路上还会有几盏坏了未修的路灯。这里虽然家家户户住满，但是住这里的人除了老人就是孩子，家里的大人基本都在外地工作，或者已经乔迁了。

颜明朗曾开过针对女生的会议，说女孩子晚上放学回家要往人多的地方走。可是陈辛缭家楼下的巷子又深又窄又黑，到了她放学的时间点，几乎没有人在楼下，而楼上的灯，也几乎都关了。

老人和孩子往往都睡得早。

每天晚上，她都在那无人的巷子里加快脚步，到自家楼下时会用最大的步子飞奔上楼，然后打开房门后迅速关门，背靠着门气喘吁吁。

她的安全感只有这一门之隔。

回到家后的陈辛缭不会立马开灯，她会在调整好心态后，走去正对大门的窗户偷偷往下看，偶尔会见到一些人，但是谁能保证那就是尾随者呢，也许是附近的居民。

为了防止意外发生，陈辛缭开始随身带着一些防御工具，自制的辣椒水、必要时候吓唬用的小刀，全都放在最容易出手的裤子口袋里。

万事俱备后的某一天，巷子里停放的电动车的后视镜无意中验证了她多天来的猜疑。

一排整齐的电动车，辗转而过的后视镜里的风景，陈辛缭看见一个戴着黑色帽子的人一直跟着她。那个男生虽然穿着一件卫衣，但是通过他的裤子她也能看出就是临城中学的校服。

她整个人都紧张起来，想跑，又觉得自己的行为过急，没准后面的人只是顺路，而最坏的打算就算后面的人是有企图的，她这样还容易激怒对方。

她的大脑快速想办法。

假装打个电话给妈妈说自己快到家了让她下来接？

这样的方法应该是可靠的。

她控制着自己的手速以平常姿态自然地把手伸进口袋掏手机，与手背无意碰撞到的小瓶辣椒水喷雾以及小刀彻底提醒了她——她还有武器。

在三个选择里，她还是选择了最为冷静的手机。

她握住手机，忽然，肩膀被一个人揽住，她吓得赶紧切换到武器，那个人低声说："是我。"

听到这个声音，陈辛缭顿时放松了警惕。

何律珩的出现，让她莫名安心。

陈辛缭想趁机看看后面跟着的人，何律珩的手从她的肩上移到了她的脸颊，他的手轻轻地托着她的脸，给了她一个"不要看"的眼神。

陈辛缭转回了脸，看向前方。

两人一路往前走，后面的人并没有离开的意思。

路的尽头是一条左右分岔路，黑漆漆的，没什么照明物。

两人没有目的地往前走也不是个办法。

"我们要怎么走？"陈辛缭小声问。

"左边是哪里？"

"死路。"

"走左边。"

就在陈辛缭奇怪为什么要走那条死路的时候，何律珩将她拉扯进了左边的巷子里。他将她按在了墙上，一只手扣住她的后脑勺，另一只手捧着她的侧脸，唇就贴了上来。陈辛缭紧张得瞪大眼睛不敢呼吸，那人的气息忽然消失。她注意到他的嘴角，像是笑了一下。

余光里，尾随者看到了这一幕原路返回了。

何律珩退开了身，装作若其事地往路口看："他应该不会再跟着你了。"

陈辛缭面颊泛红，不敢与他对视，假意看向路口："为什么？"

"因为……"何律珩微微笑了一下，"因为他已经误以为你名花有主了，而且对方还是我。"

"哦？何同学好像很有安全感的样子。"

何律珩手揣在裤袋里，垂眼看她，一本正经地说："该有的还是要有。"

陈辛缭笑了一下："那就谢谢你了，不过你怎么会出现在这里？"

"我注意到你被人跟踪好几天了，今天再不帮你解决一下，怕你有危险。"

"那你看清了他的长相吗？"

"看不清，每次那人都是戴着帽子的。"

陈辛缭觉得自己以后还是得小心为妙。

"要不我每天送你回家吧？"何律珩说。

陈辛缭愣了一下，连忙摆手："不用了，谢谢，我自己有办法。"

"什么办法?"

陈辛缭从口袋里拿出喷雾瓶和小刀,有些许得意。

何律珩并不认可那两样东西,但有总比没有强。

"那你以后小心一些。"

那是何律珩第一次送陈辛缭回家,到了陈辛缭家楼下,两人停在门口。

陈辛缭指了指楼上:"我家到了。"

"几楼?"何律珩问。

"三楼。"陈辛缭说。

何律珩抬头看了看三楼,灯灭着。

"你家人好像还没回来。"

"他们很少回来。"

陈辛缭的父母就是当时在外地的大人。

"那你平常都一个人住吗?"何律珩有些难以置信。

陈辛缭点头:"是啊,我一个人住。"

"你不害怕吗?"

如果一个人住就是害怕的话,那么陈辛缭简直是勇敢极了。

陈辛缭的父母都是杰出勇敢的人,所以在他们眼里,觉得自己的孩子也一定会很勇敢,而勇敢的表现首先要从独立开始。就是当其他孩子还在父母的怀抱里的时候,他们家的孩子就得先脱离怀抱,那么以后在社会中,孩子的适应能力也会是最好,适应能力强的孩子一定能成就一番作为。

陈辛缭确实不负众望,独立得很。但仿佛就是这样的独立,让她变得很冷漠,不屑与人打交道。

"不害怕。"陈辛缭坚定地回答。

那一刻的何律珩觉得有些羞耻,因为他无法那么独立。他的父母早年就已经在海城立足了,父母打拼事业期间,他都是和爷爷奶奶一起生活,有时候爷爷奶奶回乡下有事几天,他会翻来覆去睡不着觉,还会时不时地检查门窗有没有锁好。

所以,陈辛缭在他眼里,独立得不像个女孩子。

"时间不早了,你快回家吧。"陈辛缭担心太晚不安全,哪怕是男孩子。

何律珩"嗯"了一声,走了几步,又回头,发现陈辛缭还站在门口看着他。

"快走吧。"陈辛缭又说了一声。

陈辛缭习惯目送别人,就像以前她都在目送父母的背影。

自那天后,确实没有人跟着她了。

春天到来，紧接着春季运动会也如期而至，大家喜欢的体育课一下子就成了让人又恨又爱的课程。

铁饼、田径、跳高……

每位班干部都必须参加一门运动项目，大家都已经选完了，只剩下田径了。因为赛场上时间太充裕，一旦掉队就很明显，这太丢脸了。

陈辛缪作为班长，留给她的只有长跑。

体育课上，陈辛缪初次体验1500米长跑。

"8分40秒。"体育老师看着计时器露出了堪忧的神情。

陈辛缪气喘吁吁地弯腰扶着膝盖："老师，多少时间才不会拖后腿？"

"往届最好的成绩是差不多5分钟，那些同学都是校队的。不过今年校队禁赛了，所以你们的机会来啦！"

听到校队不参加了，对陈辛缪来说可真是好消息，不然5分钟……

"正常的，你跑个7分钟要的吧。"

陈辛缪当场"窒息"。

周一到周五的晨间、午间、傍晚时分，田径队的都会在田径场上争分夺秒地训练。

五月的夕阳来得越来越晚，天空像是蓝色和粉色的颜料同时被打翻，融合染上了一层梦幻般的渐变色。

何律珩站在主席台下休息的时候，看到陈辛缪从跑道上而来。

他还以为自己看错了，一个只喜欢读书的姑娘，居然开始运动了。

不过只喜欢读书的姑娘终归是体力差了些，刚开始跑的时候用力过猛，跑到后面就跑不动了，只得停在原地一边抹汗一边喘着。

他以为她就此放弃了，没想到她又继续跑了。

一副不服输的倔强模样。

他放下手中的矿泉水瓶，追上了她。

"锻炼？"何律珩小跑着跟在陈辛缪身边。

陈辛缪看了一眼他，说："被选中参加校运动会的长跑项目，不得不跑。"

"1500米？"

"嗯。"

"想得第几名？"

"第一。"

何律珩不厚道地笑了出来。

"你不相信我？"陈辛缪停了下来，双手叉腰，努力调整呼吸。

"今年校队不参加了，你还是有希望的，加油。"何律珩鼓励。

陈辛缭觉得这分明就是在应付她:"就算得不了第一……我也不做最后,总可以了吧?"

何律珩双手抱臂,看着她那么认真的模样,他决定帮帮她。

"周六早上六点半,一起去紫薇山,出门前你少吃一些,穿运动装。"

"干吗?"

"向第一名靠近。"

周六,陈辛缭清晨五点半就起床了,因为第一次和人约,她怕自己拖拖拉拉迟到耽误了人家。

何律珩说来她家楼下等她,于是她一直有事没事就往楼下探脑袋,终于,在六点二十分,她看到了何律珩。

早晨的灰蓝色薄雾还没完全散去,今天外面起了风,陈辛缭觉得那人来时的翩翩模样像极了古代仙侠剧里的上仙,居然有着道骨仙风。

何律珩到的时候习惯性地看看三楼,就见陈辛缭探着脑袋朝他招手。他对她微微笑着,不一会儿工夫就在楼下见到了她。

两人一起乘坐205路公交车去往紫薇山,周六这个点的公交车,人不多。

何律珩靠着过道坐,陈辛缭靠着窗边。

开了一道十厘米左右空隙的窗,风随着车速往里吹,吹久了陈辛缭觉得耳朵疼,她伸手关窗,无奈这窗户像是坏掉了卡着不动,她怎么也拉不上。

何律珩朝她这边靠来帮她一起关窗户。

留有洗衣液清香的运动服面料轻轻贴着陈辛缭的脸庞时,她呈木讷状态。直到他的手无意间触碰她也搭在把手上的手时,她才有了反应紧张地缩回了手。

何律珩低头看她一眼,抿唇一笑,一个用力关上了窗,然后坐了回去。

陈辛缭光坐着更是不说话了。

何律珩拿出手机,递给陈辛缭:"你的号码,存一下。"

陈辛缭木木地看他的手机,也没接过来。

"放心,我不会打扰你的。"何律珩加了一句。

陈辛缭压根不是担心他会打扰的事,只是当时当景,有些意料之外。

在当时,她好像并没有很习惯加人联系。

她接过手机,存入了自己的号码。

紫薇山,临城市风景最好的山,山势不高,每天起早来锻炼的人还挺多。

山下,陈辛缭看着一级级的台阶,还没开始爬就觉得累了。

"何律珩，爬山和跑步有什么联系？"

何律珩手背在身后说："1972年慕尼黑奥运会男子马拉松冠军弗兰克·肖特有句名言，爬山是隐形的速度训练。我们专业训练的时候，山地都要结合地练。我觉得刚开始练习，不能让你盲目跑，要先让你觉得运动是件有乐趣的事情。"

陈辛缭似懂非懂，先走为敬。

何律珩看着她的背影，总觉得她撑不了多久。

果不其然，爬到三分之一，陈辛缭就精疲力竭了，坐在台阶上涨红着脸休息。

何律珩反倒是一点大气都没喘，陈辛缭不禁问："你们运动员是不是天生体力好？"

何律珩已经不是第一次面对这样的问题，之前都是很没耐心回答，这次却是非常愿意给她解释："后天训练出来的。"

陈辛缭想了想，又问："你喜欢跑步吗？"

"喜欢。"

"为什么喜欢？"

"因为跑步是我最轻松的时候。"

陈辛缭暗想，跑步还能觉得轻松，也就只有他了吧。

要是换作她，绝对是会丢半条命的事。

不过他在跑步上取得的成绩确实很优秀，陈辛缭开始想到更高的台阶："你有没有想过进奥运会？"

何律珩沉默了。

片刻，他摇头。

"你不是跑步很厉害？"

"可是奥运会不是我的志向。"

陈辛缭不解："你那么努力地训练，只是为了帮学校拿拿奖牌？"

"也不是因为学校，主要是因为自己。"

"怎么说？"

何律珩看向不知名的远方："我的人生不是只为自己而生存，我生来注定有别的使命。"

"什么使命？"

"那你只能在更了解我后才能揭晓谜底了。"

陈辛缭站了起来，不屑地道："那就随缘吧。"

抬头看着还有三分之二的山路，她再一次爆发前行。

紫薇山的山顶，有个寺庙。

"来都来了，许个愿吧。"陈辛缭拉着何律珩走进庙里。

正殿的佛前，两人跪在拜垫上，对着佛祖虔心祈祷。

少男少女各有志愿。

何律珩先拜好，没急着起来，而是悄悄地看着陈辛缭的侧脸，她在心里说着心愿的样子，有一点好看，有一点可爱。随后见她要睁眼，他赶紧站了起来，捋了捋裤子，等待着。

走出佛寺，天光已不知不觉大亮。

鸟语花香，是春天的模样。

陈辛缭和何律珩走到护栏边，俯瞰临城美景，感受山风吹来，清新微凉。

边沿还有一棵祈愿树，红色的布条密密麻麻，像开在四季的花。

陈辛缭眺望远方，尽收眼底的临城，虽然不繁华，但是安逸美好。

"明明临城很好，为什么大家总喜欢往外跑？"

这是困惑陈辛缭很多年的问题，初中的时候，她父母还是决定往外走。

"因为临城太小，大家的心太大，装下了却满足不了。"何律珩说。

"你父母都在临城吗？"陈辛缭问。

何律珩摇头："在海城。"

"海城啊。"

那是国际大都市，超级繁华，陈辛缭虽没去过，但在电视上看到过。

"你以后想去海城吗？"何律珩问。

陈辛缭想了想，说："以后我应该会去海城，但是不会在海城，两年后，我应该在北方。"

"为什么？"因为海城刚好在东方，而临城高中很多学生梦寐以求的大学也在海城。

"因为我想上国内最好的音乐学院，它就在北方。"

"你以后想从事音乐行业？"

"是啊。至于是哪一个身份，这个还得看我以后的努力，总之，如果一辈子都能做自己喜欢的事情……"

陈辛缭说这句话的时候，突然想到何律珩之前无可奈何说的那句"天生使命"，她止住接下来的话，换成了一个大大的微笑。

他看着她笑，本应该开心，可是心里有着说不清的滋味，有点苦，有点涩。

他何尝猜不到她的原话。

如果一辈子能做自己喜欢的事情，那么不管是什么身份，都是幸福的事情。

俗话说"上山容易下山难",陈辛缭觉得应该是"下山容易上山难",因为上山要力气,下山就跟滚滑板一样,噌噌噌就走完了好多台阶。

阳光穿过树枝缝隙在地面上形成了一片片大小不一的图案,少女就像是打开了心里的那把锁,走起路来故意踩在图案上,每跳动一键,都在何律珩的心弦上清脆着。

这才是符合她年龄的状态。

他在她身后慢悠悠地走着,看着她笑。

突然,她扎起马尾辫的那根头绳断裂,顺着她柔软的发丝掉落在了地上。

陈辛缭跳动的身姿一下子停下,低头找自己的头绳。

他是亲眼看见头绳掉下的人,走去那块地方,弯腰捡了回来。陈辛缭伸手正要接过头绳,却不料看见他突然转过了身。

男孩的手显然是有些笨拙,但是他已经决定了要帮她扎头发,所以他十分小心地挑起她的头发,用手指抚顺发梢,一个马尾的形状成功地形成了。他将断开的头绳在她的马尾上绕了一圈,然后用多余的部分打了一个结,小马尾就这样完成了。

只是断开又系上的头绳有点松,所以陈辛缭的马尾也显得有点松。

何律珩为自己的技术惭愧,又扯下了她的头绳,马尾再次变成了披发。

"断了的好像就不好扎了。"

陈辛缭卖关子地笑了笑,拿过断绳,先在手里打好结,再利用多余的弹力将头发扎了回去。

何律珩压根没想到还能这样,他觉得自己长见识了,格外不死心地问了一句:"要不,让我再试一次?"

陈辛缭极力捂着自己的头发:"我的头发又不是你的试验工具,以后你找别人练习吧。"说完赶紧跑下台阶,像极了逃跑。

何律珩粲然一笑,浅浅的卧蚕浮现在了脸上,比春天还温柔。

月底,校运动会拉开帷幕。

陈辛缭凭借日常锻炼的毅力在比赛上得了第三名。

第一名,确实还是有点难。

何律珩一直注视着她跑,一个平常参加各大比赛都不紧张的人,居然因为别人比赛而握紧了手心。

陈辛缭冲向终点的时候,他才松了一口气,手中握着给她准备的矿泉水。

他正欲上前,前面像是拥了风,好些同学围在陈辛缭身边,在他与她之间围成了一道人墙,因为个头高,他还是可以看见她的。就见一个男生给她

/ 033

递上了水,连瓶盖都贴心地提前拧开了。她接过水,对那人说着谢谢。

何律珩低头看了看自己手中的水,主动退离了那面"墙"。

第三名在陈辛缭心里已经很满足了,毕竟她可是曾经跑8分40秒的人。

她想把这个好消息告诉何律珩,不管他有没有听到广播的宣读,她都想亲自去说,因为她获得这个成绩的大功臣就是不辞辛苦拉着她进步的他。

她躲开人群,在田径场中间的大草坪上发现了何律珩,他坐在地上,旁边放着一瓶水。

她向他小跑而来,坐在了他旁边。

"我得了第三名。"陈辛缭些许得意地说。

"你不是想得第一吗?"何律珩的语气有些严肃。

"一个人生中第一次参加田径比赛的选手,能进前三我觉得应该高兴。"

"嗯。"何律珩极其冷淡。

陈辛缭戳了下他:"你怎么了?"

何律珩摇头,看着正前方嬉闹的同学们,也不知道是真看还是假意的视线。

"我请你吃饭怎么样?"陈辛缭说。

何律珩这才看她一眼:"为什么?"

"因为我得了第三名,你有功劳,何老师。"陈辛缭笑着。

何律珩刚才明明有些莫名的气,却因为她现在的笑,好像又释怀了情绪。

"好。"

陈辛缭带何律珩去了紫阳街吃麦虾。

麦虾是临城有名的小吃,用面糊调的,口感细细滑滑,加上配料很鲜美。

陈辛缭最喜欢去一家名叫"冯记"的店里吃,这家店有十多年的店龄,陈辛缭从小吃到大,当时她有个心愿就是这么好吃的店可千万不能倒闭。

陈辛缭口味偏重,吃麦虾喜欢加醋和辣。这一次是她请客,所以作为主人家的她一定要照顾好宾客,她拿起桌上的醋瓶先问他:"吃醋吗?"

何律珩看到醋,莫名呛了一下,眼神有些闪躲。

那一刻,他才意识到在田径场的时候,自己的反常大概就是醋意吧。

何律珩忙摆了摆手。

陈辛缭往自己碗里加了好些醋。

"你很喜欢吃醋?"何律珩注意到这个细节。

"因为好吃。"

炎炎夏日的到来,意味着马上就要放暑假了,但是对于马上要升高二的陈辛缭而言，怎么分班是个问题，而对于当时马上升高三的何律珩来说，去哪所大学也是个问题。

暑假前，学校里召开了一次家长会。

陈辛缭接到通知，这一次她的父母又不会来了，她垂头丧气地去往颜明朗的办公室。

颜明朗听说了后，只能安慰她："陈辛缭，你的父母是冲锋陷阵的英雄，保护着我们的安全，所以你应该为有这样的父母而骄傲，应该理解他们。"

这些话在陈辛缭的人生中不是第一次出现，她很习惯。但是这是一年里能够见到父母的机会之一，她不过是每次都投入了希望，又每次都失望，所以还是很难过。

从颜明朗的办公室走出来，每个班教室门口的长廊都挤了学生与家长，他们和乐融融的画面让陈辛缭倍感孤独。

从前不接触这样的盛景，她都不会过于依赖某些情绪，但是一旦接触，她会有些情绪化，为自己的落单而失落、委屈。

这一次，她又是自己的家长。

这一年的家长会，按部就班，唯一不同的是关于何律珩的身世大家讨论颇多。

校园里另一道盛景发生的时候，陈辛缭正好在去颜明朗的办公室的路上，直到穿过沸沸扬扬的长廊，陈辛缭才有点耳闻，原来说的都是何律珩。

他们说何律珩是富二代，家境富裕。

陈辛缭觉得这些人可真无聊，穷也要讨论富也要讨论，其实与他们又有何干。

不过家长会结束的时候，陈辛缭有幸见到了何律珩的妈妈。

何妈妈保养得很好，身材好长相好，连气质都是绝佳的。精致的盘发搭配定制的修身连衣裙，整个人修长笔挺，这个年龄的女人，很少能看到身材少女感的，连背都很薄，所以穿起修身的衣服来，就格外养眼。从背影看去，像是二十多岁的姑娘，正面是妥妥的贵妇模样。

有其母必有其子，大概就是这个意思。

何律珩完全遗传了他妈妈的完美基因。

一路上，陈辛缭没有像其他路过的同学一样刻意与何律珩打招呼，她甚至是站得远远的，生怕被误会故意套近乎，她和何律珩保持着最远的距离往校门口走去。

何家的车停在校门口的停车位，陈辛缭看见了那辆传说中的宾利轿车。

稳重的黑色在这个车型上尽显高调奢华感。

陈辛缭不禁感慨，何律珩应该是她见过的最不像富二代的富二代了。

因为她印象中的何律珩完全没有排场这一面，他每天骑着自行车上学，每天中午在食堂吃饭，偶尔周末也会和她一起挤公交车出去玩，大家的生活方式都比较接近。

如果不是家长会，她想不到何律珩家会那么有钱，从前只知道他父母在海城，他住在五丰路的湖畔花园，那个小区虽然在临城数一数二，但也不觉得有距离感。

陈辛缭想得入了神，也就没注意到打开车门准备坐进去的何律珩只是一抬头就看见了她。

两人大眼对小眼。

陈辛缭有些尴尬，他会不会认为自己站着看也是为了想套近乎？

陈辛缭对何律珩憨憨一笑，刻意挺直背装作自然地往校门口走去。

一连好几天，何律珩都没有在QQ上等到陈辛缭找他。

在家长会之前，他们经常会聊天，也不知道是不是自己心生踟蹰，他觉得陈辛缭是因为自己的身份而刻意生疏。

家长会那天，何律珩千叮咛万嘱咐让母亲开辆一般的车子来就可以了，甚至让爷爷奶奶来都可以。谁知道冯玥觉得不能给儿子丢脸，于是让司机开了辆家里最贵的车子来，这让何律珩很无奈。

他最怕碰到陈辛缭，却偏偏碰见她。

因为他知道陈辛缭不一样，她应该不喜欢这些。

电脑前，何律珩终于看见陈辛缭的QQ头像点亮了，他鼓起勇气给她发了消息。

何律珩：【有空吗？出来一下。】

陈辛缭正好洗完头发，一边用毛巾揉着头发，一边看了看时钟，快晚上八点了。不过好几天没联系了，难得受他邀约，她还是得礼貌地应邀一下。

陈辛缭：【去哪儿？】

何律珩：【去防洪坝走走吧。】

临城有五座桥，防洪坝刚好位于三桥下。

三桥是临城的中心桥，四通八达，桥下江面，四周小高层的灯光倒映在水中，增添了星星点点的朦胧。江边围绕着塑胶跑道，那个时候老城区最繁华热闹，大家都喜欢在这里散步。

桥上，流浪歌手弹着吉他，唱着一首《一生中最爱》。

两人沿着江边走，没有什么话。

风吹来，陈辛缭头发淡淡的香味洒在何律珩的鼻尖，他觉得很好闻。

陈辛缭仰着头看着身边的人，好像不知不觉间，又高了一些。

"何律珩，你是不是又长高了？"

何律珩低头看着她，拿手在她的头上比了比："好像是。"

"干吗老拿我做比较。"陈辛缭要强地踮了踮脚。

何律珩见她这番，心中的雾霾一下子消失。

好像自从认识陈辛缭后，她就一直在超出他内心的定义，到底为什么第一次见她时总觉得她生冷，现在看来却是可爱的。

他把手背在身后，一步一个脚印往前走："我还以为你不理我了。"

陈辛缭故意踩着他的影子走："为什么不理你？"

"因为我的家庭。"

陈辛缭在脑海里思考他的话："你的家庭有什么问题吗？"

何律珩说："其实我爸爸在海城有一个很知名的公司，我们家，还真的蛮有钱的。"

陈辛缭笑了出来："所以你到底在自卑什么？"

其实何律珩也不知道自己在自卑什么，有时候居然觉得自己平凡点比较好。

"因为电视剧里总把有钱人的生活写得很复杂。"

"何律珩，你该不会觉得你有钱，会让我产生距离感，然后我就不和你玩了？"

何律珩觉得自己说来说去还没陈辛缭这句话正确，他点了下头。

陈辛缭玩笑般地说："认识你多好啊，你是家里独子，以后你们家的家产都是你的，我以后要是混不下去，还能投靠一下你。"

何律珩满心期待，仿佛陈辛缭下一秒会真的投靠他。

她太独立了，独立到他很多时候都不想她那么坚强，他想做她的肩膀，想被她依赖，那样的话他才能感觉到自己在她心里的重要性。

他义无反顾地回："好啊。"

虽然陈辛缭只是说玩笑话，但是何律珩的回答让她觉得挺暖。

她开始憧憬未来依赖一个人的感觉。

她的防备心理太强，总觉得靠人不如靠己，但是那一刻，她希望有一天也可以不顾一切。

正式进入暑假的时候，何律珩和爷爷奶奶一起去了海城和父母生活一段时间，陈辛缭也去了父母所在的津城。但是因为父母时常不在家，对津城又不熟悉的她干脆又回了临城，在自己熟悉的小城找了一份短工来打发时间。

未满十八岁的少女，人生中第一次假装成年人入职。

工作地点是在一家音乐餐厅。

小城市管得松，对老板来说唱得好就行，更何况十几岁的少女比起同龄人，没有那种未见世面的稚嫩感，助唱了几天都没有人发现她未成年，反而很喜欢她的歌声。

在餐厅酒水充足的环境上班并不容易，陈辛缭晚上总会看见喝醉酒的人，她会害怕，但是内心坚信安守本分就不会惹事，每次唱完歌她就立马回家绝不多逗留，有时候同事叫她一起吃夜宵她都是直接回绝。

也许是她格外清纯，所以人们难免对号入座，引起了小部分酒客的注意。有高额小费，餐厅经理遵从顾客是天的理念，他一切照办，特地给陈辛缭安排了晚上十一点的场子，唱到零点。

陈辛缭习惯早睡，平常都是唱早半场的，一下子调了时间，她直打哈欠。

难得何律珩那么晚也没睡，在九点、十点和接近十一点的时间都给她发了消息，问她的情况，有没有下班，有没有安全到家。

陈辛缭回了一个惨兮兮的表情包：【临时换了时间，十一点上位，早知道晚点来了。】

何律珩：【怎么临时换时间了？】

陈辛缭：【可能是原来十一点档的歌手临时有事调班了吧。】

何律珩：【别做了，回家睡觉。】

陈辛缭：【这点小事算什么，以后如果正式进社会了，肯定会有更多的不公平待遇以及不顺心的事，心态放好才最重要。】

何律珩：【受教了，陈老师。】

陈辛缭看看时间，马上到自己上场了，她补充了一句：【你快睡吧，晚安了。】

她匆匆把手机放进包里，在后台台阶候场，终于到她了，哪怕是很困，也都迎刃而上。

一个小时说长不长，陈辛缭终于唱完了歌曲，完美谢幕。回到休息室，就看见王经理和一位中年男人。

陈辛缭对王经理微微颔首，然后去拿包准备下班。

王经理如约日结工资，只是今天的信封袋好像沉了许多。出于好奇，陈辛缭打开看了一眼，比原来多了十倍。

"这是奖金？"陈辛缭问。

王经理哈哈大笑，上前对陈辛缭说："你是遇到财神爷了。"

陈辛缭不解："什么意思？"

王经理指了指那个站在一旁耍帅的中年男人："喏，这位爷很欣赏你，说要好好培养你。"

陈辛缭看向中年男人，并不太感兴趣地回了一句："谢谢，不过我不需要。"说完从信封袋里只抽出了属于自己的一部分，剩下的递还给了经理。

中年男人明显不悦了："老王，你这里的人，都这么不懂事吗？"

王经理立马打圆场："小姑娘还小，不懂行情。"

"那你可得赶紧提点一下。"

王经理忙点头，又去和陈辛缭说："这位爷想请你喝酒。"

陈辛缭没好脸色："让这位爷早点回家休息去吧，梦里什么都有。"

中年男人生气了，指责王经理："这就是你给我办的事？"

王经理哈腰讨好："吴总，您放心，我一定给您搞定！"

陈辛缭算是听明白了，这两人是合起伙来想要干坏事了。

王经理上前小声威胁："你如果想要继续在这里工作，晚上就得陪酒！"

陈辛缭皱着眉头，难得发火："不干了！"说完背上包摔门而出。

从房间出来后，陈辛缭就加快了脚步，生怕里面的人冲出来抓自己，她一边走一边回头看。终于到大门口了，她飞快地跑了出去。

"砰！"

她不小心与迎面之人撞了个满怀。

"对不起，对不起。"陈辛缭一边揉额头一边道歉，这个时候必须要态度好才能不惹事。

"有人在追你？"

陈辛缭愣了一下，这个声音……何律珩！

不知为何，坚强和潇洒在这一刻全然崩塌。她紧紧抱住何律珩，眼泪不止地往下流："亲人啊！"

何律珩看她哭，整个人紧张起来，想要安慰她，却不知事从何出，也不知自己应该言从何出，只能等她在他的怀中将抽泣的开关慢慢调小，他才问："怎么了？"

陈辛缭哽咽着说："这社会怎么这么黑暗，我以后得怎么立足。"

"嫁给我。"

陈辛缭怔了怔，从他怀里抽开身，眼角还挂着泪珠。

"我家里的钱，十辈子都花不完。"

是太心疼她，所以他说话也没了正经，就想逗她笑，可是她哭得更惨了。

两人徒步回的家，走了很远，走了很久。那是两个乖巧的孩子第一次见到凌晨一点的临城。四周霓虹闪烁，却异常安静。

原来就算是在夏天，过了零点，空气也很凉。

"陈辛缭，问我为什么出现在这里。"

一片缄默中，何律珩开了口。

"什么？"陈辛缭问。

"你问我就好了。"

"你为什么会……"陈辛缭突然回了神，何律珩这个时候应该是在海城，她忙问，"你为什么回来了？"

"因为，我想你了。"

那句"我想你了"是少年心里最真实的独白。

在那个霓虹闪耀、星光璀璨，整个世界都安静的凌晨，少年告了白。

也许是夜晚的荷尔蒙没有得到释放。

也许是这个世界太安静，内心的声音太清晰。

也许是这个躁动不安的人生里，总得抓住幸福感。

"我喜欢你，陈辛缭，很喜欢很喜欢。"

那年的少年用了真心，少女却懵懵懂懂。

少女一路不说话，只往前走。

自那天后，陈辛缭和何律珩没再联系。

一段时间后，开学了。

每年的开学典礼，何律珩都会上台致辞。陈辛缭看着那个人在主席台上的表现自信、沉稳，和一年前见到他的时候明明一模一样，可就是说不清哪里变了。

新的一学年，陈辛缭选了文科班，终于脱离了那位"星星之火，可以燎原"，耳根子是清静了，但似乎就是太清静了，她居然不适应这份孤独感了。

她有了新的同桌，仍然是个男生。

男同桌问陈辛缭喜欢什么，陈辛缭想了很久，答了两个字："竹子。"

男同桌惊讶："你为什么喜欢竹子？"

陈辛缭也说不清，好像是某一天看到了竹子，而她正好也喜欢竹子精神。

"咬定青山不放松，立根原在破岩中。千磨万击还坚劲，任尔东西南北风。"

由于颜明朗教的就是文科，所以新的一学期，颜明朗还是陈辛缭的班主任。

到了高二，同学们的心理好像稍稍成熟了一些，竞选班干部的时候都秉持以成绩为先，所以陈辛缭无疑再一次成为班长，大家也都心服口服。

颜明朗的办公室和何律珩的班主任周建国的刚好是同一个，整整一年过去了，陈辛缭才发现，因为她去交学生档案的时候，在办公室看到了何律珩。

她装作若无其事地把东西放在颜明朗的办公桌上。

颜明朗的办公桌靠近门口，周建国的办公桌在里面一些，陈辛缭和何律珩刚好是背对背。

陈辛缭庆幸这个姿势，谁也看不到谁，她可以悄悄地进来悄悄地走，却在她正准备离开的时候，周建国的一句话让她定在了原地。

"何律珩，都高三了，老师不建议你转学。"

陈辛缭转过了头去看何律珩，他一直低着头。

这个点颜明朗正好不在，陈辛缭可以继续低头假装点档案，偷听着那边的一言一语。

"回去再考虑下吧，以你的成绩，就算是在我们临城中学，你也能上国内最好的大学。虽然老师也很希望你去海城和你爸爸妈妈团聚，但是老师觉得这个时候转学对你来说还是不好。总之，你再好好想想，我觉得你父母是很开明的人。"

何律珩轻轻点了点头，转身的瞬间，脚步一顿。

他绕过她的背影走出了办公室。

她仓皇地追出了办公室，只是走廊空空荡荡的，不知道何律珩去了哪个方向，上了哪个楼梯。她叹了一口气，垂着脑袋往通向自己教室的楼梯口方向走。

她拐了个弯，突然被人低声喊住。

"陈辛缭。"

陈辛缭一怔，抬头，心脏再次一紧。

何律珩就靠在楼梯口的墙上。近距离看，他好像比前段时间瘦了一些，脸色也不是很好，也许是为了转学的事情揪心。

"你是要转学了吗？"陈辛缭问。

何律珩点头，过了一会儿又摇头："不知道。"

"那就是可以不转学？都高三了。"她借用了周建国的话。

何律珩看了她一会儿，摇了摇头。

直到后来，何律珩的座位空了，陈辛缭才意识到，心也被带走了。

何律珩明明只出现在了她高一到高二的那一年，却像是走过了一辈子。

后来，她经常独自一人去往五丰路，抬头看看那高楼，猜想那个人会不会偶尔回来，却没有再遇见他。她知道，这是他的决定，有些人就是避而不见的，就像他删除了所有关于她的联系方式一样,也换了号码。

想消失的人,总是那么容易。

高三,陈辛缭把志愿改成了世津大学。这让知道她志向的颜明朗大吃一惊,颜明朗马上打电话给了陈辛缭的父母,陈父陈母也很吃惊,前前后后给陈辛缭做了很多的思想工作。

陈辛缭的父母虽然常年不在女儿身边,但是他们明确地知道女儿的梦想。

陈辛缭的母亲鼓励她不要放弃梦想,以后会后悔的,让陈辛缭一定要去参加音乐学院的面试。陈母说:"我和你爸爸的思想从不守旧,你不是非要读好书才行,人的这一辈子很长,一定要做自己喜欢的事情。"

面试前,所有心怀梦想的人都在努力地练习以及保护嗓子,陈辛缭却吃了很多很多辣椒。这样的结果导致她喉咙发炎伤到了声线,面试那天她直接出局。

这件事情谁也不知道,大家都以为她只是紧张得发挥失常了。

可是她知道,这是她做的决定。

那是她人生的转折,从梦想的音乐学院转到了她一无所知的世津大学。

03
那年九月，如梦而至 /

那年九月，如梦而至。

陈辛缭站在世津大学的大门口张望着那几个金灿灿的字时，她心里想一切都犹如重新开始，不擅长的专业，也遇见了对她而言最"不擅长"的友情。

汪婼、戴岑、裴舒舒，三个来自不同城市的姑娘，不修边幅却异常可爱、善良。

友谊的开始是几人同班又同寝。

不过三小只对陈辛缭的初次印象并不寻常。

大家都说她十分清冷，不爱笑，话也少，不像同校的其他大学生一样甜美可爱。大家都还是喜欢穿运动鞋、休闲装的年龄，陈辛缭却衣品独特且出众。汪婼她们第一次见到她时，她穿着一条波西米亚风长裙，长发披在身后，淡淡的妆容就很出彩。她静悄悄地从讲台前走过，不知名的风从窗口吹进，她的长裙随风飘起。

然后，大家也就莫名地联想到了同校的何律珩，时不时私下对陈辛缭玩笑说："陈辛缭，你就是女版何律珩啊，哈哈哈哈哈。"

每每这个时候，陈辛缭都是一笑而过。

她并不觉得自己像何律珩，也不知道为什么何律珩在大家的眼里永远是那样的形象，遥不可及、高冷，但是她眼里的他，却是温柔的。

大学的开始，由军训正式拉开帷幕。

听说体育部会一同去训练营，许久未见到何律珩的陈辛缭，在心中开始有了期待。

这是两年来她离他最近的时候，如果无意相遇，她一定要大大方方地打招呼。

就说"好久不见"好了。

去往训练营的那一天清晨，大巴集齐在校门口，很多学生为了一睹体育部的神仙颜值，赶早上车抢靠窗的座位。因为听说体育部的大巴在最后面，所以只要来得早，就能见到他们整队途经。

陈辛缭是其中一个，她看着窗外明媚的晨光，期待着再次见到某人。

细碎的光影穿梭进树叶间洒在地上，一小块一小块的金黄，就像是一块块宝藏。

里面藏着心动的小音符。

不远处，一队穿着统一的黑色简约训练服的男生徐徐走来，踩碎了一块块宝藏盒子，空气中仿佛飘起了歌，光影突然变了形状，打在他们身上，就像舞台上一盏盏明亮的追光灯，点缀了光彩。

陈辛缭第一眼就看见了何律珩。

人群里，他最高。

好像比高中的时候更高了，他好像有些晒黑了，原来温润如玉的公子好像更成熟了一些……

有好多好多的比较，在这两年后的心境里逐一出现。

陈辛缭不自觉地往玻璃窗的位置贴，想要看得更仔细一些。

随着彩光到来的地方，忽然小跑进了一个女生。

女生个子小巧，长相甜美可人，穿着一条端庄的小香风连衣裙，浑身透露着一种公主气质，是那种男生看到都会想保护的类型。

她三步并作两步跑到何律珩身边，把手中看起来有些沉重的运动包递给了他，然后像是在叮咛，笑起来甜甜的。

陈辛缭第一次感受到有一条贪婪的小虫子爬进心口，开始一点一点地吞噬她的心脏。

"是杨若荀。"

"校花，家里超有实力。"

"这么厉害啊！我们还是快醒醒吧。"

身边女生们遗憾的唏嘘声渐渐散去，陈辛缭也退回到了椅背上，低头失落。

窗外人迹走完，风景也空。

陈辛缭再次眺望时，眼里再无欢喜。

车子一路从平坦大路驶上山坡路段，从繁华城市进入山间林荫。此间，同学们头碰头在车上已经睡了好几觉。陈辛缭坐车不喜欢睡觉，反而喜欢一边听歌一边看沿途风景。

九月很好。

天气晴朗，风儿总是轻轻柔柔。

九月很好。

鸿雁来，整装待发，是新的开始。

音乐也正好。

可以掩盖心里的浮躁，也可以掩盖一路来自睡在她肩上的汪婼的呼噜声。

只是班主任的"小蜜蜂"终归是破天荒，可以唤醒肩上沉睡的人，也可以轻易替代耳朵里的歌词，大家相继醒来，看着窗外，四周静悄悄，地方十分偏僻，除了山就是山，不愧是叫"军事化训练基地"。

大巴整齐地排列在基地门口，大家拿好自己的行李依次走下车，跟着班主任的手势排着略显整齐的队伍走进基地。

体育部进来的时候，整好队的队伍发出了小轰动，大家的目光也都随着那支队伍而移动。

站如松的教官们随着大家的眼光移去，不满地皱眉。为首的队长站在台上冷哼一声，拿着喇叭筒喊："你们一个个那么喜欢看，要不要把他们请到台上来看？"

有女生胆子比较大，也就应了："谢谢教官！"

"多少人想看，举起手来。"

齐刷刷一大片女生，还有些男生也来凑热闹。

队长很满意地点了点头，大家以为真有戏，不禁感慨这位可真是善解人意，结果迎来的是跑圈伺候。

这一众人从队伍里出来形成了新的队伍开始绕操场跑步，原先的队伍也就看起来寥寥无几。

陈辛缭的班级排在中间位，体育部在最靠边。

透过零星人数，陈辛缭只是微微转头，就看见了那个人。何律珩手里提着的那个运动包，总是让她目光有些灼热。

何律珩像是有所察觉，原本注视前方的眼睛往这边偏来。陈辛缭赶紧转回头，假意看向另一边，然后，她也就不敢再往那边看了。

过了几分钟，罚跑的学生们气喘吁吁地回到队伍，一切又继续正常地进行下去。

训练营规矩严格，只能带生活用品，杜绝零食，大部分学生遵守纪律，也有些同学很侥幸地把零食藏在了身上，在检查的时候都被经验十足的教官们一眼识破。不一会儿，讲台前的几个筐篓里满了三分之二。

"杨若苟给何律珩的那个包，好像不过关。"

不知是从谁那边开始传来的消息，随着风传到了陈辛缭耳边。

陈辛缭回头想去看那边的情况，但挡的学生太多，完全看不见。

又过了一会儿，检查体育部的教官拿着一个运动包上了讲台，在队长耳

/ 045

边说着什么。队长先是认真地听，再一顿，然后接过包放在地上，往里翻。

大家都认识那个包，加上本就好奇包里放了什么，一双双眼睛专注地看着。

随后，就看到了各种酱。大家熟悉的自然是那红瓶的老干妈。

队长看到这些的时候，面上表情十分复杂，再往里翻着翻着，看到了一个信封。

没顾学生隐私，队长居然大声念了出来。

"以往经验，魔鬼训练营不允许带零食，但是饭桌上可以有酱。上年第一次来的时候没经验，小卖部的酱就算是翻了好几倍卖也往往一扫而空，我知道你不喜欢准备这些，我就替你准备了。食堂饭菜太素，鸡油味老干妈里肉最多，我就给你准备了好多，但是你又不喜欢吃辣，到时候你就放汤里过水再吃吧。最后，好好照顾自己呀，我在海城等你回来。"

台下少女惊呼，又衍生出了羡慕又嫉妒的交错感。

"太令人羡慕了吧。"

"我现在是颗柠檬，我酸了。"

"天道好轮回，苍天饶过谁，好一波狗粮，我好饱。"

队长念完信，看到大家的反应，更是好奇这位到底是个什么人物，拿起喇叭筒说："请这位同学上来拿回东西。"

大家齐刷刷地看着台阶。

何律珩走了上来。

他并没有露出任何尴尬或者其他，也不像很多人遇到此景会遮遮挡挡或者脚步加快，他一向不太有表情，上台时也是和平常走路没两样，昂首匀步。

"原来是你啊。"队长由原来的半蹲姿势站了起来，一只手背在身后，一只手拿着喇叭筒，"这位同学上年来的时候可以说引起了很大的动静，今年交女朋友了，看来这次的新生军训总该纯粹了。"

"不会的，教官，看帅哥又不犯法。"

台下女生起哄。

队长脸沉了下来："看来你们是休息够了，要不再跑几圈？"

这下台下无人抗争了。

散会后大家拿着各自的行李去往宿舍安顿。

训练营宿舍楼一共四层，第一二层是男生部，第三四层是女生部。宿舍环境简陋，水泥墙、水泥地、摇摆的风扇……好在床是干净的。

教官教完叠被褥豆腐块后，心心念念老干妈的汪婼随意塞下行李，便拉着陈辛缭她们去往最东边的小卖部。陈辛缭觉得这速度如果换作跑步比赛，绝对是第一名。

好不容易到达小卖部，却看到扎心的一幕——人满为患。

大家都在买酱。

小卖部老板收钱收到手软，外面的人心急如焚到脚软。

到汪嫮的时候，只听老板娘笑呵呵地说："今日份酱料已售空，欢迎明日来抢。"

汪嫮急了："一瓶都没有了？"

老板娘低头点钱，头也不抬："是呀，我也不是孙悟空，变不出来呀。明天吧，明天早点来哈。"

"明天什么时候到货？"

老板娘这才想起这个抢货的关键点，放下钱对着没抢到酱的人喊："明天中午十二点！准时开抢！走过路过不要错过啊！"

打道回府的路上，汪嫮气呼呼道："来之前咱们还特地问过学姐能带的东西，学姐怎么就没和咱们说这事呢？"

裴舒舒安慰："可能是以为你不喜欢吃酱。"

"你说她该不会是故意不说的吧？"汪嫮说。

"为什么故意不说？"戴岑问。

"学姐的心海底针，可能是不想便宜我们吧。"汪嫮说。

"你是想太多了吧。"裴舒舒说。

汪嫮捏捏手心："等明年我当了学姐，我也不说。"

陈辛缭、戴岑、裴舒舒愣住，突然觉得学姐不说是故意的。

四人重回宿舍，安静地整理行李，叠所谓的"豆腐块"。

汪嫮一边叠一边心心念念着老干妈，想着想着，口水滴到了被子上。

陈辛缭抽了张纸巾递给她："还没到饭点，不要对午饭绝望，万一有肉呢？"

汪嫮不相信这地方会有肉，接过纸巾擦擦嘴角："还是想着去哪儿搞一瓶酱吧。"

"那就等明天吧。"

"嗯，忍一天还是可以的，要是天天都吃不到肉，我感觉我会废……"

"我刚才打听到了！何律珩的宿舍在一楼楼梯口第一间！"突然，一位同宿舍的女生在门口来了个急刹车。

汪嫮瞬间觉得肉不重要了，一个激动站了起来："这样的话，是不是只要多走楼梯就有机会见到他了？"手中刚叠得差不多的"豆腐块"瞬间又崩塌。

陈辛缭无言。

/ 047

这女孩子的情绪转变得也太快了吧。

"大家伙,我们去楼下散步吧!"汪婼已经迫不及待了,三两下完成了"豆腐块"任务,比她刚才无精打采花了好长时间叠的那个好多了。

"好啊,好啊。"全宿舍十二人里起码有九个人站了起来。

剩余三个无动于衷的人,一位已有稳定对象,一位不合群,还有一位……

汪婼强行将第三位拉进组织:"辛缭,你可不能临阵脱逃。"

陈辛缭纳闷极了:"他不是都有女朋友了,你们还坚持什么呢?"

汪婼说:"我们也就欣赏。"

陈辛缭人生中第一次自卑,是因为听说何律珩身边有了另一个人的出现。她内心惧怕和何律珩面对面。

"我就不去了,我对他不感兴趣,我留下给你们叠被子吧。"

大家瞬间就放过陈辛缭了。

陈辛缭安静地叠着被子,不合群的那位女生突然对她说话了。

"你为什么对何律珩不感兴趣?"

陈辛缭觉得这个问题问得好奇怪——何律珩一定需要所有人感兴趣才可以吗?

陈辛缭解释:"我有其他喜欢的男生了。"

汪婼她们有没有看到何律珩,陈辛缭不知道,她只知道十分钟后广播突然插播一条前赴操练场集合的消息,若迟到不准吃饭,整栋楼瞬间如地震般轰闹起来,大家都往集合点跑去。

陈辛缭跟着大部队往操练场跑去,跑着跑着突然迷路了。她发现有往左边跑的,有往右边跑的,更可怕的是她根本没记住路,原先一起下楼的同学也不知所终,眼下,她快速分析了哪个方向人多就往哪个方向跑,大方向总不会错的。

训练营场地广,宿舍楼到操练场不知道要多久,教官宣布的时间却是三分钟内。

人流很急,谁也顾不得谁。

忽然,她的肩膀被人无意撞了一下,冲击的力量将她直接撞到了另一个人身上,那人温热的手掌大概是出于本能反应护在了她的肩上。

"小心。"

男生的声音低沉却温柔,陈辛缭颤了一下,心跳骤然加快,她慌张地压低帽子撇头就逃开了。

她隐约听见后面一起的男生说了一句"这姑娘也是没福气,这本该是多少人梦寐以求的搭讪机会"。

陈辛缭跑了好远才敢回头看一眼,没有看见何律珩,她不由得放慢了脚步。
那个声音是他的吧……
她得感谢头上那顶军帽遮住了她的脸。
汪婼、戴岑、裴舒舒不知道什么时候到的,已经在队伍里了,她们对陈辛缭狂招手生怕人看不见。陈辛缭准时入队,额角早已布满了汗,她索性摘下帽子擦汗。
"太吓人了,突然就冒出一句集合。"汪婼埋怨。
"只要不是深更半夜突然来一句就好了。"陈辛缭说。
"应该会有这个环节的,因为我初中的时候也是去校外军训的,半夜突然集合,好多人都来不及被处罚了。从那天后,晚上我们都是不脱衣服睡觉的。"戴岑分享经验。
几人聊着天,队伍前教官尖锐的眼神都没注意到,直到教官吼了一句"肃静",大家即将脱口的字堵在了喉咙处,乖乖站好。

炎炎烈日下,大家被安排站了十分钟的军姿,结束后令人好奇心满满的第一顿午饭终于来了。
同学们排队进入食堂,六人一桌形成一个圈吃饭。
环境比宿舍楼更艰苦,一张圆桌,六把凳子,清一色的饭菜,蔬菜清汤搭配白馒头。
"我想吃米饭。"汪婼看到这饭菜委屈得眼泪都要掉下来了。
"我还想吃肉呢。"戴岑叹了口气。
"此时如果我能蘸一点酱就满足了。"裴舒舒望着其他桌的酱狂吞口水。
汪婼回头看才发现好多桌都有酱:"明天一定要抢到酱!"她狠狠地咬了咬筷子头。
"此时最开心的应该是何律珩那桌吧,他们桌有着吃不完的酱。"裴舒舒羡慕。
"要不我过去问问能不能卖一瓶?"对于这个买卖,汪婼眼睛又亮回来了。
"人家女朋友准备的爱心礼物,人家能卖?"戴岑人间清醒。
陈辛缭回头去看最尽头的何律珩那桌,桌上摆着两瓶老干妈,队友们尽情享用,还有隔壁桌来蹭,他自己倒是没吃。
同桌另外的女生也在关注着那一桌,她属于行动派,直接拉上了旁边的女生去往体育部的饭桌。剩下的人只能远远望着,然后期待着进展。
汪婼:"我打赌,不会成功。"
裴舒舒:"赌什么?"

汪婼白了她一眼："这位朋友，重点是赌的内容吗？重点应该是和我统一战线看笑话。"

结果那两个女生居然得胜归来，拿来了整瓶老干妈。

女生扬扬得意："没想到学长人那么大方。"

汪婼惊得眼珠子都要掉出来了："还能白送？那去买岂不是更容易？"

她开始琢磨着怎么从何律珩手上买酱。

下午的军训，每个班级各占一角。

体育部的队伍正好分配在陈辛缭班级的正前方。

好在两个班中间隔着一丛绿化带。夏季枝叶茂盛，花草肆意生长，挡住了前行的人，却遮不住停在过去的人去张望那个前行的身影。

那是陈辛缭第一次看见何律珩训练时的状态。

从前也不知道是不是她太粗心了，居然一次也没有去田径场上看过他，从来不知道训练场上的他是那样熠熠生辉。

他的体力很好，似乎任何的项目他都行有余力。

陈辛缭看得出了神，教官喊"向后转"的时候，她还站在原地。场面很尴尬，她与前面的女生面对面。

前面的女生没忍住扑哧一笑，陈辛缭涨红了脸，迅速向后转完成任务。

可惜迟了。

教官训斥她在一旁站军姿十分钟。

陈辛缭表示再也不能分心了。

如果被罚多站几次，何律珩一定会发现她的。

白天拼体力，晚上拼勇气。

十几人的宿舍，夜生活丰富多彩。

辛苦了一天的训练，晚上学生们回宿舍各自安排好洗漱工作后，本该疲惫的身体居然亢奋起来，有女生提议讲鬼故事，这让其他人的情绪更加高昂了。

所谓人多胆壮。

陈辛缭只想闭目养神，耳朵却也不由自主地凑过去，听得一惊一乍的。

前半夜大家抱团兴奋不已，后半夜醒来想上厕所的人就事情大了。

汪婼在被窝里憋了好久无可奈何才戳了戳后床位的陈辛缭。

陈辛缭迷迷糊糊地睁开眼，抬起头看汪婼，小声问："怎么了？"

汪婼双手合十，十分可怜地请求："我想上厕所，你可以陪我去吗？我害怕。"

陈辛缭在困意里挣扎了一下还是起身陪她上厕所了。

厕所在楼梯口的拐弯处，陈辛缭的宿舍在走廊尽头，走到厕所还得穿过一长排房间。

夜里十分寂静，四周层峦叠嶂，听说有好些山都做了坟墓。

汪婼紧紧抓着陈辛缭的手，其实陈辛缭也害怕，两个人的眼睛都不敢往旁边看。

好不容易走到厕所，没关的窗透着冷风直直地吹进来，两人不禁打了个哆嗦。

汪婼在里面上厕所，陈辛缭在门口等。夜里空旷的长廊风很大，吹到耳边都像是有人在吹口哨，陈辛缭抱着自己，不敢动。

汪婼匆匆地上完厕所，裤子都没拉好就跑了出来："快走快走！太吓人了！"

陈辛缭压根就不敢在这里多呼吸，两人手挽手快速地逃离。

行至拐弯处时，黑暗的走廊里突然蹦出一人影。

"啊！"两人吓得尖叫，声音刺破楼层。

很快，整幢黑漆漆的楼灯亮了一大半。

因为声太大影响了很多人休息，陈辛缭和汪婼大半夜被喊去办公室谈话。

直打哈欠的队长看到两人时，又生气又无奈，听完两人的尖叫原因后，他更是又生气又无奈。

陈辛缭和汪婼看清那突然蹦出来的人是巡逻教官的时候，很尴尬，现在被请到办公室，倍感尴尬。

"没事别瞎听鬼故事！"队长呵斥。

陈辛缭和汪婼低头认错。

要是换作平常，队长完全可以滔滔不绝，但这大半夜的，谁能扛得住，只想着快速解决，形式上教育一下就好了，放两人回去了。

昏黄的路灯下，陈辛缭和汪婼从办公室回宿舍楼的路上吹了一路的冷风，还好为预防半夜突然集合没脱外套，不然指不定会被冻成什么样。

山里昼夜温差实在太大。

临近宿舍楼的时候，陈辛缭隐隐看见一片黑暗里，一楼有亮光，走近才发现，是何律珩站在他们宿舍的门口看手机。

她快速地将军训服的外套领子拉上，遮住了自己的半张脸。

汪婼见到何律珩，激动地抬起手指："哎？何律珩！他怎么在走廊？"

陈辛缭说："肯定是被我们俩弄醒了。"

"那怎么不在房间里，要在外面？"

"不知道。"

汪婼大脑一个激灵:"绝佳机会呀,我要去和他谈生意!"

陈辛缭一把将人拉了回来,小声说:"大半夜别打扰人家。"

汪婼说:"大半夜人最容易动容,我得去打动他让他把酱卖给我。"

陈辛缭松开了她:"那我先上楼了。"

汪婼说:"陪我嘛。"

陈辛缭头也不回地把脸埋在衣领里往楼上走去。

汪婼在原地左右为难,一个跺脚,下了狠心选择了陈辛缭。

第二天晨间,陈辛缭和汪婼的事被队长当众做了反面教材批评,并且再一次着重告知大家"世间本无事,庸人自扰之"。

当事人陈辛缭和汪婼虽然没有被爆名字,也只得低着头,然后假装真的不是自己。

一旁的裴舒舒和戴岑笑得咯咯作响,幸灾乐祸。

汪婼恨恨道:"你俩会有报应的!"

乌鸦嘴说谁谁中。

由于裴舒舒和戴岑不重视队里纪律,笑得太引人注目,被教官罚跑圈了。

接下来的军训日子依然很苦,好在小姑娘们脑袋灵活,擅长找苦中作乐的事,她们会每天去小卖部排队抢酱,也会每天借着走楼梯看帅哥。

也不知道是不是品牌方真的供货不足,后来小卖部老板娘直接宣布不卖了。有学生听到风声说是训练营禁止的,这对大家来说是一桩惨事。

目前手上最多酱的人仍然是何律珩。

汪婼心心念念风味鸡油辣椒老干妈里面的鸡肉很久了,小卖部不售了,她肝肠寸断。

军训中场休息,大家上厕所的上厕所,无事的原地坐下。

穿过草丛的影子,汪婼盯着朦胧视角里的那个人:"远处是金主所在地,咱们要不要去拼一下?"

比起吃不到酱,大家更怕去搭讪,而且用脚指头想都知道没戏,纷纷拒绝。

汪婼看向陈辛缭,把最后的希望放在陈辛缭的身上:"辛缭,你长得那么漂亮,也许你出马就能搞定,你看咱同桌吃饭的女生不就要到了?你比她们可是美丽大方多了,那两个女生居然私吞酱,也不分享给我们,太小气了。这是人干的事?"

陈辛缭故意把脸别向另一边,当没听到。

汪婼又来到了另一边,蹲在她面前:"要不我陪你一起去吧?"

陈辛缭淡淡道:"己所不欲,勿施于人。"

汪婼笑嘻嘻，开始撒娇："求你了。"

陈辛缭靠向戴岑和裴舒舒，戴岑和裴舒舒默契地向她敞开怀抱。

"唉，靠人不如靠己。"汪婼拍拍屁股上的杂草站了起来。

陈辛缭、戴岑、裴舒舒有些不相信地看着她。

汪婼向来都是言语上的巨人行动上的矮子，她们不相信汪婼会行动。

只见汪婼绕过草堆往体育部走去，背后三人探着脑袋张望着。

此时何律珩正坐在地上看手机。

汪婼过去点头哈腰也不知道说了什么，忽然何律珩往这边看来。陈辛缭慌张地躲到了戴岑和裴舒舒的身后，戴岑和裴舒舒明显僵硬，然后两人居然对着何律珩招手。

陈辛缭只看得到两人后背的姿势，完全看不到前面都发生了什么。出于好奇，她从两人的空隙间悄悄露出眼睛看何律珩那边的状况。他人还坐在那里，继续看着手机，而汪婼已经原路返回了。

她从两人身后挪了出来。

汪婼几乎是开心地跳着回来的，扬扬得意地说："学长说会赠给我一瓶酱。"

"你都说了什么？"戴岑很好奇"冰山"是怎么融化的。

"我就说我朋友喜欢吃辣，没有辣椒酱吃不下饭。我还说我朋友长得特别特别漂亮，我就让他过目了一下，结果他看了一眼就同意了。"

"你说的是你的哪个朋友？"裴舒舒问。

"我本来想说辛缭的，结果辛缭躲了，应该就是借着你们两个的颜值吧。"

戴岑和裴舒舒听闻是自己打动了何律珩，不禁觉得自己貌比西施，腰板都不自觉地挺直了。

半天的训练结束后，汪婼如约在宿舍楼前等何律珩出来送老干妈，戴岑和裴舒舒陪同。

只是送酱的人不是何律珩，而是他的队友。

"何律珩呢？"裴舒舒问。

队友说："他有事。"

戴岑和裴舒舒失落不已，突然觉得早上应该不是因为她俩的面子，也许就是何律珩大发善心之举。

汪婼喜得酱，还是辣子鸡口味的，不禁喜极而泣，十分舍不得吃，一到饭点就炫耀地摆在桌上，惹得酱空的同学们十分羡慕。

因为受过同饭桌女生的不公平待遇，汪婼以其人之道还治其人之身，这瓶酱除了陈辛缭、裴舒舒、戴岑，其他人一律不给，这让同桌女生又气又急

/ 053

却无计可施。

二十日的军训生涯,不知不觉过了一大半。苦也体验了,快乐也体验了,大家好像渐渐习惯了这样的生活。

夜训的时候,教官突然宣布班级里要组织一个节目出来,用来参加最后一晚的送别晚会。

到了大学,陈辛缭养成了鸵鸟人格,她不喜欢抛头露面,想要不争不抢安安稳稳地读完大学,说她低调也好,抑或是不想被某人察觉也罢。

报名的人很多,经过组织,最后敲定面具舞。汪婼、裴舒舒、戴岑都参与其中。

筛选节目那一晚是在操场的露天表演台进行,跳舞、唱歌、小品应有尽有。

陈辛缭坐在草坪上静静地看着一轮又一轮的演出。从前她是别人的焦点,现在作为观众的她,乐在其中,别有一番轻松。

面具舞上场的时候,陈辛缭热烈地为她们鼓掌。

单单是筛选阶段,大家就已经使出了全部实力,一个舞步也不能松懈,高默契地完成了整个舞,引来台下观众的热烈鼓掌。

听到这样的回应,陈辛缭觉得中选有望。

汪婼去厕所了,裴舒舒和戴岑先与陈辛缭会合,一个个跳得满头大汗。

"我们刚才棒不棒?"戴岑冲陈辛缭抛媚眼。

陈辛缭对她竖了个大拇指以作回应。

两人在她旁边坐下,一起继续看台上的表演。

渐渐地,头顶的星空,浩瀚无边。

无声无息间,陈辛缭认真的视线里,余光多了几道高高的身影,挡住了些许星光的投影。

她转头看见了何律珩,就在她前排的最右边坐下。

竖在操场边的灯杆散发着昏黄的光色,照在操场上形成了一片明一片暗。

男生棱角分明的侧脸轮廓在灯光的阴影下格外矜贵冷峻,高挺的鼻梁线条搭配自然抿着的唇形与下巴结合得完美。

陈辛缭有些感慨,时光总是悄然无声,他褪去了高中时期的微微稚气,如今的公子,仿佛平添了几分沉淀后的成熟。

"辛缭,辛缭!我的大宝贝儿陈辛缭,我回来了。"

就在这时,汪婼的大嗓门突然出现在了观众席外,吸引了许多人的目光。

陈辛缭一瞬间觉得好丢脸,随即感觉到了来自何律珩的怔动。她手忙脚乱,无意中看到身旁戴岑的面具,赶紧拿来罩在了脸上。

可是她也忽视了一点，鸵鸟碰到天敌时习惯将头埋进沙里面，但身子是露在外面的，危险并没有解除，只是自己看不到而已。

从听到这个名字开始，何律珩这几天悬着的心就像是被重物突然击落，一下子压得很深，直接触碰了那刻意尘封的记忆，从而产生弹簧反应，再次全部涌出心口。

从在人海中无意扶住一个女生开始。

很像陈辛缭。

只是他不信她会来世津，她那么固执的一个人，从不会分心，所以当时他努力地压制住了自己。后来也很奇怪，他总是会在人群中隐约看见像她的身影，但是也总是一晃眼就消失不见。

再后来是那一晚宿舍楼突然的尖叫声。

那一晚确实让他失了眠，因为女生和巡逻的教官从一楼走廊走过的时候，他听到了熟悉的声音，那个很像她的声音。当时他觉得一定是太想她了，所以他出来吹风让自己冷静一下。

也有遇到过有个女生来买辣椒酱，说好朋友吃饭离不开辣，他也是因为想起了她于是就慷慨解囊了。

可是他也纠结，希望是她，又怕再见到她时仍是当年那个荒唐的梦。

直到现在再次听到这个直击心脏的名字。

他往后看去，一个戴着黑蕾面具的女生。

对比旁边的风景是多么显眼。

女生们统一扎起的马尾，统一的军训服，如果在平日的人群中，还真的很难看见不同之处。

高高的路灯下，何律珩的影子被光影拉得细长，一下子笼罩了一片草地。

明明到她面前的路不过几步，脚底却像是已经走了十万八千里，每一步都十分沉。

影子落下来的时候，挡住了斜角路灯照来的光线，也暗淡了陈辛缭眼里的渐渐模糊。

他蹲下望着她，眉眼透着感伤，多么熟悉的眼睛，以及黑蕾面具下多么熟悉的唇。

明明打算一辈子都不相往来，却又在这一刻，居然渴望朝夕。

他伸手想要摘下她的面具，咫尺之间的距离，手腕被她握住。

冰凉的手，是她常年的体温。

这个女孩子好像永远不会热，一年四季皮肤总是凉凉的。

"陈辛缭？"何律珩没有放弃去认她。

"不是。"陈辛缭松开了他的手,从地上站起来离开了。

从操场走后,陈辛缭直接回了宿舍。

在这里她无处可去。

宿舍还没人回来,她摘下面具在床上有些发呆地坐了一会儿,然后拿起洗漱用品去往公共洗手间,准备早点睡觉。

似乎只有睡觉的时候才能忘记所有烦恼。

她知道何律珩是认出她来了。

山间的晚风吹进洗手间,细到能穿进毛孔里的凉意都不惊觉了。

陈辛缭从刷牙到洗脸,都是靠着肌肉记忆去做的,整个人有些放空。

回到宿舍,已经有人回来了。

汪婼、裴舒舒、戴岑并排坐在一张床位上,看到陈辛缭的时候,立即镭射出超级八卦的神情。

"我早该想到,你和何律珩可都是临城中学毕业的。"汪婼说。

"所以,你们之前到底发生过什么?"裴舒舒挑着眉。

"实话实说。"戴岑拍了拍身边的空位,示意陈辛缭乖乖招供。

陈辛缭偏偏远离三人,把东西摆放好后,坐到了公共区的长凳上。

"哎呀,辛缭,我们可是要做一辈子好姐妹的人。"

汪婼立马跳到了陈辛缭所在的长凳上,坐在了她的旁边。裴舒舒和戴岑也都跟着坐了过来,一米长的凳子瞬间很拥挤。

"你是不是追过他?"戴岑问。

"或者他追过你?"裴舒舒问。

"你们男帅女美,不会是谈过恋爱吧?"汪婼的表情比谁都丰富。

陈辛缭胸口本就闷得慌,此刻被挤得快窒息了。

她从三人中脱离了出来,三小只差点掉到地上,好在年轻人反应能力快,彼此抓住很快又坐好,然后就见陈辛缭双手抱臂,径直背转身,眼神坚定:"确实是校友,但并不认识,刚才他的行为,可能是看上我了。"

"嗯?"三小只黑人问号脸。

将自己喜欢的人从所有通信中删除是一种什么样的体验?

对于那年的何律珩而言,是梦里的心动与心痛,也是现实的缄默。

年少时以为"删除"就代表结束一切,谁也没想到再次见面的心有余悸是出卖。

他本就是个性淡之人,因为遇见她不由自主地变得温暖,却也因为没有她,陷入比以前更深的冷漠。

如今她的到来，叫他失了眠。

他的心中疑惑许多。

辗转反侧间，没等到天亮，他给许畅发了条消息：【陈辛缭为什么没有去音乐学院？】

何律珩高三去海城后，唯一保持联系的人只有许畅。许畅有时候遇到陈辛缭会故意拍下照片发给何律珩调侃他，而何律珩却从不关心。久而久之，许畅认为何律珩应该是移情别恋了，也不再说陈辛缭的事。

当许畅睡醒后看到这一次是何律珩主动提陈辛缭，有些意外，心生趣意，故意打岔：【我可是比她早一年毕业的，所以她没去音乐学院的事我哪里知道？】

何律珩隔着屏幕都感觉到了许畅的表情，他回复：【打听一下。】

许畅：【问谁好呢？要不我去问陈辛缭本人？可是我没有她联系方式。】

何律珩深知每逢许畅必有大招，也早早准备好了招：【听说你在你们学校还挺有名的，我这里有一张你高中时的糗照，我想是时候贡献给你们学校的论坛了。】

许畅慌了。

这太狠了！

许畅直接打了电话给何律珩："大哥，据小弟所知，陈辛缭没去音乐学院是因为面试的时候失误，没有得到面试官的青睐，于是就选了世津大学。当时小弟还在想这是不是和你有关，毕竟她的实力有目共睹。咋了？遇到了？"

何律珩沉默了两秒，回："遇到了。"

"要坠入爱河了？"

何律珩冷淡地回："要集训了，先挂了。"

人群中，陈辛缭不再躲着何律珩，她每天自然地生活，有时候会在上下楼梯的时候遇见他。两人无意四目相对的时候，她居然可以做到无动于衷，而他也是。

陈辛缭会在心里告诉自己，何律珩已属于别人。说来也是奇怪，这样的自我告诫很管用，很快她就把重心放回到了生活上。

军训的最后一个星期，训练开始减少，空闲的时间变得多了起来，汪婼她们每天忙着彩排，陈辛缭也就是躺在床上数日子。

也许是太闲了，教官怕学生没有了紧迫感对军训也不重视，于是在某一天的大半夜真的来了一次紧急集合，这一次大家是防不胜防。

刚来的时候，天天晚上为了防集合，所以都穿着衣服睡觉，后来日子长了觉得这种变态又幼稚的集合应该不会发生，更何况军训都快结束了，谁知道竟然来这一出，还要衣着完好。

"来不及了！这衣服怎么这么难穿！"

"边跑边穿吧！"

"啊！裤子穿反了！"

穿衣服太费时间，大家只能边跑边穿。

陈辛缭的皮带卡扣好像出了问题，怎么也扣不上，眼看着时间马上就到了，她也顾不上了就往操场跑去。

忽然，她的手臂被人拉住，还没等她反应过来。那人抽走了她手上的皮带来到她的身前，双手将皮带绕过她的腰固定在了她的外套上，然后细心地帮她把皮带锁上。

月光下，何律珩的脸被照得一块明，一块暗。

被光照的半边脸就像是被打上了高光，格外好看。

他垂下的眼睛，细细长长的睫毛……

陈辛缭突然想到了那一晚的"吻"。

她慌张地握住了他的手，本想让他松手的，可是动作显得格外暧昧。

"不好意思。"陈辛缭收回手。

何律珩正好给她锁好腰带："卡扣有点问题，现在勉强扣上了。"

"谢谢。"

何律珩看着她欲言又止，换成了一句"走吧"。

因为路上花费在皮带上的时间太长，陈辛缭和何律珩到的时候被拦在了队伍外，与其他迟到的、衣着不完整的归在了一块。

主席台旁，陈辛缭和何律珩站在一块。

陈辛缭感到很难为情，如果不是她，以何律珩的运动细胞一定不会迟到。

"不好意思。"陈辛缭对何律珩抱歉一句。

先是"不好意思"，再是"谢谢"，现在又一句"不好意思"，让何律珩很不习惯。

他们之间多久没说过这些客套话了。

队长简单地在主席台上说了几句后，各班大部队整齐地回宿舍继续睡觉，留下的受罚者只能接受惩罚。

依然是跑圈。

速度由个人决定。

大多数人都是以快跑速战速决，陈辛缭却以慢跑前进，她觉得这样不累一些。跑的时候她没注意到这个操场还剩多少人，等跑完最后几米，她手叉腰小口呼吸着，回头只看见了何律珩。

原来，他一直在她身后。

回去宿舍的一路上，两人一前一后走着，没有半句话。等到了楼下，陈辛缭左转上了楼梯，何律珩看着她的背影消失在拐角，也回去了走廊的第一个房间。

半夜一折腾，好些人清醒得睡不着觉了。

陈辛缭进屋的时候，好些床铺都亮着手机屏幕光。

"辛缭，你回来了。"汪婼抬头问了一句。

"嗯。"陈辛缭应了一声，上了床。

"挺累的吧？"

"嗯。"

"早点休息。"

"好，你也是，晚安。"

陈辛缭坐在床上脱衣服，在解皮带的时候，她的手在卡扣上顿了一下，脑子里又浮现了何律珩给她锁扣的样子。

她有些感慨这奇妙的缘分。

这都能碰到他。

何律珩是在军训快结束的前两天，才发现原来一草之隔的就是陈辛缭的班级。

他看见陈辛缭和朋友们有说有笑的样子，有些怀念从前她只有他的时候。

那个时候，两个人交集甚多，当时她还是挺靠近他的。

她会经常和他分享她生活中的琐事，两个人会一起走过临城的大街小巷。

现如今，她日渐成长，有了新的朋友，他犹如过去时光中的某一点，在她的生活中只停在了那里，便没有再前行。

晚会前一晚，没有了夜训，学生们自由安排，有去电影房看电影的，也有提议要参加基地"山藏寻宝"冒险游戏的。

"山藏寻宝"的玩点是从起点沿途而上，山里路线很乱，很多是死路，走完整座山大概需要两三个小时，期间幸运的可以找到藏宝图或者一些嘉奖"宝物"，而不幸运的则是迷路，或许两个小时也出不来。这个时候可以申请退出游戏，将派发人手一个的追踪手环开关点亮，负责项目的教官会根据行踪显示器的定位而找到遇困者。

这个游戏存在一定危险性，教官们几经商量，最终还是决定放行。

山势不算高，但也许是天黑了的缘故，看着黑漆漆的一片山林，大家觉得特别刺激，尤其是男男女女为一组的，大家早就各有所思。

汪婼、裴舒舒、戴岑踊跃报了名。

陈辛缭往后退了一步:"我有点冷,我去篝火旁暖暖。"

她前脚刚迈出去,后脚就被汪婼拉了回来:"火炉子再暖,哪有我的心暖。"

然后汪婼将陈辛缭强行拖上了山。

被山林包围的天空,云里雾里渗透着一股月黑风高的阴森。

起初的路段一起上山的队伍有好几个,只是走了一段路,也不知道大家是在哪里分开的,最后只剩下自己一个小团队了。

这个游戏没有大家想象中那么容易,山里很黑,树木杂草太多,手电筒光打过去的时候还能在光影里看到好多小飞虫,大家光是怕被咬都花费了好多精力。

"我们好像迷路了。"汪婼打着手电筒,四处照照,这个地方在印象里来过了。

"啊?那怎么办?"裴舒舒慌张了。

"我们要不要放弃算了?"戴岑指了指手环。

"不行!还不到那个时候,我们一定可以的!"汪婼给大家鼓劲。

"请问这位勇士,我们现在该往哪边走?"戴岑问。

汪婼在原地点兵点将点到谁就是谁,这一次她点到了南边:"就走这边吧。"

陈辛缭仰头看着半空,长长地吐了一口气。

上一次汪婼站在这里的时候也是这样做的决定,但是事实证明,她的运气不太行。

陈辛缭拿出手机看了看里面的指南针:"我们是从东边上来的,如果往东边走,应该能出去。"

"意思是原路返回吗?"汪婼问。

"嗯。"陈辛缭觉得这是最好的办法。

汪婼不死心:"还没开始就要结束了吗?"

"我觉得还是适可而止吧,我们几个真的不擅长玩这个。"戴岑说。

"舒舒你呢?还想玩吗?"汪婼问裴舒舒。

"我啊……"裴舒舒犹豫,都不想得罪,"我都行吧。"

"那么想玩的留下,不想玩的回去?"戴岑觉得这样比较公平。

陈辛缭看得出汪婼是真的很想继续玩,戴岑也只是为了安全考虑,这一点和她一样。那么如果是在安全以及时间充裕的前提下,是不是大家也可以一起继续?

大家是小团队，应该团结。

她不想因为这种小事而离心。

"现在时间还早，要不再玩一会儿吧。如果还是走不出去，到时候再收手也不晚。"陈辛缭给出了中肯的建议。

汪媂感动地抱住了陈辛缭，像个孩子一样："我太爱你了。"

戴岑觉得陈辛缭的想法也不错："那就继续吧，我随团。"

汪媂哈哈笑："就知道你们最好了，都肯陪着我玩。"

大家按照汪媂说的往南方走去，路不太好走，坑坑洼洼的，走起路来很绊脚，四人分两组相互依偎，哪怕是路难走，但彼此很有爱，大家觉得再难好像都能挺，谁也不想当拖油瓶。

走着走着，走在前面的汪媂感觉正前方有什么东西在动，惹得草堆发出嗖嗖嗖的响动。

"该不会是蛇吧？"汪媂害怕得不敢走了。

"别自己吓自己。"陈辛缭说。

"真的很像蛇在草堆缓缓蠕动的声音。"

大家定在原地不敢动了。

"也许是风声。"戴岑安慰。

"我们尽量往高的地方走，前面有大石头，先踩上去看看情况。"陈辛缭说。

几人迅速转移位置，纷纷踩到了石头上。

汪媂打量着地面，刚才觉得蠕动的地方好像随着风停了。

"可能真的是风。"汪媂憨憨地笑。

突然，不知名的方向传来一声狼叫，汪媂上秒笑下秒哭，吓得蹲了下来抱住自己尖叫。

"啊！是狼！狼来了！"

裴舒舒和戴岑也抱头捂住耳朵。

陈辛缭却认真地听着那一声。在她看来这种山林可能会有蛇，但不可能会有狼。

"哈哈哈哈，你们快来，又有女生被这虚拟声吓到了！"

不远处，新上来的一行人里，带头的男生笑得前仰后合。

听到有其他人的声音，四人抬起眼往声源处看。

汪媂眼角还挂着泪珠："是狼吗？"

陈辛缭离男生最近，看得最清："是人。"

汪媂听闻是人，一下子抹掉了眼泪。等看清来人，她整个人变得僵硬起来，用不动口型的声音提醒："是戴呈烨！注意形象，姐妹们！"

/ 061

戴岑和裴舒舒听闻是戴呈烨，两人擦掉眼泪立马端正了姿态，面带微笑。

陈辛缭一向不问世事，更是不知道眼前到来的人意味着什么，只觉得旁边那三人是因为看到帅哥才变端庄的。想到这三人又哭又笑的样子，她真的觉得可爱。

"你说刚才的声音是虚拟的？"陈辛缭问。

戴呈烨大摇大摆地上前："是啊，哥哥我在这一块可是很有经验的，那不过是这里为了增强气氛设定的……"走近，他看清了陈辛缭的长相，顿了一下，马上又往原来的位置跑。

而后，其他三个大高个的身影依次出现。

戴呈烨跑到那三人身旁，憋不住地激动道："有漂亮的学妹，这次还是公平竞争？"

其他三人里，两人已经做好公平竞争的准备。

大家看着不说话的何律珩，心领神会："懂，你雨露不沾。"

谁料那人居然回了一句："最高的那个，我的。"

三人瞠目结舌，呆呆地将视线转回到不远处的四位女生身上。

"最高的？"戴呈烨一个个看过去，又激动了，"最高的那个，不就是我……"紧接着他快速用手捂住了嘴，硬生生地将"不就是我看中的那个吗"吞了回去。

看到何律珩，陈辛缭终于知道三小只的反应来自何处了。

敢情是因为看到何律珩的队友联想到了何律珩本尊？

陈辛缭只是还在想，三小只就已经全往人身上贴了，三人的体积一下子就挤走了戴呈烨等人的位置。

"学长，我们迷路了，你可以带我们出去吗？"

"学长，我真的好怕怕。"

"学长，能够在这里遇到你真好。"

陈辛缭见惯了那三个人在宿舍里的模样，此时在异性面前竟如此矫揉造作，她翻了个大白眼，从石头上跳了下来。

她环视四周，何律珩他们是从南边出现的，想必南边有路是真的。

陈辛缭去问看起来最好相处的戴呈烨："你们刚才上来的路通吗？"

戴呈烨说："说实话我们也是迷路了才来到这里的。"

陈辛缭知道南边也是一条死路了。

"你们现在准备往哪个方向走？"陈辛缭又问。

戴呈烨琢磨着方向，指了一条路："这边吧。"

戴呈烨指的正好是陈辛缭她们没走过的路。

陈辛缭回头去叫三小只:"我们往这边走。"
戴呈烨愣了一下:"你为什么要相信我选的路?我也是随便说的,难道是哥哥我看起来很值得信任?"
陈辛缭冷脸回:"是因为其他路我们都走过了。"
"那看来这条路可取。"戴呈烨对何律珩他们招手,"我们也走这条路吧!"
后面的人是怎么打成一片的,陈辛缭不知道,她一路也只自己一个人往前走。
只是走着走着,还是死路一条。尽头是一连排的竹篱笆,意味着这条路也是不可行的。
陈辛缭瞬间失去了耐心,不得不打退堂鼓。
一个转身,她差点与身后的人撞了个满怀。
她不知道,原来何律珩一直在离她最近的地方。
她一直以为他在那些少男少女的欢声笑语里,直到回头他就出现在面前。
她主动退到了一旁,与何律珩保持着距离。
"条条大路通罗马,我们要不要继续往上走?"汪嫦欢呼地提议。
女生们因为男生们的到来,安全感满满,个个也都成为冒险家。
"会不会不安全?"其中一位男生问。
"上年的时候,我们不就是乱走也走到山顶了?妹妹们,我跟你们说,这山顶的风景,真的很美。"戴呈烨怂恿。
大家看着挡住的竹篱笆,心中有了冲动。
戴呈烨带头抬走那排竹篱笆。
"好了,有路了,想要继续冒险的,跟紧我的脚步。"戴呈烨喜欢刺激,已经迫不及待地往前走了。
三小只也决定一跟到底。
既然女生们都那么勇敢,原本有些胆怯的男生们也被英雄气氛感染,纷纷跟上前去。
篱笆外,只剩下陈辛缭和何律珩。
"辛缭,学长,路还是挺好走的,你们快来呀。"汪嫦在前面笑嘻嘻地喊。
何律珩和陈辛缭互看一眼,继续往前走。
"上年选的路段还是蛮幸运的,一通到底,也不知道是不是杨女神自带幸运体质,跟着她走真是没错。"戴呈烨没心没肺地说着。
这让汪嫦秒怼:"意思是说我们几个顶不上你的杨女神?"
"不是不是,我没这个意思,我就是瞎说,别当真,妹妹。"
"你说的杨女神是谁?杨若荀?"

"不然咱们学校还有哪个杨女神？"

前面的人一直聊着天，话题不断，后面掉队的两人，一路沉默不语。

没有经过修建的原始山路越往上越难走，走两步都会有东西磕绊住鞋子，陈辛缭已经不知道被勾到几次了，何律珩有意无意地一直帮着她，最后干脆拉住了她的手。

陈辛缭下意识地缩回手，何律珩却握得更紧了。

"你干吗？"陈辛缭小声问。

"万一你受伤了，我离你最近，是要负主要责任的，以排除故意伤害罪。"何律珩义正词严地说着。

"到时候我一定会澄清真相的。"

何律珩走在前，陈辛缭走在后，他回头看她的时候，目光都变得温柔："都到我手里了，还想我放开你？"

再次遇见何律珩的陈辛缭，以为往后时光里只有尴尬和逃避，但是何律珩却像从前一样对她满心接待，有意忽略了过去的种种。

只是成长始终是带走了纯粹，留下的都是需要理由的。

就像牵手、拥抱，只有爱人才能做，朋友是不可以的。

她的右手还是握住了他的手腕，然后将他的手从她的左手上拉了下来，什么话也没解释，从他身边走过，一路往山上走。

汪婼说的"条条大路通罗马"不负有心人，几人误打误撞走到了山顶。

晚风吹过，浓密的树枝有些沙沙作响，天空中，夜色如墨，一弯月牙高高地挂着，虽然月光是清冷的，但是银河的繁星却显得格外灿烂。

"啊，这么美的风景，居然没有相机。"汪婼抱头懊恼。

戴呈烨对着汪婼用手比了个相框，自带"咔嚓"声。

"戴呈烨，你在逗我吗？"汪婼很茫然。

戴呈烨放下手，笑着说："这是脑海相机，刚才的画面已经在我脑里定格了。"

汪婼瞬间面红耳赤，羞答答地小跑到戴岑和裴舒舒身边，扭扭捏捏："戴呈烨好像喜欢我。"

戴岑和裴舒舒表示这句话有毛病："什么鬼？"

汪婼继续羞着脸："我可能要初恋了。"

戴岑和裴舒舒同时往戴呈烨那边看去，没发现男生有任何喜欢汪婼的潜质，然后视线里，突然惊现陈辛缭和何律珩同框。

戴岑："我突然觉得那两人有点般配。"

裴舒舒："我也觉得。"

汪婼还沉溺在刚才戴呈烨的"情话"里,眼里只有戴呈烨:"我也觉得我和他挺般配。"

戴岑、裴舒舒一脸茫然。

山顶,陈辛缭和何律珩并列站着,眺望着远方。

远方不只是山,那里有人家,点点灯光,被群山围绕,溺于眸中。

陈辛缭从不知,原来这里也有这样的风景。她有些想念临城的紫薇山。

何律珩看着远方,同样想起了紫薇山,还有那年许下的心愿。

"陈辛缭,你遗憾吗?"

陈辛缭看了眼何律珩:"遗憾什么?"

"那年你在东清寺许下的愿望,是不是没有实现?"

何律珩一直以为那年陈辛缭许下的愿望是关于她想去的大学,但在陈辛缭看来,经历过的事情都转变成了心态,去音乐学院是喜欢的事情,追随何律珩,也是喜欢的事情。

"现在还不能确定。"

何律珩看她。微微的清风拂过她的耳边,吹乱了一些发丝,带过她的脸颊,有着说不清的朦胧美。

他伸手将她的发丝带到了她的耳后,无意触碰她耳垂的时候,她很明显地躲了一下。

陈辛缭斜睨他一眼:"何学长,初次见面,请不要表现得很熟。"

"不熟?"何律珩反问。

陈辛缭淡定地回答:"不熟。"然后走去和汪婼她们会合。

何律珩双手叉腰,看着陈辛缭远去的背影,气着气着又笑了。

两年没见,脸蛋和身高没怎么变,性格倒是越来越辣了。

在山顶的时候,戴呈烨在树丛中找到了一个藏宝盒,里面有着地图和矿泉水,有了地图,"回家"的路也就好走多了。

戴呈烨拿着地图,有着一种无所畏惧的风范,执意要当大将军带着大家下山。汪婼甘愿当起小书童,全程举着手电筒伺候着。

下山的时候,陈辛缭走在前,何律珩走在后,一句话也没有。

两人真的很不熟。

只是朦胧月色,实在温柔,他的眼里没有躲过她。

出山后,汪婼和戴呈烨爽快地加了对方的联系方式,戴岑和裴舒舒表示想要何律珩的,结果那人直接回了一句"我不用手机",而后却转身问陈辛缭:"你号码多少?"

戴岑和裴舒舒表示羡慕嫉妒恨！

陈辛缭本就不记得刚用上的校园号码，加上到点就犯困，整个人有点迷糊，被何律珩这样突如其来一问，她很蒙，于是直接复制了上一个人说话的内容："我不用手机。"

听者们一秒愣，而后笑得喘不上气。

"风水轮流转，何律珩也有被拒绝的时候，哈哈哈哈！"

回校的前一晚，告别晚会上，陈辛缭坐在操场的草坪上看着台上表演的节目时，心中还是可惜。

那些年的梦想，终归是擦肩而过了，说不遗憾，好像也有些假。

她听着台上女同学唱的歌，她也轻轻地跟着哼。

坐在旁边的汪婼瞬间竖起了耳朵，还以为自己听错了，又朝她靠近。

"辛缭，原来你唱歌这么好听？"

陈辛缭没有继续跟唱。她自己都没有发现，自己居然在唱歌。

唱歌是她曾经最喜欢的事，却也是后来她最忌讳的事。

"你听错了，不是我。"

汪婼半信半疑，想再偷听的时候，陈辛缭故意唱跑调了，汪婼尴尬极了，挪远了几厘米。

第二天，大家告别军训的苦日子，重新投入学校妈妈的怀抱，第一次觉得校园生活是那么朝气美好。

车子在学校门口依次停下，大家纷纷朝学校大门奔跑。

陈辛缭班的车子停在车辆中间的位置，在车子还没停下的时候，她就看到了杨若荀的影子，好像是算好了距离，恰好等在何律珩的那辆大巴的下车点。

陈辛缭下车的时候，往后看了看，何律珩的大高个特别显眼，她一下子就看到了他。由于杨若荀的个头稍微有些小巧，似有若无。

汪婼见她往后看，踮着脚看到了身后的佳景，笑说："何学长真的艳福不浅。"

陈辛缭笑了笑，众人回宿舍放东西。

爬上宿舍楼，大家看到宿舍门上贴着的熟悉的"盘丝洞"三个字，迫不及待地推开门，里面精装修的居住环境，这一刻她们仿佛看到了天堂。

久违了！

顾不上整理，"盘丝洞"四妖精跳上床抱着被子好好睡了一大觉。

傍晚时分，四人才依次从梦中醒来，看看时间，到了饭点。

"我刚才梦到毛肚、虾滑、羊肉卷了，要不要一起去吃火锅！"

汪婼刚说完，其他人以最快速度从床上爬了起来。

为了纪念"重见天日"，四人准备去火锅店拍张美美的合影，于是出门前各自在镜子前好好打扮了一番，化了美美的妆，穿了美美的衣服，算是正式告别军训的丑日子。

本来三小只觉得自己是最美的，直到看到陈辛缭。

"请问这位姐姐，你是去参加选美吗？"

陈辛缭低头看看自己的穿着，没觉得有什么特别的："怎么了？"

汪婼上来就摸了一把她的大长腿："这也太爽了吧。"

陈辛缭无语。

学生时代的大多数女生，一向穿得休闲，人群里偶尔会出现甜美连衣裙，却极少有冷艳型。

大学时期的陈辛缭，姑娘已亭亭。

在她的人生里，第一次的改变是见到了戚文斐，她想成为干练洒脱的女性；第二次的改变，是无形中遇到了内心的自己，她有了人生中自己磨炼出来的轻熟感。

脱去清一色军训服、高马尾的陈辛缭，柔顺的长发整齐地披于耳后，脸上也多了一层精致的妆容，正宫红的口红色号与一身黑色吊带开衩长裙搭配白西装格外相应，脚上一双黑色绑带单鞋衬托得她的身形更加纤细笔直。

她还没走出女宿舍楼，就已经吸引了好些路过女生的目光。

"辛缭，我有预感，你出了这栋楼后，整个世津会为你疯狂。"汪婼羡慕地看着陈辛缭。

"大家都是见过世面的人，我这样的一抓一大把。"

"你这是谦虚还是美而不自知？"

戴岑和裴舒舒走在前，陈辛缭和汪婼走在后。

女宿舍门口，原本走出去的戴岑和裴舒舒突然原路返回了，激动得嘴上说不清。

"还没出门呢，就轰动了？"汪婼问。

陈辛缭却觉得这压根是不可能的事，她走出去看情况。

女宿舍楼门口的大树下，何律珩一只手揣兜一只手刷手机，身边走过的女生都会看他几眼，三步一回头，一个个没勇气问他要联系方式只得激动地窃窃私语。

"是何律珩。"陈辛缭对身后的人说。

汪婼趴在门槛处，笑嘻嘻地看着何律珩："学长好像在等人，你说一来他不住宿舍，二来杨若苟也不住宿舍，女宿舍楼下惊现他，除了等你还能有谁？"

陈辛缭斜睨她一眼："一定是他女朋友在附近。走吧，别猜测了，吃火锅去。"

汪姞跟上陈辛缭："如果他真的来找你的，你准备怎么办？"

陈辛缭回答得坚决："我从不做第二人选。"

"啊？什么意思？"

"我要当不二之选。"

汪姞、戴岑、裴舒舒纷纷竖起了大拇指。

穿过人群时，陈辛缭的出现确实引起了小小的骚动。

何律珩从不在意身边正在发生的事情，转眸只是因为余光中忽然出现类似陈辛缭的身影。

然后，真的是她。

何律珩与陈辛缭中间空白了两年，在当时的何律珩的脑海中，只有高中时期的陈辛缭，以及军训时期的陈辛缭，穿着军装的陈辛缭脸上有着和高中时期一样的青涩，可是穿上常服的陈辛缭，却有着可望而不可即的惊艳。

当时的其他学生也对这样的女生产生了极大的幻想。

胆子大的男生果断上前问名字问班级要联系方式，其他心痒痒的人见状也都趁机迎了上去，陈辛缭被围住走不出，偏偏三小只秉承着一种"不打扰是我的温柔"的态度在一旁观望顺便羡慕，陈辛缭只得硬着头皮被包围。

三小只全程除了注意陈辛缭走桃花运，也时不时地看向何律珩。

果然，何律珩原本拿着手机的手放了下来。

"他来了！他来了！"三小只内心无比欢吟，不禁开始脑补小说情节。

汪姞："只见一向高冷的男主大步迈向人群，眼里透着灼灼逼人的冷傲。"

戴岑："他正在向他心爱的女人走去，救她于水深火热之中。这可是他喜欢的人，只能属于他，如何能让别人靠近她！"

裴舒舒："而后，男主拨开人群，一把抓住女主……"

三小只的感官突然静止。

"哎？怎么回事？"

只见男主从女主身边擦肩而过，走向了后面的……杨若苟。

陈辛缭的视线也不由得被带到了后面。

何律珩来到杨若苟身前接过了她手上的箱子，杨若苟如释重负，对他笑眯眯地感谢，然后两人的身影穿过陈辛缭这边，向远处走去。

陈辛缭有些失落地锁上手机屏幕，对男生们说手机没电了，然后撇开人群表面毫无波澜地走向三小只。

"走吧，吃火锅去。"

三小只表示:"要不去吃冰吧?"

陈辛缭问:"为什么?"

三小只憨憨:"感觉你此时的心情去吃火锅,是火上加油。"

陈辛缭:"想太多。我有那么没出息?我差何律珩一个?"

三小只表示,她说话的口气像极了需要灭火器。

而且谁和她说何律珩了?

本来大家想去旁边圣榆街的火锅店就近解决,但是当看到那家平价的火锅店顾客爆满后,肚子饿得咕咕叫的戴岑气得一跺脚,说要请大家去市中心才有的一家轻奢火锅店。

她有超级黑卡可以免排队,于是四人打车去了这家位于19层的火锅店。

预留的是落地窗旁的座位,可以一览海城繁华夜景。

第一次来这种场合的汪婼和裴舒舒已经开始假装自己是有钱人了。

"裴,今天竟然来我们这种闺密局。"汪婼扬着手中的玻璃杯。

裴舒舒摆弄手指上的银戒指:"他刚给我买了一枚两百万的大钻戒,让我出来跟姐妹们炫耀一下。"

"哈哈哈哈哈!"两人自娱自乐差点笑岔气。

因为在军训的时候发现陈辛缭不吃辣,这次大家点了鸳鸯锅,一边红油一边番茄。点完菜品后,大家轮流去打酱。

陈辛缭最后去。

调料区酱品丰富,陈辛缭扫视了一圈熟悉了下名字,弯腰去拿调料台下的碗。

忽然,另一个人也正好摸到了她的那个碗上。

两人对视。

陈辛缭心里一顿。

杨若苟。

那是陈辛缭第一次与杨若苟面对面,也是第一次近距离特别仔细地看她的五官并且记得一清二楚。

那是一个拥有娃娃脸、小鹿眼的女生,大眼睛水汪汪的,特别清澈无辜。

一瞬间,她都对这双眼睛忍让,于是垂眸拿了旁边的一口碗。

"谢谢。"

杨若苟的声音甜甜的,看着调料区里的一碗碗酱,看似玩笑却又让人遐想地说:"还好咱们抢的是碗,要是男朋友,你会让吗?"

陈辛缭又落了一眼在她的脸上。

这时无辜的小鹿眼里,多了一些瑕疵。

还男朋友呢？碗也不让！

陈辛缭果断拿回了杨若荀手中的空碗，端着两口碗回了座位。

三小只见她一只碗空的，好奇："辛缭，这口碗拿来干吗的？"

陈辛缭将碗放到一边："摆盘。"

"嗯？"

杨若荀刚才在调料区说的话让陈辛缭开始思考，分明就是话里有话，刻意针锋相对。

难不成是知道她和何律珩认识的事？

她都没有吃她的醋呢，反而被针对了！

有点生气。

正气着，视线里杨若荀打好调料去了落地窗最尽头那个位置，离陈辛缭这桌不过三桌之距。

视线掠过前面几桌，陈辛缭看见了何律珩。

"真是时过境迁呀。"陈辛缭颇有感慨，自言自语。

"啥？"三小只顺着她的视线也就看到了画面。

正对着风景的汪嫮不禁被果汁呛了一口："我的妈呀，在这儿也能遇到他俩？"

也正中了戴岑和裴舒舒的心里话。

两人忙点头回应。

"我后来特地问了之前论坛上认识的学姐，学姐说他俩不是恋爱关系，也就是大一刚入学的时候因为社团活动认识的，然后发现住在同一个小区，应该就是朋友吧。"裴舒舒说。

"这朋友也太暧昧了。"戴岑说。

陈辛缭抚了抚脸，眼睛继续盯着那人。

忽然，那人像是注意到了来自不远处的目光，抬起了眸。正好穿越了人与人之间的空隙，两人四目相对，陈辛缭来不及躲开。

好尴尬。

陈辛缭的脸一下子烫起来，低头看回锅里，沸腾的红色汤底，放置的毛肚已熟。

她挑起筷子夹了起来，放进嘴里的瞬间，表情僵住，面色更红了。

原来不是番茄锅！

她赶紧抽来纸巾将毛肚吐了出来，喉咙火辣辣地烧着。

三小只见陈辛缭这样吓坏了，赶紧给倒了冰水，陈辛缭一下子喝完了满满的一杯。

"人家吃饭的时候看到帅哥都是秀色可餐,怎么到你这儿就跟中毒了一样。"汪婼帮她继续加水。

陈辛缭又抽了一张纸巾擦擦眼角附带的眼泪:"对帅哥过敏。"

不远处的何律珩看到那一幕以为陈辛缭是不小心被呛到的,嘀咕了一句:"笨蛋。"

杨若苟以为他是在和自己说话,问:"什么?"

何律珩摇头:"没什么。"继续低头吃饭。

何律珩那桌比陈辛缭这桌先吃好饭离开,陈辛缭看着那两人的背影,她在心里默默地叹了口气。

好可惜。

等四人吃好饭,这座不夜城灯光全城闪耀。

海城的房子很繁华,密度也很大,站在大楼间的露天长廊上,四周密集的灯光如同璀璨繁星。

在这样的金融城市,遍地是想要融入的人,大家都在努力地想要成为精英,每天都有人在寻梦,每天也有人被淘汰。

汪婼和裴舒舒疯狂地在繁华大楼间拍照,陈辛缭和戴岑走在两人后面,看两人跟看两只蝴蝶似的,这边飞飞,那边飞飞。

"戴岑,我好羡慕你啊,毕业以后,我们都会有就业烦恼,唯独你,可以回去继承家业。"

"那是我哥的事,我才不要在自家公司上班。"

这话一出,大家都笑开来,没有了开始时被这座城市压迫的压抑。

"我希望毕业后,我还能站在这里。"汪婼对着身前的重重高楼双手合十许愿。

陈辛缭、戴岑、裴舒舒依次站在她身边,每个人心中都有不同的感想。

戴岑也许是从小到大没有经济压力,她格外追求精神上的东西,她想要去踏遍全球,感受不一样的风土人情。

裴舒舒和汪婼一样,来海城只为了能够在这里立足,但是几年后何去何从,谁也不知道。

有梦的年纪,梦想破碎的陈辛缭只有一次次的迷茫。

就像这夜里的灯火辉煌,看久了会眼花。

成长,并没有让她越来越坚定。

也许这就是轻易放弃的代价。

04
喜欢的表现 /

回校正式上课后,班级里开始挑选班干部,大家都是出类拔萃的尖子生,光是班长这个职位竞选的就有好些,唯独陈辛缭默默地缩了下来。

班干部竞选没参加,另一头的社团她也不是很感兴趣,但是三小只一定要拉着她去壮胆,说大学不多努力(看帅哥)是没有意思的,第一个首选部门是体育部。

"你们是想去体育部?"陈辛缭没少给三人浇冷水。

"我们就是去饱饱眼福。"三小只对去体育部面试的事充满了幻想。

社团正式招成员当天,体育部的招新帐篷前,女生无数。

有慧眼人士路过表示,这些女生里面无一录用。不过对于女生们而言,管他会不会被录用,能看到何律珩的盛世美颜,足矣。

体育部的帐篷下放着两张拼在一起的课桌,具有代表性的人物就坐在那两张尊贵的椅子上。何律珩本不想来的,但是负责部门招新的傅时新有经验,如果何律珩不坐在这里,体育部一定没几个人来报名,毕竟论体力、体能的杰出人才,屈指可数。

所以傅时新开出了帮何律珩买一个月的午餐的条件,这位大神才露面。

当这位懂得"天时地利人和"的负责人亲临现场时,看到这浩瀚人海,很满意。

只是全程,何律珩低头看手机,期间有女生特地前来搭话,被傅时新婉转地接过了话。

要是让何律珩开口……

他至今也没想到有什么法子。

一个下午的面试,体育部排队面试就像是过安检,一人接一人地进行基础的体能测试。起初能量满满的傅时新有些许视觉疲劳了,原本挺直的背也不自觉地靠在了椅背上,看妹妹们也没有了起初的光彩。

就在他准备打求助电话找人替班的时候,看到了队伍末尾的两条大长腿。

可惜前面的人挡住了那位的面容,他选择速战速决,终于等来了她。

这下好了,他眼睛又亮回来了,背也直了,果然身材好的美女包治百病。

"同学,你好。"傅时新声音温柔得出奇,还有些羞涩。

何律珩注意到这个细节,微微一瞟他,放在心里嫌弃了一下,收回了视线继续看手机。

何律珩这样冷淡的表现对傅时新而言突然成了好事,只要身边这位大神不动声色不表现魅力,他觉得自己还是有实力的。

"你好。"

何律珩愣了一下,声音好耳熟。

傅时新:"你叫什么名字?"

"陈辛缭。"

这下这位两耳不闻窗外事的大爷终于抬起了尊贵的头。

傅时新见何律珩突然有动静了,不由得看了过去。

一秒。

两秒。

三秒。

他看见何律珩居然能在陈辛缭脸上盯着超过三秒钟,他断定自己是百分百没戏了。

傅时新放在心里气啊。

但是他不信何律珩能主动,就算是看了两眼又如何,机会往往是给肯迈步的人。

"来,一旁做下仰卧起坐。"傅时新伸出左手往折叠垫的方向指了指,特别绅士。

陈辛缭走到平铺的折叠垫旁,按照要求坐了下去。

她今天穿着一件白色衬衫,搭配黑色高腰短裤,坐下的时候,纤细的长腿伸直,轮廓太完美。

傅时新看得口水都要流下来了。

何律珩略显不爽地抿了下唇,取下挂在椅背上的外套,走到陈辛缭面前,将外套盖在了她腿上。

傅时新很想喊"快停下",话只是卡在了喉咙深处,谅他也不敢阻止。

他是很喜欢看,但不能太明显呀。

陈辛缭看了看腿上的衣服,又抬头看了看何律珩,只见那人双手抱臂站在一旁,大高个从这个角度看总有种居高临下的仗势感。

"快做。"何律珩命令道。

他虽做了一系列让大家觉得反常的事情,但严肃起来还是格外没有人

/ 073

情味。

陈辛缭躺下来开始做仰卧起坐。

刚开始做的时候，陈辛缭觉得自己还是能行的，结果就因为太自信起点力度太大，没做几个就体力不支了。

汪婼在旁边给她喊加油，她更加尴尬了，短短一分钟简直度秒如年。

傅时新看着陈辛缭这体力不支的样子怪心疼的，看着计时器上的倒计时，凑到何律珩身边，小声说："这位妹妹勇气可嘉，要不就让她破格录取？"

回应他的只有何律珩凌厉的眼神。

傅时新一声也不敢再吭，明明自己才是负责人……

终于一分钟只剩下三秒钟倒计时。

"停！"傅时新的"停"在喉咙里预备了好一会儿，喊出来的时候都破音了，一副怜香惜玉的表情。

他再次看向何律珩，想要让这位大爷走走后门，结果那位大爷直接说了一句："Out（淘汰）！"

傅时新怕陈辛缭难过，忙上前安慰："你已经很棒了。"

陈辛缭从坐垫上爬了起来，将衣服捡了起来，回头对傅时新说："谢谢。"

"妹妹你还想去哪个社，我可以给你引荐一下。"傅时新不离不弃。

"不去了，本来也就是陪朋友来的。"

陈辛缭说完将衣服扔还给了何律珩，何律珩灵活地接过，看着她的身影从面前穿梭到观众区，又看傅时新还要跟上去，一把将人拉了回来。

"别忘了自己的职责。"

傅时新委屈巴巴，只得继续监督其他人。

陈辛缭走到一旁的空地休息。

何律珩将外套随手放在了椅子上，往陈辛缭这边靠了过去。

"去过音乐社了吗？"

突然的搭讪让陈辛缭有些不自在，片刻，她冷淡地回答了两个字："没有。"

"我有一个朋友是社长，可以帮你引荐一下。"

"不感兴趣。"

"我们学校的音乐社相对而言还是蛮有前景的，每年会参加一些校外的演出，和津城音乐学院也保持着一定联系，有比较好的展现机会。"

他记得她最想去的那个音乐学院就在津城，也为她的失利而可惜。

只是这一刻，陈辛缭觉得有些有趣。她放弃一切奔向他，他却在尽他所能让她实现梦想。

"我不喜欢做多余的事情了。"她随便扯了个理由搪塞过去。

何律珩的眼睫微颤,这哪是她会说的话。

"为什么最喜欢的事情会变成多余的事?"

陈辛缭心里发堵,微微皱眉:"何律珩,请不要关心我。"

此时虽是秋季,但是太阳很暖和,可不知为何,就是照不到心里。

心里空着的那个位置,总是寒冷至极。

何律珩终究是沉默了。

"何律珩,我好啦!"就在这时,杨若荀笑着从附近的音乐社小跑而来。

她的出现,明明并不讨喜,却为陈辛缭和何律珩之间的尴尬气氛做了调节。

"你什么时候结束呀?"杨若荀站在何律珩身边仰头笑着。

陈辛缭觉得自己一下子陷入了局外人的身份,于是很自觉地往三小只那边走去。

正走到一半,就听何律珩对傅时新喊着:"老傅,我们先走了。"

这声"我们"可真是和谐。

傅时新此时正在加三小只的QQ,看到陈辛缭走了过来,兴奋,压根不关心何律珩在不在现场的事,手一挥:"走吧走吧,约会愉快。"

汪婼往何律珩的方向看去,又看到一个人回来的陈辛缭,觉得姐妹显得有些孤零零。

她故意放大声音说:"辛缭,傅哥说晚上请我们吃饭。"她说完偷偷用余光看了一眼何律珩,那人还真是往这边看了一眼。

"是吗?"陈辛缭有气无力的。

"对呀,想吃什么?傅哥请客。"傅时新说。

"我减肥。"陈辛缭不想欠人情。

"你还需要减?"汪婼瞪她。

"我重了一斤。"陈辛缭竖了一根手指。

戴岑、裴舒舒哈哈大笑,觉得陈辛缭有些凡尔赛式的可爱。

陈辛缭不随约,三小只也不好意思跟傅时新一起去吃饭,婉转地把饭局延到了下次。至于下次是什么时候,谁也不知道。

互相加了好友后,几人在招新处与傅时新拜拜。

迎着落日的光辉,四人一路往前走。

因为听说大学挂科率高,社团可以加分,体育部玩也玩过了,四人周旋在剩下的社团里,想着随便报一个不累的满满学分。

最后陈辛缭和汪婼去了新闻社,戴岑和裴舒舒实在是犯懒,听天由命吧,于是一个也没有报，准备拼成绩。

接下来的日子，陈辛缭把自己的生活安排得满满的，忙学业，忙着去新闻社报到，忙着熟悉世津和附近的美食。三小只偶尔会组团去田径场上借散步消化积食看帅哥，关于田径场的活动陈辛缭都没有参与其中。

十月中旬，裴舒舒生日，在 KTV 庆办。

满十八岁又脱离父母的少女想做从前想做又不敢做的事，大家仿佛是自我催眠，人人都有理由。

裴舒舒说："再不疯狂我们就老了。"

汪婼说："酒嘛，水嘛，喝嘛！"

戴岑说："喝趴下了，大不了就在包厢睡一觉。"

陈辛缭沉思了一会儿后，说："我负责看门。"

大家笑得前仰后合。

那件疯狂的事情就是喝酒。

四人里，戴岑酒量最好，喝酒和喝饮料一样，其他三人完全是强灌。

"哎呀，不行了，不行了，我要歇息片刻。"

汪婼躺下了，看着大屏幕上滚动的歌词，用脚踢了踢坐她旁边的裴舒舒，示意她把麦克风递过来。

裴舒舒嘴上虽说着汪婼但也乖乖地把麦克风递了过来，于是就是汪婼鬼哭狼嚎般的歌声。

陈辛缭实在听不下去，对于她这种音乐爱好者来说，这一刻简直在渡劫。

正好想上厕所，她对三小只问："你们有谁要一起去洗手间吗？"

三小只都按了按自己的小腹感受了一下，异口同声道："没有。"

陈辛缭手一挥，有些跟跄地起身，走出了包厢。

陈辛缭第一次来这个 KTV，不熟悉路线，出门没有看见洗手间的标识，于是她凭感觉找，顺便仰头记路过的包厢号，方便回来的时候不迷路。

途经一间包厢的时候，门正好打开，陈辛缭正好仰头看包厢数字，见着那人，陈辛缭马上扭头就走，不料被那人拉了回来。

"躲我？"

陈辛缭也不知道自己为什么看见何律珩就想躲，而且她哪里知道自己看数字的时候突然出现何律珩的脸。

太意料之外了！

"走错方向了。"陈辛缭尴尬地把头转了回来。

"你要去哪个包厢？"何律珩以为她在找包厢号。

"我……"陈辛缭实在是越紧张越憋不住，"我去上厕所。"

何律珩抿唇一笑，指了一个方向："那边。"

陈辛缭往他指的方向快步走去。她快走的样子就像是小鸭子，不禁惹何律珩发笑。

陈辛缭在洗手间方便完后，打开手机前置摄像头照了好久，刚才吃了东西口红都花了，看起来好没气色啊。

算了算了，反正也没带补妆的，而且人都看完了，今天也不一定再遇上了。

陈辛缭慢悠悠地走出洗手间，就见何律珩在门口的台阶下打电话，乖巧的模样像是在给家人报备。

她又想溜了。

何律珩见到她，快速掐断电话，追了上来。

"你在几号包厢？"

"B8。"陈辛缭回。

"在那边。"何律珩再次给她指路。

路过何律珩的包厢的时候，陈辛缭见他没有走进，以为他没注意，于是提醒："你走过头了，你的包厢在后面。"

谁料何律珩说了一声"知道"，继续前行。

"准备几点结束？"何律珩问。

"不知道。"陈辛缭说。

"手机带了吗？"

"在包厢。"

"我……我们加个联系方式吧。"

陈辛缭愣了一下，脑子里蹦出来的字是：老娘是你想删就删想加就加的人吗？

"容我想想。"陈辛缭继续往前走。

"想什么？"

陈辛缭咬了咬下唇，一狠心回："当时你把我删了的时候不是挺坚定的吗？现在加回来算什么意思？都由你说了算？"

何律珩顿住。

明明被凶了应该感到心塞，现在他心情却莫名变得挺好。

他略显得意地说："嗯，我说了算。"

陈辛缭气得想踩他一脚："这一次我说了算！"

"也可以，那你是加还是不加？"他看着她，眼神越来越温柔。

陈辛缭因此忘了走路，看着他心里摇摆不定。

而他最喜欢看她的眼睛，她的眼里总有答案。

两年前是否定，如今好像变得在意。

"要不还是加吧。"何律珩给她做了决定，拿出手机添加她的QQ，那个早就记在大脑深层的数字。

陈辛缭看着他在搜索框里输入的九个数字，居然一个都没错。

"回去就通过吧。"何律珩说。

"再说吧。"

陈辛缭继续往前走，很快就到了B8包厢门口，她更是头也不回了。

何律珩拉住了她。

陈辛缭发愣地看他，只见他上前凑到她的脖颈处闻了闻。

她被弄得痒痒的，往后倒了倒，心里没底："你干吗？"

"少喝点。"

他的声音磁性地落在她的耳侧，然后熟悉的气息再次远去，消失在了拐角。

陈辛缭顿了好一阵才回神，走进包厢。

包厢里，汪某人还在鬼哭狼嚎。

陈辛缭瞬间感觉自己掉入地狱，她决定把自己灌睡。

喝着喝着，她确实睡着了，然后，果断忘了手机上某人的好友添加。

不知过了多久，耳边突然响起裴舒舒慌张的喊声。

"糟了糟了！辛缭，汪婼刚才去上厕所的时候遇到戴呈烨了，借着酒意告白，结果人家戴呈烨有女朋友，正好遇见，现在都闹起来了！"

陈辛缭的蒙眬双眼瞬间清醒。

陈辛缭和裴舒舒赶到现场的时候，包间围着很多人，视线望去，大半是体育部的男生。

慌乱之中，陈辛缭看见了何律珩。他坐在沙发上淡然地看戏，手中捧着一个酒杯，看见她的时候，还对她扬了下酒杯。

陈辛缭无奈，也不知道帮衬一下。

她快速分辨了局势，三个女生对着汪婼进行口水战，中间那位骂得最凶的应该就是戴呈烨的女朋友，因为同时戴呈烨在扯着她的手臂想劝架。

"你是戴呈烨的女朋友？"陈辛缭带有礼貌的语气。

中间的女生愣了一下，本来在好好吵架的，突然被人打断就不知道该说些什么了。

半晌，她说："我是戴呈烨的女朋友，是正主。"还不忘强调了"正主"二字。

"既然是女朋友，就请管好自己的男朋友，如果你男朋友第一时间承认你的存在，誓死不给别人机会，你觉得会有今天的场面吗？"

女生又愣了一下，随后变回凶脸："我家宝宝说了，他说过我的存在，是你朋友死皮赖脸地缠着他！"

陈辛缭并不知道汪婼和戴呈烨之间都发生过什么，但她相信汪婼完全不是那样的人，是非常有分寸的。

"他没有和我说过。"汪婼解释。

陈辛缭对她信任地点头，再次看向女生道："总之，你的男朋友你自己好好调教，我的朋友我带走。"

说完，陈辛缭转身护着汪婼出去。

戴呈烨的女朋友并不是善茬，她直接冲到两人面前，张开双臂，说道："这事还不能解决！"

"那你想怎么解决？"陈辛缭问。

只见女生咬牙瞪眼地就挥起了手掌要扇向汪婼的脸，陈辛缭眼疾手快地握住了她的手腕，容不得她反抗和喊疼，一把挥到了旁边的戴呈烨的脸上。

空气静默了。

那声巴掌够响脆。

戴呈烨都被打蒙了，观众们也都蒙了。

"不是我！"女生极力解释。

戴呈烨颜面无存，面红耳赤，直接摔门而出。

女生颤抖着肩，把气全撒在陈辛缭身上："你有病啊！"说着对陈辛缭就是报复性地用力一推。

注意力在戴呈烨身上的陈辛缭防不胜防，重心不稳地就往后倒去。

视线变成了圆弧。

完了……

忽然，她的腰部被人接住。

一个转身，她看见了何律珩。

"够了。"何律珩的声音低沉，眉头紧锁，"闹闹就算了，她是我的人。"

大家傻了眼，看看陈辛缭，又看看何律珩。

这到底是闹哪出？今晚这信息量太大了。

本应愉快的夜晚，因为这出闹剧惹人心烦。

从闹场离开后，陈辛缭和三小只回了自己的包厢。

汪婼一进包厢就号啕大哭起来。

"你们什么时候那么熟了？都谈情说爱了？"裴舒舒问。

汪婼把哭泣的水龙头渐渐开小，一抽一抽地说："我们每天都会聊天，每天早上一起来就说早安，中午说午安，睡前说晚安，难道这都不算爱吗？"

戴岑和裴舒舒表示无语。

陈辛缭更是直接翻了个大白眼："如果这都算爱，你有什么好悲哀？"

少女实际上是知道答案的。

只是大多数时候喜欢自欺欺人罢了。

她们始终希望相信美好。

汪婼走去点歌台的位置点了一首《如果这都不算爱》，捡起话筒又是一阵鬼哭狼嚎，只是唱着唱着，哭得更惨了。

体育部的口风很紧，当晚发生的事情全都结束在了包厢里，出了那个门，谁都没有再提起过。

汪婼把戴呈烨的所有联系方式都删了。

自从戴呈烨的那件事后，陈辛缭对体育部的人也产生了负面印象，属于一并概括的那种，她连着傅时新都给删了。

傅时新发现这件事后，忙去找何律珩诉苦："你的人把我删了。"

可怜极了。

何律珩淡淡地瞥他一眼："既然是我的人，你难过什么？"

"放在空间里看看也好啊，虽然她也不怎么发动态。"

"无聊。"

"她把你删了没有？"

何律珩一时没有话，总不能说人家压根没通过吧。

"她不敢。"他的底气明显不足，不过傅时新并没有发现，只有羡慕嫉妒恨。

"不愧是你。"

全国大学生田径锦标赛定在第二年的夏天，往年秋冬闲得发慌的新闻社就会开始借题发挥，做各种预热准备，比如说到时候参赛名额落入谁手，比如说最希望谁能入决赛等。

新闻社借着即将举行的社团联谊活动的通知来重点推广了一下关于对田径队采访一事。

社团教室，高明在讲台上滔滔不绝，台下无精打采一片。

汪婼觉得奇怪，小声问了一下身旁的学姐："这道题很难吗？"

"难。"学姐苦瓜脸，"虽说有八个人，实则是指专攻一人。"

"什么意思？"

"田径队最大的看点是谁？肯定是何律珩是不是？但是请何律珩可比登天还难，我们社从大一新学期开始就想采访他，可他就是不接受我们的邀约。我们请学生会、体育部总部长、教练出马动员，都没有人请得动他。"

汪婼做了解状点头,向陈辛缭转达:"刚学姐说,何律珩是咱们社到不了嘴的肥肉。"

陈辛缭脸抽了一下,这形容也太与众不同了吧。

陈辛缭本对新闻社的学分挺上心,但是上课后她发现课程也没有那么难,现在她只想做只默默无闻的小菜鸟。所以大家都在跃跃欲试的时候,陈辛缭继续我行我素。

在新闻社哪怕是功德再高,也就加几个学分的事,她只要好好学习就不差那几个学分。

这就是学霸的自信。

但是事不如意,没过几天陈辛缭的一门测试考成绩出来的时候,她傻眼了。

明明很认真地答题了,答案却不尽如人意……

她看了看汪婼她们的成绩,惊!

这些平常一回宿舍就看剧看小说的人,居然比她一个天天拿命看书的人分高!

"哈哈哈哈!辛缭,你说实话,你平常认真看书的时候是不是都在想别的?"汪婼笑得前仰后合。

陈辛缭面无表情地瞥她一眼:"只是一次测试失利,并不能代表什么。"

汪婼笑完才安慰地拍拍她的肩:"做人嘛,要劳逸结合,你可能是每天太用功了,用脑过度,考试的时候大脑累了,开了个小差。"

陈辛缭杵着脸开始思考自己如果期末挂科的事:"如果请到何律珩是真的会加分吗?"

汪婼眨巴了下眼睛:"你是要走偏分了吗?"

"做人嘛,一定要努力,是不是?"

"话是这么说。"但怎么这么像是妥协。

社团联谊会在圣榆街的一家咖啡馆举行,活动区域大,一楼大厅加上一个阁楼。

大厅有个小舞台,每个社团都有代表准备了节目,主持人也都安排到位。

空地和二楼阁楼分别都摆上了长桌,桌上摆盘精致,座位自由坐。

陈辛缭和汪婼选择了没人向往的阁楼。

在这样一个交际场合里,每个人都希望展现自己,加上一楼光线好、看节目的视线好,一楼的座位几乎都是靠抢来的,直到一楼实在塞不下人,剩余的人才不情愿地往阁楼走。

对陈辛缭和汪婼来说,选择阁楼的原因很简单,因为小角落最安全。

体育部是学校重点部门，往常都会被区别对待，他们的人是绝对不会上阁楼这样的地方的，上次汪婼和戴呈烨的事情大家都是假装没发生，但是不代表没有发生。

在学校里，汪婼都是尽可能地避开，从前最爱逛田径场的人后来都乖乖地宅在宿舍了。

汪婼趴在围栏上数着楼下熟悉的人头，确定熟悉的面孔都在楼下，才松了一口气，重新坐了下来："辛缭，其实你可以坐楼下的，毕竟楼下和何律珩接触的机会更多。你看高明就选择了楼下的最佳座位，听说他是第一个来的，特地给何律珩留了座位，就等着何律珩的到来，狂拍马屁。"

陈辛缭有些为高明的努力而怜惜，因为她知道以何律珩的个性，不管高明怎么鞍前马后，何律珩都不会妥协。

这点上，他俩还挺像，原则性特别强。

"顺其自然吧。"陈辛缭搪塞了一句。

要怎么打破一个人的原则，陈辛缭要多加琢磨。

毕竟她从没在何律珩面前低头过。

事可败，但头绝对不能低。

"他来了。"汪婼提醒了一句。

透过围栏的空隙，陈辛缭看见了何律珩和杨若荀一同踏门而进，挺金童玉女。

高明第一个冲上前欢迎。

他做事细心且周到，给何律珩留位的时候给杨若荀也留了一个。这两人虽还不是情侣关系，但是在大众视角里，都觉得是迟早的事情。

人员到齐，台上表演嘉宾依次亮相，台下吃饭的吃饭喝酒的喝酒，不亦乐乎。

陈辛缭这桌虽靠近围栏可以勉强看到楼下的表演，但是大家看久了脖子累，也就耳朵听听了，听着听着，觉得无趣，男男女女准备玩游戏促进感情。

男生们提议玩嘴接纸牌游戏，场上有些女生还是比较保守直接拒绝了，男生们也没有再坚持，又换了一个数字游戏：规定"5"为敏感数字，如到5要用拍掌来代替，如果失误了就要接受大冒险的惩罚或者罚酒三杯。

规则制定好，游戏正式开始，大家兴奋且又小心地玩着，失误乃常事，几乎每个人都有失误被处罚。不过喝酒的比较多，于是中间又变了一下游戏规则，如果要以酒代替的话，三杯改成一瓶，这下大家谨慎多了。

几轮下来，陈辛缭一直将自己的头脑放在最清醒的状态，整场只有她没有失误过，大家不禁暗想来了高手。

舞台上的表演不知道过了几个,阁楼的游戏一直愉快地进行,气氛完全不亚于楼下。

直到主持人隆重地介绍了下面上台的表演者是杨若苟的时候,喜欢看美女的男生们扬言休息片刻,纷纷趴到围栏上看杨若苟。

杨若苟带来的是一首英文歌。

她的声音干净空灵,和陈辛缭的歌声有几分相似,一时间,陈辛缭都以为是自己在唱歌,随后清醒,不免觉得可笑。

校花的排场还是足够,刚唱完歌,台下掌声一片轰轰烈烈。

"不愧是整个世津唱歌最好听的人。"

"我记得何律珩好像就是被她的歌声吸引的。"

身旁学生闲聊了几句,纷纷回到自己的位置,然后游戏继续开始。

这一次,陈辛缭分心了。

也不知是因为杨若苟的歌,还是因为刚才同桌人的讨论,数字"5"直接被她脱口而出。

大家对此激动地欢呼:"她终于错了!"

陈辛缭甘愿受罚:"大冒险吧。说吧,做什么?"

大家觉得罚她的机会太难得,脑子里的鬼点子也就多起来了。

"她长得这么好看,不如就让她和何律珩告白?"有女生提议。

"好刺激!这个好玩!"也有人赞成。

"不行。"汪媠帮陈辛缭说话,"游戏归游戏,大家开心就好,但是不要做伤害人的事。我们辛缭现在和何律珩告白,人家杨若苟就在旁边,先不说何律珩拒不拒绝我们辛缭,这辛缭今后一定会被攻击的。大家校友一场,还是要善良。"

大家想想也是。

游戏本身就是为了怡情,可不是害人。

"那就让这位同学站在这里喊一下何律珩,看看能不能把他喊上来怎么样?"

"这个应该不过分吧?"

陈辛缭没那么矫情,不要触碰底线就好,她二话不说站了起来,走到围栏边。

此时何律珩已经没有在吃饭了,抱臂靠在椅背上看舞台表演。高明也没有继续缠着他了,想必进攻失败。

"何律珩。"

陈辛缭的声音一出,楼下的人全往上面看了。

/ 083

何律珩不知道陈辛缭也在这里，他甚至不知道陈辛缭有加入其他社团。

抬头的瞬间，他惊讶了一下。

他默默地看着她，没作声。

陈辛缭看了一下围观者，有些难为情，但是玩游戏要有游戏精神，她深吸一口气，用极其正常的语态说："上来一下。"

大家听闻，又都看向何律珩。

不可能的。

他怎么可能会听话上来。

不可能，不可能……

可就在大家的否定中，何律珩居然站了起来，往楼梯口走去。

阁楼的大家不淡定了。

何律珩居然上来了！

"什么事？"何律珩站在阁楼楼梯口问陈辛缭。

什么事呢？

要说什么事呢？

光顾着喊人，没准备后面的台词呀。

汪婼在旁边小声提醒："学分！"

陈辛缭脑子一个激灵："你要不要接受新闻社的邀访？"

何律珩愣了一下："你在新闻社？"

"对呀。"

"不去。"他一点也不留情面，"还有别的事吗？"

"没有了，回去吧。"陈辛缭被拒绝得透透的，已经无话可说了。

何律珩转身准备离开，忽又转了回来，看了下桌上的场面和各位的表情，大概了解了这是个游戏赌局。

"玩游戏的时候机灵点。"

"扑哧！"大家伙想偷笑却没忍住。

陈辛缭抬高下巴："你行你也来玩啊！"

大家十分期待地看着何律珩。

"行。"

大家表示今天的何律珩好不一样啊！

有种神仙下凡体验人间烟火的感觉。

何律珩的加入，振奋人心。

陈辛缭身旁的男生果断让座。

游戏主持人重新交代游戏规则的时候，再一次与大家心意相通把惩罚的二选一换成了真心话。

比起喝酒和大冒险,大家更想知道何律珩的真心话。

于是这一盘的开始,老玩家一个个打起十二分的精神,心里默念何律珩输。

但是何律珩的大脑太强,好几轮下来都不见他失误。

"我厉害吧?"何律珩凑到陈辛缪耳边,得意地小声道,面上却不露声色。

陈辛缪不屑,小声回复:"玩这个游戏最重要的不是过程,而是失误的人的游戏精神。如果一个个都像你那么精,这游戏谁还玩,是不是?"有意套路。

"希望我输?"

"就是想看看你的游戏精神。"

"你先表演一下……4。"

陈辛缪愣了一下,不知道游戏已经到自己了,何律珩说了"4",下一个就是"5",她大脑一片空白惯性地说了个"5"。

大家一阵起哄:"错了,错了!真心话,真心话!"

陈辛缪面色暗沉,这刚和某人夸下海口。

看着身边何姓学长此时脸上隐隐的微笑,她觉得自己反倒被他套路了,他分明是故意与自己说话让自己分心来不及反应。

"问吧。"陈辛缪心里有些慌。

大家看看何律珩,又看看陈辛缪,几人挤眉弄眼的,最后由其中一人提问:"你和何律珩认识多久了?"

在场的人都眼尖,刚才陈辛缪能叫得动何律珩,分明是认识的表现。

而且,不要太熟……

"一年多。"陈辛缪回答。

何律珩吃惊:"不是三年多?"

这样一个反问,如同剧情的突然反转,大家一个比一个激动,期待剧情的推进。

"高一到高二一年,我高二的时候你去海城了,期间我们形同陌路不算认识,当然现在也谈不上认识,所以是一年多。"

何律珩没想到她算得那么仔细。

在他心里,却是三年多。

而且她居然说现在还不算认识?

"怎么样算重新认识?"何律珩问陈辛缪。

陈辛缪瞥他一眼:"并不想。"

这回答太让人兴奋了,场上人忙喊下一轮,开始默默地祈祷陈辛缪继续输。

这信息量有点大,在座各位都是第一手资源。

有人已经计划着去校园论坛爆料了。

新一轮游戏开始，玩家们铆足干劲期待炸弹般的八卦产生。

几轮下来没胜负，最后也不知道是不是何律珩故意输的，然后一点情绪也没有地看向大家："问吧。"

意外来得太快，大家来不及反应。

这错得也太轻巧了吧？

怎么看都是故意的，用意何在？

大家反倒是不敢问了。

"这么好的机会，你们犹豫了？"陈辛缭看着这群唯恐天下不乱的人。

大家你推推我，我推推你，最后一软糯糯的小姑娘跑到陈辛缭旁边，凑她耳边说："我们不敢问呀，你们熟，你问可以不？"

"我们不熟。"

何律珩直接捏住陈辛缭的下巴将她的脸转了过来："我叫什么名字？"

陈辛缭一脸蒙，因为被他捏着下巴口齿有些不清："何律珩呀。"

"你知道我的名字，还说不熟？"

旁边学生们露出姨母笑，纷纷拿手机偷拍。

"熟……熟，行了吧？"

何律珩这才松开手，问那个站在陈辛缭边上的女生："你要问什么？"

女生几经犹豫后问："全场有没有你喜欢的人？"

何律珩看着陈辛缭，右手搭在她的椅背上，似笑非笑地说："有。"

这下阁楼的欢呼声比楼下主持人的话筒声都要大了，楼下的人再次往上看。

杨若苟早已坐立不安。自从她看到陈辛缭，占有欲就猛然上涨。她干脆从座位上站了起来，往阁楼走去。

阁楼，大家挤在一起笑着闹着，杨若苟的出现，大家还无知觉。

有人八卦地追问："谁？是楼上的还是楼下的？"

何律珩没有回复。

然而有人故意用激将法："我们打个赌，我赌是楼上的……"

"咳。"杨若苟故意轻咳一声。

大家看向身后，渐渐平息刚才的激动。

那位要打赌的人沾沾自喜，偷偷对同伴道："我发现我怎么赌都赢了。"

只见杨若苟对大家礼貌一笑，然后走向何律珩，手自然地放在何律珩的肩上，十分体贴温柔地说："你妈妈说让我们晚上早点回去，她新学了一种甜点，让我们回去尝尝她的手艺。"

何律珩往前倾了倾，做起身的动作，正好避开了杨若荀的手。

杨若荀不失尴尬，大方地往旁边移了一步，等待着何律珩走出来。

何律珩站起来后，却是转向陈辛缭，邀约："我妈妈厨艺很好，你要不要一起去？"

陈辛缭不知道他是要弄哪出，有些不知所措接不上话。

气氛发展得很微妙。

"我有别的事。"她委婉地回绝。

何律珩不在意地抿唇一笑，又伸出手来："手机借我一下。"

众目睽睽之下，陈辛缭觉得自己再拒绝有些伤人面子，于是把手机递给了他。

何律珩左手拿着陈辛缭的手机，右手拿着自己的手机，然后在两人的手机上捣鼓一番。

陈辛缭越发没有安全感，站起身来看着他操作。

号码存了，QQ好友加上了，开始写备注了……

看着何律珩备注的前几个字，陈辛缭微愣。

大家都有意无意地凑过来观摩。

终于，那人仿佛大功告成，对着手机笑了一下。

大家使劲搓眼睛。

一向冷若冰泉的人，居然笑了，笑起来也太好看、太迷人了吧！

因为太在意这个人的笑容，也就忽略了手机里的重点，等大家再次想要八卦，手机已经锁上了屏，而且递还给陈辛缭了，然后那个人也就走了。

大家开始拥向陈辛缭。

"辛缭，可以告诉我们何律珩的QQ吗？"

"你们到底是什么关系呀？"

陈辛缭一直在想何律珩的备注，耳边其他人的纠缠仿佛随着空气飘走了。

他给她的备注是：BLUE。

汪婼一回到宿舍就把今晚在联谊会上发生的事情全部详细说了一遍，讲故事的水平一点也不亚于说书先生，可谓是有声有色，还有人物心理描写。戴岺和裴舒舒听得一直姨母笑，还时不时地发出"哇""啊""我的妈呀"的感叹音。

陈辛缭觉得好夸张，哪有那么多的情节。

"所以，你们之前到底发生过什么？"

陈辛缭假装埋头看书："朋友之间会发生什么？"

"这可不一定。"三小只贼贼地笑着。

就在这时,陈辛缭的手机屏幕上一条消息闪过。

陈辛缭正准备拿起手机,感觉后脑勺像是突然开了天眼,背对着三小只都能知道她们此时按捺不住的表情,她果断将手机又放了回去。

三小只好着急啊。

"你就不好奇是谁发来的?"

"谁都影响不了我看书。"

"那我们来当你的眼睛替你看吧。"

汪媂就要来抢手机,被陈辛缭快一步将手机藏进了自己的睡衣口袋里。

三小只叹气。

"哎,姐妹们,虽然咱们很好奇,但是也不能因为咱们,就让自己的好姐妹错失良缘呀,是不是?"

三小只默契地各回各位,各干各事。

陈辛缭回头看了看三人的动态,确定在安全距离,偷偷从口袋里拿出了手机,然后静悄悄地划开屏幕。

何律珩:【回去了吗?】

陈辛缭:【嗯。】

何律珩:【早点休息。】

陈辛缭:【为什么备注叫 Blue?】

何律珩:【以后再告诉你。】

陈辛缭发了一个捶脑门的表情给何律珩,何律珩那边没有再回复。

联谊会陈辛缭的那一声喊,让她成功地成为新闻社的焦点以及新宠,高明把邀约何律珩这个艰巨的任务转手全职交给了陈辛缭。

陈辛缭的天空飘来四个字——弱小、无助。

从新闻社离开后,陈辛缭一路走一路纠结,最后再一次鼓起勇气给何律珩发了消息:【你要不要接受一下新闻社对你诚挚的邀请?】

何律珩这会儿正好在训练,过了好一会儿才给她回了一句:【不!】

陈辛缭深吸一口气,继续追问:【为什么?】

何律珩:【不喜欢。】

陈辛缭喃喃:"以前也没觉得他多难搞。"

这晚,"盘丝洞"开了个会议。

陈辛缭请求三小只帮忙一起出谋划策。

"我觉得我还是认真学习吧,不能为了新闻社那几个还不确定的学分劳心劳神,更不能因为何律珩那事,我就低头。就算高明把重任交给我,大不了我最后完成不了任务他把我赶出新闻社,但是我好好学习就不怕了。技艺挂身,天下任我自由行。"陈辛缭再次立誓。

三小只互看彼此一眼,开始窃窃私语。

"她啥时候也和我们一样那么善变了?"

"我们很善变吗?"

"我觉得女人都善变吧?"

"哈哈哈哈!"

一连好几天,何律珩给陈辛缭发消息她都没有回。何律珩坐在田径场的台阶上望着夕阳发呆,戴呈烨见他看起来心事重重,好心上前慰问。

"怎么了?为情所困?"戴呈烨在他身边坐下。

何律珩看到戴呈烨,就想到那晚在KTV的事,想到那晚的事,眼前的人额头上仿佛多了"情场高手"四个字。

"你和你的小女友怎么样了?"

戴呈烨见他突然问起,一阵心虚:"我喜欢萌妹,她那天母老虎个性暴露,回头我就和她分了。"

"她没有缠你?"

"以我的个人魅力,哪一个分手了不缠着我,唉,还是太优秀了。"

何律珩无言。一对比,他突然觉得自己是缠的那个人。

"哎!对了,我看到校园论坛里有人拍到你和陈辛缭的照片,什么情况?"

何律珩好奇是他和陈辛缭什么时候的事,于是说:"帖子翻给我看看。"

戴呈烨拿出手机打开校园论坛,关于何律珩和陈辛缭的帖子还是很火热,在最上面,所以一下子就找到了。

照片是那天联谊会上拍的,当时何律珩和陈辛缭坐在一起玩游戏。

众多抓拍的照片里,有一张照片是何律珩看陈辛缭的眼神,也就是那张照片,引起了大家火热地讨论。

照片里,何律珩的眼神温柔又专心,仿佛此后除了陈辛缭,再无其他人。

戴呈烨没注意到他此时嘴角不自觉扬起的微笑,继续以过来人的经验劝说:"这陈辛缭虽然长得漂亮,但千万不能娶回家,反正那天在KTV我是见识到她的厉害了。"

何律珩没搭理戴呈烨,把手机还了回去,然后用自己的手机打开校园论坛找到那些帖子,把帖子上的照片一张张都保存了下来。

"何……何律珩,你不会真的对她心动了吧?"

"你知道就好。"

看到照片，何律珩心情好了大半，约不上她，看看照片好像也不错。

陈辛缭为了挽回自己的形象，争取期末不挂科，每天都在给自己充电，一有空闲时间就去图书馆看书，图书馆爆满不得已就回宿舍一边听着三小只闹腾一边充电。

她给自己充电的同时，手机经常没电关机她也都后知后觉并不在意，期间有看到何律珩的消息，一些简单的问候，忙于学业的她每次都过了好一会儿才发现，有时用意念回复，有时时间点过了她也就觉得没必要回复了。

没日没夜地辛勤用脑，不好好吃饭，免疫力下降，加上天气愈来愈冷，平常就不爱穿多的她迎来了感冒。

空调的暖气开启。

汪婼在网上看了治感冒的食谱，利用宿舍刚买的小电锅给陈辛缭煮了葱姜水。陈辛缭憋着气喝着所谓的葱姜水，喝完赶紧往嘴里放了块糖，才大口大口呼吸。

"明天早上有没有一起去操场跑步的？"陈辛缭发出邀请。

汪婼抵着脖子犹犹豫豫，去看戴岑和裴舒舒的反应。

那两人也显得不太想早起。

"太冷了……"三小只表示。

"生命在于运动，像我就缺乏运动。"陈辛缭说。

"我们几个每天吃好喝好偶尔去圣榆街逛逛，身体倍儿棒。"裴舒舒说。

"何律珩每天都会在田径场，你正好可以找机会和他聊聊新闻社的事，一举两得，多好啊，是不是？"出鬼点子，汪婼最在行。

"你们社长给你设的期限快到了吧？"戴岑提醒。

陈辛缭完全忘了这事，赶紧看了看日期，还有三天。

"没准爱情学业双丰收。"汪婼又说。

陈辛缭摇头："我俩没啥戏。"

"为什么？"三小只听闻有八卦的气息，纷纷竖起耳朵。

"你们觉得他喜欢我吗？"

三小只愣了一下，拉着各自的小板凳靠她坐近。

"我觉得是喜欢的，如果不喜欢，当时也不会你一叫他就上来了，而且还陪你玩游戏。"

"现在学校里好些人都在讨论你们两个的关系，观众的眼睛是雪亮的，大家都说你们俩有戏。连观众都看出来了，你还在犹豫什么？"戴岑军师上线。

陈辛缭还是摇头："也就是叫了他就出现，然后一起玩游戏，可是那都是朋友之间必然的事情，就像傅时新他们叫他，他也会答应，就像我叫你们，你们也会出现一样，并不能代表爱情。"

不然，他也不会只是偶尔给她发发消息，如果真的喜欢她，应该会想方设法出现在她面前才对。

第二天清晨，陈辛缭在三小只的呼噜声、磨牙声中起床，高马尾一把抓，然后选了一套运动装出门了。

南方十一月，天气挺冷。陈辛缭很惜命地在运动服里塞了一件保暖内衣，出门前她把外套拉链也拉到了顶。

这个点，田径队已经在训练了。

陈辛缭偷瞄了眼大高个堆里的何律珩，埋下头开始跑步。

田径场上有运动员，也有和陈辛缭一样的人，千篇一律，陈辛缭并不显眼，但是她三步一个喷嚏还擦鼻涕的模样却有些惹人注意。

身旁路过的学生看她和看病毒似的。

好在她戴了口罩，忙从口袋里拿出口罩罩在了脸上。

这样的一个动作，引来了不远处的田径队教练的注意。

"瞧瞧人家的体育精神，感冒了还坚持锻炼，你们看看你们这群人无精打采没出息的模样，连人家小姑娘都比不上。"

大家看了一圈跑道，终于找到了教练口中的人。

"这不是陈辛缭嘛。"戴呈烨第一个认出来。

何律珩听闻，往跑道上找人。

看到那人，他眉宇轻轻往下压。平常不见她人，感冒了出来锻炼以为就可以药到病除啊。

还穿得那么少。

他拿起放在台阶上的风衣外套往那人的方向跑去。

陈辛缭越跑越觉得自己可能被误导了，这感冒出来跑步也没见到好转，反倒是越跑越疲惫，她感觉自己都要晕了，而且好冷。

防不胜防又是一个喷嚏，她干脆停了下来，气喘吁吁。鼻涕不自觉地又因为呼吸的冷热交替流了出来，她摸摸口袋，纸巾居然用完了。

好尴尬。还好戴着口罩。

她把手从口袋里拿出来，准备打道回府。突然，肩膀上落下一件外套。

陈辛缭抬头，看见了何律珩。

"感冒了就好好休息，你这样对身体只会百害而无一利。"何律珩说。

"我现在就回去了。"

陈辛缭把外套脱了下来还给何律珩，何律珩没接。

"你先穿着，回头有空再还我。"

"这会儿那么热心，怎么不见你答应我新闻社的事。"陈辛缭又将外套穿了回去。

虽然她在女生里面身高算高，但是穿上何律珩的外套，总像小孩套大人的衣服。

"有什么联系吗？"何律珩问。

陈辛缭身体累又有些心累，懒得解释了："算了，没什么，我走了。"话落，又一个大大的喷嚏。

这下好了，直接把口罩吹掉了。

光光的脸，还有没来得及擦的鼻涕水。

陈辛缭惊慌失措地把头往何律珩身前埋，头抵着他的胸膛，不敢动。

何律珩只以为她怕素颜见人："你不化妆也很好看。"

陈辛缭好尴尬，有史以来遇到过最尴尬的事情，莫过于在喜欢的人面前流着鼻涕。

她摇头："不是这个原因。"

"那是怎么了？"

"你有纸巾吗？"

何律珩手往陈辛缭的身侧伸来，陈辛缭不知道他要做什么，紧张地连忙抓住他的手："你干吗？"

"纸巾在风衣口袋里。"

"哦……"陈辛缭默默地放下了手。

何律珩的手插进她的风衣口袋，摸出了那包纸。

他长长的手臂将她圈住，一只手拿着小包餐巾纸袋，另一只手抽纸，远远地看就像是将她拥抱。

田径队沸腾起来了，一个个拿出手机拍照。

"万年铁树居然开花了！"教练也不免露出了慈父笑。

何律珩将纸巾递到陈辛缭的手上，陈辛缭接过，擤了擤鼻子。

然后，她如释重负，感觉呼吸都通顺了。

她的心情都变好了，把头从何律珩的身前挪开，抬头笑着说："谢谢。"

看到她的笑容，何律珩有一种久违的开心。

他不怕和她之间回不去从前，他怕和她之间止步不前。

这几天他很想她，却不敢靠近她，生怕又听到她的那句"不熟"，断了他想要逾越的心。

从田径场离开后,陈辛缭直接回了宿舍,三小只已经陆续醒来。

听到开门声,三人本是习惯性地看一眼门的位置,结果就看到某人身上大大的外套。

"哎!哪里来的衣服?"汪婼问。

到了宿舍,有了空调暖气,陈辛缭将外套脱了下来,从衣柜里拿了个衣架出来,将外套挂了进去。

"何律珩的。"

三小只猛然起身,半跪在床上。

"这什么情况呀?该不会被我说中了吧,要学业爱情双丰收了?"汪婼说。

陈辛缭靠在书桌上,抬头看着三人:"三位,饿不饿?要不要一起去食堂吃早饭?"

三小只这才发现她是空手回来的。

汪婼哭:"这有了爱情,连友情都不要了。"

陈辛缭解释:"本来我想着去食堂的,但是我的口罩掉了。"

"这敢情是觉得感冒传给我们没事,传给别人就不行。"

陈辛缭眯眼警告:"汪婼……"

"得嘞。"汪婼从床上爬了下来,"自己动手,丰衣足食。"

去食堂就餐后,陈辛缭趁热吃了一包感冒药,戴着口罩上了一早上的课。中午回到宿舍,陈辛缭又琢磨起这风衣得怎么洗。

国际大牌可得慎重,最后她干脆给送去干洗店了。

约好的时间是三天取,陈辛缭给何律珩发了消息:【你的风衣我送去洗了,要三天,到时候我再联系你归还。】

一路从校外回到校内,陈辛缭都没有等来何律珩的回复,她发现和何律珩之间,好像时间永远都凑不到一块。

她有空的时候他忙,她忙的时候他有空。

下午的课程在振华楼上,一节公共课。

三小只早就来占座,选了个看讲台视角最好的座位。陈辛缭刚进教室,三人就朝她招手。躲过这个教室三分之二人的目光,陈辛缭和三小只集合。

今天的人看着比往常要多。

"今天来讲课的老师很有名,还好我们来得早,不然没位置了。"裴舒舒说。

"谁?"

"叫曾科。"

听到这个名字,陈辛缭默默缩了下来,开始不爱这个座位。

曾科，三十二岁，毕业于世津大学，二十六岁时就获得经济学博士学位，有着"政经大神"的称号，大学时期写的理论后来都成为国内的教材，毕业后在众多学术期刊也发表过多篇论文。不过他没选择去经济学研究所任职，后来自己创办了公司。

不过他的传奇并不全体现在专业上，最主要的原因是他身形高大长得好看，未婚。

曾科的出现，无疑是造成了通道堵塞，很多没能抢到座位的学生只能围在门外看。

都说三十岁就发福，这些年曾科身材却保持得很好，一身西装革履分外挺拔，加上高挺的鼻梁架上一副金边眼镜，整个人看起来非常儒雅。

看到他，在场的女生都发出了尖叫声。

"哇，辛缭，我突然感觉大叔也不错！"汪婼狂拍陈辛缭的手臂。

"我从前以为自己不喜欢大叔，到今天我才发现，我只是不喜欢不帅的大叔。"裴舒舒抚脸开始幻想浪漫都市大片。

"也太帅了吧，果然男人成熟也是一种魅力。"戴岑靠在裴舒舒的肩上沉醉。

陈辛缭无语，后淡淡地吐出："醒醒，你们都没戏。"

"为什么？"三人看她。

陈辛缭下巴往讲台上抬了抬："就他这样的，你们觉得他会喜欢小妹妹？"

"她只是我的妹妹，妹妹说紫色很有韵味……"汪婼直接唱上了。

陈辛缭脑壳疼，扶额无语。

课堂上，大家聚精会神，生怕漏过曾科说的任何一个字、任何一个停顿，但是记笔记的倒很少。

陈辛缭只听说过曾科偶尔会来世津大学的报告厅讲课，但是没想到他会直接出现在一节普通的课堂上，这让这位高高在上的人显得有些亲民。

不过曾科的专业知识确实很渊博，陈辛缭很珍惜这次机会，平常他可是大忙人。

正奋笔疾书着，讲台上那位突然点了陈辛缭的名字。

她怔了一下，讷讷地起身。

"请这位同学回答一下屏幕上的这道题。"

陈辛缭呆呆地看着大屏幕，是一道选择题，可惜她不会。

她伸手扯了扯旁边的汪婼，求救暗示。

汪婼幸灾乐祸地笑完后，才说："B。"

陈辛缭把口罩拉到下巴处，回答了"B"。

谁知曾科又问了一句："为什么是B？"

这下陈辛缭是求助无望了。

"蒙的。"

大家哄堂大笑。

曾科摆摆手，示意陈辛缭坐下，然后开始解释这道题。

陈辛缭郁闷地把口罩戴回去，自言自语："唉，昔日学霸果真一去不复返了。"

汪婼安慰她："每个人都有自己不擅长的领域，正常的，不要灰心。"

陈辛缭淡淡地吐气。

一节课的结束铃很快敲响。

曾科那边被围得水泄不通。

"辛缭，你要不要趁这个机会去问下曾师兄有没有什么速成的方法？"裴舒舒提议。

陈辛缭看着前方满满的人头，摇头："不了，改天再问吧。"

"他明天一早就要回津城了。"

"以后还有机会。"陈辛缭说。

"那我去帮你问问。"说完裴舒舒迅速冲向了讲台。

"我也去，我也去！"汪婼和戴岑也追了上去。

陈辛缭无语，原来是为了看帅哥啊……

教室里人多，秋冬季大家也不爱开窗通风，上完一节课后本来就戴着口罩的陈辛缭于是觉得更闷了，准备去教室外面等其他几人。

刚一转身，她就撞上了一个人。

陈辛缭努力抵住脚尖，那个人倒是很自觉地往后退了一步，然后把手中的保温杯递给她。

"鸡汤，中午我妈做多了，我打包了一份赏你了。"

何律珩说这话的时候像极了口是心非的样子。

陈辛缭藏在口罩里的嘴角偷偷地扬着，接过鸡汤故作冷淡地说了一句："谢谢。"

何律珩故意弯腰低头看她："你该不会是在偷着乐吧？"

陈辛缭瞪他一眼："没有。"

何律珩扬唇一笑，起身："这门课没那么难懂，我可以给你上小课。"

……敢情刚才何律珩也在这里上课！

"不用，我又不笨。"她眼珠子开始打转。

"嗯，看来刚才课上是故意不答的。"

讲台上，曾科往陈辛缭这边看了过来，扫了眼陈辛缭手中的保温杯，然后婉转几言打发了在场的学生，和助理一起从前门离开了。

三小只挤破了脑袋好不容易到人前，结果刚好赶上人家走。

三人垂头丧气地去找陈辛缭，看见何律珩，立马又来了精神。

果然帅气的面孔总是能带走淡淡的忧伤。

只不过何律珩看到三人来了，特别主动地离开，也就前后脚。三小只表示今天是什么日子，为什么自己一来，男神们都走了！

晚上七点，陈辛缭接到一通电话，她坐在书桌前发了两分钟的呆，最后还是换了衣服走出了宿舍。

出门前，三小只纷纷探头问："干吗去？"

大家是无聊坏了。

"图书馆，一起吗？"

三小只纷纷缩回头。

"书的海洋不太适合我们游。"

陈辛缭笑了笑，关上了门。

此时校门口停着一辆黑色的奔驰SUV，显得特别庄严，里面的人看到陈辛缭出来的时候，鸣了声喇叭，陈辛缭根据曾科的习惯去了后座。

司机问："曾总，去哪里？"

曾科低沉的声音回复："找个清静的餐厅就好。"

司机开始找餐厅找路线，后座也是安静得很。

车子开始前行，后座才有声音。

"在这里都还习惯吗？"曾科问。

"嗯。"陈辛缭点头。

然后车里又没声了，很快，车子到达附近最好的餐厅，助理给两人订了包厢。

陈辛缭不擅长点菜，菜都是曾科点的。等菜都上齐了，陈辛缭傻眼了。一桌子的菜，两个人吃，未免也太奢侈了吧。不过是曾科的钱，她一点也不心疼。

"多吃点，补一补。"曾科给陈辛缭夹菜。

陈辛缭大口大口地吃，就是她有点鼻塞，不太吃得出味道，包括何律珩妈妈做的鸡汤，就觉得很醇口，至于鸡汤的味道，到时候如果何律珩问，她已经编好美丽的辞藻了。

"感冒严重吗？"曾科问。

"还好，就是有点流鼻涕咳嗽。"

"天冷了多穿点衣服。"

"嗯。"

"对了,我今天看到有个男生给你送了东西。"

陈辛缭瞄了曾科一眼,原来都看到了。

她没抵触:"嗯,朋友。"

"这个男生我知道,在你们学校是风云人物,长得好看,成绩也好……"

陈辛缭抬头笑着说:"舅舅,你是真心夸他的吗?"

曾科想,难道是自己夸假了?

"赞美是真心的,不过这样的男生太危险了,我不建议你找这样的男朋友。"

"那找什么样的?"陈辛缭问。

"找对你好的。"

"那是必然的,不过我终于知道我为什么到现在都没有舅妈了。"

"为什么?"

"因为舅舅你长得太危险了,迷人的危险。"

曾科无力反驳。

陈辛缭偷笑:"你今天的人气可是把何律珩都给盖住了,往常他出现的时候一定会引起轰动,但是他今天出现在你的课堂上,班里居然没动静。"

"这说明什么?宝刀不老。"

陈辛缭难得听曾科自己夸自己,不禁嫌弃了一下。

"你的这门课程好像不太好。"

说到这个,陈辛缭连吃饭的欲望都没有了,放下了筷子:"是啊,和我默契没到位。"

"我有两本笔记放在车上,等下你下车的时候带走,对你的专业有帮助。"

"谢谢舅舅!"

曾科第二天一大早就出发回津城了,交代给陈辛缭的最后一句话是:"好好照顾自己。"

陈辛缭觉得这些长辈都一样,离家前,她父母也是这样说的。不过这句话虽然常见但是最实用。

何律珩的保温杯,陈辛缭洗得干干净净,一大早就送去了他最常出现的田径场。当时田径队正好在训练,她没打扰,悄悄地把保温杯放在了台阶上,和何律珩的那个包放在了一起。

不知道是鸡汤起到了作用,还是舅舅的关心太补,又或者是四周充满了爱,

/ 097

陈辛缭感觉身体里有一股很强大的力量，让她可以继续发愤图强。

三小只在后面时不时地叮嘱她："生命诚可贵。"

晚上，陈辛缭在宿舍看曾科给她的笔记本。

脑子是个好东西，如果她有曾科的脑子，她觉得自己简直所向披靡了。

曾科的笔记中，很多书中烦琐的文字经过了他的理解就变成了简单好懂的东西，就像是数学公式一样，套入概况。

她认为自己马上就可以在这门专业课上站起来了。

汪婼从学校快递站回来的时候帮陈辛缭带了一个快递，大大的箱子，加上她自己的差点把她淹没。

"辛缭，你的快递。"

陈辛缭回头看那个箱子："我没买东西。"

"也许是别人寄给你的。"

"好。"陈辛缭又转回去继续看书。

三小只不禁觉得陈辛缭真是个狠人，居然有人对拆快递不热衷？

汪婼把快递放地上："你不过来看看什么东西吗？感觉挺有分量的。"

"帮我看看谁寄的。"

汪婼趴着看箱子上的信息："曾莉。"

陈辛缭愣了一下，走到箱子边："我妈。"

"哦，原来是阿姨呀。"

陈辛缭拿来剪刀划开箱子，里面是一箱零食。

"哇，你妈居然会给你寄零食！"汪婼已经决定锁定这些了。

"阿姨好好。"戴岑和裴舒舒羡慕。

"估计是单位发了超市购物卡，她和我爸用不到直接买了零食寄给我。"陈辛缭把箱子搬到不妨碍大家走动的地方，"你们想吃什么随意。"

三小只迫不及待地开始翻零食。

陈辛缭靠坐在椅背上，还是决定给家人打通电话。她来世津以后就没和父母联系过。她忙，她父母也忙。

更准确地说这种忙指的是陈辛缭没考上音乐学院又没去津城上大学的事，曾莉还有些耿耿于怀，而陈辛缭也是有愧疚感的。

原先曾莉就想着陈辛缭大学后可以顺理成章地来到自己身边，结果孩子又跑去了海城。

在曾莉看来，孩子好像是刻意避着自己一样。

陈辛缭又不善言辞，对于误会并没解释。

夜晚空气冰凉，感觉呼吸道都要被冻住，陈辛缭裹了一件厚外套走到了阳台，给曾莉拨了电话。

阳台与室内隔着一层落地窗，透过玻璃，三小只已经拿到喜欢的零食了，三个人欢呼雀跃着。

汪婼朝陈辛缭喊着什么，隔着玻璃不太听得清，但是看口型就知道她在说："辛缭，这个好香，快来吃。"

陈辛缭对她们笑了笑，转过身趴在阳台上给曾莉打第二通电话。

裴舒舒拉开落地窗的门，因为冷只露出一只嘴的宽度："辛缭，阿姨品位可真好，这些零食我都没吃过，就这个薯片，好好吃，我们给你留了一些。"

"你们吃吧，我晚上不吃零食。"陈辛缭回了个侧脸。

"可是这是你妈妈给你买的，要不我给你拿夹子夹住你明天再吃？"

第二通电话也无人接听，陈辛缭已经放弃了。

她推着裴舒舒进屋："有那么好吃吗？我尝尝。"

拿着包装袋的汪婼把薯片递给陈辛缭，陈辛缭吃了一片，熟悉的味道，很像小时候妈妈做过的。

陈辛缭拿过包装袋，皮封口袋，外面没有任何信息，应该是妈妈亲手做的没错了。她因为家人一直揪着的心好像瞬间轻松了不少，像是被原谅了一样。

她拍了张箱子的照片，发了一条消息给曾莉：【收到了，很好吃，谢谢我们家的女王。】

因为是妈妈亲手做的，陈辛缭忽然就舍不得分享给三小只吃了，但是看到三小只这满脸期待的样子，她还是忍痛割爱："省着点吃，我妈做的。"

三小只一人抱着一袋零食，看看零食又看看陈辛缭。

"啊？阿姨做的？阿姨好贤惠！"

"我爱阿姨。"

"阿姨是仙女。"

三人一人一句甜言蜜语，陈辛缭被她们逗笑，拿出手机和三小只拍了张合影，发给了曾莉：【朋友都说很好吃，表示爱你。】

"咚咚咚！"就在这时，宿舍门被敲响。

那么晚了，很少有人来串门。

汪婼去开了门，门外站着隔壁宿舍的两个女生。

"陈辛缭在吗？"其中一个女生问。

"在，怎么了？"汪婼问。

女生直接挤了进来，来到陈辛缭身旁："陈辛缭，你和曾科在谈恋爱吗？"

陈辛缭直接蒙了，这都什么和什么啊。

"什么意思？"汪婼追问。

女生打开校友群，翻出了一张照片。

照片里是昨天晚上陈辛缭坐进曾科车子的画面，然后下一张照片就是两人一起进出高档餐厅，最后一张是回校后曾科亲自帮陈辛缭开车门送她下车。

首发人的文字内容大概是女大学生深夜私会校特邀嘉宾曾某。

"校园论坛上现在也有相关帖子了，你们可以去看看。"女生说。

陈辛缭赶紧打开手机进入论坛，最新的帖子正是关于陈辛缭和曾科的事，点开链接里面的内容简直不堪入目。

回复区更是火爆。

【这不是陈辛缭嘛！没想到她居然和曾科认识，怪不得课堂上曾科特地点了她的名字。】

【现在都不知道是羡慕还是嫉妒了，看样子，陈辛缭一定是曾科的女朋友了。】

【虽然说曾老师很优秀，但是两人的年龄差得是不是有点大？】

【大不大倒无所谓，毕竟我也渴望成为曾夫人。】

【吃瓜群众是不是忘了陈辛缭和何律珩好像也……昨天下课我都看到何律珩给陈辛缭送东西了，这是脚踏两只船吗？】

三小只看到陈辛缭的脸都黑了，赶紧送客。

关门后才是自己人的世界。

"什么情况？"汪婼问。

陈辛缭深吸一口气，然后一口气说完："曾科是我舅舅，亲舅舅！"

三小只惊住！

汪婼："居然是舅舅！看来成舅妈有望！"

陈辛缭瞪了她一眼："想什么呢？"

汪婼吐了吐舌头。

"对，曾科姓曾，你妈妈也姓曾。"戴岑说。

"那你妈妈的颜值一定也很高吧。"裴舒舒问。

陈辛缭觉得这几人绝对不靠谱："朋友们，我现在在渡劫。"

三人这才想起这件事："我们帮你去论坛澄清。"

陈辛缭对三人抱拳："总算做了件人事。"

事实证明，吃瓜群众的遐想联翩，已经让事情的真相变得并不重要。

大家都是哪边风最大，就往哪边看齐。哪怕是陈辛缭澄清曾科是亲舅舅，人家也有话说，都表示谁家会有那么小的舅舅，太扯了。

第二天的课，陈辛缭一度不想去。

三小只轮流劝她，认为不去的话会被认为是心虚，让她坚信"身正不怕影子斜"的话。

陈辛缭慢慢从床上爬了起来："你们三个先去吧，我随后再来。这几天我觉得你们得和我保持下距离，我不想连累你们也被骂。"

三小只你看看我，我看看你。

"嗨，说啥呢，咱们'盘丝洞'四妖精是有福同享有难同当好嘛。"汪嫪说。

"你们先去吧。"陈辛缭赶着三小只离开，关门前她吩咐，"记住，要和我装不认识，不然你们指不定被别人怎么连带抹黑。"

三小只还在回忆自己有什么黑料，门"啪"的一声关了。

以前陈辛缭一个人无所畏惧，现在身边的人渐渐多了起来，她有了软肋。

她穿上了不引人注意的黑色系列，把自己包裹得严严实实的，又戴上了口罩和鸭舌帽，埋头走出宿舍楼，突然，她的肩膀落下一只手臂。

她被吓得抖了一下。

帽檐压得太低，她抬头也看不见人，她感觉自己此时像个盲人。

"曾科是你舅舅？"

听到这个声音，陈辛缭知道是何律珩了。

"是啊。"陈辛缭无奈，随后又补充了一句，"你也看论坛？"

"昨晚杨若荀在我家的时候提到的。"

"哦……"她居然为杨若荀的经常串门有些醋意，"你该不会也不相信吧？"

"相信。不过你到底喜欢什么样的很难猜，毕竟你连我都没看上。"

陈辛缭想给何律珩眼色看，无奈帽子太妨碍她做表情。

"今天天气很好，把帽子摘了杀杀菌吧。"

"不要。"陈辛缭按住帽子。

何律珩笑："怎么越长大越不如从前了？"

"啊？"

"高中的时候，面对那些事，你不是像个女超人一样？"

陈辛缭回想高中，那个时候的自己心理素质真强。

现在怎么就这么窝囊呢？既没有安全感，又不自信。

"女超人变包袱侠了。"陈辛缭有些赌气地回。

何律珩辗然一笑："嗯，其实女孩子还是这样惹人喜欢。"

"为什么？"

"这样才有男生保护你。"

"我不需要。"

陈辛缭瞥了一眼何律珩还放在她肩上的手:"放手。"

何律珩看了一下自己的手,很懂事地收了。

陈辛缭趁机想要逃之夭夭,被何律珩拉了回来。

"你跑什么?"

"远离我,你就还是那个人人喜爱的何律珩。"陈辛缭想起被人说就生气,有些自暴自弃了。

"首先,你不是他们说的那样,其次,就算你是,那又怎么样?"

"你到底懂不懂?"

"当然。"

何律珩向她走近,修长白皙的手指落入她的视线,轻轻地摘下了她的帽子,头顶的光因为帽檐的掀开而透了进来。

晨光很温柔,映着他看向她时的眼眸,融化了不安全感。

何律珩小心打理着她因为帽子摩擦而竖起的头毛,将它们都乖乖抚平。

他的手就像是小猫爪,挠得她心痒痒。

"靠近你是我心甘情愿。"

早上的课,何律珩和陈辛缭并不在同一幢教学楼,何律珩却以顺路送她去了教室。

一路上,陈辛缭满脑子都是何律珩的那句"靠近你是我心甘情愿"。

这句话实在太暧昧,陈辛缭只敢回忆,不敢深思。

教室门口,两人停了下来。

"中午一起吃饭,下课我来找你。"何律珩说。

陈辛缭思考着该怎么礼貌地回绝,何律珩说了一句:"就这么说好了。"也许怕被拒绝,他走得很快。

陈辛缭在原地站了一会儿,抿唇一笑,转身走进教室。

刚进门,就看见三小只一如既往如海草般摇晃的手臂,总能温暖陈辛缭。

陈辛缭也不退缩了,昂首挺胸走了过去。

汪姥站起来挽着陈辛缭的手拉她坐下,在她耳边小声说:"我们几个刚才在路上的时候想了想,我们仨压根没什么黑料,就我,唯一的黑料就是戴呈烨那事吧,但我现在为了你无所畏惧了。"

"对呀对呀,我也没什么黑料,最多就是高中的时候有一次考试作弊被通报了。"裴舒舒说。

"我的话……我追人被拒绝算不算黑料?"

戴岑一说完大家都笑了。

早上的课程中,陈辛缭有些魂不守舍,并不是因为自己被当成了舆论,而是早课结束后要和何律珩一起吃饭的事。

从前是坦然自若,尽情吃饭,现在是思前想后,想着是不是需要装一下。

在最后一节课还差五分钟结束的时候,何律珩的身影静悄悄地穿过了教室前门,到了窗边,又到了后门,等在了后门口。

大家的目光都随着他的出现,从讲台位转到了后门。

教授轻咳一声,大家才乖乖地扭回了头。

汪婼悄悄地又往后面看了一眼,人还在,像是等人。

"来找你的?"汪婼问。

"嗯。"陈辛缭回。

"啥情况?"汪婼表情很夸张。

"魅力太大,太多人想与我共患难了。"陈辛缭撩了撩头发。

"爱了,这剧情。"三小只又开始在脑海里随意编排剧情。

五分钟后,铃声响起,下课了。

"约会愉快,我们先撤了。"三小只先跑走。

陈辛缭想交代什么话都没机会,只有三人风一般的背影。之后她回头看了看何律珩,他站在门口颇有耐心地等待着,她快速收拾好桌面朝他走来。

她忽然就有些不自在,不知道要说些什么、要去哪里。

"想吃什么?"何律珩问。

"随便。"陈辛缭脑子一片空白,而后逐渐想起一些事,"你中午还要训练吗?"

"嗯。"

"那就去吃食堂吧,方便一些。"

"也可以,有你喜欢吃的红烧鸡腿。"说完他忽然有些遗憾,"可能你早就尝过了。"

"没有,我们几个很少去食堂,基本是叫外卖。"

听到这个答案,何律珩心里的期待值又变高了,他总是很想做她任何事情发生时的第一人。

食堂,何律珩和陈辛缭一起打菜,她点的菜都被他收入了手中的托盘里,两人点了三菜一汤、两碗米饭,陈辛缭趁着何律珩放盘子的工夫赶忙结了账。

何律珩的动作止在打开钱包的那一刻。

"我出钱你出力。"陈辛缭对何律珩笑着,然后招呼他赶紧端盘子去抢座。

"你这是创造我们下一次约饭的机会吗?"何律珩把一碗米饭放到她面前。

"怎么说？"陈辛缭把筷子递给他。

"你不喜欢欠人情，我也是。"

"那就欠吧，反正下次我不约就行了。"

何律珩抿唇一笑，夹了一个鸡腿到陈辛缭的碗里："看来你是想让我记你一辈子了。"

两人一起在众目睽睽的食堂里吃饭，并不是没有听到风言风语，只是当事人并不在意了，就如那句"身正不怕影子斜"一样有气魄。

只是有些人实在是擅长当推手，有个女生特地来到何律珩身边，直言："学长，你没看校园论坛吗？"

"那是她的舅舅。"

"这你也信？"

何律珩没心情吃饭了，放下筷子，抱臂靠在椅子上，抬头问："为什么不信？那也是我的舅舅。"

女生们惊呆了，陈辛缭也惊呆了。

"啊？学长，你和陈辛缭是兄妹？"

何律珩没兴趣多言了，看陈辛缭已经放下筷子，站起来拉起她的手："走吧，妹妹，这里太吵了。"

陈辛缭被何律珩带着离开了。

走了好一段路，陈辛缭才反应过来，笑出了声，喊了一声："哥哥。"

男生对于"哥哥"的理解和女生并不一样，尤其是喜欢的女生叫自己"哥哥"，会有一种酥麻感。

何律珩有些脸红了。

"哥哥，可以放手了，会被误会的。"陈辛缭说。

"可以不放吗？"

"不可以，你这样我找不到男朋友的。"

陈辛缭不知道自己为什么说出这句话，说完后感觉何律珩脸色都变了。

何律珩停了下来，松开了她的手，转头看她："找谁？"

陈辛缭自己挖坑，尴尬了。

何律珩忽然想起她曾经说过，谈恋爱是大学的时候应该做的事情。

她现在已经是个大学生了。按照人生规划，是可以谈恋爱了。

"有喜欢的人了？"何律珩问。

陈辛缭沉默了一会儿，看他的眼睛："如果我说有，你觉得会是谁？"

何律珩的眼里很复杂，是占有欲，又是遗憾，他答不上来。

他怕这个时候假装玩笑说自己，会让两人好不容易重新建立起来的关系又变远。

就在这时，陈辛缭的手机振动起来，是曾莉的回电。

看来她终于是忙完了。

陈辛缭没有及时接起电话，捂着手机对何律珩说："你中午在哪里休息？"

"男生宿舍。"

居然是顺路，陈辛缭不好意思单独接电话了，她干脆大大方方地接通："喂，妈。"

何律珩听到是陈辛缭和家人的来电，自觉地保持了距离，怕打扰到她。

一路上陈辛缭和曾莉通电话，何律珩默默在一边。

他发现陈辛缭和家人交谈的时候是很温和的，虽然不知道电话里两人都交谈了什么，但是一定是愉快的事情，因为陈辛缭的眼角眉梢都是笑着的。

他也想成为她的家人，和她一起越来越温柔。

陈辛缭挂断电话后，无意间转眸，就看见何律珩眼里的光，她一时有些晃了眼。

"我好看吗？"

陈辛缭收回眼："还行。"

何律珩抿唇一笑，两人到达宿舍楼，一声"再见"，两人一起转身，背向而行。

何律珩有回头过，那一刻，就像是迟到了一样，有着后悔和遗憾。

第二天，绯闻事件的男主角终于出现了。

早课快开始的时候，曾科在校园论坛发了澄清，还献出了一张陈辛缭六岁时候的照片。那是难得的一次全家整整齐齐出去旅游，于是曾科和陈辛缭借着风景拍了张合影。

那一年的曾科年少，那一年的陈辛缭年幼，在五官上却有些相似。

陈辛缭把链接发给曾科：【舅舅，您这张合影放得可真是令人防不胜防。】

曾科：【没办法，有人不信，我只能有图有真相。】

陈辛缭：【还好放的不是我穿开裆裤的照片。】

曾科：【下飞机后就一直忙工作，助理也是刚看到舆论，通知得不够及时，所以刚做公关处理，让你有压力了。】

陈辛缭：【没事，对我没什么影响。】

陈辛缭重返论坛页面，评论区开始友好。

三小只凑过来看了一下页面。

汪婼拿过手机来看陈辛缭小时候的照片："你小时候好可爱，现在变化很大。"

"我觉得差不多呀，长相一直这样。"陈辛缭说。

汪婼："是性格，小时候感觉很活跃很俏皮，是那种鬼点子很多的小孩。"

陈辛缭："就不能用古灵精怪来夸我吗？"

汪婼："嘿嘿，都差不多了。"

裴舒舒："所以你长大是经历了什么变得那么稳重？难道是失恋？"

戴岑挑眉："和谁失恋呀？"

陈辛缭觉得三小只想象力太丰富了，正要回复，手机短信栏里突然又多了一条银行到账的提醒。汪婼手滑点开那条短信，大家凑过来看到账金额，瞬间"哇哦"了一下。

曾科随后发了条消息给陈辛缭：【补偿金。】

汪婼羡慕："你舅舅不愧是你舅舅。"

陈辛缭抿唇笑了笑，给曾科回了消息：【我舅舅不愧是我舅舅！】

危机解除的时候，实时跟踪校帖的高明表示陈辛缭真的是宝藏女孩。曾科是她舅舅，何律珩又和她认识，两代校园风云人物都和她有关！

再次见到陈辛缭的高明，嘴上跟沾了蜜糖似的，然后继续催着陈辛缭去搞定何律珩。

陈辛缭决定给个面子去试一试。

发信息绝对没有面对面有诚意，陈辛缭特地去干洗店拿回了那件风衣，然后去找何律珩。

何律珩的课程表陈辛缭问高明拿了一份，瞄好了他的时间，她在课间找到了他的教室，站在门口往里看了一圈，人还没来，于是就在门外等着。

她等人的时候习惯放空，所以当何律珩出现的时候她压根没发现。

何律珩本故意从她面前自然走过等着她先打招呼，结果某人已经发呆到神游天外，只得他自己埋头往后退。

"找我？"

陈辛缭恍惚间，讷讷地抬头，然后惯性地点头，之后才清醒过来，递上衣袋。

"你的风衣。"

何律珩接过袋子："就这事？"

面对何律珩的陈辛缭，总是不甘示弱。

来之前高明给她支过几招，说女人会撒娇男人样样从。可真到何律珩面前，陈辛缭一如既往的高冷语气："答应新闻社的邀约吧。"

"这件事情你负责？"

"对。"

何律珩之前以为她只是转达，但是看她三番五次，也猜到了这一点。

"求我。"

求人的事情，陈辛缭还真是没有做过。她这个人倔强，自尊心强，就算自己拼得头破血流也不要求人。

"不要。"陈辛缭回绝，还是那么傲气。

何律珩早就猜到了结局。

"那交换条件。"何律珩说。

"什么条件？"

"今年我回爷爷奶奶家过年，我在临城只有你一个朋友，到时候你陪我。"

陈辛缭爽快地同意了："可以。"

"拉钩。"

陈辛缭觉得何律珩可真幼稚，无奈地伸出小手指。何律珩抿唇一笑，钩上了她的小手指。

正式采访那天，地点约在了何律珩最熟悉的田径场。

新闻社大大小小成员早早聚集在田径场，加上热心观众，原本空旷的采访点周围现在密不透风。

陈辛缭被闷得额头冒小汗珠，直到体育部结束训练，那堵人墙渐渐破开一个小口子，忽而微风吹来，吹化了毛孔间的小珠子。

何律珩从疏散的人群中由远到近，第一眼就看见了陈辛缭。他对她微微翘了下嘴角，这个细节被观众们抓得很牢，但是也不敢说到底是对谁笑的。

这个首访相对顺利，哪怕是何律珩的回答与学姐提前写好的内容完全不同，但是也算是没有让记者神经紧张、大脑宕机无法继续进展。

终于到了最后一个问题，记者微微松了一口气。

"学长在体育项目上那么有天赋，请问是什么样的原因让你放弃了登上更好舞台的机会？"

这个问题让何律珩之前精彩的对答如流终止。

这仿佛在问他，爱而不得是一种什么样的体验。

"因为人生每个阶段，做的事情本都不一样。"何律珩说。

"中国有很多优秀的田径运动员，为国家夺得了荣誉，即使比赛并不是一件一辈子的事情，但是运动员到了一定的年龄，也可以转行做教练。"

成年后的何律珩，仿佛是一夜之间衡量清楚了爱好并不能成为事业的现实，然后也顺从了本该属于自己的人生轨迹。所以那些关于奥运会的道理他都懂，只是心里的事只能自己去消化。

大家见何律珩突然不说话了,担心他是不是生气了,下一秒会不会离场。

就听那人接话:"就好像第一个喜欢的人,也许就是得不到的。"

全场安静几秒,仿佛得到了一个巨大的信息量提示。

帅气而又神秘的何学长是告白被拒绝了吗?

"请问学长喜欢什么样的女生?"记者冒死问出了大家的心声。

在场人员倒吸一口气,也太敢问了吧!

"我喜欢丑的。"

记者吃瘪,心里默默想:唉,果然帅哥的品位都是与众不同的。

陈辛缭琢磨,喜欢丑的?是说她丑?

采访结束,高明代表整个新闻社要请何律珩吃饭,小迷妹们以十分期待的目光看着何律珩。何律珩一向不喜欢这种场合,揪起了陈辛缭来回避:"让她请我就好。"

"干吗要我请你?"陈辛缭回。

"因为我能来完全是你的面子,礼尚往来,你难道不应该?"

就在这时,杨若荀不知道从哪边出来的,上来就挽上何律珩的胳膊,说话的口吻像极了一个家庭里的女主人:"大家辛苦了,我订了餐厅,请大家一起去吃饭。"

汪嫿对蹭饭这种事情一向热衷容易忘形:"杨若荀安排的场子一定高大上。"

陈辛缭无感:"那你可别喝酒,早去早回。"

汪嫿听出了她这是不去,开始给她洗脑:"我觉得你要去,知道为什么吗?"

"为什么?"

"因为你不喜欢她,她也一定不喜欢你。"

"所以?"

"花她的钱气死她!"

陈辛缭默默地离开了。

汪嫿饱腹回宿舍的时候,宿舍里只有戴岑和裴舒舒在。两人早有耳闻汪嫿赴的是杨若荀的局,不禁调侃:"看来这顿饭吃得是非常满足呀。"

汪嫿笑嘻嘻,环视一圈室内,问:"辛缭呢?"

"和我们一起叫了外卖吃完说去扔垃圾,结果人一直没回来。"裴舒舒说。

汪嫿拿出手机打电话给陈辛缭,那边显示无人接听。

"不会出意外了吧?"

裴舒舒和戴岑紧张起来:"不会吧……"

"我先出去找找，如果她回来了你们给我打电话。"汪婼说完一溜烟跑出了宿舍。

陈辛缭从田径场离开后，汪婼虽然没忍住诱惑跟着大部队去聚餐了，但是心里多多少少有些罪恶感，她准备回来负荆请罪的。

现在人没在宿舍，电话又不通，她好着急。

陈辛缭往常都会在图书馆，汪婼像只小蜜蜂一样绕着图书馆飞了一圈没看到，突然不知道陈辛缭还会去哪里了。

以她对陈辛缭的了解，陈辛缭的生活很简单，也没什么个人爱好。

她再次打了电话，还是没人接听。

走最快的小路没结果，汪婼准备往大路上再找找。

途经圆心湖的时候，还没看见湖，就听见了的广场舞神曲贯彻耳部神经。汪婼加快脚步靠近，发现是一群上了年纪的老师在草坪上跳舞。

突然，她在人群里看到了一道格格不入的身影，她不敢相信地揉了揉眼睛又往前靠近。

这一次她忍不住笑喷了。

中老年人堆里，陈辛缭和阿姨们一起舞动的模样，太违和了。

汪婼果断拿出手机录了下来，把视频发给了戴岑和裴舒舒。戴岑和裴舒舒看完视频差点笑岔气，纷纷赶来看陈辛缭跳广场舞。

"女神也会跳这种吗？"裴舒舒猫着腰大笑。

"女神如今已正式下凡。"

三小只坐在草坪的大石头上，看着眼前的风景。

"如果何律珩看到了会怎么样？"戴岑问。

汪婼紧张地往四周看了两圈："除了我们，没有观众。"

《最炫民族风》结束，陈辛缭满头大汗地从人群里退了出来，却看到那憋着笑的三人，有点尴尬。

她假装淡定以掩盖内心的慌张："程老师一定要拉着我。"

"哦。"三小只酷酷地看着她。

"她们在为元旦晚会做准备。"陈辛缭又解释了一句。

"大学的元旦晚会，老师也会参加吗？"裴舒舒问。

陈辛缭点头："别的学校不知道，世津是有这个传统的，而且还是开场。"

"不过你刚才跳得真好，我们都看到你同手同脚了，这不是一般人可以做到的，哈哈哈哈！"汪婼终于忍不住大笑出来，其他两人也跟着笑。

"我不擅长形体艺术。"陈辛缭为自己挽回形象，"而且我都说了，我是被迫的……"

"嗯，不用和我们说那么多，我们又不是何律珩。"

陈辛缭一窘。

"辛缭。"汪婼从石头上站了起来，拉住她的手，"晚上我去做完间谍后，很清楚地确定何律珩绝对不喜欢杨若荀，全程面无表情，对待杨若荀也不冷不热。这顿饭吃完，我们整个社的都觉得很尴尬，还不如不去呢。"

"关我什么事？"

"当然关你的事，说明何律珩喜欢你绝对是一心一意的。"

"谁说他喜欢我？"

三小只异口同声："旁观者清，反正我们看得出来。"

05
最重要的是失而复得 /

很快深冬,很快元旦,很快领教了女老师们的《最炫民族风》,三小只看的时候总会想起陈辛缭跳这段舞的画面,一边看一边笑,陈辛缭无地自容只能接受一切。

期末考后,寒假来了。

陈辛缭一面答应何律珩陪他过年,一面也答应了父母去津城。为了成全两边,一放假陈辛缭就先去了津城。

陈家父母一如既往地忙,只一同出现在了第一天,往后的每一天陈辛缭都是在津城的家里追剧发呆。

眼看着寒假一天天地耗掉,临近年关。

陈辛缭拉着早早准备好的行李箱正式告别津城,回临城的那天,她父母都没有出现,还是父亲手下的一名男同志送她去的机场。

北方干冷,不同于南方的温润,陈辛缭在这座城市总是待不习惯。

她喜欢南方,也习惯南方。

男同志叫金祁泽,比陈辛缭大不了几岁,虽高大挺拔,却也是地道南方人。他通过后视镜看后排陈辛缭面无表情里涌着一丝失落,不禁安慰了几句。

"你爸爸很想来送你,但有公务实在抽不开身。你不在的时候他经常和我们说到你,他说他有个独立懂事的女儿,学业上也从没让他担心,他有你这样的女儿他觉得很骄傲。"

这些话在陈辛缭的耳边出现得太多,已经没有了感觉,她只"嗯"了一声作回应,然后仿佛一晃眼的时间,到达了她最熟悉的小城。

那一年的临城还是很有年味的,大街小巷挂满了红灯笼,家家户户也都灯火通明。城市还没有禁止燃放烟火爆竹的指令,还没到大年三十,楼上楼下的孩子们已经聚集一块儿放小炮仗。陈辛缭独自在家的时候,还好有那些声音陪伴,才少了一些孤寂感。

陈辛缭一回来就给家里全部清洁了一遍,晚饭后坐着公交车去商场给自己置办了一些年货。

/ 111

买得最多的还是一些速食品，速冻水饺、速冻汤圆、速冻包子……拿到泡面的时候，她在心里默默叹了一口气，觉得有些难过。

过年的意义本该是全家团圆吃一顿非常丰盛的年夜饭，到她这儿却是沉默的晚餐。

记忆里，好像只有很小的时候才有其乐融融的画面，那个时候父母还没有被调去津城，那个时候她和爸爸妈妈一起去逛商场置办年货，那个时候她才是真正的孩子。

结完账，陈辛缭提着大包小包坐上回家的公交车。

车上零星几人，一眼就能看到头。

末尾第二排的座位，陈辛缭看到了一个熟悉的影子，她赶忙把背转了过去，假装自己没看到，结果那人倒是破天荒地热情地朝她打招呼。她难忍尴尬之情，回过头去对那人挤出一个微笑。

项悦本坐在靠外的座位，为陈辛缭特地挪到了里面的空位，招呼着陈辛缭坐下。

陈辛缭把大包小包放到膝盖上，然后沉默地看着车头。

她哪想得到高中毕业后还能碰到项悦，她甚至都不想和过去认真告别。

项悦突然挽着她的手臂，友好得像是久别重逢的好友："辛缭，真的是好久没看到你了，虽然咱们都在海城，但是居然都没碰到。"

陈辛缭感觉自己的右手臂一瞬间发麻，只礼貌地微笑，看了她一眼，客套地说："海城太大了，听说你在传媒学院，和我不在一个区。"

"嗯。你在学校还好吗？"

"挺好的……"

"那就好，那个叫杨若荀的女生你认识的吧？"

听闻这个名字，陈辛缭好奇地看了她一眼："知道一些。"

项悦终于松开了手，陈辛缭感觉右手臂重回知觉。

"她和任茜茜挺熟的，是在微博上认识的，她老打听你，任茜茜也没心眼，什么都和她说了。"

"都说什么了？"

问到这个，项悦为难地停顿了一下："反正什么都有，最多的是何律珩的事情，她好像很喜欢何律珩……茜茜有些讨好杨若荀的意思，可能是因为她爸爸调到海城工作了，她想到处拉关系，听说那个杨若荀家里很有背景……"

陈辛缭看着车玻璃外的风景一点点地辗转而过，过去的有些片段在脑海重现，她感慨无趣的人仍然无趣，哪怕是过去了几年，还是喜欢拿八卦去收拢人心。

公交车在一个站台停下,并不是陈辛缭所在的小区站牌,陈辛缭拿起大包小包站了起来,对项悦道了再见,对刚才她的"千言万语"道了再见。

下车后,陈辛缭呀了一口气,看着那远去的车辆,继续等下一辆。

冬天不如夏天,夏天即使夜再深,在外的人还是很多,但是冬天过了晚上九点,街道就显得冷清,连公交车的班次都变少了。

陈辛缭坐在站牌的长凳上,静静发呆。

公交车没来,一辆私家车却在她面前停下,温润的男声从里面发出。

"陈辛缭,上车!"

何律珩正好帮家里人跑腿出去买东西,没想到回家的路上就看见了公交站牌下那个孤零零的身影,正好也是自己最想见的人。

陈辛缭站起来走到驾驶窗旁,弯腰往里看了看,有些吃惊:"你居然会开车了!"

"刚考的驾驶证。"

陈辛缭打开车门的动作顿了一下:"能独自上路,车技一定过关吧?"

何律珩手搭在方向盘上,笑着说:"我会对你负责的。"

陈辛缭笑了笑,上了车。

"临城这两年变化不大,我还以为上路要导航。"何律珩看了看后视镜。

"你这两年都没回来过吗?"

"清明会回来,不过都是直接去乡下扫墓。"

"过年呢?"

"不回来。"

"那你爷爷奶奶?"

"过年前司机会接他们去海城团聚。"

"哦……那今年为什么回来?"

"因为你。"

陈辛缭怔住:"为什么因为我?"

何律珩有时候觉得陈辛缭不如其他女生有想象力,这句"因为你"如果放到其他女生面前,一定会认为是告白。

可是陈辛缭这个傻姑娘,就是傻傻分不清楚。

"怕你一个人在临城太孤单。"他隐忍了那份爱意。

"哦。"陈辛缭嘀咕,"搞得我像没有家人一样……"

不过有没家人都一样,过年很少全家团聚。

何律珩熟门熟路地把陈辛缭送到了她家门口,两人一同下车后,他拿过她手里的大包小包往楼上走,感应路灯照着他的身影,倒映在楼梯间笔直修长。

/ 113

陈辛缭突然就开始幻想，以后如果和他有个家。

三楼有两户，何律珩站在中间："左边还是右边？"

陈辛缭走到左边那侧的门前，拿出钥匙打开了门。她很庆幸自己刚好打扫了卫生，才不至于来客时有无地自容的场面。

既然都到了家门口，不留他进去坐坐喝杯水，都觉得有些对不住他。于是陈辛缭给何律珩拿了一双全新的拖鞋，两人进了屋。

陈辛缭家是一百平方米的套房，由于平常都是她一个人住，家里东西很少，除了必备的家具家电，并没有其他东西，所以一目了然。

对于招待客人的事情，陈辛缭比较怕有失礼仪，她让何律珩在沙发上坐下，赶紧打开空调，然后去厨房煮了水。水刚开始煮，她又跑去问何律珩是要喝水还是喝饮料。

何律珩哭笑不得，反正她都已经煮了水，而且他来又不是为了喝水的。

"开水。"

陈辛缭这才松了口气，又走去厨房静静地等着水开。

厨房有一扇窗，夜幕下的玻璃窗就像是一面模糊的镜子，身后灯光的地方都反映在了这面"镜子"上，陈辛缭只要稍稍一抬眼，就可以看见"镜子"里的人。他安静地坐在沙发上，低头看着手机。

不知道他在和谁聊着天，手指很灵活地打着字，表情倒没什么起伏。

水壶里的水沸腾，红灯渐渐暗了，陈辛缭拿出杯子倒了水。由于水太烫，陈辛缭触碰到杯面的手一下子缩了回来，紧张地抬头看了看"镜子"里的人，还好没有被发现，不然指不定又觉得自己有多蠢。

她找来了两只防烫手套，终于把水杯送到了那个人的面前。

何律珩看到她手上臃肿得像猪蹄的手套时，忍不住笑了一声。

陈辛缭自动无视，赶忙脱了手套，然后坐在了另一侧的沙发上。

此时空气流动得有点慢，让陈辛缭感觉随时无法呼吸。她有些热地松了松领子，然后偷偷深呼吸。

"你是热，还是紧张？"

陈辛缭默默瞪何律珩一眼，哪壶不开提哪壶。

何律珩主动往陈辛缭身旁坐近："如果是热的话，可以把空调温度调低。"

"你……你离我远一点就好了。"陈辛缭有些结巴了。

"为什么？"何律珩眼神温柔，嘴角带着隐隐的笑。

"怕你经不住我的诱惑。"陈辛缭本想玩笑地说出这句话，结果脸又红又烫，像只熟透了的番茄。

何律珩轻轻一笑，又回到了安全的距离。

"你爸妈不回来过年吗？"

"不回来。"

"他们是做什么工作的？没有年假吗？"

"农民工呀。"陈辛缭故意说，"你还会和我做朋友吗？"

"会。"何律珩没有任何犹豫。

"为什么？"

"哪有那么多为什么，谁说农民工就要被鄙视？"

陈辛缭对这个回答很满意："为什么你都没变？"

"怎么说？"

"一点天之骄子的样子都没有，我认识的很多富二代都是一副高高在上的样子。"

何律珩手架在靠枕上，看着她："谁说富二代一定要有优越感，我也有很多烦恼的。"

"什么烦恼？"陈辛缭也看着他的眼睛。

他的眼睛可真好看，浅浅的双眼皮，垂下的睫毛细细长长的。

"比如能不能比我的父亲更强，比如未来能不能掌握在我自己的手上。"

这些都是陈辛缭不曾想过的。在她的人生里，所有的事情她都是跟着自己的喜好而努力，说起来没有特别大的压力。

"看来还是当女孩子轻松，我以后要生个女儿。"

"和谁？"

陈辛缭蒙了，这是可以问的问题吗？

她瞥他一眼："喝水吧你，管我和谁。"

何律珩抿唇一笑，伸手想端杯水喝，无奈水还很烫。他低头看了看手表："我得回家了，车里的东西家人还得用。"

"好。"陈辛缭准备送客。

"不用送，你在家就好，如果有人敲门不要轻易开门。"

"我又不是三岁小孩了。"

何律珩伸手摸摸她的头："晚安。"

何律珩离开后，陈辛缭看着桌上那杯未动的水，不知为何，看了很久，回神的刹那，这个房间里的人气也就更遥远了。

一切又都恢复到了平常。

腊月二十八，曾莉特地打来了电话，让陈辛缭去爷爷奶奶家过年，或者去陪外婆。

陈辛缭和何律珩约好除夕夜一起去放烟花，于是委婉地回绝了。

曾莉事后倍感奇怪，往年孩子都是吆喝着要去老人家，今年怎么就不去了。

"该不会是谈恋爱了吧？"曾莉问陈伯明。

陈伯明自信地摆手："铁树开花了，你女儿都不会谈恋爱。"

曾莉皱眉："说什么呢？我女儿有那么差？"

"不是你女儿差，是你女儿压根不是喜欢谈恋爱的人，你女儿的眼里只有学习。"

"弄得你很了解女儿一样。"

"知女莫如父。"

曾莉翻了个白眼。

腊月二十九这一天，何律珩给陈辛缭发了信息，让她年三十来自家吃饭，家人会做很多菜，还会包水饺。

正窝在沙发上啃苹果的陈辛缭吓得整个苹果掉地上，有一种丑媳妇见公婆的紧张和慎重。

她给何律珩回了一句：【不了，谢谢。】

何律珩直接给她打了电话："明天你有别的安排吗？"

陈辛缭一边捡起地上的苹果一边说："没有别的安排，就是我觉得哪有大过年去别人家蹭饭的人，我会被认为是没有家的可怜娃，我不要面子的呀？"

电话那头的人笑了一声："我已经和我家人说过了。"

"啊？"陈辛缭慌忙把苹果扔进垃圾桶，"你怎么说的？"

"我说我给他们找了个孙媳妇，今年要带回家吃饭。"

陈辛缭并没有被吓到，因为她知道这绝对是何律珩的玩笑话："你可别闹。"

"知道我在闹，你有什么不敢的？"

"你到底怎么说的？"陈辛缭心里有些好奇。

"我就说有个认识许多年的朋友，今年过年家人都不在身边，想要邀请她一起来家里吃饭，我家人都好客，非常欢迎。"

"真的？"

"嗯。"

"有没有问男生女生？"

"问了，我说女生，长得很安全。"

陈辛缭无言以对。

"明天我去接你，就这么说好了。"

有了何律珩提前打好招呼，陈辛缭的脸皮莫名也就厚了。

第二天何律珩午后来接的陈辛缭，陈辛缭早早就化好了妆换好了衣服，何律珩来了以后她从房间提出了买好的礼品。

何律珩看到那一盒盒精美的礼品时，很意外。在他这个年龄段的人，往往没有准备礼物的习惯，甚至没注意过这个细节。但是当他看到这些细节，更多的却是因为她的用心而感到温暖与欣慰。

"年边商场都关门了，绕了大半个城市才买到这些，不是什么名贵的礼物，希望你家人不要介意。"陈辛缭为自己准备得不充分而惭愧。

"谢谢。"何律珩接过她手上的礼品。

"就当饭费了。"两手空空的陈辛缭觉得很轻松，"哎？仔细一想，这顿饭有点贵，我明明可以在家省钱的。"

"晚了。"何律珩嘴角一翘，"走吧，先去买烟花。"

陈辛缭绕了大半个市区才买齐礼品，这会儿买个烟花直接从市区绕到了乡下。

乡下的小店都是自家的，只要不去走亲戚都会开着门，而且这样的店面最接地气，烟花、炮仗品种琳琅满目，有好多小时候的回忆。

陈辛缭抓了一把仙女棒，然后又挑了几个能够飞上天的，还想多拿几个品种时，突然想到场合的问题。

"我们晚上去哪儿玩？"

何律珩说："我家阳台就可以玩。"

"不太好吧……"

"我家有两层，顶楼的阳台很大，而且我家人不会上来打扰我们。"

虽然这样说，但是安全系数太低了，陈辛缭默默地放下了一些容易走火的品种，就挑了仙女棒和"铁树银花"，然后一起回何律珩家。

车子离何家越近，陈辛缭就越紧张，导致车子停在地下车库时，她连安全带都忘了解就想下车，然后无奈地被禁锢。

何律珩转过身来帮她解开了安全带："就当是回自己家。"

"大哥，这会儿当不了自己家。"

"习惯就好，凡事都有第一次。"何律珩从驾驶座下来，走到陈辛缭这边，打开了副驾驶的车门，绅士般地伸出手，"欢迎回家。"

何律珩上楼前给冯玥发了已到楼下的信息，楼上一大家子立马进入接待状态。当陈辛缭站在门外看着里面的光从慢慢透开到全部明亮，第一个进入眼帘的画面就是冯玥、何盛元、何家爷爷奶奶排成一排对她热烈欢迎的模样。

这个画面，她记了一辈子。

那个时候，她真的相信未来是没有无可奈何的。

/ 117

何律珩第一次主动带女孩子回家，虽然说的是朋友，但是家里人多多少少有联想能力，加上这个小姑娘外形好、细心懂事又周到，何家人对她很满意。

冯玥偷偷凑到何盛元耳边说：“什么长得很安全，分明很漂亮嘛，不愧是我儿子，眼光那么好。”

到的时候时间还早，冯玥和何奶奶在厨房备菜，陈辛缭想去帮忙，被冯玥拦了回来，让何律珩带陈辛缭在家里转转看看玩玩，干啥都好，总之不能来干活。

何律珩带着陈辛缭穿过通往楼上的旋转楼梯，到了这幢房子的最高层。

楼上有个露天大阳台，经过冯玥早年的设计以及后来爷爷奶奶的精心栽培，这里变成了一个小花园。

陈辛缭在花园转了一会儿就被何律珩叫了进去。

何律珩带她去了自己的房间。

他的房间里保留着过去人生中一些具有纪念性的东西，比如说小时候的奖状，比如说长大后的奖牌，都是他优秀的足迹。

在他房间的书柜上还摆放着一个个工艺品，有笔筒、茶杯，还有一些创意饰品，比如说铁丝做成的小自行车等等。

陈辛缭欣赏着他的一个个杰作：“我还以为你只喜欢跑步，没想到你还是个手工艺小能手。”

何律珩靠在墙上，双手插兜：“还有一件事情你也不知道。”

"什么事？"

"不告诉你。"

还学会卖关子了，不过陈辛缭也不在意：“你为什么喜欢做工艺品？”

"减压。"

因为听过他的成长及对未来的规划，陈辛缭不再认为他的压力只是随口一说，作为同龄人的何律珩，确实是比大部分人要承担更多。

陈辛缭对他灿烂一笑，也不多问，转头看着一个摆台相框，很精致的制作，边框用的是某种银色的材质，还用钻石拼了树枝的设计，就是里面空了一张照片。

"这也是你做的？"陈辛缭问。

"嗯。"

"做的时候里面应该有照片吧？照片呢？"

"还没有等到合适的照片，所以一直空着。"

"大师你的要求也太高了吧？你想要什么样的照片来配它？"

"至少是玻璃倒影里的感觉。"

陈辛缭看着相框玻璃的倒影。

倒影里,陈辛缭和何律珩站在一块,因为一前一后地错开,出现在玻璃上的画面就形成了紧紧靠着的样子。

两人的端正模样就像是结婚证上的两位新人。

"你这要求确实是很高。"陈辛缭慌张地走到了一边,观看着下一个作品。

何律珩看着她的背影,轻轻地笑着,他说:"这个相框是用铂金做的,上面的钻是我和父母一起去南非的时候买回来的,本来想着以后给妻子做婚戒的,但是总觉得那一天还太久,于是就自己做了相框。这个树枝的寓意是'连理枝'。"

陈辛缭听着何律珩讲起那个相框的故事,她心里震撼了一下。

"所以我刚才说的玻璃里的倒影,实际上是想说,这个相框里放的一定是我和我妻子第一张正式的合影。"

陈辛缭悄悄又瞟了一眼那个价值不菲的相框:"你的妻子可真幸福。"

"嗯。"何律珩的脸上透着幸福感,"我的妻子一定是最幸福的。"

转了一圈,陈辛缭发现门后有一张照片。

照片上的男生高高瘦瘦,穿着白衬衫黑西裤,在海城最好的高中的礼堂,当时正在举办毕业典礼,校长亲手给优秀学生颁发毕业证书。

那是冯玥拍的,纪念何律珩高中毕业。

画面正好是何律珩拿着毕业证书,整个人挺拔美好。

当时冯玥洗了一张出来寄给了何家二老,二老拿去裱了框,挂在了楼上玄关的地方,偏偏何律珩不太喜欢这张照片,也不好意思藏起来,只能挂在门后,眼不见为净。

"高中毕业典礼的时候拍的。"何律珩走近。

陈辛缭抬头看着照片:"那个时候你是不是比现在要瘦?"

"嗯,那个时候偏瘦。"

"为什么?"

关于真实原因,何律珩选择藏在心底。他说:"可能是水土不服,吃不下,也睡不好。"

陈辛缭转头看着何律珩,打量了一番:"所以你现在是水土都服了?"

"一半,最重要的是因为失而复得。"

"什么东西失而复得了?"

"是人。"他的眼神温柔又闪耀。

"你呢,后来还好吗?有没有……吃不下,睡不好?"

/ 119

陈辛缭转过身,低头遮掩着某种情绪:"吃得可好了,睡得也可好了。"

何律珩伸手把她转了回来,一只手捏住她的下巴:"你个小没良心的。"

陈辛缭吃痛:"啊,痛。"

"知道痛就长点教训。"

"我没什么教训可长的,快放开我,不然我咬你!"

"咬哪里?"

陈辛缭愣了一下,满脸通红。

"当然是咬你手,不然还有……"

何律珩把唇凑了过来,陈辛缭呼吸都停止了,紧紧闭着眼睛。

何律珩看着看着,忽而一笑,松开了她。

"这两年,你有想起过我吗?"

陈辛缭慢慢睁开眼,含含糊糊,眼神闪躲,一个转身,跑出了房间。

陈辛缭人生中第一次有吃不下的感觉,就是在这一家子人面前。冯玥太客气,不停地给她夹菜就怕她吃不饱,她硬是往肚子里塞还要装出吃得下的样子惹得何律珩偷笑不停,最后还是陈辛缭在桌板下给了何律珩一脚,何律珩才帮陈辛缭说了话。

冯玥不再给她夹菜,开始聊起天来。

冯玥从见到陈辛缭的时候就觉得她眼熟,慢慢地才想起在杨若荀曾经分享过的那个帖子上见过她,一直想着要不要问,但到底还是问了出来:"辛缭,上次我在你们学校论坛的帖子上见过你,你和你们学校的曾老师之间……是不是有什么误会?"

陈辛缭都快忘了那件事情了,再提起,她大脑打结了一下,大概是在想要怎么回答最好。

"那位曾老师是她亲舅舅。"何律珩及时帮陈辛缭解了围。

冯玥就像是终于看完了几百集的电视剧,在心里有了完美的句号,整个人明白舒心了:"原来是这样。"

陈辛缭:"嗯,我舅舅有时候会来学校给学生上课。"

"你舅舅是老师吗?"何家二老一向喜欢书香门第,听闻不禁问了一句。

"有当老师的潜力,但是没当老师,业余时间有时候会去学校讲课。"

"那很优秀啊,一定是很厉害的人物。"何家奶奶对此很满意,忍不住又继续问,"辛缭是住在朝阳小区对吧?"

"是的,奶奶。"

"朝阳小区好啊,里面大多住户是有文化的人,你父母是做什么的?也是教师吗?"

"就是普通人。"陈辛缭不想透露太多关于父母的事情，这也是父母从小教育的。

小学、初中入学大家在填写个人资料的时候，有一栏是关于父母的职业信息，每次大家都实事求是地填写自家父母的行业，有上班的，也有当老板的，只有陈辛缭会写上农民两个字，导致大家都以为陈辛缭家是种地的。后来到了高中，颜明朗询问陈辛缭无果，后来再三询问陈辛缭的父母，才知道陈家父母干的是军事工作，对此也做了保密。

陈辛缭从小就受家人影响，对待父母的身份要低调，所以她没和别人说过关于家里的事情，而陈家父母也为这份低调一直让女儿过着普通老百姓的生活，没有像其他人一样托关系让孩子走后门。他们对女儿的教育就是让她自己努力且做自己的事情，所以陈辛缭从小就努力。在经济方面，陈辛缭也一直和其他孩子一样，只管生活上的基本开销，吃得饱穿得暖，而不是铺张浪费。

所以一直以来，陈辛缭身边的人都会以为她只是个普通人家的女孩，包括后来她自己都差点以为自己只是普通人家的孩子。

何律珩看得出陈辛缭不想说，对于她的家境，他并没有过多在意，他只追求自己所喜欢的这个人，而不是所谓的门当户对。

"吃好了吗？一起玩烟花去。"何律珩放下筷子看着陈辛缭，帮她避开饭桌上的各种话题。

陈辛缭心领神会，忙放下碗筷："吃好了。"

"走吧，上楼。"

陈辛缭看着自己放下的碗筷，又有些难为情起来。

何奶奶心细，轻拍着陈辛缭的手："去玩吧。"

陈辛缭喜欢这位慈祥善解人意的奶奶，就像是看到自己的亲奶奶。她对何奶奶暖心地笑了笑，然后和何律珩上了楼。

走到阳台，两人才发现下雪了。

难得南方下了雪，还是在拥有喜欢的人的除夕夜。

总觉得时间刚刚好，情景很浪漫。

雪不大，在空中就像是优雅的小棉絮，一点点地往下落，落在头发上、肩上，慢慢地融化变为透明，却又马上被覆盖上了新雪，一点点，又像是小精灵在身上跳跃。

何律珩从房间里拿了一件黑色的长款羽绒服套在陈辛缭身上。羽绒服接近陈辛缭的脚踝，她整个人被包得严严实实。

为了美，她只穿了件羊绒毛衣加双面羊绒大衣，此时对比雪天，确实没有羽绒服暖。

"谢谢呀。"陈辛缭对羽绒服很满意。

"别客气。"何律珩对着她笑。

这一晚,大男孩拿着仙女棒在这个风雪的夜晚玩闹的模样,就像是回到了小时候,那个童年里单纯可爱的何律珩。

陈辛缭拿着手机相机记录下画面,然后记在了心里。她希望何律珩未来的每天,都可以这样开心。

伴随着越来越多的鞭炮声响起,时间不知不觉快到十二点。

"要到新的一年了。"

何律珩站在阳台边看着天空绽放的烟花。

陈辛缭靠坐在花间的石桌上,双手撑着两边,静静地看着他的背影,嘴角微微翘着。

"我们做点有纪念性的事情吧?"何律珩转了过来,对着陈辛缭有着星光的眼睛。

"比如说?"

何律珩快步走到陈辛缭面前:"不如我们成为彼此的第一位微信好友吧?"

这是新的一年。那年的微信还不普及,学生们都是以 QQ 为主。

那年的农历末尾,陈辛缭和何律珩凑在一起看着时间,还有两分钟就到新的一年了,两人各自下载微信,心情是十分紧张的。零点一到,天空烟花四起,何律珩和陈辛缭同时添加了彼此的好友,两人激动地欢呼着,情不自禁地抱在了一起。

他给她的备注还是:Blue。

陈辛缭看着他一如既往的备注,问:"你现在可以告诉我 Blue 除了是蓝色的意思,还有什么含义吗?"

"这是秘密。"何律珩又卖起关子。

陈辛缭对他挑眉,重新坐回到石桌上,腰微微往后弯了一点,抬头看着天空:"不说就算了,我也不会再问了。"

何律珩看出了她在赌气:"为什么那么想知道?"

陈辛缭摇头:"不想知道。"

"那好吧。"

何律珩显然也不会说了,这下陈辛缭急了,就要跳起来,何律珩的电话突然响起。

鞭炮声太大,何律珩直接点了免提,这下陈辛缭的耳朵伸得可长了。

"新年快乐！何律珩！"电话那头是杨若荀开心的祝福声。

陈辛缭默默地不想听了，假装继续看烟花。

"新年快乐。"何律珩礼貌地回应。

"新的一年你有许什么心愿吗？"

"我从不许愿。"

陈辛缭扑哧笑了。

何律珩看见陈辛缭在笑他，给了她一个不许笑的眼神。陈辛缭偏要和他作对，一直咧着嘴笑着。何律珩伸手挠了一下她腰部的痒痒肉，陈辛缭的笑声直接从嘴里发了出来。

杨若荀听到有女生的声音，整个人慌了一下。

"你妹妹在你家过年吗？"她小心地试探。

陈辛缭想扮何律珩的妹妹说话，帮他蒙混过关，就听那个人回了一句："我和我喜欢的女孩子在一起。"

那个烟花绽放的夜空下，同样的凌晨时分，男孩再次告了白，女孩不再自顾自逃走，她整个人傻愣愣地坐到石桌上，假装继续看着天空，嘴角却是笑着的。

何律珩挂了电话，看到她的笑，也跟着笑了，眼角眉梢全是温柔。

他坐到她的身边，双手置于腿上，抬头看着落下白雪的天空，对身边的人道了一句："新年快乐，陈辛缭。"

陈辛缭不再看天空，而是看着他。

难得看他沉稳的脸上有着羞涩，还是因为她，她不禁挪不开眼。

"新年快乐，我喜欢的男孩。"

汪婼问过陈辛缭，她和何律珩到底还差哪一步才在一起。这个夜晚的这一刻，陈辛缭终于知道，她和何律珩就差一句承认。

哪怕他的行为总像是喜欢她的表现，但谁又不是说喜欢一个人的时候，对方哪怕是多说了一句"晚安"都会误以为是喜欢自己的。

这是新的一年的第一天的第一刻，少男少女认为这代表着可以在一起一辈子。

新年的零点，热闹非凡，外面鞭炮声响亮，家家户户还亮着灯，街道也还有人走动，很多家庭会在新年第一天去拜佛，包括何律珩的家庭。

何家每年都是在新年的零点去拜佛，想抢第一炷香，那一年因为陈辛缭，延到了凌晨。

何律珩很想和陈辛缭再多待一会儿，孩子气地说不想去拜佛了，只要她。

陈辛缭是懂事的女孩，无论如何也让何律珩送她回家了。

车子在陈家楼下停下，何律珩拉着陈辛缭的手不想松开，陈辛缭指了指中控上的时间："你可以做接下来的行程了。"

何律珩淡淡地吐了口气，收回手，从羽绒服的口袋里拿出三份红包："我爸妈一份，爷爷奶奶一份，还有一份是我准备的。"

陈辛缭看到红包的时候，眼睛亮了一下，她不知道还有这个环节，难掩喜悦，像个小财迷一样："虽然我觉得拿你家人的红包有点不好意思，但是你如果带回去也不合适，那就恭敬不如从命，谢谢啦。"说着飞快地拿过了红包。

何律珩抿唇笑着，伸手揉揉她的头。

陈辛缭把红包护在怀里，打开了车门，回头对何律珩开心地挥手。

"喂，陈同学，作为我的女朋友，能不能稍微有点离别时该有的忧伤。"

陈辛缭抬头想想，后弯腰对着车里的人说："又不是见不到了。"

何律珩还是舍不得她："等我走完亲戚我想一直在你身边。"

陈辛缭点头，关上了车门。走了几步见车还没开，她原路返回小跑到驾驶座的位置，冲里面的人打了下手势，何律珩降下车窗。

他抬头看她："舍不得我了？"

陈辛缭往他脸上轻轻啄了一下，然后害羞地跑上了楼。

何律珩含笑抚着脸许久，这个吻也一直深刻地被他记在心里，年后的几天不见，还算安慰。

年后，陈辛缭带着礼物登门拜访了爷爷奶奶又去了外婆家。

陈辛缭的外公在她小时候出车祸去世了，舅舅们也都有各自的生活，老人家一直一个人生活。好在外婆身体健朗，能够独处，在外的孩子们也都放心。

陈辛缭在外婆家住了几天，一边陪外婆，一边也算是外婆陪着她。期间大舅舅有来看过老人，她又和舅舅的孩子们玩了一整天。

就在她也准备走的时候，百忙之中的曾科居然回来了。

陈辛缭看到曾科，非常自觉地拜了个礼："舅舅，新年快乐，恭喜发财，红包拿来。"

曾科早就听说她在，也早就准备好了红包。可就在看到她的时候，突然想逗逗她，只见他翻出裤子口袋："没准备。"

陈辛缭的笑脸一下子落下来，去找外婆告状："外婆，你看舅舅，一点长辈的样子都没有。"

"你舅舅肯定是和你闹着玩呢。"知晓一切的外婆瞪了眼曾科。

曾科实属斗不过，拿出红包扔给了陈辛缭，故意没好脸色地说："都多大了,还玩告状这一招。"

"我不管多大,我舅舅永远是我舅舅。"陈辛缭开心地翻开红包的纸币数数,数完后很满意地点了点头,"舅舅你辛苦了一整年,这次可得好好休息几天,我就不打扰你,先回家了。"

"回津城?"

"回朝阳。"陈辛缭拉上自己的行李。

"你一个人回朝阳干吗?好好陪你外婆再多待几天,反正你也快开学了。"

陈辛缭已经走到门口了:"你陪着外婆就好了,我要去陪别人了。"

"别人?"曾科吓得站了起来,"你有别人了?谁?该不会是交男朋友了吧?"

"女朋友,女朋友可以吧?"陈辛缭搬着行李走出了门。

曾科在原地愣了一下,赶忙拿起桌上的车钥匙追了出来,但还是晚了一步,陈辛缭已经上了另一个人的车。

曾科拿出手机拍下了车子的信息。

他发给助理:【给我查查这辆车车主的信息。】

助理回:【好的。】

助理又多问了一句:【这车主肯定是个很厉害的人物,是我们公司将来想要合作的人吗?】

曾科在手机屏幕上飞快地打下"我怀疑我外甥女被人骗了",将要发出的时候,他删除了个精光:【不要多问上司的事。】

何律珩走完亲戚前脚把父母送到家,后脚就去找陈辛缭了。临近饭点,外面的餐厅大多没开门,于是何律珩和陈辛缭去超市买了菜,去陈家下厨。

对于厨艺这件事,何律珩是从未有过,所以他只能打打下手帮忙洗菜。陈辛缭自小独立惯了,会做的菜多,却并不热衷于厨艺,可能是平常都一个人吃就变得随意了。这次何律珩在,她对下厨这件事产生了浓厚的兴趣。

洗完菜的何律珩怕自己做的事太少了,自觉想要再做些别的,但陈家实在是太干净了,他连打扫卫生的活都没得做,最后还得回到厨房,静静地靠着厨台看她做菜。

像极了贤妻良母的样子。

"陈辛缭,等你毕业我们就结婚好吗?"

陈辛缭手中倒往锅里的盐罐子陡然一抖,放多了……

她木木地回过头:"何律珩,你这是在求婚吗?"

何律珩坚定,遇见她,就是她。

他温柔道:"爱你的人总是想方设法把你娶回家。"

陈辛缭一阵脸红,羞羞地转了回去。

糟糕,锅煳了……

陈辛缭亲自做的饭菜,胜过何律珩吃过的所有。

"想好了吗?什么时候嫁给我?"何律珩没忘记陈辛缭躲开的那一茬。

陈辛缭没想到他是认真的:"看你表现。"

何律珩往她碗里夹了菜:"不如就等可以领证的那一天?"

陈辛缭想想突然有些恐婚。或许是现在还在上学,说起谈婚论嫁的事,心里没把握。

"你就知道未来的每一天都只有幸福?"陈辛缭问。

何律珩想了想:"也许也会有矛盾,但是我会包容你的。"

"这话讲得好像都是我的错一样。"

"不然呢?我会做惹你生气的事?"

陈辛缭看着他,看着看着就笑了。

如果可以,和他的每一天一定都会幸福。

"你什么时候回海城?"陈辛缭问。

"初七。"何律珩说。

"那么早?"

"我们家公司初八正式上班,所以在此之前我得和父母一起回去了。"

陈辛缭点了下头,随后愣了一下,赶紧拿出手机看了一下时间:"那不就是明天?"

何律珩本来想要明天在微信里和她说的,现在不得已面对面说到了这个话题,他也很失落。

"是啊,虽然我在公司没有一职半位,但是自从去了海城后,除了在学校,我就是随父亲去公司或者参加各种应酬,可累了。"

这次换陈辛缭往何律珩碗里添肉:"辛苦了,小何,多吃点。"

何律珩露出可怜的眼神:"如果你能一直在我身边就好了。"

"那你身边招小秘吗?"陈辛缭对他抛了抛媚眼。

"小秘不需要,暖被窝倒是需要有个人。"

陈辛缭蒙了。

这聊着聊着,怎么就变色了呢。

何律珩遗憾没有和陈辛缭一起回味临城大大小小的地方,没有重温紫薇山、紫阳老街里的麦虾,以及《一生中最爱》的三桥。

陈辛缭却不遗憾,她始终认为未来会有很多机会。

不久后，开学了。

因为陈辛缭和三小只约好买一起到的动车票在海城火车站会合，所以回绝了何律珩想要来接的心意。何律珩默默叹气，好怀念以前陈辛缭只有他的时候。

喜欢一个人时的占有欲，总是不经意地打乱着他。

海城火车站，四人约好在地铁口见，陈辛缭的车次是最晚到的，当她提着行李箱匆匆赶往地铁口的时候，三小只正在拍合照。她调好呼吸不声不响地走进了她们的镜头里，镜头里的三小只先是被吓得尖叫了一下，然后四人十分默契地摆起了姿势，一张完美的四人合影完成。

这是新的一年的第一张合影。

这是新的一年的大家。

都在越来越好。

去往学校的地铁上，四人挤在一起分享着自己这个寒假的趣事，最多的还是父母见到孩子时头三天的喜悦和三天后忽然变了个人似的"残暴"行为。

对于只当了三天公主的这件事情，大家都是非常有共鸣的。哪怕是陈辛缭在父母身边时间不多，也深有体会。

但是孩子从来都不会真的怪父母，全当趣事分享完，事情也就过了。

有了朋友，陈辛缭似乎还真的忘了有男朋友这件事了。

当在校门口看见何律珩的时候，她居然有些愣怔，然后仔细一想，这是自己的男朋友。

何律珩上前拿过她的行李箱，道了声："新学期快乐。"

陈辛缭回："新学期快乐，学长。"

"学长？"

陈辛缭也是因为意识到这位可是大家心中的白月光，粉丝群体里还有自己的闺密，要是白月光脱单了，大家一定悲痛欲绝吧，所以她完全不敢说呀。

"不然呢？难道是学弟？"陈辛缭对何律珩意味深长地一笑。

何律珩全当她在调情了："走吧，送你去宿舍。"

一旁的三小只觉得画面太不对了，也不敢问。

还没正式开学，女生宿舍是开放的。

何律珩光临女生宿舍的事，女生们一个传一个都趴在"盘丝洞"门口看。最后汪媂一个用力的关门，谢绝了那些目光。

何律珩在，大家都有些不好意思整理行李，毕竟箱子里都是女性用品，何律珩也是突然意识到了，对陈辛缭说："我在楼下等你。"

/ 127

"等我干吗？"

陈辛缭这样一问，三小只异口同声道："晚餐呀！"

陈辛缭说："可是我和朋友们约好每学期的第一天都要一起聚餐。"

何律珩的心一下子沉了下去。

回海城的第一顿饭居然不是和自己的男朋友一起吃！亏他从初七以后天天对她日思夜想，他感觉自己的存在感太低了。

三小只替陈辛缭的直女情商捏把汗，忙替她圆话："咱四个啥时候不能聚呀，你快去吧，你还是和你的学长约会去吧。"

因为和三小只先约的，陈辛缭个性循规蹈矩，不懂得变通，又心直口快，只觉得如果现在临时答应何律珩，有一种忘友的背叛感。

"真的可以吗？"陈辛缭问。

三小只统一扶额。

汪婼开始赶人，推着陈辛缭往外走："你也别整理了，我来帮你整理，你俩赶紧出去吧，该干啥干啥去。祝你们约会愉快，晚点回来！"说完的时候正好把陈辛缭推到了门外。

何律珩也走了出来，转身的时候对三小只感谢地笑了笑。

三小只表示自己要被融化了，白月光居然笑了。汪婼一只手捂着心脏，另一只手对何律珩和陈辛缭挥了挥，然后再次关上了门。

夕阳折射下的校园，树叶斑驳间透着薄薄的金色。

何律珩从宿舍走至校门，一路无言。陈辛缭一路琢磨，她察觉到了他的异样，但不知道问题到底出在哪里。

难道是吃她朋友的醋了？

可是出门的时候她都见到他很客气地和三小只再见了。

何律珩的车停在校外，新买的一辆车，说是他父亲奖励他考出驾照的礼物，寒假的时候陈辛缭还羡慕了。不过他一向低调，车从不开进学校。

两人陆续上了车。

"想吃什么？"何律珩启动了车并没开。

"听你的。"陈辛缭声音柔和，在生气的人面前，一定要乖顺。

何律珩这才瞥她一眼："怎么，认识到自己的错误，开始讨好我了？"

陈辛缭捧着脸眨巴着眼睛看他："我这么可爱，怎么会犯错呢？"

何律珩被她逗笑，伸手捏了捏她的脸。

陈辛缭收回矫揉造作的一面："不过你到底为什么生气？"

"我没生气。"

"你没生气干吗不说话？"

何律珩想了想:"我大概是嫉妒了。"

"啥?"陈辛缭往何律珩这边靠了靠,"嫉妒什么?"

何律珩也往陈辛缭这边靠了靠,眉眼里全是温柔:"依赖我,好吗?"

女孩子太独立自强,男孩子总感受不到自己的意义。

从认识陈辛缭开始,何律珩总是觉得自己在她的生活中很多余,怎么会有人一个人也可以生活得那么好?一个人吃饭、一个人回家、一个人住在一套房子里,受伤的时候一个人也可以抚慰自己。对她而言,仿佛这个世界上有自己就可以了。

"我挺依赖你的。"陈辛缭发自内心地说。

如果不是依赖他,并且是在灵魂深处依赖他,她又怎么会想要来到他的城市和学校。

陈辛缭承认最开始的时候自己确实非常独立,不想依赖任何人,对大多数人也没有什么感情。但是遇见他后,她好像才开始活得像个正常人,有着自己的小敏感,也希望有人陪。

一路努力坚强的人,确实会习惯一个人,但若一旦开始有人陪伴,被温暖了心,就再也回不到开头。

"想必你对'依赖'两个字有误解。"何律珩踩下油门,车子驶出停车线。

"我语文挺好的。"陈辛缭反驳。

"这跟语文好不好以及理解能力好不好没有关系。"

"那跟什么有关系?"

何律珩指了指自己心脏的位置:"这里。"

陈辛缭迷迷糊糊又无力反驳。这个男人一谈恋爱怎么这么多大道理,从前她都没发现。

何律珩带陈辛缭去了一家开在老弄堂里的面馆,原木色的风格,上下两层,看起来还挺精致。

两人在二楼长廊的围栏边坐下。

"这是我在海城吃过的口味最贴近冯记的店。"何律珩介绍。

陈辛缭看了眼菜单,才发现这里也有麦虾。

"原来我们临城的麦虾那么有名呀,海城都有。"

"老板是地道临城人。"

听到这个来历,陈辛缭开始期待着口味。

这家面馆的生意并不逊色于冯记,不一会儿工夫就坐满了人。在环境上,陈辛缭感慨海城终归是海城,同样是开在老弄堂里,这家面馆的环境高档许多。

不过人都是有情怀的，讲究先后顺序，陈辛缭还是最喜欢冯记那接地气的简装，店面不大，却很温馨，人进来也都是有温度的，老板能够清楚地记得来的每一个人，每次见面都会热情地打招呼，有时候闲了会过来聊聊天唠唠家常，就像一家人一样。

"麦虾来啦。"

服务生端着热腾腾的麦虾放在桌上，瞧了眼陈辛缭，吃惊了一下，打趣着和何律珩说："哎？今天换人了？"

何律珩一边帮陈辛缭倒醋，一边说："她是我女朋友。"

服务生自动封锁嘴部线条，识趣地退下，转身的瞬间，为自己说错话而懊悔。

"你和那位小姐经常来？"陈辛缭的眼睛直直地盯着何律珩，不用服务生指名道姓她就知道说的是杨若苟。

何律珩人生中第一次有一种要完蛋的心虚感，求生欲满满："没有经常来，这家店是她推荐的，我们也就来过几次。"

"哦。"陈辛缭开始搅拌麦虾。

"你是在吃醋吗？"何律珩笑着问。

"醋不是你倒的？你忘了？"陈辛缭呼呼吃麦虾。

何律珩低头笑了笑："好吃吗？"

"好吃极了。"陈辛缭说完觉得画面似曾相识。

想了好一会儿，她想起过往的一个小片段。

"何律珩，我第一次带你去冯记的时候，你是不是就喜欢我了？"陈辛缭问。

"更早。"何律珩说。

"什么时候？"陈辛缭非常感兴趣，连筷子都放下了。

"什么时候开始喜欢讲不清，好像一直都挺喜欢。"

"挺？"

何律珩笑出了声："是非常非常喜欢。"

陈辛缭这才放过他。

何律珩又要往陈辛缭碗里加辣椒，陈辛缭赶紧拦住他："戒了。"

"什么时候的事？"何律珩把辣椒酱的勺子放回到罐子里。

"有段时间了，太容易上火了。"

就在这时，双人桌旁被人拉了把椅子，一下子将本就窄小的过道弄得更加拥挤。

"这家店生意太好了，没有座位了，你们应该不介意我来拼桌吧？"杨若苟很有礼貌地先询问，娇小的身子站在一旁总是惹人怜爱。

何律珩没应声，反倒是看陈辛缭。

杨若苟也看向了陈辛缭。

多尴尬呀，陈辛缭不想更尴尬了，她硬着头皮说："坐吧。"

杨若苟点了面后，开始和何律珩聊天："寒假的时候我去了很多次你家都没碰上你，听说你一直在公司。"

"嗯。"

"去公司是对的，毕竟这才是你的人生轨迹。"

何律珩没说话。

"全国大学生田径锦标赛快开始了吧？"杨若苟又问。

"七月份。"

"就当玩玩吧。"

"为什么要当玩？"陈辛缭听得有些不爽。

杨若苟一时还以为是自己比较了解何律珩，得意地解释："因为何律珩是要继承整个何氏企业的，何氏企业你知道吧？"

"知道。"陈辛缭轻松地回答。

"何家可不是随便可以高攀的，哎！陈辛缭，你父母是做什么的？"杨若苟问。

"我父母的职业比较特殊，不方便透露。"

"是不方便透露，还是不好意思透露？"杨若苟盯着不放的意思。

陈辛缭放下筷子："吃饱了，不能霸占着座位不让有需要的人坐。"

何律珩心领神会："我们走吧。"

杨若苟欲起身挽留，看见何律珩和陈辛缭十指相扣，话到嘴边微微颤抖，正好服务生端着杨若苟的面来了，见何律珩和陈辛缭要走，搭了一句："哎，你们不等你们的朋友吗？"

陈辛缭发自内心地承认低情商太令人讨厌了。

走出店门，一阵穿堂风猛烈吹来，陈辛缭冷得躲进了何律珩的怀里。何律珩笑着抱住她，把自己的大衣外套往她身上裹了裹，两人相依离开弄堂。

实际上两人都没吃饱，只是因为遇到不喜欢的人和听到不喜欢的话题，于是彼此相互掩护离场，又彼此心照不宣地去了下一场。

陈辛缭一向不喜欢去奢华的场合吃昂贵的饭菜，何律珩也不喜欢那些拘谨的地方。当陈辛缭提议说去圣榆街时，何律珩愉悦地和她击了个掌。

人潮拥挤的圣榆街，何律珩紧紧握着陈辛缭的手，两人被人潮推着，有一下没一下地碰在一起，最后何律珩直接揽住她的肩将她护在怀里。

霓虹灯的光晕间，陈辛缭抬头看着何律珩，暖暖地笑了。

那一年的圣榆街是最原始的圣榆街的模样，挨家挨户的店面屋，不古老也不新颖。它是附近院校的学生们最爱去的地方，虽然在美食广场那边有油烟，在小街小巷的地方摩肩接踵，总是走走停停，但是慢慢地，习惯它后，对于情感而言，它犹如朋友。

当时谁也不知道这里后来旧房拆迁，原来的一圈只剩下了一条街。

美食广场，是陈辛缭最喜欢的地方。

现在何律珩重新又获知了陈辛缭的新口味，他亲自给她调好了调料，两份都不要辣，一份放醋一份不放醋。

陈辛缭看到后满意地点头："真棒！"

何律珩对她得意地笑："你先去坐一下，等会儿好了我端过来。"

陈辛缭不跟他客气，乐呵呵地去了公共桌椅区耐心地等着，眼睛没离开过他。

在这样一个充满人间烟火味的地方，那个穿着高定款的男生可真是犹如神仙下凡，加上摊位里滚上的热气，白茫茫的，就像他身上散发出来的仙气。

几分钟后，何律珩端着两碗瘦肉丸在陈辛缭身旁坐下。

"感觉很好吃的样子。"何律珩说。

"你没吃过吗？"陈辛缭问。

"没有机会出来吃这些，要么在学校，要么就是长辈们的饭局上。"

"那你的胃一定很娇贵吧？"

"嗯，很娇贵，医生说我适合吃软饭。"

陈辛缭扑哧笑了出来。

就在这时，旁边桌的女生羡慕地对同伴立志："我一定要好好努力。"

陈辛缭愣了一下，不敢对着那几个女生大笑，她把头埋在了何律珩的怀里，憋着笑小声说："太逗了，她们居然当真了。"

从圣榆街离开后，何律珩开车送陈辛缭回了宿舍。

陈辛缭见到目的地，解开安全带要下车，被何律珩拉回来按住了手。

"接下来正式开学后我会比较忙，可能不能经常陪着你。"

陈辛缭还以为什么事："没事呀，我也很忙的。"

何律珩其实并不想听她说那么懂事的话，好像她真的一点也不需要他。

遇见她，他开始羡慕那种有女朋友缠着的男生。

"可以稍微需要我一下吗？"

陈辛缭想了想，突然陷入反思。

原来谈恋爱的时候是要"被需要"的。

她笑着说:"我每天一有空就去找你。"

何律珩终于听到了满意的回答:"你过来一下。"

陈辛缭整个人趴了过来:"干什么?"

何律珩打量着她的脸,从上往下:"要不要亲一个?"

陈辛缭愣了一下。

"哪有人接吻要问对方的?"

何律珩抿唇一笑,下一秒,唇就吻了下来。柔软嘴唇的温度,让陈辛缭整颗心都提了起来。

她瞪大了眼睛感受着这真真切切的初吻。

唇和唇紧紧贴着。

何律珩似是察觉到了她是睁着眼睛的,伸手盖下了她的眼睛。

陈辛缭这才反应过来,电视剧里男女主角接吻的时候都是闭着眼睛的,她乖乖地闭上眼睛,于是心跳得更厉害了。

她试着去回应他的唇。

初吻是很奇妙的。

有着强烈的心跳,也有着温温柔柔的情义。

那一次的吻,彼此都像是在练习。

没有很高超的吻技,最后还是牙碰到了牙,彼此笑着分开了。

陈辛缭坐在座椅上抓着包包害羞着。

何律珩也是。

车厢里安静。

他伸手握住她的手,十指相扣,语含深情:"你不是一直很好奇 Blue 的意思吗?其实这句话的原话是 Because love you everyday。因为爱你每一天。"

陈辛缭笑得更甜了。

陈辛缭和何律珩分开的时候有些难舍难分,仿佛他说了那句"依赖我"后,她依赖得更明显了。

离去时她还不忘趴在走廊的窗户边看着他将车驶离才上楼。

回到宿舍的时候,室内一片漆黑。

她正要打开灯,黑暗的房间里忽然射出一道光,直直地对着她。她本能地拿手挡住了光,待视线适应后才缓缓转过头,于是就看见三小只齐坐一排,跷着二郎腿,坐在中间的汪婼拿着手电筒照着她。

此时辛缭就像是即将接受拷问的犯人。

"你们干吗?"陈辛缭问。

"快说说，刚才你和何律玠在车上那么久，都干了什么？"汪嫱带着有色眼光。

"聊天。"陈辛缭淡淡地回答。

"除了聊天。"

陈辛缭不由得想起刚才的吻，脸微微发烫。她转身往洗手间走去，正欲进去，脚步又停下，转身："如果我和何律玠在一起了，你们会怎么样？"

三小只愣了愣，异口同声："跟我们有什么关系？"

"你们不是很迷恋他？"

汪嫱发自内心地说："我们对何律玠就和追星一样，觉得他颜值高，欣赏欣赏就行了，谁还妄想呀。"

"哦，那我和他在一起了。"陈辛缭说完关上了门。

三小只在原地愣怔三秒，三秒后，狂敲洗手间的门。

"开门啊！开门开门开门！快说说到底啥情况！"

"你有本事找男友！你就有本事开门啊！开门开门开门啊！"

陈辛缭谈恋爱了，还是和何律玠，虽然一切都在情理之中，但是三小只还是羡慕啊，缠着陈辛缭一晚上没睡，把想问的全问了，不放过任何一个细节。

春天百花齐放百家争鸣，春天鸟语花香是恋爱的季节。

三小只也想谈恋爱，谈甜甜的恋爱。

课堂上，三小只靠在一起抚着脸看着窗外的桃花树。

粉粉的，可真好看。

汪嫱："桃之夭夭，灼灼其华。"

裴舒舒："桃花一簇开无主，可爱深红爱浅红。"

戴岑："白白与红红，别是东风情味。"

春天很好，人也很好。

也不知道是因为春天好，还是因为人好，陈辛缭整颗心都变得明亮起来。

整个春天，陈辛缭越来越喜欢和何律玠在一起。

那种感觉有着前所未有的安全感，很踏实，很温暖。

整个春天，所有知道何律玠的人都在讨论他们俩，杨若荀就像是还停留在冬天，与春天格格不入，后来，没人再提起何律玠和杨若荀。

不过整个春天何律玠仍然两耳不闻窗外事，他的世界除了陈辛缭，就是即将到来的夏天。

从春天跨到夏天，从温暖到炎热。

陈辛缭一有空就会在田径场出现，他和她一起去吃饭，一起上下课，一起约会，喜欢着彼此依赖着彼此，明目张胆。

有喜欢蒙蔽自己双眼的女同学看到两人同框的时候问:"学长,你们是在谈恋爱吗?"

何律珩握着陈辛缭的手晃了晃:"难道还不够明显吗?"

女同学多看了陈辛缭两眼:"好羡慕。"

何律珩点头:"嗯,我也很羡慕我自己,我喜欢了她很多年,终于在一起了。"

06
炽热，不只是夏天 /

全国大学生田径锦标赛发生在七月，那年在杭城举行。

当天运动员统一坐学校安排的大巴去往杭城，陈辛缭乘坐了同一天的动车。

何律珩从她出门就开始期盼着她。

终于听到她到酒店大厅办理入住了，他没等电梯从下往上的那几秒，心急地从十一楼飞奔下楼，到一楼的时候满头大汗。

他努力地调整气喘吁吁的呼吸，抹掉了额角的汗，又扯了扯自己的T恤，好让空调冷气吹掉些热气，然后才去了大堂，她正好从前台转身而来。

何律珩张开手臂朝她笑。

陈辛缭加快脚步走来，与他紧紧相拥。

陈辛缭的房间和何律珩同层，是学校给运动员订房间的时候，何律珩自费多订了同层的一间房。

何律珩送陈辛缭进房间，早已打好的冷气却没有带走两人身上的灼热。

何律珩从后抱住了她，下巴抵在她的脖子上。

她身上淡淡的清香吸引着他。

只是这一次他还是很主动地克制自己内心的需要，他偷偷深呼吸了很多次。

那个年龄，那个时分，只能是迈上一步的深吻，把此前此后的想念都装在吻里，然后记在心里。

"明天要比赛，今天不能多陪你了，饭点要去专门的地方吃特定餐，饭后要休息，休息完后要去看场地，可能晚上才回来。"何律珩把自己的行程说了一遍。

"拿奖牌来安慰我就行。"陈辛缭转过身，对着他笑。

何律珩因为舍不得离开她有些笑不出来："我给你叫了餐，一定要吃饱。在酒店无聊，可以去附近走走，但是不能走太远，过马路要看着点来往车辆，不要轻易和陌生人说话，如果碰到陌生人要你联系方式你就把我的给他……"

"大哥,我不是孩子了。"

何律珩摸摸她的头:"怎么办,就想宠着你。"

陈辛缭甜甜地笑着:"那就宠吧,永远。"

何律珩没待一会儿就被叫去集合了,他依依不舍地走出房门,最后一步还是陈辛缭推的。他在走廊走了几步又回头,陈辛缭还站在房门口看着他。

他突然有些心疼她,也许更多的是想到她曾说过经常看着父母离去。

总是一个人的她,其实不该那么坚强。

他折回再次拥抱住她:"以后不准再看我的背影。"

陈辛缭不知道他为何感触,伸手拍了拍他的背:"快走吧,我不看了。"

何律珩松开了她,这次他看着她进房间关上了门才离开。

杭城是一座很雅致的城市,一年四季都充满着色彩。

不如海城繁华,却比海城清秀许多,风景宜人,让人心旷神怡。

陈辛缭在午后乘坐地铁去探索了这座城市,无须攻略,走到哪儿都是美景。

有名的湖边,日落很美,陈辛缭坐在长椅上看着不远处的山与建筑静了很久。

人物都成了剪影,却始终盖不过景象的轮廓。

那一瞬间是娴静美好的。

日落后,陈辛缭去了附近的老街。

她一向挺喜欢古老的地方。尤其是到了夜幕完全降临,霓虹灯亮起,老街人山人海,四周变得生机许多。

她一个人逛逛吃吃,也别有一番滋味。杭城有名的酥油饼、定胜糕、小笼包……她一家家尝过去。这样一晃,不知不觉就到了晚上八点,要不是何律珩打了电话,或许她还忘了时间。

比起这里的美景,这一刻男朋友充满了诱惑。

陈辛缭飞快地往地铁口奔去。

到达酒店十一楼,陈辛缭拐个弯就看见了何律珩,他靠在她的房门口耐心地等着,她原先急匆匆踏在静音地毯上的步伐突然变成了踮起脚尖的小碎步。

她很幼稚地想要吓他一跳。

一步之距。

就在她准备发起大招的时候,何律珩握住了她的手一个转身将她按在了墙上,唇紧紧地贴在她的唇上。

陈辛缭伸手捏了一下他的腰。他被弄痒躲了一下,浓情蜜意的眼眸才逐渐变回缓和。

"意乱情迷了？"陈辛缭笑着问。

何律珩双手搭在她的后腰上，鼻尖忍不住又想朝她靠近，她伸手指抵住了他的唇："有监控。"

何律珩这才回头看了下过道。看到不远处的摄像头，他抿唇笑了一下，从她的包里掏出房卡，反手划开了房间的门，推着她进去了。

第二天，全国大学生田径锦标赛正式到来。

运动员们一大早就去了体育馆，观众们则是等开幕前一个小时检票入场。

椭圆形的半露天体育馆，中间是田径场，四周是观众席。

陈辛缭根据入场券上的数字找到了自己的座位，位置很好，靠前，无遮挡物。

世津大学队伍排在第三出场，何律珩站在队伍首位，穿着代表世津大学的运动服，露出的肌肉矫健线条均匀。在场小迷妹看得差点喷出鼻血，无法矜持的少女们忍不住破口呐喊："何律珩，我爱你！"

陈辛缭猛地循声望去，找不着关键人，只见那片地闹成一块，笑成一块。

她跟着轻轻地笑着。

作为何律珩的女朋友这个身份，刚才的情况并不会让她觉得被冒犯，她没有那么多过分的占有欲，全当是尊重这些粉丝的心情。

"这样的男朋友，会觉得很有压力吧？"

身后落下似曾相识的声音，陈辛缭回头，看见了杨若苟。

这一瞬间，如若转了一世。

整整一学期，她几乎没看见过杨若苟。有时候缘分就是这样，无关后，见面的次数只会越来越少。

"不会。"陈辛缭坚定地回答，然后转回了头。

陈辛缭把注意力转回到赛场上，故作和杨若苟并不认识。

从开幕到一组组比赛，时间缓缓而过。

屏幕上终于显示了A组100米的比赛预告，观众席再次沸腾起来。

何律珩和一行人上场，大屏幕上放大了每位选手的脸，到何律珩的时候，陈辛缭也忍不住拿手机记录着关于他的画面。

运动员们就位。

裁判吹了吹哨子，所有人都稳重起来。

陈辛缭放下手机，目光专注地锁着赛场，紧紧攥着拳头，身子微微前倾。

A组的比赛很快地开始，赛场上争分夺秒，陈辛缭都来不及眨眼，何律珩得了第一名，成绩是 11 秒。

陈辛缭轻轻"哇"一声，心中满是敬佩。

她还是第一次看他正式比赛，之前虽陪了他很多次预热，都不如今天震撼。

看到他的成绩，她安心地靠回到椅背，身后的杨若苟这才打开嗓子："你知道何律珩的竞争对手是谁吗？"

还没等她答，杨若苟自答："北桦大学的周明钦，两个人上年的成绩不过差一秒，其实何律珩在这一组的比赛虽然是第一名，但是成绩不算好，跑不进 11 秒内，都算失利。"

"上年何律珩跑了多少时间？"陈辛缭问。

"10 秒 15。"

短短的毫秒之差，陈辛缭第一次发现时间的精密是多么重要。

"喏，那个就是周明钦。"

顺着杨若苟的手指陈辛缭重新看回赛场。她注意到 B 组刚上场的那个男生，留着子弹头。对比何律珩的冷静低调，这位荣誉选手就显得有些高调，短暂的场上等待的时间，他就已经不知道抛出了多少飞吻。

"他的人气也很高。"杨若苟说。

"嗯，看出来了。"陈辛缭随便应了一句，内心并不为所动，她只关心何律珩的成绩。

B 组的比赛很快开始，周明钦得了第一名，成绩比何律珩好一些，10 秒 65。

陈辛缭不禁担心起来。

杨若苟看她这样笑了一下："也不用太担心，这个段位的比赛，这几个至关重要的人物肯定会稍稍保留一些实力的，都在可控范围内。"

陈辛缭自然是相信何律珩的实力的。

上午场在十一点结束，决赛在下午举行。

何律珩一下场就回了休息室，陈辛缭顺着人流走出，通过路标找到了休息室的位置。但是外面有保安严格坚守，陈辛缭只得蹲守在休息室外的走廊上。

和她一同蹲守的还有很多小姑娘，三四人一组抱团，就她一个人孤零零的。

她靠着墙给何律珩发了消息：【什么时候可以出来？】

何律珩回：【教练说现在外面人有点多，可能要晚一点。】

陈辛缭看看四周，在不远处找到一把椅子，走过去坐了下来，开始给三小只发早上比赛的视频，以打发时间。

陈辛缭和三小只聊得热火朝天，另一边的小姑娘们突然激动起来。

"出来了，出来了！要出来了！"

陈辛缭抬头看向休息室，保安拉开了隔离带，休息室的门终于打开，一群高高大大的男生走了出来，气宇轩昂。

"可真帅啊！"

何律珩出来的时候，唯美的画面忽然失控。

小姑娘们一起朝何律珩奔去，瞬间将何律珩围在了中间。

队友早早就看到了正在等待中的陈辛缭，不禁对何律珩投以了同情的目光，仿佛是在说"好自为之，兄弟"，然后路过陈辛缭的时候对她打了招呼。

"何律珩也是身不由己，多多理解。"队友帮何律珩说话。

"反正那些姑娘也就是视觉欣赏，如果动手动脚，哥几个一定帮你解决！"另一队友道。

"谢谢，我们家的我非常放心。"陈辛缭回。

几人与陈辛缭互动了几句就回酒店了。

陈辛缭站在原地看着被围着的何律珩，一下子不知道要不要去帮忙解救。

她很好奇以往他都是如何逃脱的。

不过看起来，何某人确实很不享受这种待遇，一直皱着眉，不说话也走不出来。

直到何某人对陈辛缭使了求助的眼神，她这才挤进人群帮他"解围"。

"大家不饿吗？我们下午比赛再来吧。"陈辛缭装作粉丝。

"何律珩就是我的精神食粮，我坐了十二个小时的绿皮火车才到这里的，就是为了见他一面。"一粉丝说。

陆续地，大家也都说出了自己的爱。

有勤工俭学挣车票的，也有翻窗逃家的。

陈辛缭逐渐变成卑微小陈，她被感动了，准备默默退出，被何律珩拉住了手。

下一秒，何律珩微微偏头，吻了一下陈辛缭的脸。

空气进入停滞状态。

"给大家介绍一下，这位是我女朋友。"

前一秒还在和何律珩的粉丝们抱团后一秒就被当成仇人的陈辛缭，在下半场的时候直感后背发凉。

粉丝仍然是何律珩的粉丝，小姑娘们拼命撑起横幅，预祝何律珩的胜利。

决赛，运动员们候场。

何律珩和周明钦并排站着，风光无限好。

这是大家最期待的一幕，两位优秀的运动员之间的较量，也是一年一度两位帅哥唯一的同框。

裁判到位，运动员跑前热身，然后蹲在助跑器上。
　　观众席所有人都紧张起来，望着那焦点的地方，屏住呼吸。
　　裁判举起枪。
　　"砰！"
　　一声枪响，跑道上的角逐激烈无比。
　　短短几秒钟，跑道上的人就像是春天的第一道闪电，把天空霹雳而开的模样，闪着耀眼的光，带着光射向大地。
　　台下十年功，台上一分钟，他们却连一分钟的展现都没有，甚至大家来不及换气，黑马再次冲过终点线。
　　"赢了赢了！"
　　观众席一片欢呼声。
　　带有"何律珩"名字的横幅在半空中跟随着胜利的喜悦被人尽情挥舞着。
　　四周激烈，陈辛缭却忽然安静，只是静静地看着显示屏上显示的"恭喜世津大学学生何律珩以10秒的成绩获得百米冠军，破大会纪录"，她眼眶不禁湿润起来。
　　那一瞬间，是陈辛缭心里认为何律珩最辉煌的时候，哪怕是后来他成为何总，坐拥着许多的金钱与权力，却也比不上在运动场上，在他自己爱的事面前，那自信美好、熠熠生辉的模样值得骄傲。
　　哪怕是在领奖台上，何律珩没有过多的发言，可他握着奖牌时，陈辛缭看到了炽热。
　　那时，她多希望他一辈子都能做自己喜欢的事情。
　　迎着光辉结束，冠军被无比拥戴。
　　下场前何律珩拿着奖牌对陈辛缭挥了挥手，两人相视一笑，他去了后台，她也跟着人流退场，去往老位置等待。
　　休息室外的通道除了中午那些姑娘，多了好些人，她们手中拿着各式各样的礼物。
　　陈辛缭看着自己空空的两手，真是难为情。
　　那几个姑娘看到她的时候，几人对视一眼默契地走过来就是一句冷嘲热讽。
　　"原来连姐姐的身份也不能进休息室呀。"
　　陈辛缭笑着回："是呀，天下粉丝是一家嘛。"
　　姑娘们有些意料之外，难道听不出这是针锋相对的话吗？
　　陈辛缭对姑娘们说："你们要先好好善待自己再来追求自己喜欢的事，要理智追星哦。"

姑娘们有些不知所措地你看看我，我看看你。

"姐姐是怕我们打扰到你和何律珩恋爱吗？"其中一姑娘说。

陈辛缭回："当然不是这个原因，真实原因就是太心疼你们了。你们是我男朋友最坚强的后盾，我也特别希望我男朋友身后可爱的你们，真的别委屈了自己。"

"我们不委屈。"姑娘们说，"他是最好、最闪耀的星星，我们追着他跑，其实我们也在不断提高自己。他是个好榜样，努力刻苦，不在乎舆论对他的影响仍然做最光明的自己，他为了他喜欢的事情一直努力着，也是我们对生活不服输的动力。"

陈辛缭有些哽咽了。

一时间不知道是被粉丝的爱而感动，还是为何律珩而感伤。

她似乎开始明白什么是追星，为什么追星。

那个人的努力和坚持实际上早就有了结果，那个结果就是没有结果。

可能大家都以为他会冲上奥运会吧。

大家也以为他的梦想是去奥运会。

只是……

"谢谢你们……喜欢他。"陈辛缭的眼里闪着光。

姑娘们忽然都笑了，是如释的笑、开朗的笑。

"姐姐知道蒋媛媛吗？"一姑娘问。

陈辛缭从未听过蒋媛媛的名字，一头雾水。

姑娘们因为刚才陈辛缭的话和她迅速火热到一块，一姑娘友好地挽上她的手臂，有些担心地对她说："蒋媛媛是津城音乐学院的学生，下学期读大二，她刚进学校就成了校花，成绩优秀、歌声甜美、外表迷人，第一学期还没读完就被星探发现去组团了。她人气可高了，参加过很多综艺节目，接下来应该会被邀请去拍戏，资源相当好。她也很迷何律珩，之前经常跑去海城找他，现在她就在休息室里。其实我们挺奇怪的，她都能进，为什么你不能进，我们现在有些替你打抱不平。"

"是啊，姐姐，我们现在是真的发自内心地和你说这个事情，并不是挑拨离间什么的。因为我们觉得你真的是个很好的人，我们就想让你小心这个蒋媛媛，她不简单。"

"谢谢。"陈辛缭欣慰地对她们笑着。

休息室门口，何律珩抱臂看着眼前的一切。他发现自家的女朋友越来越会交际了，是很好的表现。

起初还怕她会被有些不理智的粉丝网暴，现在看来不会出现这样的情况了。

他走到姑娘们面前,对自家女朋友说:"跟我一起进休息室吧。"

陈辛缭正和那些女孩聊得不亦乐乎,看到何律珩惊讶了一下,临走时和女孩们加上了QQ。何律珩感觉自己被忽视了,这分明是他的粉丝。

然后他的粉丝们居然把礼物转手送给了他女朋友,何律珩看笑了。

陈辛缭进休息室的时候,休息室里挺热闹,除了运动员、教练、记者,还有一位漂亮的女生。

大概就是传闻中的蒋媛媛。

她本人青春靓丽,蜜桃妆、空气卷长发,露肚脐修身短T恤搭配牛仔短裤,简简单单却把她细腰长腿的优点展现得淋漓尽致。

陈辛缭都忍不住多看了她两眼。

此时蒋媛媛正好跷着二郎腿坐在沙发上,看见何律珩带着一个女生进来的时候,她先是愣了一下,然后有意地打量了陈辛缭一圈才露出和善的笑脸。

"你先坐一会儿,我还有几个采访问题就结束了。"

何律珩把陈辛缭安排在了蒋媛媛所在的那个沙发上,陈辛缭把礼物放到一边,坐了过去。

沙发上的气氛忽然就有些尴尬。

陈辛缭坐在最边上,蒋媛媛也坐在最边上。

有队友调侃:"你居然一点也不逊色大明星。"

这让陈辛缭和蒋媛媛更加尴尬。

"叫嫂子。"何律珩淡淡地看队友一眼。

队友立马改口:"嫂子!"

陈辛缭微微颔首。

蒋媛媛又看了陈辛缭一眼,礼貌地对她伸出手:"你好,我叫蒋媛媛。"

陈辛缭与她握手,回道:"陈辛缭。"

"你和何律珩在谈恋爱?"

"嗯。"

"木头也会谈恋爱?"

陈辛缭愣了一下:"嗯。"

"他谈恋爱的时候懂浪漫吗?"

"至少比我懂。"陈辛缭觉得对比何律珩,自己更像木头。

"啊?"蒋媛媛惊讶了一下,"你比他还没情调?"

"我感觉是这样的。"

"木头配木头,绝配啊,哈哈哈。"蒋媛媛大大方方地笑着。

陈辛缭回应地笑了一下:"其实我觉得何律珩很温柔,有时候也很孩子气,还蛮可爱的。"

"唉。"蒋媛媛叹了口气,"果然男人都把最特别的一面留给最爱的人,我是没机会看到了,不然可真想见见冰山脸是如何融化的。"

"女生好像都很喜欢有距离感的男生。"陈辛缭说。

"可能是因为可望而不可即的神秘感吧,总想要去窥探,没办法,得不到的永远在骚动。"

陈辛缭看着正在接受采访的何律珩,好像从和他认识开始,她看到的就是大家眼里的另一面了。

何律珩结束采访的时候,看到陈辛缭和蒋媛媛在热谈,上前摸摸自家女朋友的头:"都聊了什么?"

"女孩之间的秘密。"蒋媛媛先答了话,然后把手撑在脑后靠在沙发上,"早知道你喜欢这一款,早些时候我还可以装一下,没准你也会喜欢我。"

"不会的。"何律珩回答果断,"我喜欢她很多年了。"

"那咱俩没结果是因为顺序出了错?"

陈辛缭觉得蒋媛媛当着她的面聊得那么露骨是不是忘了她的存在,她有意插了一句:"先后顺序确实挺重要的。"

蒋媛媛笑了笑,看着陈辛缭。

两人都身材高挑、外貌出众,如果不是出场顺序的问题,或许真的难分伯仲。

她想着想着,又否定了。她觉得自己至少更有价值,她可是有百万粉丝的人。

"媛媛,时间差不多了,我们要走了。"助理见气氛怪异,忙上来搭话。

蒋媛媛没想到时间过得那么快,再次看了看时间,确实到点了,心里觉得很可惜。她站了起来,戴上墨镜双手插在口袋里,看着何律珩:"抽空跑出来的,现在要回去录制节目了。你有女朋友了就不和你拥抱再见了,等我有空去海城找你,握个手吧。"

蒋媛媛伸出手。

何律珩看陈辛缭。

"那么酷的男生,握个手还得看女朋友的意思吗?"蒋媛媛面子有些挂不住。

陈辛缭站了起来,接过蒋媛媛的手:"下次来海城我和何律珩一定会好好招待你。"

蒋媛媛客套地对她勾起嘴角:"下次见。"

陈辛缭先松了手,蒋媛媛和助理离开。

路过何律珩的时候,蒋媛媛突然又停下,歪头对何律珩说了一句悄悄话,然后笑着离开了。

何律珩的表情微微变化,陈辛缭清清楚楚地看到了。

"如实道来。"陈辛缭威胁的眼神看着他。

何律珩摇头:"没说什么,就是一些保重的话。"

陈辛缭秒变冷漠脸:"那你就好好保重吧,我先回酒店了。"

"先?"

"我又没有想要拥抱的人,在这儿浪费时间?"

陈辛缭说完走到门口,想起粉丝们的礼物还在,又返回抱起礼物离开了休息室。走出体育馆的时候,她特地回头看了看,发现何律珩并没有跟出来,气得握紧拳头。

回到酒店,陈辛缭把礼物放下,躺在床上吹空调冷气。

想起那些粉丝,她心里还是温暖的。她建了一个群,把刚才加了 QQ 的姑娘们都拉了进来,在群里发了大额红包,算是报销姑娘们的礼物。姑娘们抢红包抢得不亦乐乎,纷纷感谢陈辛缭。

"咚咚咚!"

房门被敲响。

陈辛缭在床上停了两秒,穿上拖鞋去开了门。

门打开,何律珩站在门口,手捧着一束粉黄玫瑰。

陈辛缭不屑一顾,往房间里走。

何律珩跟进了房间:"黄玫瑰,花语是求原谅。因为在体育馆里买了花,所以就没及时追上你。你下次能不能走慢点,给我个哄女朋友的机会。"

"你不是短跑冠军?这就追不上了?"

何律珩看着她,突然就笑了。

"你笑什么?"陈辛缭越发不愉快了。

"这句话似曾相识。"

陈辛缭在心里重复着这句话,猛然想起刚认识的时候,她也说过这句话。

何律珩把花放在桌子上,上前抱住她:"陈辛缭,时过境迁,好在你还是和我在一起了。"

"我还有反悔的机会吗?"

"你死了这个心吧,不可能有的。"

"为什么?"

/ 145

"你跑，我追，你插翅难逃。"

"扑哧！"陈辛缭笑出了声，她伸手拥住他，算是服软。

"蒋媛媛只是爱开玩笑，她和我从来没有过任何肢体上的接触。之前她来海城有过几次活动，也约过我几次，但我都以去公司工作回绝了。刚才她和我说的话确实不重要，所以我觉得没必要和你说。"何律珩耐心地在她耳边解释着。

"所以她到底说了什么？"陈辛缭不放过。

"她说，来日方长。"

"来日方长？"陈辛缭从何律珩怀里抽身。

这四个字最近简直是太常见了，似乎每个喜欢何律珩的人都对她说过这四个字，她开始讨厌这四个字。

"何律珩，原来你那么香啊。"陈辛缭伸手捏着何律珩的脸。

"你知道就好，但是那又怎么样，我只缠你。"何律珩搂上她的腰，"亲一个。"

陈辛缭把头撇开："想得美，居然先去买花而不是来追我。"

"你不喜欢花？"

"比起花，我更希望下次你能拉住我。"

何律珩低头吻了下她的唇："不会有下次了。"

晚上，庆功宴如期举办。

因为都是男生，陈辛缭不愿意去，何律珩索性也不去了。陈辛缭却赶着他让他去，她说这是属于他的庆功宴，主角不能缺席。

在何律珩看来，所谓庆功宴，和爱的人一起才有意义。

最后教练亲自出马，何律珩理亏，陈辛缭保证自己晚上一定会乖乖待在酒店，何律珩才勉强放心去了庆功宴。

何律珩去庆功宴后，陈辛缭在房间拆之前粉丝们送的礼物。

虽说转手送给了她，但实际也还是为何律珩准备的。

女孩们心灵手巧，礼物大多是自己亲手做的，不贵重却真心。

有亲手做的小玩偶、亲手画的何律珩的画像、DIY 的马克杯……

陈辛缭一个个感叹过去，一对比，自己好像没什么特长。

她突然淡淡忧伤，打开了电脑开始安排暑假的事。

何律珩的假期她已经了然，年复一年地遵守每年两度在自家公司实习。何律珩希望陈辛缭暑假留在海城，陈辛缭也恰好舍不得离开男朋友，决定暑假不回家了。

不过空闲的两个月，如果每天"葛优躺"数日子，她是非常不乐意的，她准备找份兼职。

现在也是正儿八经的名牌大学的学生，她想，当个小学生家教总还可以。她愉快地向目标攻进，在招聘网站上编辑着自己的档案。

提交成功，她满意地合上电脑，伸了个懒腰。

接下来的时间她开始疯狂刷剧。

大概晚上八点多，手机进入一条信息。

陌生号码：【辛缭，我是何律珩，手机没电了，这是我队友的号码，你到酒店天台来，我有个惊喜要给你。】

何律珩出门前和陈辛缭说会早点回来，但是陈辛缭没想到会那么早，她一想到他回来了就开心，看到"惊喜"两个字整个人更是兴奋得要起飞，她匆匆乘坐电梯到天台。

到底会是个什么样的惊喜？

陈辛缭已经脑补出很多种可能。

到达楼顶，门是闭着的。

她开始期待着门后的世界。

她激动地拉开了那扇仿佛通往未来的大门，眼前却是寂夜下荒芜的一片空地。

没有她原先以为的烛火通明，遍地蜡烛与花瓣。

她的脚步变得缓慢。

忽然，黑夜里窜出一个高大的身影一把将她摁到墙上。

她的心骤然一紧。

这不是何律珩的味道。

何律珩身上有着木质浅淡的清香，但这个人身上的味道却是异常的。

她快速从男生撑在墙上的手下逃开，打开手机手电筒照在他脸上。

果不其然，不是何律珩，而是周明钦。

计划失败的周明钦对此自嘲一笑，收回撑在墙上的手，整个人松松懒懒地站着，偏头对陈辛缭笑："没想到你居然不吃我这套。"

陈辛缭面无表情地看着他："你以为你是偶像剧的男主角吗？"

"难道我长得不帅吗？"

周明钦想要再靠近陈辛缭，陈辛缭提前退后一步，转过身想要离开天台。

周明钦快速关上了铁门，然后极其无辜地说："怎么办，这门只能从里面开，看来我们晚上要在这里过夜了。"

陈辛缭看着紧闭的门，几乎没有人会往天台走，哪怕是安全通道下最为

/ 147

紧密的那一层，也不过是废弃的餐厅。

敲击没用，但她并没有因此放弃，她至少还有手机。

她拿出手机通过最近联系人给何律珩拨打电话，号码刚按出去一秒手机却被周明钦抢了过去，然后直接按了关机。

"你到底想干吗？"陈辛缭对他讨厌到极致。

周明钦将手机放进自己的口袋："孤男寡女能干什么？"

陈辛缭虽觉得这个人鲁莽但并不觉得他会干出什么出格的事，如果真的是想要干出格的事，应该约在酒店房间里才对。

她故作轻松地说："谈理想。"

她往围栏边走去。

她偷偷地往楼下望去，楼层偏高，有二十六层，又在黑夜里，哪怕是有人真的想要抬头看，也很难发现天台上有个人影。即便是看到了，谁又能想到这是个被困者。

她好无奈，觉得自己实在是太符合那句"喊破了天窗也没人应"。

"打个赌，看看我们能不能出去。"

陈辛缭"喊"一声："明天早上会有来打扫的人。"

"就这破天台还需要人打扫？"

陈辛缭用食指抹了一把围栏杆，然后对着最光亮的地方举起手来："喏，最多就是今天起风留下的灰，并不是许久未打扫的那种。"

周明钦对她有些刮目相看。

"所以这就是从不近女色的何律珩突然近女色的原因？"

陈辛缭轻描淡写地回答："喜欢一个人需要那么多理由吗？"

"当然需要，如果你长得不好看，身材不好，学习不好，品行差，你觉得他会喜欢你吗？"

陈辛缭轻笑一声："那就需要吧。"

"那你喜欢何律珩什么？"

"为什么告诉你？"

"因为我很好奇我到底还有没有机会。"

陈辛缭白了他一眼，说："你不必试探我，你也就是因为比赛输给何律珩不服气。"

周明钦被猜得完完全全，有些狼狈。

"如果你以后遇到一个比他更好的男生，会心动吗？"

陈辛缭并不喜欢和陌生人交心，却被周明钦一步步质问，她有些烦躁。

"因为我觉得你和何律珩的恋爱看起来很平淡，没有这个年纪会有的轰轰烈烈。如果有一天,你的生活中忽然闯进一个能够给你轰轰烈烈的人,对你展开猛烈的追求,你会心动吗?"

他的话很刺耳,陈辛缭抱臂看着围栏外的夜景,好在风景还不错,带回了一点好心情。

"何律珩是我完完整整的爱情,这辈子我只要他。"陈辛缭一字一字地说,说得清清楚楚。

周明钦沉寂了好一会儿,低头淡笑一声,拿出陈辛缭的手机,点了下屏幕上的免提,然后将听筒放在嘴边:"都听到了吗?"

陈辛缭心脏猛然一紧。

这个人到底是什么时候开的机,什么时候给何律珩打的电话!

下一秒,是天台门被打开的声音。

唯一发亮的光源处,何律珩站在光里,整个人高大又挺拔。

何律珩上来就给了周明钦狠狠一拳头,将周明钦打趴在地。

周明钦对这意料之外的事毫无准备,只能回头吼他:"你有病啊!打我干吗?要不是我,你能听到你女朋友发自肺腑的告白吗?"

何律珩蹲下身一把抓住周明钦的衣领,眼神凌厉,声音森冷:"如果你以后再来骚扰我女朋友,我定会废你一条腿!"

周明钦有话也只能咽在喉咙里了。

何律珩家大势大,能甩周家好几条街,他哪敢真的得罪何律珩,平常比赛输了咽不下气背后找人黑黑何律珩就算了,面对有可能被废终身事业的风险,他是再也不敢了。

"我就是闹着玩玩。"周明钦认怂,把手机递还给陈辛缭。

陈辛缭马上接过。

"谁给你的号码?"何律珩问。

"我答应过她保密的。"

何律珩不多问了,松了手,站起来,拉着陈辛缭离开了天台。

一路往下,陈辛缭被何律珩的气压吓到,于是和他解释了自己为什么会和周明钦出现在天台的事情,并且也说明了并不知道周明钦到底是什么时候拨出的电话。因为她不知道何律珩生气的点在哪里,直到何律珩打开了房门后,紧紧地将她拥在怀里。

陈辛缭有些不知所措,还是第一次见到他这样冲动。

"如果我手机没电正好需要联系你,我一定会用别人的手机打电话给你。如果你下次再收到以我为名的短信,陈同学,请你一定要长点心眼,已经不是第一次了。"

/ 149

听到何律珩的声音变得温和,陈辛缭悬着的心也就放下了,乖乖地说:"知道了。"

何律珩揉揉她的头,放心了。

何律珩提早结束传统的庆功宴,和陈辛缭开启了只属于两个人的小世界。

夜宵约在酒店二十一楼的日料餐厅,两人边吃边聊。

"你这个功臣提前离场没事吗?"陈辛缭问。

"庆功宴只是大家贪玩,与我在不在没有太大关系,但因为我是功臣,所以有必要出席一下,只是我留不留到最后,并不影响他们。"何律珩说。

"那就好。"

"你手机借我一下。"

陈辛缭疑惑地递上手机。

只见何律珩在他和陈辛缭的手机上捣鼓着什么,完事后,何律珩把手机递回:"我已经把我们的定位连上了。若不是周明钦和你的对话里提到了酒店和天台这几个字,我估计会急得疯掉。"

陈辛缭为此惭愧:"对不起,让你担心了。"

"担心是必然的,不过我也知道周明钦闹不出什么水花。"

何律珩给陈辛缭夹了一块三文鱼:"要不要喝点酒?"

今天的场合是应该喝酒,因为他拿了冠军。

"好啊。"

不一会儿,酒上桌。

喝了两杯,何律珩突然说:"遗憾吗?"

"什么?"

"为了我,你没有去北方。"

陈辛缭狡辩:"谁说是因为你没有去北方?"

"难道不是?"

陈辛缭想打马虎眼。

何律珩往她杯里又添了酒:"要不你再喝一杯好好想想?"

陈辛缭终于知道他的用意,笑着对他说:"你也太狡猾了吧。"

何律珩摊了摊手:"我可什么都没做。"

陈辛缭喝了酒,扶着脸,看着何律珩:"是为了你。就像你说的,关于我的梦想,只有我不想,否则不会出意外。"

"所以你到底是什么时候开始喜欢上我的?"

什么时候开始喜欢的事情,陈辛缭真的说不清了。

也许就是某一天，忽然离不开他，就是喜欢上了吧。这无法用时间来确定，因为从空白到认真喜欢上一个人，是一个漫长渐进的过程。

只是认清这份喜欢的时间，就是他离开后。

"从和你不联系到得知你转学的时候，我都很难过，以为一辈子都见不到你了。后来我就想，你不来，那就换我去，去你的城市，去你的学校，去见你，所以在此之前，我一定是喜欢你了。"

"既然喜欢我，为什么那一晚拒绝我？"

陈辛缭苦思冥想，喝了一口酒："何律珩，我现在该不会是错把习惯当成喜欢了吧？"

何律珩嘴角微勾，眼眸温柔："无论如何，你都逃不掉了，不管你是习惯还是喜欢，你的现在、未来都只能是我的。"

两人在日料店喝酒到零点，把心里话都交代个遍。

最后，陈辛缭醉了，依偎在何律珩的怀里被带回房间。

有他在，她可以安心，就像有他在，她才敢喝酒。

何律珩将陈辛缭放到床上，给她脱了鞋子。

他本想离开，但看到她脸上的妆容，突然想到带妆睡一晚会伤皮肤，于是他又去了洗手间研究她的卸妆用品。

他发现女孩子用的东西可真复杂，光是卸妆的就有很多样，在上网搜完那些瓶瓶罐罐的作用后，初次使用他怕自己下手太重，于是在自己的脸上先试了下手感，确定下手的轻重后，他拿着卸妆工具去床边给陈辛缭卸妆。

整套流程下来，他细心得不像个男孩子。

因为太怕弄醒她了，他连呼吸都很小心，时刻能数到心跳，从卸妆到护肤，他已经紧张到出汗了。事成后，他突然觉得自己好像有了新的职业，那就是美容大师。

他对已经熟睡的陈辛缭说："你可真幸福。"然后又吻了吻自家女朋友，安心地离开。

走廊上，在关上门的那一刻，何律珩突然不知何去何从。

他和戴呈烨住同一个房间，因为他觉得带房卡很麻烦，于是就让戴呈烨保存了，现在戴呈烨还在庆功宴上，陈辛缭这边门又进不去了……

他给戴呈烨发了消息：【回来了吗？】

戴呈烨回：【在酒吧。】

何律珩无言，这群人真是精力充沛，上半场结束还有下半场。

何律珩：【什么时候回来？没带房卡。】

戴呈烨：【这就不一定了。】

何律珩锁上屏，乘坐电梯下楼。

回到一楼，何律珩在前台查，想要再开一间房。

前台服务员看了下房情："不好意思，没有空房了。"

何律珩叹气，环视着四周，只得一个人可怜巴巴地坐在大堂的沙发上。

一直在大堂等也不是长久之计，此时他就像是一只想要被人收留的流浪狗。

何律珩无奈又疲惫地揉揉眉，把手机调为静音，靠在沙发上发呆。

大堂经理见他有困难似的一个人坐着，上来询问："您好，请问需要咖啡或者茶水吗？"

何律珩摆手，继续发呆。

"这么晚是在这里等人吗？"

"没带房卡。"

"我们这里有备用房卡，需要给您吗？"

何律珩愣怔。

他居然没有想到酒店还有备用房卡！

有了房卡后，何律珩如释重负，洗漱完后沾床就睡了。

白天太累，他平常生活习惯也规律，做不到像其他队友一样还有丰富的夜生活。

只是很少做梦的他突然做梦了。

梦里，有他和陈辛缭。

场景是在床上，他拥着她亲吻着她，一切看起来不可思议。

他面色潮红地醒来，凌晨三点的天色，看起来十分冷清。

第二天陈辛缭醒来出现在洗手间的大镜子前的时候吓了一跳。

脸上的妆呢？

她不记得自己回来有卸妆，只记得自己一路昏昏沉沉地回来，什么时候睡着的也不知道。

她又往镜子前靠了靠，脸上真的没有妆了。

她吓坏了。

见鬼了？

她发给何律珩：【你有看到我脸上的妆吗？】

何律珩直接看笑了，前去敲了门。

"我怀疑有鬼！把我的妆给吃了。"陈辛缭抱着何律珩的手臂有些胆怯。

何律珩没忍住大笑起来。

"不好意思，吓到你了，我就是那只鬼。"

在听闻了何律珩昨晚的所作所为后，陈辛缭对他竖起大拇指："何律珩，你可真优秀。"

"还有更优秀的。"何律珩对她挑了下眉，神神秘秘的。

"是什么？"

何律珩从口袋里掏出两张演唱会的门票："奶茶的。"

陈辛缭受宠若惊，拿过他手中的门票，是真真切切的奶茶的演唱会门票。这是多么难求的票，他居然抢到了两张。

奶茶是陈辛缭最喜欢的歌手，从小听着她的歌长大，长大后还是最喜欢她。之前她只是和何律珩随口提过一句，没想到他记在了心里。

"谢谢你啊。"陈辛缭捧着何律珩的脸，送上一吻。

"不够，再来一个。"

何律珩指了指自己的嘴唇，然后闭着眼等陈辛缭再次来投怀送吻。

陈辛缭抬头打量着他，拿出手指在他的唇上按了一下。

何律珩察觉异样睁开眼，被陈辛缭弄得哭笑不得。他抓住她的手指，另一只手揽住她的腰，俯身吻她的唇。

07
还记得从前的自己吗 /

演唱会在体育馆举行，就在何律珩比赛的场地旁边。

白天的时候两人一起在这座陌生的城市吃吃逛逛，傍晚时分一起去了现场。

馆外沿路排了许多小摊小贩，他们卖着荧光棒、灯牌、发光头箍，很热闹。

何律珩买了一个发光头箍罩在了陈辛缭的头上，说："这样才有看演唱会的样子。"

陈辛缭则是给何律珩买了一个印有偶像名字的灯牌："嫁鸡随鸡嫁狗随狗，你现在是我的人，那么我的偶像就是你的偶像。"

何律珩伸手捏了捏她的脸："歪理。"

陈辛缭笑嘻嘻地将灯牌往何律珩怀里送。

何律珩买的位置在内场的第三排，可以看到舞台的所有布置。

陈辛缭的整颗心扑通扑通跳个不停，像极了小迷妹。

"你为什么那么喜欢她？"何律珩之前只是听过陈辛缭喜欢奶茶，却不知道原因。

"大概因为她是奶茶，喜欢她的声音，喜欢她的歌词，可以让人很温暖很舒心。即使再坚硬的心都可以因为她的歌声而变得柔软，总之她的每首歌，都能触动我。"陈辛缭挽着何律珩的手臂，这段话也像是说给何律珩听的。

因为这个人的出现，也彻彻底底改变了她。

舞台灯光全部熄灭，奶茶的声音出现，全场欢呼声、尖叫声四起。

大屏幕逐渐亮起，熟悉的旋律贯穿每一只耳朵。

舞台灯光一盏一盏地交错打开，蓝的白的紫的，五光十色。歌迷们跟着挥舞手中的荧光棒，大家跟着唱，每一首都会唱。

陈辛缭好久没有唱歌了，在这样的场景之下，她忍不住放声歌唱。

何律珩已经听不见奶茶的歌声了，他全心全意地只听她的歌声。

他很可惜，她因为他放弃了梦想。

他忍不住握住她的手，与她十指交缠。

那个女孩没心没肺地看了他一眼，笑着继续唱，就像是遗忘了那些遗憾的事。

他凑到陈辛缭耳边，说："十五岁时希望的成年礼，我已经不记得了，但是十五岁时候的你，我会记得一辈子。"

演唱会的末尾有一个粉丝互动环节，摄像机会在观众席自动滚动，然后由大屏幕推送，奶茶喊停，画面停下的那位就是幸运观众，有机会上台一同演唱。

主持人宣布环节开始，观众们紧紧盯着大屏幕，心里都期待自己被选中。

摄像头闪现过不同的人脸，转得特别快。

大家就像是在抽五千万的大奖，期待不已，当摄像头停下的时候，全场欢呼。

陈辛缭的瞳孔扩张了一下。

观众席呼吁声极高。

"这颜值也太高了吧！"

"不会是提前安排好的吧？随时准备出道的那种？"

镜头前，陈辛缭就像是只树懒，于这么多人之中，她从没想过自己会是那个幸运儿。

工作人员递上话筒，陈辛缭很僵硬。

"这位小姐姐，说实话你真的是长了一张能出道的脸。请问你会唱歌吗？"主持人说。

陈辛缭答不上来。

就在这时，镜头里又出现了另一张让大家尖叫的脸。

何律珩对着话筒替陈辛缭回答："她会。"

奶茶看着大屏幕，男生和女生颜值都很高，在一起非常般配。

"请问男生女生是什么关系？"

陈辛缭看着何律珩，何律珩在她唇上亲了一下，证实了答案。

台上台下持续爆炸状态。

主持人说："那么让我们用最热烈的掌声欢迎这位漂亮的小姐姐上台和奶茶合唱。"

场中掌声激昂再起，附近的目光羡慕又期待，陈辛缭因为不自信而小心翼翼犹犹豫豫。

何律珩在她耳边轻声说："坚持最初的梦想。"说完，他轻轻地从后推了一下她。

工作人员连忙领着陈辛缭往舞台方向走。

舞台上，陈辛缭看着奶茶，突然有些想哭，梦想成真的感觉就是如此吧。

旋律响起。

不远处的提词器上显示着歌词。

是《继续给十五岁的自己》。

奶茶唱了第一段，结束后，她对陈辛缭做了一个"请"的手势。

陈辛缭看着耀眼灯光下的观众，深吸一口气，继续唱了下去。

"不确定自己的形状，动不动就和世界碰撞，那些伤我终于为你都一一抚平……"

台下，何律珩挥舞着手机灯光，就像是给陈辛缭的专属荧光棒。

他静静地听着她唱歌，想到了高中的时候。

初次见到她时，她正好穿着一条简单的白色连衣裙，五彩的灯光打在她的裙子上会变色，红的、蓝的、紫的……她白净的素面上是冷淡的表情，一点也没有学生的朝气与活泼，明明唱着一首比较俏皮的歌曲，声音里却有着一种难以捉摸的空洞。当俏皮与空洞结合，居然产生了别样的意味，令人耳畔一新。

四年过去了，即将上大二的陈辛缭，声音里开始有了故事。

如同奶茶的每一首歌，都像是在唱自己。

陈辛缭唱的每一个字，也都像是经历过一样，在唱自己。

"有一天，我将会老去，希望你会觉得满意，我没有对不起那个，十五岁的自己。"

陈辛缭唱了收尾，结束后台下掌声一片。

十五岁的陈辛缭，是那个不问世事却有勇气的少女。如今十九岁的姑娘，却喜欢将自己包裹起来，凡事缩手缩脚，失去了一往无前的能量。

她突然有些怀念，那个从前的自己。

这场演唱会在全场的大合唱中以《后来》结束，主角下场，观众离场。

陈辛缭和何律珩跟着人流走出出口，旁边好几个女生特地跟着走，还不忘拿手机拍照。其中一女生勇敢地上前说了一句"你们真的很般配"，然后害羞地跑远了。

陈辛缭和何律珩对视，莞尔而笑。

不远处的柱子旁，熟悉的身影双手抱臂靠着。

陈辛缭一转眼就看见了那个人。

她飞快地躲到何律珩的身后，曾科却早已将目标锁定在她身上，容不得她躲避大步上前，拽住了她的胳膊，皮笑肉不笑："随舅舅来一下。"

体育馆大厅的最角落，曾科一脸严肃："原来是这小子。"

当曾科在演唱会的大屏幕上看到自己外甥女的时候，脸不自觉地抽了一下，莫名地就是喘不上气。

总有一种自己种的绝好的花被人偷摘了的气愤。

"什么？"陈辛缭奇怪。

当时在临城曾科记下的车牌号助理很快就查到了，是大名鼎鼎的何氏集团名下的车，而那么好的车只有董事长何盛元享用。他一直琢磨着有空的时候给陈辛缭思想教育一下。这下好了，几个月过去了，这位亲舅舅终于得空的时候，居然在一场演唱会上看到了真相。

说起来这位舅舅也是十分不称职，又偏偏逮到了机会就不放过。

"你俩什么时候谈的恋爱？"

陈辛缭有些心里没底，就怕舅舅来插一脚，然后告诉她爸妈。

"嗯？"曾科严肃起来的时候，陈辛缭也是招架不住。

"过年的时候……"声音弱弱的。

"你爸妈知道吗？"

"不知道。"

"你可别让他们两个知道。"

陈辛缭的心莫名地宽了。

"现在是不会让他俩知道的，等我毕业吧，我会把男朋友带回家的。"陈辛缭完全恢复了底气。

听到这个"带回家"，曾科更急了："你和何律珩不合适。"

陈辛缭不高兴地皱着眉头："怎么就不合适了？"

"你们是两个阶层的家庭，不是说咱家配不上他们家，他们商圈的家庭环境太复杂，何盛元是不会选择你当儿媳妇的，我们家也不会选择他们家。"

"先不说我们家选不选择他们，你都说咱家配得上他们家，为啥他们家不选择我当未来儿媳妇？而且我见过何律珩的家人，他们很和善。"

"你看到的都是表面，何盛元能有现在的地位肯定有他的手段。他可是出了名的老谋深算，他将来要选择的人是能够帮助到他事业的家庭。你爸爸可是军事机关的，平常最见不惯商圈那些事。"

"既然这样，我们两家人井水不犯河水不就行了。"

"你想得太单纯了。"

"我觉得为人父母，一定是会祝福自己的孩子的，我不差，何律珩也不差，更何况我和他相互喜欢。至于工作上的关系，不一定非要靠联姻。"

"可是自古只有联姻才是最牢固的互利关系。"

"舅舅，你好复杂。"

"我是复杂,但是这个社会更复杂。"

陈辛缭无言以对,只想表决心:"反正我喜欢他,我只想和他在一起。"

"那他呢?会一直喜欢你吗?哪怕是他现在喜欢你,以后的事谁也说不准,你们才几岁?就像现在何盛元不管,是因为还没有到那一步。如果真到了适婚年龄,何盛元有千万个方法将你们分开,所以陈辛缭,感情的事经历一下我不反对,但是我希望你不要太当真,怕你以后伤得太深。"

陈辛缭气嘟嘟,略显不耐烦:"知道了,知道了。"

曾科知道她一时间无法接受,也不想打扰她太多的心情,事情都提醒完了,后面的发展,只能走一步看一步了。

"那我走啦。"陈辛缭往出口方向瞅了瞅。

"等一下。"曾科还有话要说,"刚才的演出很不错,准备'复出'了吗?我们家的小明星。"

"不'复出',我现在就想当普通人。"陈辛缭说完撒腿就跑了,就怕曾科问得再多,她答不上来。

只不过短短一年的时间,她失去了关于音乐的所有信心,总是对自己怀疑,总觉得自己不行。哪怕是刚才的合唱引起了大家热烈的掌声,但是她仍然觉得还不够好,她从前可以唱得更好。

而人一旦步入自我怀疑期,多了包袱,只想逃避。

陈辛缭回去和何律珩会合,只想离曾科越远越好。

直勾勾提防着自家舅舅的眼睛忽然亮了。

曾科回到大厅,迎上一位高挑美丽的女人,气质成熟优雅,两人一路靠得很近话也多,看着格外般配。

"曾老师居然开窍了!"陈辛缭惊呆了。

何律珩看着她的目光所向,手搭在她肩上:"那是冷氏集团千金,刚从国外回来,听说是为爱而来,想必是因为你舅舅。"

陈辛缭闻言更是感慨:"没想到曾老师真是宝刀不老,什么时候我得去探探八卦。"

何律珩笑了笑:"听到什么风声记得告诉我一声。"

陈辛缭愣,抬头:"你什么时候也那么八卦了?"

"知己知彼,才能搞定你舅舅。"

暑假的开始,意味着何律珩将要开始更忙碌的生活。在此之前,他为陈辛缭准备好了住处,海城市区的一套房子,是何家旗下的房产,何盛元给儿子留了一套精装房,正对海城最繁华的江畔,风景甚好。

陈辛缭之前在临城虽都是一个人独住,但在这座陌生的城市,她怎么看都觉得这个房子大得瘆人,还不如几平方米的小房间。

"我觉得我还是住回宿舍吧。"陈辛缭紧紧握着行李箱。

"不喜欢这里?"何律珩问。

"嗯,不喜欢,这里太大了,我一个人住总觉得隔壁有鬼。"

何律珩被她逗笑:"那我搬过来和你一起住?"

"啊?"陈辛缭愣了一下,"还是别了。"

何律珩挑了下眉,故意靠近她,弯腰,唇落在她的耳畔,低沉诱人的语气:"陈同学是在害怕什么?"

陈辛缭紧抿着唇不说话。

"嗯?"

陈辛缭被他的气息刺激得浑身一个激灵:"何律珩!"

何律珩瞧她这失措的模样略得意,在她脸颊上留了一吻,直起腰来:"放心,我不会对你做出格的事。"

陈辛缭松了一口气,故意特别纯情地抬头看他:"请问何学长什么是出格的事?"

何律珩忽觉有意思,抱臂看着她:"也是,我们是情投意合的情侣,我们之间能有什么出格的事?"

陈辛缭又哑口无言了。

唉,覆水难收啊。

"既然这样,那我晚上就搬过来咯?"

"啊?"陈辛缭感觉自己被套路了,她挽住他的手,"要不我先适应一晚,你搬过来的事情咱们择日再议?"

何律珩本只是玩笑话,把她安排在这里只是为了能够让她离自己工作的地方近一些而已,不求时时刻刻相见,只希望每天至少能见到一面。

结果晚上睡梦中他就被某人打了电话。

"何……何律珩,我害怕。"

何律珩睡衣都没来得及换,深更半夜一个人开车去了景江壹号。

门锁是指纹带密码的,何律珩输了指纹进屋后就见客厅的窗帘拉得很大,窗外城市的光影变成了灯,朦朦胧胧地映着室内。

陈辛缭瘦薄的身子蹲在沙发上,环抱着自己。

何律珩打开灯,走到她身边将她抱住,声音温柔:"不知道的还以为我这房子真有鬼,万一我以后要卖房,价格可就出不高了。"

陈辛缭承认是被自己吓的,伸手抱住他的腰,感受着他的体温:"要不……你和我一起住吧……"

何律珩揉揉她的头:"求我。"

陈辛缭往他怀里又钻了钻,声音小小的:"求你。"

这一晚,何律珩和陈辛缭睡在了一个房间里。

一张大大的床,陈辛缭睡在床上,何律珩打了地铺。

时间一分一秒地走过,陈辛缭望着天花板,格外清醒:"何律珩,你睡了吗?"

何律珩眼睛虽是闭着的,脑子却没睡:"还没有,怎么了?"

陈辛缭翻了个身,看着他:"你明天要上班吗?"

"嗯。"

"那你赶紧睡吧。"

何律珩睁开眼睛,看到她一双明亮的眼睛直勾勾地看着他,更是睡不着了。

"你快睡。"

"睡不着。"陈辛缭说。

"还害怕?"

"那倒不害怕了。"陈辛缭又翻了个身,继续看着天花板。

突然,她感觉身边的床塌了下去,眼前一道黑影迅速而过,被子起了一阵风,继而,床上瞬间多了另一个人的体温。

何律珩抱臂躺在床上,离她还有一点距离:"睡吧。"

陈辛缭讷讷地说:"你这样我可就真的睡不着了。"

"不会的,有我在你只会睡得更好。"何律珩说完闭上了眼睛。

陈辛缭偷偷看了何律珩一眼,老实地闭上了眼,然后,居然真的睡着了。

何律珩第二天早早就起床了,给陈辛缭买了早饭后就回家了,提前做好准备去上班的工作,总不能穿睡衣就职或者第一天就请假。

何家上班的人也起得早,何律珩刚进家门就见何盛元坐在餐桌上吃早饭。何盛元只是看了他一眼,什么都没说。

何律珩上楼做好洗漱后换了身正装下楼,何盛元正准备出门,看见他还是问了出来:"昨晚和谁一起?女朋友吗?"

何律珩和陈辛缭在一起的事情何家都知道,但是被自己的父亲询问他总有些心惧:"嗯。"

"注意分寸。"

"知道。"

何盛元出了门。

何律珩听到关门声才松了一口气。

何律珩在何氏集团并没有一官半职，他和所有入门级的人一样都是从底层做起，大一的时候他就开始在公司实习，财务会发给他和其他人一样的工资。在公司何盛元对他很冷淡，就是真正的上下级关系，见面也不会说话。公司里的员工曾经因为他是何家公子而对他格外奉承和谦让，后被高管批评，称何氏集团是讲究公平公正的，希望众员工不要关系化，会影响未来何氏命运。

暗话是，何律珩如果是在被庇护的环境下成长是站不起来的，只有真正磨炼过，他才能撑得起整个何氏集团。

何律珩目前所做的是何氏的起家产业——房产。

何氏集团目前除了做楼房，还做商场百货，在国内有许多家连锁商场。

刚来的时候，何盛元觉得何律珩在公司待着太过安逸，出了难题让他去何氏最冷门的楼盘。出乎意料的是何律珩凭借自己的能力竟然闯出了一番业绩，这让何盛元对他的能力微微欣慰。

何盛元的安排就像是一次次的测试卷，只会越来越难。

这一次不知道何盛元又给他出了什么难题。

这两人在家是父子，从不聊工作，一到公司，丝毫不念父子情，公私分明。

何律珩刚到公司打了卡，部门经理来找他，称这个夏天董事长让他去何氏集团最顶级的楼盘——鸣海半岛。

鸣海半岛是何盛元重金打造的艺术品，只为服务福布斯富豪榜前五百强的人。他特地找了最有名望的大师选了一块风水极好的地段打造，在鸣海半岛的建设中，何盛元投入很大，不仅选了最珍贵的材料，楼盘的每个细节都大有来头。

鸣海半岛占地4.8万多平方米，共有19栋楼，每栋楼占地面积2000平方米，室内室外都做了精装，风格迥异，以英、法、意等国的经典建筑作为蓝本，功能齐全，隐秘性强，还没开盘就引起了很多成功人士的注意。

何律珩认为何盛元这次给他的难题有蹊跷，还没开盘就火爆的楼盘还需要他努力什么？何盛元躺着数钱就行了。但终归何盛元是能力非常强的职场杠把子，对方让他做的每一件事都有充分的理由，只是这个理由只有何律珩去做才能探索得到。

陈辛缭醒来的时候，太阳已经晒屁股。

这一觉她睡得特别安心。

她总觉得何律珩有魔力。

吃完早餐，陈辛缭开始绕着这个房子想看看有没有关于何律珩生活过的痕迹，结果一无所获，她怀疑何律珩压根没住过这里。一时无聊，陈辛缭又翻开笔记本电脑查看自己之前投的简历有没有回复。

很好，有收获。

为了符合教师的形象，陈辛缭换了一身很适合教师形象的亲和温柔风服装出门了。

和对方约定的地点是对方的小区门口，陈辛缭提早了二十分钟到达。

这个小区属于高档型，门禁很严，没有业主的通行令并不能进去。

烈日炎炎的夏季，陈辛缭躲在门卫室的屋檐下避暑。

那人倒是很准时地在约定地点出现。

是个微胖的男人，看起来有五十多岁了。

这让陈辛缭惊讶了一下，她原先以为是女人，因为招聘网上对方的信息是女性化的。

"你好，是陈老师吗？"男人礼貌地问候。

"是的。"她有些提防。

"我叫顾鸣成，你可以叫我顾叔叔。走吧，我儿子在楼上，第一节课陈老师看着表现，我会给你工资。如果你能搞定我那个逆子的话，这一个半月我都只雇用你。"

"好的。"

顾鸣成带陈辛缭进入小区又走向单元楼的电梯，陈辛缭死死捏着包，琢磨着万一遇到意外情况如何拿出辣椒水最便捷最快。

出门前为了以防万一她调制了一瓶辣椒水防身。

虽然顾鸣成有这个小区的出入权，却不代表他就是房屋的主人。就算是房子的主人，有钱人里坏人也多了去了，她必须要保护好自己。

"您家是您照顾孩子吗？"上电梯的时候，陈辛缭问了一句。

顾鸣成乐呵呵道："我们家是单亲家庭，儿子和闺女都归我养，他们妈妈改嫁后就移民了。"

电梯在十六楼停下，陈辛缭跟着顾鸣成走出去。

这栋楼一梯两户，顾鸣成家对门还有一户人家。当陈辛缭以为万一真的遇到什么事还能求助对面人家的时候，顾鸣成说了一句："这两户都是我家，不过后门目前封死了，说我们家最近的财气在左边这个门，陈老师以后从左边的门进出。"

陈辛缭愣愣地点头，默默握紧包里的辣椒水。

门打开，玄关挡住了内部结构，只觉得室内很安静。

顾鸣成首先进了家门，拿出新拖鞋放到陈辛缭面前。陈辛缭小心翼翼地换上鞋，听到关门声后心就更紧了。

玄关后的空间很大，采光很好，陈辛缭眼睛一亮。

保姆在厨房忙活着，见客人到了忙拿出早就准备好的水果。

顾鸣成看了眼墙上的古董钟："我时间来不及了，要先去工作了，接下来的时间就交给陈老师你了。不管我那逆子配合不配合，陈老师到时候正常下班即可，工资我会直接打你卡上。"

顾鸣成交代完就匆匆离开了，偌大的客厅只剩下陈辛缭和保姆。

保姆在这个家里有些唯唯诺诺，见顾鸣成离开后才从厨房走出来，看了眼顾家小公子关闭的房门，她凑到陈辛缭身边小声地说："这顾家小公子就是个混世魔王，陈老师看起来年龄很小，要小心着点他，尽量让着他，大不了咱不干了是不是？这几天已经被气走很多老师了。其实小公子成绩不差，就是不爱说中文，也不知道是不是故意和他爸爸唱反调。"

陈辛缭不禁无奈，心想：还真是个逆子。

"他叫什么名字？"

"顾知遇，知遇之恩的知遇。"

陈辛缭在心里盘算了下，然后从沙发上站了起来，去往顾知遇的房间。

保姆看陈辛缭径直走去，忙上前提醒："小公子脾气可差了，你这样贸然去，怕是会被他用东西砸出来的。"

陈辛缭偏不信邪，打开了那扇房间的门。

房间里很暗，遮光窗帘拉得严严实实。

陈辛缭走到窗边一把拉开了窗帘，窗外充足的阳光一下子就铺满了整个室内。

床上的人挣扎了一下，又缩进了被窝里。

陈辛缭环顾这个房间。

房间里很乱，东西乱七八糟放了一地，甚至都分不清哪些是垃圾哪些是可以用的，但唯独一个柜子上的手办排得很是整齐，还用了透明玻璃防尘，看起来是主人的宝贝。

陈辛缭认得几个人物，有些来自漫画，有些来自游戏里的角色。

看来这位公子哥缺的是珍藏品。

陈辛缭扫视着这些手办，哪个最值钱她还真是看不出来。

"哟，这不是鸣人吗？"陈辛缭随机挑了一个眼熟的想测一下顾知遇的反应。

结果顾知遇没有一点反应。

"做得好逼真哦。"陈辛缭继续留意着顾知遇。

那人还是没有反应。

陈辛缭用手轻轻挪了挪玻璃门,没有上锁。

她故意用大力拉开玻璃门,门打开的声音倒是让被窝里的人动了一下。

仿佛是已经睁开眼睛竖起耳朵来了。

陈辛缭近距离观察着这些手办,目光转移到了海贼王身上。

她听说过海贼王是所有男生的童年,何律珩那单调的房间里都摆着几个海贼王的手办,就跟保护神一样。

陈辛缭又看了一圈这个收藏柜,里面好多海贼王。

他一定是很喜欢海贼王,所以才会买那么多个不一样的。

她随手拿起了一个,不料,手办的腿掉在了地上。

"哎呀,掉了……"

突然,床上的人从被窝里蹦出来,一身海贼王图案的睡衣特别醒目。

陈辛缭都没来得及看顾知遇的长相,就被顾知遇一把拉开重重地按到了墙上,一双眼睛狠狠地逼视着她。

陈辛缭并未被吓到,因为这都是她意料中的事。她对着他的眼睛,有些无辜地说:"不好意思,我给你安回去吧。"说着想要逃开。

顾知遇的另一只手也按到了墙上,两只手同时挡住了她的去路。

"我的手工还不错的。"

顾知遇眯了眯眼,扯起嘴角:"今天的老师不仅比之前的要胆大,长得也最好看。"

陈辛缭全当他是真心的:"谢谢夸奖。"

顾知遇仔细地盯着她又看了一会儿,忽然一把将她抱起来扔到床上,自己也跳上了床,手牢牢地抓住她的手腕,目光充满诱惑地打在她脸上:"我最喜欢美女了,不如我们试试?"

"试试我俩谁的智商更高?"

"你懂我的意思的。"

"我不知道。"

顾知遇有意看了眼她细细的手腕,说:"老师你这样很像束手就擒。"

"没想到你的中文还不错呀。"

陈辛缭的答非所问让顾知遇逐渐没有了兴趣,他本来也就是吓唬她罢了。

他抿了下唇,松开她的手,退坐在一边:"再给你一次机会,从此在我眼前消失。"

陈辛缭偷偷吐了一口气,从床上站了起来,忽地一个转身用脚一下将顾知遇踢倒在床上,从后掰起他的两只手臂往后拉。顾知遇吃痛地叫了一声,引来了一直在门外留意的保姆阿姨。

保姆阿姨见状,不知该帮谁。

一个是自家的小雇主,一个是大雇主特地交代过要照顾好的人。

"那个……陈老师,您高抬贵手,可千万别伤了我们家小顾。"保姆还是选择先护主,毕竟眼下自家小雇主看着比较危险。

"认错。"陈辛缭并没有就此放过他。

"我认什么错?是你先弄坏我东西的!要道歉也是你先道歉!"

"那也是你没有时间观念影响我工作错在先!"

"你就那么缺钱吗?非要这份工作不可!"

"对!缺钱!"

"你先放开我!"

"不放!"陈辛缭直接把他的两只手臂在他身后交叉起来。

"你太过分了!我要告诉我爸去!你虐待我!我要让你拿不到这份工作!"

"阿姨,拿手机来,让他打电话给他爸爸!"

保姆阿姨左右为难,这姑娘也太彪悍了……看起来温温柔柔的,怎么力气这么大。

"小顾,要不你就认真补习吧,一天就两个小时。这位陈老师和你还是一个大学的呢,比你高一届,你俩处得好了也是多个朋友呀,到时候在学校还可以多多互相帮衬,是不是?"保姆阿姨打圆场,当和事佬。

"配不配合?"陈辛缭又问了一遍。

"行!"顾知遇眼下也只能先顺从。

"阿姨,拿纸和笔来。"

"你又要干什么?"顾知遇心里不安。

"口说无凭,白纸黑字为证!"

顾知遇咬牙,真的是碰到对手了。

保姆阿姨根据陈辛缭说的落笔,纸上写着顾知遇必须要听陈辛缭安排补习工作的事,如果违约就要上交所有手办。

顾知遇气得想吐血,手指被迫在纸上按下红印,陈辛缭才放开他。

顾知遇感觉自己的手都快没知觉了,眼下想动她的力气都没有,疲惫又生气地躺在床上:"等去学校我一定好好报答你!"

陈辛缭满意地看了眼"合约",管他两个月后想要做什么,她将"合约"拍了张照片存档,然后折好放进了口袋里。

"限你五分钟内整理好自己,五分钟后开课!"

陈辛缭第一次的家教体验虽然困境重重，但这也是她认为的最好的结果了。哪怕是顾知遇全程黑脸对待，左耳进右耳出，陈辛缭照样有耐心面对他。

结束课程的时候，顾知遇故意刁难："陈老师也不过如此，讲了两个小时的课我一句也没听懂。"

"但至少你的普通话真的不错。"陈辛缭说完扬长而去。

陈辛缭前脚刚走，保姆王阿姨火速将今天发生的情况全部告知顾鸣成。本以为顾鸣成会对陈辛缭的行为雷霆震怒，没想到顾鸣成对此非常满意，让王阿姨以后多帮她。

于是陈辛缭成功被录用，顾鸣成直接预付了她一个月的工资。

陈辛缭开心地把这个好消息发给了何律珩，然后在路边等他来接。

十分钟后，车子来了，陈辛缭迫不及待地上车和何律珩摆阔："我请客。"

饭后，何律珩和陈辛缭去了书店。

何律珩说今天在鸣海半岛遇到的人都太优秀，比起来他实在太微不足道。

在鸣海半岛出现的人来自世界各地，虽然他们都带有翻译，但何律珩仍然为自己的语言缺失而惭愧。何盛元引荐了一个顶级的法国商人Leon给他，全程他一口流利的英语，但那位法国人表现得不是很满意，特地让翻译转达了一句"直接用中文交流"的话，何律珩当时有些尴尬。

何律珩誓要在最短的时间内攻破语言障碍，若是以法语交流，想必用自己的语言色彩是可以更靠近Leon的。毕竟翻译过的内容有时候只剩下僵硬的重点，而不是情感。

何律珩在挑选法语类的书籍与线上教程，陈辛缭在高中区挑选模拟题。

通过两个小时对顾知遇的了解，陈辛缭并不觉得这个人是个学渣，只不过是擅长表演不学无术罢了，说白了就是叛逆，想以这吊儿郎当的一面击退她，然而这些表现在陈辛缭眼前除了幼稚外还是可以忍耐的。

就当对方是个小弟弟吧。

陈辛缭先挑好了书，拿着三本高中生模拟题库去找何律珩。

何律珩也接近尾声，看到陈辛缭手里拿着的书，问："是高中生？"

"不算是高中生，在国外上过一年大学，现在回国要重考大学，他爸爸让我给他复习国内的高中知识。"

"这个年龄的孩子应该比小学生好带一些。"

"还不如小学生呢。"

"怎么说？"

"可叛逆了。"

"陈老师到时候如若做得不愉快，随时辞职，我养你。"

陈辛缭抱着何律珩的手臂："真是个贴心的好男友，但是社会险恶，这点苦我还是可以吃的。"

何律珩摸摸她的头："真想好了这个暑假就做家教老师？"

"我还有别的路可以走吗？"

何律珩本想说的是关于她最初的梦想。

那一晚和奶茶合唱后，陈辛缭和奶茶同时上了微博头条，当时热度很高，大家全网在找这位合唱的女神。当晚何律珩和三小只都推了陈辛缭一把，把她的微博公之于众，但哪怕是网友再热情，粉丝量从原先的十几个上涨到三万，陈辛缭都没有为此发表过什么。

她就像是没有看到一样，甚至连微博都不上了。

何律珩尊重她的决定，只要她开心就好。

景江壹号何律珩虽然很少住，但是家具、设备齐全，床单被褥都有安放在柜子里，所以只需动动自己的小手指就可以随时安睡。

同居生活并没有陈辛缭想的那么不方便和不自在，首先是一人一间房，其次是何律珩真的很尊重她。

期间何律珩努力攻法语，也报了上晚课的培训班，上完课后回到家又继续看网上的课程，暂且先学商务类。

何盛元也没有完全不帮他，Leon 喜欢打高尔夫，何盛元私下经常约 Leon 打球，时不时也把何律珩放在嘴边。有一天 Leon 终于察觉到异样，问了一句："他也姓何，你们是亲戚吗？"

何盛元一向稳如泰山，哪怕是自己故意说漏提醒，也丝毫面不改色声音平常："他身上流的血一半是我的。"

Leon 心领神会，此后对何律珩也友善了许多，加上何律珩为 Leon 努力过的事情 Leon 都看在眼里，不久后 Leon 便完成了购房仪式。

何律珩抽了空带陈辛缭去逛超市，说要给她做个大餐庆祝一下。

何律珩在制作美食的过程中花费了很长的时间，陈辛缭坐在沙发上捂着饥饿的肚子也不催，就靠看电影分散精力。

这顿饭到晚上八点多才做好，着实不容易。

摆盘很有模有样，还配上了红酒。只是菜色有些黑暗，比如说最靠近陈辛缭的黑色鸡翅。

"人生中第一次下厨，请品尝。"何律珩恰好夹了那只鸡翅。

陈辛缭先是闻了闻，好像还可以，靠嗅觉分辨应该是可乐鸡翅。她小心地在鸡翅的边边咬了一层皮。

嗯……有点苦，想必是炒糖色的时候炒焦了。

"哇，真好吃。"为了不打击何律珩的积极性，陈辛缭大口大口地吃下苦苦的鸡翅。

何律珩对自己的厨艺更加有信心了，说："那以后的每一天我都做给你吃。"

陈辛缭再也忍不住了："哥，我想多活几年。"

何律珩笑出了声，夹了一块鸡翅尝了一口，表情有些复杂："我想苦中作乐，就是这种滋味吧。"

陈辛缭突然开始喜欢这"苦中作乐"。

不久后，鸣海半岛的房子全部售完，何盛元举办了庆祝宴。

这次何律珩终于有名字参加。这次的庆祝宴和招待宴不一样，除了购房成功的业主，其他来宾皆是社会上层人士，还有他们最受宠的千金与公子。

整个晚宴，在单身的女孩们和带有择女婿目光的中年人群的眼里，何律珩格外意气风发，大高个，气质挺拔，脸也长得帅气，加上家世显赫，很多人朝他抛出了橄榄枝。

何盛元时不时地盯着自家儿子以及这个晚宴的走向，每每何律珩想说自己有女朋友的时候何盛元都会出来插一句："这小子连学业都还没完成，以后也不知能胜任什么职位，这种高风险投资，大家还是等他事业有成后再说也不迟。"

何盛元把感情比喻成生意，惹得众人开怀大笑，一来缓解了何律珩的情非得已，二来继续稳固了在职场上的友谊。

晚宴结束后，何律珩与何盛元最后走，到达酒店地下车库，何盛元喊住了他。

"准备一个暑假都和她一起生活？"

何律珩不准备应付，"嗯"了声。

"注意点分寸。"何盛元还是那句话。

"我不会对她做出格的事。"

"那就好。女孩子和男孩子不一样，如果你不能为你的某一个冲动负责，会害了她一辈子。"

何律珩知道何盛元在担心什么，即使他说一些道理的时候总是格外隐喻。

"我知道。"

"那就好。注意休息，你最近都瘦了。"

"好的，您也是。"

何盛元对他微微点头，走向自己的车。

何律珩思前想后，还是叫住了何盛元："如果我以后和她结婚，您会支持的吧？"

何盛元停了下来，过了一会儿才回头，露出慈父的微笑："你长大了，有自己的判断，我都会尊重你的决定。"

虽然何盛元说的话很合何律珩的心意，但何律珩总是担心，他太了解何盛元，对方最擅长讲人家喜欢听的话，却也完全不会终止自己的计划，最后总是会突然一击，让人防不胜防，无路可走。

炎热的暑假，日子一天一天地过去。

何律珩做着朝九晚五的工作却花费了接近全天的时间，他每天早出晚归，大多时候在陪何盛元应酬，每次回来都很疲惫，有时候会有酒气。

有时候回来得早陈辛缭还没睡，两人窝在一起一边吃她做的东西，一边看一部电影也是甜蜜；有时候他回来得晚她睡了，他会去她的房间亲吻她一下才去睡觉。

陈辛缭有时候会问："何律珩，毕业后你的私人时间会不会比现在更少？"

何律珩心里有答案，却还是选择安抚她："不会的，到时候我就有能力了，我的时间也自由了，以后你来安排我。"

陈辛缭会心一笑，期望着他某一天可以自由。

顾知遇的房间有一个沙漏，每天用来记录课时，每次想要偷工减料都被陈辛缭发现。

这是最后一天了，好不容易熬到了，顾知遇却往沙漏里多加了一些沙子。

他趴在桌板上望着沙子好一会儿，不知道这是为什么。

准时准点，陈辛缭来了。

虽然两人都心知肚明这是最后一天，但谁也不说破。

陈辛缭心里暗爽，这苦日子终于到头了。她把桌子上的沙漏的沙子摇到一起，然后再次倒过来，开始计时。

"陈老师，你都教我这么久了，为什么我看到这些题目还是很陌生？"书桌前，顾知遇枠着自己的脑袋挑衅地看着陈辛缭。

"那就是你的问题了。"

"万一我入学考试成绩给你丢脸了怎么办？"

"那是你的事，反正我的工期快满了，大家好聚好散。"陈辛缭对他满脸不屑。

"这就是你的师德吗？只管自己混够时间拿到薪酬，不管学生能不能听得懂？"

/ 169

"嗯,是的。"陈辛缭对待顾知遇充分地运用了无情无义。

顾知遇虽不爽却无力反驳,只能按着头听课。

时间分秒而过,沙漏马上漏完了。

最后几分钟的时候,陈辛缭的眼睛就没离开过那个沙漏。

顾知遇拿来一本书遮住了沙漏:"能不能用心点上课?"

陈辛缭为自己的失职惭愧,接下来的几分钟也就认真地给顾知遇说题了。

沙漏终于漏完,为了配合最后那一点点时间,陈辛缭最后的课题特地讲得慢,终于撑到了最后一粒沙子落尽。

顾知遇假装自己没看见,继续低头看书。

陈辛缭难得见他如此认真,不好意思说课时结束,她从包里拿出一个海贼王的手办。

"喏,赔给你的。"陈辛缭把手办放到了顾知遇的书上。

这个手办是陈辛缭转遍海城各个商场在其中一家提前预订才买到了一模一样的,还花了她好几百块钱,她可心疼了。

顾知遇看到海贼王手办的时候愣了一下。他压根就没想追究当初那件事,也不知道陈辛缭一直放在心里。

他心里一阵暖流而过,鼻子也突然有些酸酸的。

"别以为你买了这个还给我,我们就两清了。"顾知遇拿过海贼王,放在手心里认真地看着,嘴角却不自觉地往上扬了扬。

"反正在我这里是两清了。好了,时间到了,我们后会无期。"陈辛缭合上书本拿起了包往门口走去。

顾知遇站了起来,看着陈辛缭的背影有些急切地往前追了两步又停了下来,捏了捏手心:"陈老师,我们不会后会无期的,别忘了我们可是一个大学的。"

"那又怎么样?世津很大,在校人数很多,每天擦肩而过的人也很多,更何况你和我一定无缘。"陈辛缭坐在玄关处换鞋,一想到工期结束就满心轻松,又想请何律珩吃饭了。

她感觉自己真是膨胀了。

穿好自己的鞋,她觉得才算是真的解脱了。

"再也不见,顾知遇。"陈辛缭愉快地离开了顾家。

顾知遇跑到可以看到陈辛缭走过的那个窗口,趴在窗台上往下看。直到那个身影在小区里越来越小最后消失不见,他才从窗台离开。

他捂了捂心脏,怎么会有点失落。

离开学越来越近,"盘丝洞"的群就越来越热闹。离开学还剩一个星期的时候,汪婼提议大家一起来一场短途旅行,她连地点都看好了,舟极岛,要先乘动车再转汽车再坐船才能到。

大家表示不怕苦不怕累,不怕坐车时间长屁股疼,只要海景美就好。

四人约定好中午十二点到达的时间,在火车站会面。

三小只回海城的路上,陈辛缪在房间整理着行李。

何律珩请假半天,只是为了送女朋友去火车站,他靠在门槛处有一种生无可恋的感觉。

虽然平常陪她的时间很少,但是此时自己的女朋友要去陪别人了,接下来的几天只能视频通话,这样一想他就觉得自己特别可怜,特别孤独。

"真的只玩三天就回来吗?"何律珩又问了一遍。

"嗯嗯。"陈辛缪将最后一件行李放进箱子,因为东西太满,她只得坐在行李箱上才能将箱子里的东西压缩后封锁。

何律珩走过来帮她提起行李箱,挺重。

陈辛缪看看时间:"可以走了。"

"才十点,开车半个小时足够了。"

"坐车赶早不赶晚,快走。"陈辛缪推着何律珩往前走。

何律珩舍不得她,伸手握住了她的手:"既然事已成定局,那我只能珍惜和你在一起的短短几十分钟了。"

陈辛缪靠在他身侧:"想我的时候多看看我的照片。"

"不要。"

"那你只能寂寞寂寞就好了。"

"你不住这里了,我晚上也搬回去。到时候我找杨若荀叙叙旧,听说她一个暑假来过我家很多次,我妈没说我住在外面,只说我去上班了,我想她应该非常想见我。"

虽然陈辛缪知道何律珩是为了故意让她吃醋说给她听的,但就是格外不爱听,最后放话出来:"像我这样的肤白貌美大长腿,又是和朋友一起出门旅行,指不定会被多少小哥哥盯着,到时候我可得尽量保持理智,就怕星空太美海景太梦幻,一不小心就……"

下一秒,她被何律珩的唇吻住了,堵住了接下来的话。

他的唇软硬适中,时而深时而浅,惹得陈辛缪心跳加快,明明还在空调间,却像是在外面的高温中,浑身发热发烫。

何律珩吻着吻着,唇移到了她的脖颈处。

陈辛缪不禁往后缩了缩。

"何律珩，你干吗？"她的声音异常发软。

"想让你忘不掉我，走到哪里都忘不掉我。"

陈辛缭赶忙跑去洗手间照镜子，锁骨的位置，一个红红的印记。

今天她穿了一件吊带连衣裙，正好露锁骨，这个吻痕太明显。

"何律珩！这样我怎么出门！"陈辛缭气呼呼地站到他面前。

"那就别去了，和我一起。"

"能说点实际的吗？"陈辛缭双手叉腰。

"现在你只能换身衣服了，保守一点的。"

陈辛缭深呼吸一口，又重回洗手间，拿出包里的遮瑕膏想要遮盖吻痕，可于事无补。

看来只能换衣服了。

她重新找了一条挂脖的无袖连衣裙，总算是看不见了。

可何律珩觉得她更性感了，美人肩、细长的手臂、修长的白腿……

他恨刚才的"小草莓"不够靠外面，但现在他肯定没机会再下手了。

陈辛缭得意地戴上墨镜，双手抱臂："走吧，司机。"

陈辛缭最早到达火车站，在约定的地点等三小只降落。

她坐在行李箱上看手机，和三小只在群里聊得不亦乐乎。何律珩在后面扶着拉杆，就怕箱子不稳，然后顺便偷看女朋友聊天。

就在这时，不远处一个小身影朝陈辛缭狂奔而来，行李箱都要被她拉飞起来了，陈辛缭赶紧站了起来伸出长臂接住这个小妮子。

汪嫯紧紧将她抱住："我好想你呀。"转眼看到何律珩，礼貌地打了招呼，"大姐夫。"

"你好。"何律珩礼貌地回应，"变漂亮了。"

汪嫯受宠若惊："我……我居然被男神夸了！看来我的爱情要来了！我现在可是在男神审美内的人了。"

"客套话听不出来吗？"陈辛缭故意泼她冷水。

"不不不，谁都可以是客套话，何律珩绝对不会说客套话。"

何律珩默默揉了揉鼻子。

他只是前一天偷偷看了一下攻破女友闺密的攻略。

网上说，再难对付的女性，只需一个夸奖，定能化险为夷，这招对丈母娘也特别好使。

相继，戴岑和裴舒舒也到来了。

何律珩再次拍起马屁，陈辛缭默默看何律珩，今天他这嘴跟抹了蜜似的。

在陈辛缭出发进站前，何律珩加了三小只的微信，一来方便联系，二来可以通过三小只的朋友圈得知陈辛缭的旅途进度。

陈辛缭不爱发朋友圈这件事总是让何律珩时不时地猜想她在做什么，但三小只就不一样，尤其是汪婼，听说是出了名的刷圈狂魔，犹如现场直播，何律珩关注她的动态就能知道陈辛缭的行程了。

进站口，陈辛缭和三小只站成一排对何律珩招招手，然后四人快乐得像四只小蝴蝶一样拥进人群，开始属于姐妹团的旅行。

何律珩心疼自己寂寞孤独冷的生活正式开始了。

08
拥抱里见 /

这是她们第一次出去旅游，拿出了毕生积蓄。期待满满的四人从动车到汽车再到轮渡，所有幻想破灭在了船上。

四人在海上翻来覆去，接二连三地吐了，下船后四人呆呆地蹲在路边仰望天空："这哪儿是出来度假，这是出来渡劫的吧。"

舟极岛很大，由多个岛屿构成，四人先去的是最近的岛屿，在岛上租了民宿。

到达民宿已是傍晚时分。

民宿是圣托里尼风，蓝白间色，房间是朝南的，可以看见海。海风徐徐，吹散了一整天的燥热，留下了清凉的夜晚。

四人在民宿吃完晚饭后就去了沙滩。淡黄色的沙滩，时不时地有海水涌来，拍打着浅浅的浪花，淡黄色一下子就变成了深色，夜色一下子就更浓了。

沙滩上很热闹，有烧烤的商贩，有聚在帐篷里打扑克牌的人，也有堆沙子的大人与小孩，一切都是其乐融融、欢声笑语的。

汪婼选了一块空旷的场地，先招呼着陈辛缭她们坐下，然后拿出从家乡带来的啤酒和零食。她说景区的东西太贵了，所以有备而来。

裴舒舒和她想到一块儿去了，不过裴舒舒带的是瓜子，她说嗑瓜子的性价比最高，一包瓜子能嗑很久，嘴巴不寂寞就不会乱花钱了。

然而大家还是被不远处的烧烤摊所吸引，花下重金买了烤串。

"嗝。"

汪婼暴饮暴食后打了个饱嗝，躺在陈辛缭腿上拍拍小肚腩："唉，终究没逃过花钱这关。"

夏天的夜晚，喜欢浪费。

星星、沙滩、海，还有几个阳光大男孩在沙滩上举办的小小音乐会，带着乐器和话筒，唱着温柔的歌。

因此时间过得慢。直到海上的风愈来愈大，吹得人颤抖起来。

"我们回去吧。"陈辛缭冷得直搓手。

三小只压根没听见,眼睛留在不远处的"猎物"身上。

"怎么会这么好听。"

"他们好像要走了。"

"过了这村就没这店了!姐妹们!"

"我觉得我不上去要个微信,我会遗憾终生!你们有没有要推我一把的?"汪婼回头眨巴着眼睛看着陈辛缭、戴岑、裴舒舒。

陈辛缭无奈地扶额,又看了看那几个男生:"他们要走了哦。"

汪婼第一个站起来:"时不再来!你们快推我一把!我先去要个微信,我们几个一起瓜分!姐妹们,快啊!"

戴岑和裴舒舒紧抿了下唇,两人各伸一只手在汪婼背后推了推,像极了在传授武功。

可是汪婼太没出息了,脚步不过往前动了一步,弱弱地回头:"不行,我还是不敢,我怕他们拒绝我的眼神。"

戴岑和裴舒舒恨铁不成钢!

陈辛缭拿过汪婼的手机:"我去。"

陈辛缭长这么大都没主动要过异性的联系方式,人生中第一次就是帮闺密团脱单,她任务深重。

三步并作两步上前,陈辛缭对准了那个穿蒂芙尼蓝T恤的男生,走到他面前开门见山递上手机:"加个微信吧。"

男生愣了一下。

旁边的男生凑到他耳边笑嘻嘻:"我刚才就注意她很久了。"

陈辛缭不知道旁边的男生在说什么,她只是继续完成自己的任务,追问:"有女朋友了?"

"没有。"男生终于说话了。

"我三个姐妹都看上你了。"

"那你呢?"

"我有男朋友了。"

"介意挖墙脚吗?"

陈辛缭面无表情地收回手机:"介意。"然后转身回去三小只这边。

三小只期许的眼神看着她回来。

"怎么样,怎么样?要到了吗?是不是要到了!"

"已鉴定,就是个渣男。"陈辛缭抱臂,满脸不屑。

"所以要到微信了吗?"

"这样的人的微信你们也要?"

/ 175

"要的要的。"

陈辛缭无语。

"他到底是怎么得罪你了?"戴岑总算是问了一个陈辛缭认为正常的问题。

"他要挖我和何律珩的墙脚!"

三小只颤抖着下巴,微微皱眉,泪眼汪汪。

"你们也很生气是不是?"

陈辛缭以为这是共情的反应,结果三小只继续默默抱在一起。

汪婼:"我就知道……"

裴舒舒接上话:"我就知道那男的一定会看上她。"

戴岑:"原来女神即使是有了男朋友也还是那么吃香,而我们即使是单身也没人要……"

回民宿的路上,三小只惨兮兮地紧紧依偎在一起,陈辛缭默默在前面走,像做错了事的孩子。

终于到了民宿,陈辛缭前脚刚进,后脚停下,三小只差点撞上她的背。

"是那个男生。"三人分开,分别探出脑袋。

惊!

一楼吧台,沙滩上遇见的那几个男生正坐着喝酒。

本以为沙滩一别终生不见,现在近在眼前的感觉真实又梦幻。

三小只满血复活。

"我先撤。"陈辛缭自觉退场,急速往楼上走去。

回到房间,陈辛缭一时无聊到躺在床上看手机,终于想起自己还有个男朋友。

她给何律珩发了消息:【在干吗?】

何律珩迟迟没回。

陈辛缭看了看时间,已经晚上十点多了。

这个暑假和他一起生活,她大概知道了他的作息。他的生活习惯很规律,每天早上六点起床,洗漱完后就会下楼跑步,然后去买早餐,吃完早餐后便去工作了。如果没有应酬的话,晚上十点准时上床睡觉。

难道是在应酬?

她直接打了电话过去,那边终于接了。

陈辛缭注意到背景音有些嘈杂,风声比较大。

"还在外面?"陈辛缭问。

"嗯,和我爸爸一起,在一个露天的酒会上。"

很多时候，陈辛缪很心疼何律珩的忙碌，明明不过是个二十岁的学生，肩上却有着来自社会的重担；明明还是个可以玩可以闹的年龄，却沉稳得不得了。

"舟极岛的海好看吗？"

"好看。"陈辛缪走到窗边又看了看海，"我拍给你看。"

陈辛缪匆匆挂了电话，打开窗拍海景。

民宿角度虽然可以看到海景，但不如在沙滩上时看到的好看。陈辛缪又匆匆穿着拖鞋就跑出了门，路过一楼的时候，三小只和那几个男生已经打成一片，笑闹在一起。

汪婼看见陈辛缪又下来了，大嗓门邀请："辛缪！一起玩呀！我们在玩游戏，可好玩了！"

"你们玩吧。"陈辛缪说完走出了民宿。

民宿到沙滩很近，只是最美的海景角度在沙滩的 C 位，陈辛缪小跑到中间的位置，顾不得气喘吁吁赶紧拿出手机拍照，然后发给了何律珩。

何律珩那边又没动静了。

陈辛缪等了好一会儿，还是没回复。

她忽然就有些失落了，他怎么这么忙……

她沿着海边开始往回走。海风吹在身上怪冷的，她出来得急忘了带披肩，现在只有抱着自己的手臂取暖。

她看着身旁的海天一线，夜晚人潮散去的时候，竟然多的是孤独感。

也许更多的是来自她本身的触景生情。

从前的时候，她以为自己无依无靠惯了只会越来越强大，后来才知道习惯因为一个人就改变了。

自从遇到那个人，爱上那个人，品尝了热闹，也害怕孤独了。会在意他的动态，会感同身受他的心情，虽然何律珩总说陈辛缪一定不如他爱她，但是在陈辛缪看来，她最爱的人是他。

早些时候应该是父母才对，但是在陈辛缪的亲情里父母缘太浅，只能说那份爱是埋在心里的，就像生下来就爱父母一样，是一种本能。但对何律珩的爱是破土而出的，且一直在生长、发光发亮，很有生机，也在陈辛缪的心里埋根很深。

所以才会被牵绊，任何风吹草动，都害怕枝叶会被吹掉。

此时海上生明月，明月照真心。

风有些停了，海也变得温柔，陈辛缪跟着调整了呼吸，枝叶才稍稍没有那么患得患失。

她抱着自己看向前方，忽然，身前荒芜的视线里，多了一道身影。

那个人同样沿着海岸线走来，在朝着她的方向。

浅灰色的薄外套随着风吹轻轻地卷起，里面搭配了一件纯白的修身T恤，挺拔的身姿在星光下就像是一座灯塔。

而他也就是灯塔，照亮着她的内心，赶走她的阴霾。

"说好的，拥抱里见。"

谁说海边就不容易出现海市蜃楼。

只是哪怕是海市蜃楼，陈辛缪也义无反顾地跑过去抱住了何律珩。

"是真的。"她将他抱到更紧。

何律珩摸摸她的头："是不是很不真实？"

陈辛缪点头。

何律珩吻了下她的额头："我发现我离不开你了。"

陈辛缪抬头看他，笑眼弯弯："我也是。"

何律珩把外套脱了下来披在了陈辛缪的肩上，两人十指相扣一起沿着海岸线往民宿走。

两人不再看星星、看月亮，而是深深地看着彼此，这一幕胜过一切风景。

走着走着，两人突然异口同声道："我们拍张合照吧？"

说完两人哈哈大笑。

到底是为什么两人在一起那么久都没有一张合影，谁也说不清，或许是每天都太容易满足，忘记了记录。

何律珩打开手机前置摄像头，两人摆好笑脸，拍下了人生中的第一张合影。

两人看着照片，相爱的人总是如此美好，恋人在心里发誓以后要学会记录。

"再拍一张侧脸。"

陈辛缪乖乖地转过脸看着何律珩，在镜头前呈现侧脸。

何律珩看了眼镜头，对好角度，在快门按下的瞬间吻上了陈辛缪的唇。

这是一张完美的吻照，背景正好有一轮弯月。

陈辛缪用何律珩的手机把照片发给了自己，然后保存在了相册里，成为永恒。

何律珩拿回手机后，把第一张合影做了头像。

陈辛缪看着他的头像，又放大看了看："别说，还挺好看。"

"你也来？"

"我才不呢，我要装单身的……"

下一秒，何律珩再次吻她的唇，这一次的更深。

因为何律珩来得太晚，陈辛缪住的民宿爆满，所以他勉为其难地在网上订了附近的。

恋人被迫在民宿门口分开，然后开始一个晚上的"异地恋"。

陈辛缭进民宿的时候看到人走酒空了，询问服务生，服务生说酒客们一起上楼了。

人生地不熟，陈辛缭有点担心出啥状况，连忙跑上楼。

好在刚到房门口的时候就听到了三小只此起彼伏的呼噜声。

陈辛缭宽了心，打开门走去床边给躺得歪七扭八的三小只挪到合适的位置，盖上了被子。

房间是双人床，当时为了省经费四人挤一个房间，好在四个姑娘体形都瘦瘦的，睡起觉来不算拥挤，就是唯一惹陈辛缭失眠的是这几个姑娘醉酒后居然呼噜声惊天动地，陈辛缭没辙戴上耳机放上了轻音乐，勉强过了一晚。

因为得知心仪的男生是住在一个民宿的，三个竞争对手表面融洽私下暗暗争奇斗艳起来。

下楼的时候，汪婼终于行动力了一回，问前台关于那个男生的信息。前台昨晚一直看着他们玩游戏，看得出来她的心思，透露了男生的名字，叫周衍。

目前周衍还没退房，现在和朋友们已经出去了。

"你们说周衍会去哪儿呢？"汪婼猜了一路。

大家对这个地方并不熟悉，也只是按照传统的旅游路线和地图走，没法去猜想。

最近的是涂鸦村，沿着山路的各家各户的墙面设计成不同的画，很适合女生们来打卡拍照，随随便便都能拍出美美的照片。

何律珩因为早上有个临时的视频会议要在民宿，于是陈辛缭给何律珩留了路线，和三小只上山了。

一个早上，四美走走停停拍拍美照，没有遇到周衍他们，大家玩着玩着好像也就释怀了。

站在涂鸦村的山顶，大家俯视山下。

汪婼大声喊："去他的邂逅，我不稀罕了，哈哈哈哈。"

大家跟着哈哈大笑。

年少时总是非爱情不可，大概也是因为那时的感情不问结果，喜欢得坦荡又纯粹。

中午饭点，大家去了攻略里的餐馆，正好在山脚下。

点菜的时候，陈辛缭特地多点了一些，点完后说："等下何律珩来。"

三小只忍不住扑哧一笑："这是千里追妻啊。"

正说着，男主角来了。

/ 179

"大姐夫好。"三小只对他热情地招手。

紧接着,何律珩身后多了一个男生。看到男生,三小只难以置信地张大嘴。

"我表弟,周衍,正好也在岛上。"何律珩介绍。

周衍看到桌子上的人,愣了一下,碍于关系,打了招呼,然后坐在了空位上。

何律珩坐到陈辛缭旁边,握着陈辛缭的手说:"介绍一下,这位是我女朋友。这三位是她的闺密,汪婼、戴岑、裴舒舒。"

陈辛缭和三小只默默扶额,有一种不想被认出来但是对方早已认出来的狼狈。

"你好。"四位极其不自然地打着招呼。

"见过。"周衍倒是毫无隐瞒之心。

"认识?"何律珩问。

"不认识,就是见过,我们住在同一个民宿。"周衍刻意隐瞒了一些经过,算是给对方重新认识的机会。

"原来是这样,你准备住几晚?"何律珩问。

"不住了,下午去别的岛玩。"

"你就玩半天?"汪婼忍不住插了一句。

周衍看她一眼,淡淡地回答:"昨天已经玩过了。"

"哦……"

"你们呢?"

周衍这一反问,汪婼再次精神起来,声音都洪亮了:"我们都可以。"

陈辛缭、裴舒舒、戴岑在桌板下踢了她一脚,暗示自己不可以。

在这个岛上才刚开始,就要结束了吗?

"呃……"汪婼在爱情和友情之间选择,最后还是选择了稳固的友情,"我们今天还在这个岛。"

"噢。"周衍低头夹菜。

汪婼的眼睛从他的动作移到他的手指,周衍正要吃,察觉到旁边眼光,吃不下了。

"干吗看我?"周衍微微皱眉。

"没看你。"汪婼低头扒饭,脸红红的。

下午周衍和朋友们搬离了民宿,何律珩续住进了这间房,一来和女朋友更近了,二来可以和没必要的人保持距离。

他早上无意间发现杨若茍也来了舟极岛,还和他一个民宿,于是都是躲着出入的,好在真的没有碰上。

只是他刻意避开,杨若茍本就有意。

晚上他就收到了杨若荀的消息：【刚看你朋友圈了，你在舟极岛？】

何律珩玩转着手机想着要不要回，还是选择当作没看见。

汪婼见何律珩坐在她们房间一角发呆，怕他是因为尴尬特地上来和他聊天。

"大姐夫，一个人坐着干啥呀，不如我们一起玩游戏吧？"

何律珩看着陈辛缭和戴岑、裴舒舒正在讨论今天拍的照片，想必女孩子们修照片还得很久，此时哪儿顾得上玩游戏。

说起来，汪婼应该是几个人里最喜欢发圈的，现在竟然对发圈和美照都不感兴趣了，看来另有来意。

"下次。"

"这样啊……"汪婼绞尽脑汁继续想话题，"明天想去哪里玩？"

"都可以。"

"要不我们就去周衍在的那个岛？"

"也行。"

"大姐夫平常喜欢吃什么？"

"不挑。"

"你们家同辈的哥哥弟弟们是不是口味都比较相似？"

何律珩瞟了她一眼，她的话题实在是太有铺垫，他语重心长道："有什么需要我帮忙的吗？"

汪婼左手食指戳着右手食指，糯糯地说："可以给我周衍的微信吗？"

换作平常何律珩一定会先询问周衍的意思，但是眼下，陈辛缭的娘家人更重要，只能出卖弟弟了。何律珩爽快地给了汪婼周衍的微信。

第二天旅行小分队早早起床去往周衍所在的那座岛，算是圆了汪婼的心愿。

这次有了多金的大姐夫在，几人坐到了舒适的轮船，再也没有眩晕感。

三小只早早就在脑海里选好了想要坐的位置，必须得是最高层的全景船舱最靠边那个。三人像是随时要弹出弓的箭，在安检人员拉开隔门后，矫健地冲了出去，三个小身板一溜烟跑到了最上层。

陈辛缭和何律珩对视一笑，两人慢悠悠地走上轮船，去了甲板上看风景。

今天的海比较平静，没有来那天的多风气候，轮船稳缓前行。

陈辛缭和何律珩站着看风景，他宠爱地搂着她的肩，最高层的三小只瞬间羡了。

好想谈恋爱，甜甜的恋爱。

/ 181

这个想法已经不知道是第几次出现。汪婼站在防护栏边给下面的两人拍了照片，然后招呼着戴岑、裴舒舒一起下去拍照。

因为女生们想拍姐妹淘旅行照，所以何律珩当起了摄影师。

四个姑娘站在甲板上，今日天气风和日丽，天空很蓝，海水也很蓝，照片里的饱和度很足够，人也照得格外靓丽好看。

何律珩的技术不赖，毕竟经过冯玥的磨炼。汪婼扬言自己绝对是知恩图报之人，于是拿过相机要给陈辛缭和何律珩拍合影。

陈辛缭和何律珩站在镜头前忽然都有些无助，不知道要摆什么姿势，于是站得笔直。

"拜托，两位，你们现在不是在拍结婚证上的照片。"汪婼决定再给两人一些提示，"你们可以拍一些互动，比如说大姐夫可以亲我们大姐呀！嘿嘿。"

旁边的戴岑和裴舒舒听了激动地抱在一起："男女主角的吻戏要来了！"

陈辛缭果断打消了大家的期望："我俩站着就是一幅绝美的画了，快拍吧！"

汪婼看不成好戏，只能乖乖地按下快门。

突然，画面里多了一个寸头脑袋，男生摆了一个十分俏皮的摇滚手势，镜头画面正好停留在了这一刻。

汪婼拿下相机，对着那个人喊："你干什么呢？"

男生面不红耳不赤地摸了摸自己的寸头，回头对着陈辛缭打招呼："嗨，陈老师，又见面了。"

顾知遇是很偶然来舟极岛的，也是偶然踏上这班船的，结果上船就看见了他的陈老师，他一下子就觉得这趟旅行有趣起来了。

"嗯。"陈辛缭内心无比不想承认和顾知遇认识这件事。

"原来认识啊。"汪婼为刚才的怒吼而感到失礼。

"我的学生，顾知遇。"

陈辛缭这样一介绍，三小只马上有回忆了。她们在来的动车上，都不知道听到这位爱好捣蛋的学生多少坏事了。

因为听到过那些负面的介绍，纵使顾知遇长相帅气也没激起三小只心里的半点水花。有时候言语的杀伤力就是那么强……

"我今天终于知道什么叫冤家路窄了。"汪婼偷偷地和戴岑、裴舒舒说。

顾知遇完全听到了，对汪婼说："怎么，陈老师说了我很多坏话？"

汪婼不想出卖陈辛缭，道："你好，顾同学，初次见面，请多多让道，别阻碍我们拍照了。"

顾知遇识趣地退开了两步："反正目的地都是一样，那么我们下船见。"

说完顾知遇转身进了船舱。

"谁和他见啊？喊。"汪婼替陈辛缭抱不平。

"原来你暑假带的学生是他。"何律珩说。

"嗯，你认识？"陈辛缭问。

"不算认识，就是知道他和杨若苟认识，他姐姐是杨若苟很好的朋友。总之以后离他远一点就对了。"

"必须的！"

如果可以重来，陈辛缭是真的不想带顾知遇。

十多分钟后，轮船靠岸，到达第二个岛屿。

一群人拥着出站。

本火急火燎的汪婼好不容易挤到了最前面即将出站，一抬眼看到了护栏外等待的周衍，她的心脏那叫一个跳得飞快，整个人都有些站不稳地靠在了陈辛缭身上。

"怎么了？低血糖？"陈辛缭扶着她。

"是晕人了。"汪婼使劲地深呼吸。

"什么意思？"陈辛缭问。

何律珩下巴往周衍的方向扬了扬："我喊了周衍来接。"

陈辛缭这才发现周衍，瞬间为何律珩点赞："你可越来越机灵了。"

何律珩往她竖起的大拇指上盖了个章。

一行人与周衍会合，两兄弟有说有笑地走在前面，陈辛缭和三小只在后面。汪婼左手挽着陈辛缭右手挽着裴舒舒，就怕自己太紧张。

突然，有个声音喊了何律珩的名字，大家一起回头，看见了杨若苟，然后也看见了一同的顾知遇和顾知湘。

陈辛缭自从听说顾知遇和杨若苟认识，不是没有想过这几人会一起出现，只是真的遇见，觉得很不情愿。

杨若苟小跑着上前到何律珩身边："还真的是你啊，太有缘了。"

不远处，顾知遇手摸着下巴，对顾知湘说："原来他就是何律珩。"

何律珩这个名字顾知遇只是听过，当时他还在国外杨若苟就和他说自己喜欢何律珩的事，并没有给他照片，还说那是秘密。

顾知湘为好姐妹这有些飞蛾扑火的行为担心，突然想到了这两天杨若苟的反常，先是突然大半夜说一起去舟极岛旅游，再是一大早就出发。明明到来的时候她很开心，到了晚上捧着手机又失落不已，然后今天一大早再次出发。现在这么巧一定不是巧合吧，她作为年长几岁的姐姐特别容易发觉，这些或许都是因为何律珩，那个在她这里不是秘密的喜欢。

"嗯。"顾知湘应了顾知遇一声。

顾知遇:"怎么这么成熟?"

顾知湘瞥他一眼:"你这是在嫉妒吗?"

原本四个人的旅行变成了五个人,然后遇到了周衍。

周衍原先是和伙伴一起来的,今早他的两个朋友突然说女朋友放假回校了,要提早回去陪女朋友,正好可以把周衍交给他的大表哥继续旅行。

起初周衍是抗拒的,他可不想和他那位严肃的哥哥一起,两个人都和闷葫芦一样,住在一个房间想必会被闷炸,然后他又转念一想,回到学校也是一个人待着更无聊,于是就留下了。

然后,五个人变成了六个人,又因为遇到杨若苟他们,六个人变成了九个人,吃饭的小方桌变成了大圆桌。

陈辛缭望着这偌大的包间,眼神有些空洞。原本是心贴心的旅行,现在因为一些其他人的加入,变成了大众旅游团。

"我们一起碰个杯吧。"顾知遇当起气氛组组长。

大家看着他,明明他才是那个和谁都不熟的人,偏偏像是和谁都很熟。

见顾知遇已经举杯站了起来,大家也都迎合地站了起来。杯子和杯子碰撞的声音,都是不情愿的人心碎的声音。

坐下后,大家继续沉闷地吃饭,还是杨若苟打开的话题:"辛缭,我暑假的时候在网上听到你唱歌了。你唱歌好好听,下学期你不如加入我们音乐社吧?"

陈辛缭抬头看着她,惊了一下。

她认为杨若苟是不会主动和她说话,而这一次哪怕是很主动,像是很熟一样,却也看得很客套。

她露出自以为已经很真诚的笑:"不了,谢谢邀请。"

"为什么呢?难道你还在介意我和何律珩之前的事吗?我们其实就是朋友,之前都是学校里其他人拿我们两个开玩笑呢。"杨若苟自动打开天窗说亮话,缓解之前的矛盾。

"你们确实是朋友,我没什么好在意的,就算不是,也没什么好在意的,只是下学期我想好好学习了。"

三小只扑哧一笑。

太假了,太假了!

陈辛缭果断给三小只递来了眼神杀,三小只继续埋头扒饭。

"这样啊,那太遗憾了。"杨若苟微微叹气,"我们音乐社一向缺人才,哪怕是每年都有很多人加入,但都不及你好。每次各校联谊比赛的时候都拿不到好成绩,如果你在就好了。"

陈辛缭放下筷子奉承起来:"说笑了,你可是世津大学名副其实的音乐社社长,我听过你唱歌,比我好太多了,如果你登场绝对是冠军。"

"我每年都忙着给音乐社招兵买马,哪有机会好好展示……"

顾知遇实在是听不下去了,插了一句:"不如这样吧,下学期我加入音乐社,让我来为母校夺荣誉!"

顾知湘一边扒着蟹腿,一边漫不经心地说:"就你那音感也就KTV的水准。"

"我和你可很多年没见了,我什么水平你能知道?"顾知遇回怼。

"那就现场来一首。"顾知湘露出期待的眼神。

顾知遇默默唾弃总爱砸自己场子的亲姐姐:"唱歌也得有氛围。"

"小时候你在厕所都能唱,现在有什么不可以?"

汪婼忍不住捧腹大笑:"哈哈哈哈,笑死我了,说真的,我小时候也喜欢在厕所唱歌。"

顾知遇默默撇嘴,以后再也不和顾知湘出来了!

"我有带唱歌的设备,要不晚上我们举办一个沙滩演唱会?"一直沉默的周衍终于说了一句话。

"好耶。"女生们都来了激情。

顾知湘手拍了拍顾知遇的肩:"可别给我们老顾家丢脸。"

顾知遇死撑着面子,微笑着看着顾知湘:"好的,姐。"

午饭后,大家一起攀登岛上一座有名的山。山上做了景点,长伸出去的玻璃天梯,吸引来了很多游客,甭管有没有恐高症的,都要到此一游。

这座山也蛮高,大部队爬了好久才爬上去。

到山顶时,大家气喘吁吁,看到前面在玻璃天梯排队打卡的人,更是难以呼吸了。

"怎么这么多人!"汪婼扶着腰大口喘气。

周衍刚好在她身旁停下,接了一句:"网红打卡地就是如此。"

汪婼盯着周衍绝美的侧颜呆了许久,然后说了一句:"对比你,其实也没那么好看。"

周衍愣了一下,回眸望她:"你拿我和建筑比?"

汪婼没觉得有什么问题:"咋了?"

周衍说:"我是人。"

汪婼黑人问号脸，到底是咋了？

女生们都去天梯下排队等待拍照，男生们站在一旁欣赏风景。

何律珩、顾知遇、周衍站一起时的画面总有些不可方物，成功引起了其他女生的注意。开始有女生大胆地前去要联系方式，然后越来越多。

何律珩和周衍无动于衷，倒是顾知遇，加好友加得手软，直接站到了石头上，对着下面的小迷妹们喊："大家安静，我的微信号就是我的电话号码，我的电话号码是……"

顾知湘觉得这个弟弟实在是太不矜持了，上前就给他拽了下来。

这次换顾知湘站到石头上，一副居高临下的模样："就凭你们还想进我顾家的大门？"

女生们不高兴了，感觉自己有被冒犯。

"你是谁啊？"

"我是他妈！"

"扑哧！哈哈哈哈哈！"三小只笑到腰酸。

姑娘们听闻是母亲大人，也就不敢再顶嘴。

有个姑娘临走之前说了一句："阿姨，您长得可真年轻。"

"哈哈哈哈！"三小只更是笑到要抽筋了。

顾知遇被亲姐强行带走，何律珩和周衍想跟着出去，结果女生们改变方针，全部堵住了何律珩和周衍，不知道的还以为来了什么演员。

何律珩无路可走，远远地看着陈辛缭，示意了她一个"还不来救人"的眼神。陈辛缭口语给何律珩"求我"，他抿了下唇，直接喊了一声："老婆！"

全场瞬间鸦雀无声。

陈辛缭完全诧异了。

何律珩趁机从人群中挤出来，走到陈辛缭身边，挽着她的腰："要我帮你拍照吗？"

陈辛缭这才注意到玻璃天梯已经没有人了，她赶紧抢了位置，在众目睽睽之下摆了一个极其僵硬的姿势。

女生们只能把目标放在周衍身上了。

周衍眼下是最无计可施的，连个救援队都没有，被围得水泄不通。

"冲啊！汪女士！"裴舒舒对汪婼喊。

汪婼站在原地，捏了捏拳，然后冲进了人群。

女生们只以为她也是个疯狂的粉丝，根本也没有看清模样，就见她一直往最前面挤，然后像根奔出的弹簧一样，一下子就奔到了周衍身边。再然后，伟大的汪女士踮起脚亲吻了周衍的脸。

站在玻璃天梯上的陈辛缭看得最清楚，惊得下巴都要掉下来了。

下山的路上，汪婼一直缩在陈辛缭身边，不敢说话也不敢乱动，行为像极了刚出生依偎在母亲身边的小猫崽。

"后悔了？"陈辛缭问。

"后悔极了。"汪婼真希望时光能够倒流。

"别后悔，这是一出好戏。"陈辛缭笑着说。

"你们看的是好戏，作为当事人的我只觉得这是人生中最想被删除的片段。"

"为什么？"

"你说他要是喜欢我以后说起来还是一段佳话，他要是从此和我形同陌路、水火不容，这段绝对是我人生路上的黑历史，会被耻笑千年的。"

"不会的。"陈辛缭安慰她，"周衍这块豆腐你是吃定了。"

"你怎么知道？"汪婼灰暗的心开始出现微光。

"我们打赌吧。"

"赌什么？"

"小赌怡情，我们就赌两百块。"

"要是周衍能喜欢我，别说两百块了，我愿意养你一辈子。"

"一辈子就不需要了，这种大事还是交给别人吧。"陈辛缭看着前面的何律珩，不禁得意自己简直是太聪明了。

刚才那一幕后，何律珩和陈辛缭说周衍会动心，陈辛缭不信，两人就打赌，赌注也是两百块，眼下有了汪婼的加入，这样的赌局不管输赢她都不亏。

汪婼的那个吻确确实实让周衍方寸大乱，原本他以为自己是个极其冷静的人，但是那一吻后，他就莫名地心跳加快，还容易恍惚出神。回酒店后他就呆呆地坐在桌前，伸手拿起的矿泉水连瓶盖都忘了拧就放嘴边了。

何律珩难得被他逗乐，靠在窗边抱臂看他："周衍，你完了。"

"我怎么了？"周衍一本正经地拧开瓶盖。

"你心动了。"

"怎么可能！我是那种和人家姑娘认识三天就随便喜欢上她的人？"

"喜欢上一个人是不能按照时间来说明的，也许就是瞬间，就像汪婼见到你的第一眼就怦然心动、一见钟情了。"

"她和我不一样，我对感情的事可是很认真的，我绝对不会轻易喜欢上一个人，也绝对不会轻易给一个姑娘承诺。"

"那很好啊，你就继续矜持吧，弟弟。"何律珩加重了这声"弟弟"。

周衍不想和他这位表哥再争辩,为了重拾自己理智的形象,他把沙滩演唱会布置得有模有样,然后特别稳重地坐在沙滩上等人。

三小只走到沙滩的时候,对着空气中飘来的烧烤味使劲闻了闻,没忍住又往烧烤摊跑去。

突然,汪婼挽住戴岑和裴舒舒的手臂向后转,小声说:"咱们吃独食不好,又没钱请九张嘴。"

裴舒舒恍然大悟:"赶紧撤!"

三人头也不回地往周衍所在的那片沙滩跑。

这次汪婼不再怯场了,反正周衍没有女朋友,那么她就可以为所欲为了,而且总要对人家负责吧。

汪婼坐到周衍旁边,手放在屈起的腿上,开始摆出文艺女诗人范:"今晚的月色可真美!"

周衍见到她有点怕,莫名的那种。

他抬头看着海上的明月:"不是每天都差不多。"

"不,今天格外不同。"

"哪里不同?"

"因为今天有你在。"

周衍浑身不自在,慌忙站了起来,逃去摆放设备的地方假装试音。

汪婼寡,终究是对牛弹琴了。

海边,陈辛缭和何律珩手牵手走着,陈辛缭抬头看月亮:"今晚月色可真美。"

何律珩看了看月光:"也就一般。"

陈辛缭又看了看:"明明很好看。"

何律珩走到陈辛缭身前,低头吻了吻她的唇:"你比月色更迷人。"

陈辛缭起了一层鸡皮疙瘩:"何律珩,你可越来越会了,都和谁学的?"

何律珩手伸过她的腰间将她拥住,声音温柔:"遇见你就都会了。"

大家陆续出席在沙滩演唱会上。

买烧烤的事情没有被遗忘,顾知遇花的钱,何律珩则是承包了这一晚上的酒水,其他人便是消费这两位金主。

晚会的主持人由汪婼来做,因为她没有任何才艺,唱歌水平她太自知了,简直是要人命,平常祸害祸害闺密们也就算了,现在有心仪的男生在场,她可得注意形象了。

"各位来宾朋友,欢迎来到今晚的岛上演唱会,我是今晚的主持人,汪小媂……"

周衍凑到何律珩的耳边,问了一句:"她到底叫汪媂还是汪小媂?"

何律珩终于承认周衍真的是直男体质,无奈地回了一句:"汪媂。"

"那她干吗叫自己汪小媂?装可爱?"

何律珩深呼吸:"就像我叫你弟弟一样。"

"什么?"周衍更是想不通了,"你叫我弟弟是天经地义,我们是兄弟,可是她明明叫汪媂,如果改口叫汪小媂……"

何律珩忍无可忍:"你想叫人家什么就叫什么。"

周衍"哦"一声,继续看表演。

顾知遇第一个登台表演,目光前的他一点也不胆怯,又能唱又能跳,迎来了整个沙滩的第一个闪光点。连海都像是对他的表演入了迷,跟着他一起激烈地摇摆。

顾知湘对顾知遇的表现很满意,没丢老顾家的脸,她对杨若荀说:"既然何律珩没戏,不如你考虑一下我这个弟弟,我不介意我弟弟找个比他大的女朋友。"

杨若荀当她在开玩笑:"我介意比我小的男朋友。"

顾知湘双手一摊:"看来我弟要伤心了。"

"知湘,这些年你弟对我的依赖,完全是因为把我当成和你一样的姐姐。"

"不一样,绝对不一样,我弟对我和对你真的完全不一样。"

"哪里不一样啦?"

如果让顾知湘说,就是自从他们认识开始,哪里都不一样。

顾家是医药世家,祖辈都是德高望重的医师,到她爷爷这代的时候创建了私人医院,专门做有钱人的生意,钱是赚了许多,传承下来的口碑也是很不错。最初杨家和顾家相识就是因为一场病,杨家喜欢顾家医院口风紧、保密性高且医术超群,顾家喜欢杨家的出价手笔,总之两家之间合作愉快。

家族和家族之间的孩子们,也总是会因为这些你来我往的过程投缘成了朋友。顾知湘比杨若荀大七岁,一直像个姐姐一样,杨若荀每每遇到心事都会与顾知湘说,顾知湘每次也都贴心地帮她分析,不过顾知湘和杨若荀关系能够一直维持的最大原因是因为顾知遇。

顾知遇桀骜不驯爱自由,生活作风混乱,时常招惹小女生。顾鸣成对他忍无可忍只想眼皮子清静,在顾知遇高中的时候就把他送国外去了。顾知遇去国外后和顾家人除了经济牵扯从不主动联系,但是他会联系杨若荀。哪怕是国内外有时差,他都能找到合适的时间找杨若荀分享自己的生活,顾知湘也只能在杨若荀那边知道自己这个糟弟弟的情况。

如果不是喜欢，以顾知遇的性格不会对人这样依赖。但是顾知湘此时不能把过去一一说来，只能笑着说："说不清，但是我能感觉得到。"

"你又拿我开玩笑了。"

顾知遇的表演刚好结束，顾知湘忙不迭给弟弟热场鼓掌。

顾知遇下台后，坐到了杨若苟身边，喝了一口啤酒，对杨若苟得意地挑了下眉："怎么样？我厉害吧？"

"厉害。"杨若苟拿起手中的啤酒瓶对着顾知遇的碰了碰，"十月份的比赛就靠你了。"

"你怎么不问我？"顾知湘想要维护姐姐的权威。

"我又不在意你的看法。"顾知遇给她浇了盆冷水。

顾知湘急着想怼回去开他和杨若苟的玩笑，想到杨若苟刚才的话，她无奈地举了举酒瓶："好，无所谓，反正我也不在意。"

顾知遇下场后，杨若苟自告奋勇上台。

《一生中最爱》的旋律起来的时候，何律珩和陈辛缭的心里都咯噔一下。

这首歌是何律珩对陈辛缭的回忆，也是陈辛缭对何律珩的回忆，也不知何时起，就代表了他们所走过的青春。也许是那一晚临城三桥的空气太甜了，让人记住了一辈子。

大家静静地听着杨若苟唱着这首偏安静的歌，和刚才顾知遇的嗨爆全场形成了强烈的对比。

"我想听你唱。"何律珩对陈辛缭说。

"啊？"陈辛缭怔了一下，"这首歌啊？"

"想听梁静茹的《无条件为你》。"

"无条件为我？"陈辛缭皮了一下。

何律珩把她揽到怀里，温柔道："无条件为你。"

杨若苟的《一生中最爱》在掌声中结束，可惜她想唱给听的人全程和爱人甜腻地打趣，她学他最爱的歌时花费的心血都付之东流。

汪婼琢磨着让谁来接台的时候，何律珩悄悄地从后指了指陈辛缭，汪婼灵机一动，这个主儿简直是太低调了。

"辛缭，来一首呗。"

陈辛缭就当是完成何律珩的心愿了，毕竟这样的夜晚，谁能不浪漫呢。

陈辛缭让周衍帮忙把一旁无人问津的电子琴搬到了舞台中间。

"她还会弹这玩意？"汪婼万万没想到自己默默无闻一年的闺密居然是位深藏的高手。

戴岑和裴舒舒洗耳恭听。

琴键在陈辛缭手指尖弹动，《无条件为你》的前奏旋律很快感染大家的耳朵。

大家不禁往前挪了挪。

"爱你等于拥有一片天空，任何风吹草动，都有你存在其中，自然而然的轻松……"

陈辛缭开始唱歌。

台下仿佛进入了另一种空气的颜色，粉粉的，很让人心动。

又有一种惬意。

顾知遇看着杨若荀，杨若荀看着何律珩，何律珩看着陈辛缭，男生手中的手机录制着视频。

汪婼看着周衍，周衍心里都知道，却装作没看见，眼睛看着台上却早已分心。

戴岑、裴舒舒、顾知湘陷入女孩情愫，捧着脸听着，听着听着，微微红了脸。

"好好听，突然就想爱人了。"顾知湘不由得发表感言。

"很一般啊，和杨姐姐没法比。"顾知遇不屑，耳朵却一直听着。

"反正你杨姐姐在你心里最好。"顾知湘日常白他一眼。

杨若荀无辜脸："你们姐弟俩拌嘴，可别带上我。"

台上，陈辛缭的琴键逐渐收了尾。

台下大家还陷入其中，等音完全收了后，全场掌声涌来，还有不远处的路人，都来围观鼓掌了。陈辛缭看着大家，鞠了个躬连忙下台了。

她还是很紧张的。

何律珩把手机录制好的视频保存，迎接到了陈辛缭，对她说："说好了，无条件为我。"

"不是为我？"陈辛缭表示要反驳。

何律珩扬了扬手机："我都录下来了，是无条件为我。"

陈辛缭抿唇一笑："幼稚鬼。"

顾知遇只是微微将前俯的身子往后倒了倒，就看见了陈辛缭和何律珩在那儿说笑，她只有在和何律珩一起的时候才有那样的笑容，笑得非常明媚好看。

不知出于什么想法，他从空地上拿了两罐啤酒走向陈辛缭。

"陈老师，上次自我家一别，还没什么机会和你说上话。"顾知遇递上一罐啤酒。

陈辛缭看了眼酒罐，礼貌地接下："在船上的时候我们已经说过话了。"

顾知遇回忆了一下："陈老师记性真好。"

顾知遇在陈辛缭身旁蹲下，拉开自己那罐啤酒的拉环。见陈辛缭还没有打开啤酒，他又道："喝一罐吧，就当庆祝你终于脱离了我这个学生。"

陈辛缭完全不否认他是麻烦的："顾同学不愧是我带过的学生，很懂我，看来这罐酒必须要拿来庆祝一下。"

陈辛缭拉开拉环，喝了一口。

她不太喜欢喝啤酒，觉得气太多。

何律珩拿过她手中的那罐啤酒，对着顾知遇扬了扬："我和你姐姐也算是有过几面之交，既然你是她的亲弟弟，那我得陪你喝一喝。"

顾知遇觉得这太带劲了，又移到了何律珩的身边："怎么喝？"

"随意。"

"随意？"顾知遇想了一下，搬来剩下的半箱啤酒，"你说随意的哦，那我们看谁先醉。"

何律珩拿出箱子里的啤酒，一罐罐地拉开。两人看了眼对方，开始拼酒。明眼人都看出了两人之间拼的还有几分杠气，也不知道是从什么时候开始彼此不爽的。

顾知湘和杨若苟纷纷前来劝，一个是怕自己的弟弟惹事，一个是怕两人喝太多了打起来。

旁边的三小只也不禁往这边看来："这两人是有仇呢？这喝的绝不是酒，这是命啊！"

"光喝酒多没劲，我们玩游戏吧！"汪婼前来打圆场。

"对对对，要玩大家一起玩，要喝大家一起喝嘛。这是大家伙的聚会，又不是你们两个的。"戴岑也来打圆场。

何律珩和顾知遇这才停下。

"玩什么？"顾知遇擦了擦嘴角的酒。

"真心话大冒险？"汪婼说。

"太老套。"顾知遇压根看不上，"玩 table（桌游）动词游戏怎么样？"

"怎么玩？"

"一边拍掌打节奏一边玩，上一个人说名词，下一个人说动词，接动词的这个人再说一个名词，然后接下来的人继续说动词，以此类推，不能重复。"

汪婼大胆提问顾知遇："你先来示范一下。"

顾知遇捡起啤酒道："比如说这啤酒，就是名词，第一个人如果说'啤酒'，下一个人就要说'我喝过'。如果没接上或者重复的就喝一罐啤酒，很简单吧，你们都懂了吗？"

顾知遇环视了一圈人。

不懂的也要装懂了，不能落后！

队形由剪刀石头布产生。

最后的队形是汪婼、杨若苟、周衍、顾知湘、何律珩、戴岑、裴舒舒、顾知遇、陈辛缭,大家围成一个圈。

一开始大家都玩得很简单,生怕自己说错了,于是说的全都是生活中最常见的,比如说"西瓜""我吃过""自行车""我骑过""圆珠笔""我买过"……

玩了好一会儿都没分出胜负,调皮选手不再放水,只听汪婼憋着笑说了"便便",杨若苟硬着头皮只能回答"我闻过",说完以后好几个人笑了。杨若苟尴尬至极,看出汪婼喜欢周衍,对排她下面的周衍有仇报仇地说了"汪婼"。

周衍的"我"刚到嘴边就卡住了。

终于有了胜负。

汪婼怼杨若苟:"哪有这样玩的?"

杨若苟无辜脸:"玩游戏而已嘛,别当真。"

周衍愿赌服输,喝了一罐啤酒,游戏继续。

汪婼开始对杨若苟恨得牙痒痒,满心想着如何报复回来。

新的一轮从周衍开始,周衍对于玩游戏一直是随意心态,头脑非常简单,顾知湘答得自如。

经过上一轮杨若苟巧问周衍,顾知湘突然掌握了这个游戏的真正乐趣,为了帮好姐妹试探喜欢的人,她灵机一动说了"杨若苟"。何律珩丝毫没被打乱,回答了"我见过"。顾知湘愣了一下,这完全不是她想要的剧情。

顾知遇开始替他姐姐的情商着急,哪有人那么明目张胆地帮好姐妹试探的。他又注意了一下陈辛缭的表情,那人一脸淡定的模样还真是让他敬佩。

周衍默默地想,明明可以回答得如此简单,自己当时怎么就复杂化了呢……

下一轮从何律珩开始,何律珩对自家人十分放水,戴岑轮轮都是秒接,然后排戴岑后面的裴舒舒也都对答入流,两人还会兴奋地握手庆祝。

陈辛缭就没那么好运,她的上家可是大魔王顾知遇。

被前面耽搁了很久的顾知遇这次终于可以正式进入游戏了,这个游戏的精髓才不是所谓东南西瓜,他脑洞大开火力全开:"第一次。"

陈辛缭对顾知遇轻挑了下眉毛,淡淡道:"你自罚一杯吧。"

顾知遇不解:"为什么是我自罚?"

"出题不明确。"陈辛缭回。

"哪里不明确?"

"第一次什么?你这就好比人家说可乐却只说了一个'可'字,而且'第一次'应该不是名词吧?"

顾知遇懊悔，她说得居然那么有理。

"我之前都在国外，难免不了解国内的词语，我再来一次。"顾知遇说。

"那就等下轮吧。"

陈辛缭也懒得和顾知遇争论让他自罚一杯的事，不过顾知遇很有游戏精神，主动喝了一杯。

这个游戏火药味可谓是愈来愈浓。

刚才顾知遇的"第一次"大家都听出了隐喻，汪婼没法替陈辛缭报顾知遇的仇，但是顾知遇战线的杨若苟可以。

汪婼挺了挺背，在答完陈辛缭的放水词后，向杨若苟说了："初吻。"

杨若苟脸红了，就在大家以为她要喝酒了，她答了出来："我吻过。"

作为对杨若苟无所不晓的闺密顾知湘对这事毫不知情，于是探着脑袋忍不住追问："什么时候的事？"

杨若苟故意看了看何律珩，然后又解释道："这游戏玩的不是真心话，大家别当真。"

汪婼脑子一转，下一个就问这个好了！

她觉得自己真的是太聪明了。

只是杨若苟那耐人寻味的眼神都留在了大家心里，大家觉得这事绝没有那么简单。

杨若苟怕得罪汪婼又被问不该问的，她对周衍客气了许多，随便说了一个周衍也答上来了。偏偏周衍对顾知湘上一轮的问题很不满意，他决定替他的表哥报仇，于是说了"大龄剩女"，顾知湘顿了一秒，眼睛都不自觉地睁大了。

顾知遇笑得前仰后合。

顾知湘瞪了他一眼，甘愿罚酒，喝完后站了起来："你们玩吧，我不玩了，我要回去休息了，明天要赶早回海城。"

杨若苟并不知道顾知湘才玩两天，问："那么早？"

"我可不像你们这些学生党，我得上班呀，小朋友们。"顾知湘和大家伙招招手，转身先往酒店方向走去。

"其他人有要玩的吗？"顾知遇问剩下的人。

没人回复，毕竟这游戏火药味太浓了。

"我们还是回去吧，别让你姐一个人走夜路。"杨若苟来打圆场。

顾知遇本想说顾知湘才不怕夜路，突然意识到杨若苟话里的意思，两人结伴走了。

三人走远了后，汪婼双手叉腰表示对那三人的吐槽："这三人加一块就是狼狈为奸，完全就是尴尬制造机啊。"

"你也挺让人尴尬的。"周衍在她旁边说了一句。

"我哪里让人尴尬了？"汪婼反问。

"就挺尴尬的。"

"可能是因为不太熟一起玩开不起玩笑，所以气氛总觉得不太好。"裴舒舒说。

"我也有同感。"戴岑说。

"要不我们回酒店继续玩？还有好多酒没喝完呢。"汪婼心疼地上的酒。

"可以退。"陈辛缭想起和何律珩一起买酒的时候老板的承诺。

"退什么退！反正你男朋友钱多，我们继续喝，嘻嘻！走起，朋友们，女生房间见！"汪婼将酒打包起来，和戴岑、裴舒舒往酒店方向跑。

剩下的人一起将沙滩上属于自己的东西清空，扛着设备回酒店。

一路上汪婼问了陈辛缭很多次"来了吗"，陈辛缭干脆刚到酒店就把周衍赶去集合了。这哪是催她呀，分明是想某人了。

陈辛缭和何律珩一起连着周衍的份搬回了房间，何律珩转了转手臂活络一下，陈辛缭给他捏捏，何律珩也不累了，转手将陈辛缭揽进了怀中。

"这几天我们独处的机会太少了，现在就想多抱抱你。"

陈辛缭笑着环上他的腰肢："抱抱就够了？"

"不够，抬头。"

一吻过后，何律珩抚摸着她的脸，眼里含着柔光："毕业后就结婚吧。"

"那看你到时候够不够爱我啦。"陈辛缭伸着脖子又吻了下他的唇。

"只会越来越爱你。"

陈辛缭满意地笑了。

"我们过去那边玩游戏吧。"陈辛缭伸手推了推何律珩。

何律珩握住她的手："还不够。"

"嗯？"

"澄清。"

"澄清？"

"嗯。"何律珩把陈辛缭的手掌放到自己心脏的位置，"我和杨若荀之间绝对是清白的。"

陈辛缭这才想起还有杨若荀那个"初吻"的事，说起来她当时根本没当真，就觉得那不过是杨若荀故意误导的。

既然某人亲自澄清，陈辛缭反而又想要捉弄了。

"万一是你忘了呢？"

"我和她在一起的时候很少,而且在一起过的每一秒钟都很清醒。"

"如何清醒?"

"清醒地记得我只爱着你,所以即使别人真的好,在我看来都不如你好。从遇见你的那天起,我就只停在那一天的自己。"

陈辛缭原本的玩闹之心因为他的突然表白全部融化,她伸手摸了摸他的脸:"谢谢你爱我。"

汪婼为了诱惑周衍特地换了一套衣服,短上衣露出一小截腰,下身小短裙,还喷上了淡淡的香水。

周衍进屋的时候,汪婼故意露出更多的小腰在周衍面前晃啊晃。周衍看着她晃,有些头晕,转了个身移到了看不见汪婼身影的那一面。

戴岑和裴舒舒大笑,这次被汪婼抓了个正着。

汪婼过去捶两人:"你们俩不怜惜我也就算了,居然还笑我!"

陈辛缭刚进屋就听见两人的笑声,很好奇:"你们笑什么?"

戴岑和裴舒舒迎了上来,在陈辛缭耳边说起了悄悄话。陈辛缭听完也忍不住笑了出来,对汪婼竖起大拇指。

汪婼内心想要尖叫,表面却要在周衍面前表现得文文静静。

回房后的游戏,酒比内容重要,汪婼想把自己灌醉博周衍的关心,然而酒三分之二进了陈辛缭、何律珩的肚子,三分之一进了裴舒舒、戴岑的肚子,她和周衍可谓是滴酒未沾。

"你们两个运气好好。"裴舒舒超级羡慕。

汪婼:这是上天都不给自己和周衍机会嘛!

"好无聊,居然都没输过。"周衍扶着脸没有生机。

陈辛缭喝得最昏沉,坚持不到最后一秒倒在了何律珩怀里就睡去了。

何律珩见陈辛缭小脸红扑扑的,很是可爱,打横抱起了她把她送到了床上盖好被子。

汪婼觉得这一幕可真美好,她瞄了眼旁边的周衍,故意跟跄了两步就要往周衍身上靠。周衍自以为很机灵地往旁边躲了一步,汪婼及时刹车,才差点没倒在地上。

周衍偷偷吐了一口气,自言自语:"吓死我了,差点撞到我。"

汪婼默默眯眼看他,心里怒骂他千万遍。

第二天一大早,杨若荀、顾知遇跟着顾知湘回海城了,喝得烂醉到中午才醒的陈辛缭看到了顾知遇三个小时前的消息:【陈老师,学校见。】

此时他应该到海城了。

她礼貌性地给他回了一条：【不见。】
也就没有等到他的回复了。

开学日将近，陈辛缭他们也就只多玩了一天，沿着海边公路骑车绕行，去了灯塔打卡拍照，也赶早守到了日出，之后启程回了海城。

汪婼听说周衍并不在海城读大学，从和周衍分开起，她的心就随他去了津城。

整个宿舍，头号活跃分子仿佛进入了冬眠。

陈辛缭拍了张汪婼此时的照片发给了何律珩：【救救这个孩子吧。】

何律珩看到照片的时候突有些感同身受，当时他在火车站和陈辛缭分开的时候也是这种心情。只是他可以奋不顾身去往舟极岛，但汪婼总不能奋不顾身去往津城吧。

何律珩回了消息给陈辛缭：【周衍每个月会回一次海城。】

陈辛缭：【这孩子估计是连一天都等不了。】

何律珩：【周衍明天的飞机，要不让她和周衍见上一面？】

陈辛缭认真思考了下这句话，然后对汪婼说："周衍明天的飞机，你要不要去送一下他？"

汪婼稍微有了一点动静，只是脑袋抬起来才一厘米就又下去了："不送，我怕再见一面反而更加深我对他的思念，我太贪恋他了。"

"你俩可以视频聊天。"陈辛缭说。

"他不会和我视频聊天的，我给他发微信他都不理我。"汪婼继续死气沉沉的声调。

"这周衍到底喜欢什么样的呀？"裴舒舒和戴岑故意琢磨着。

陈辛缭心领神会，立马发给何律珩：【周衍谈过恋爱吗？喜欢什么样的？】

何律珩回忆周衍的人生道路，除了读书、音乐……还真喜欢过一个姑娘。

当时他见过那个姑娘几面，是周衍的小初高同学，地地道道的海城姑娘，说起话来软绵绵的，长得也是眉清目秀的，成绩还特别好，只不过后来去国外读书了。那段时间周衍经常半夜打他电话哭诉自己失败的恋爱。

周衍和那姑娘谈了整整三年的恋爱，还不耽误学习的那种，只是姑娘出国后没过多久就和他分手了。

现在要如何形容这样的姑娘呢？

何律珩正好在周衍家，去他一贯放收藏品的地方找到了照片，直接拍给了陈辛缭。

看到照片，陈辛缭不忍心分享了。

/ 197

这完全是和汪婼截然不同的人。这要是放古代，这姑娘可就是书香门第里的大家闺秀。所谓窈窕淑女君子好逑，放现在就是腹有诗书气自华、温文尔雅的大小姐。

"这是谁？"裴舒舒正好看到，无心一问。

陈辛缭想，不管汪婼和周衍有没有结果，面对现实都是正确的。

"周衍喜欢的类型。"陈辛缭说。

汪婼这下动起来了，两只手掌重重拍了下桌子起身，过去看照片。

看到照片后，汪婼沮丧了几秒。

"这周衍，要不咱就不要了吧？"裴舒舒劝她。

"不就是一淑女，我也行！"

在此之前，汪婼为了告别高中不能烫发染发的束缚生涯，整了个木马卷，现在因为爱情的力量，她把头发拉直内包，看起来确实乖巧许多。

开始走清纯淑女风的汪婼在说话上也有了巨大的改变。

从前会说："嘿！姐们儿，咱晚上吃啥呀？"

现在她只会说："饥肠辘辘，不知晚上该吃些什么好。"

09
要一直爱下去 /

周衍去津城那天，汪婼去送了他。

她一个人去的，鼓足了勇气。

小姑娘在机场入口等着喜欢的男生出现。只是男生看起来朽木了一些，似乎是没发现她的变化，不多话只等着飞机。

汪婼说那一天虽然看起来平淡了一些，但是小鹿乱撞了一整天。

回到宿舍的汪婼也一直期待着周衍的消息，她哪儿都不去，就坐在书桌前看着手机。

她期待着那一句"我到了"，觉得那样才是起到了一点回应。但周衍到达津城后就像是把她忘了似的，没有任何消息。

陈辛缭决定帮汪婼一把，祭出一招欲擒故纵。她在微信朋友圈发表了一条之前联谊会上汪婼在和其他男生说话的照片，配上了一句看似很无意的文字：【开学快乐。】

过了一会儿，在她朋友圈里的周衍私发了一条消息给她：【嫂子，在哪里？聚会结束后要不要我让我哥去接你们？】

是的，他说的是"你们"。

陈辛缭故意不回，就当没看到，然后眼睛远远地打量着汪婼。

只是这个男生太沉得住气了，仍未出击。

大概过了一个小时，陈辛缭回了周衍：【不好意思，刚看到。你哥在应酬上，我自己回去，不用担心。】

周衍回：【你一个人回去？】

陈辛缭看了眼已经放弃等消息开始看电视剧的汪婼，给周衍回：【嗯，怎么了？】

周衍过了两分钟才回：【没事，注意安全。】

陈辛缭捧着脸，透过桌面上的镜子看着后面的汪婼，琢磨着怎么样才能再助这个小妮子一臂之力，小妮子的手机屏幕闪了一下。

汪婼拿过手机看了一眼，整个人僵直了，三秒后，她激动地喊："周……

/ 199

周衍问我在干吗！"

"吓死我了。"床上的裴舒舒安抚自己的小心脏。

"他第一次主动给我发信息！"汪婼开心得不知所措。

陈辛缭想，看来是欲擒故纵生效了。

"你回他，在聚会上。"陈辛缭说。

"啊？"汪婼不解。

陈辛缭把微信朋友圈的事情告诉了汪婼，汪婼说陈辛缭真的是太机智了，这下整个人聪明沉稳了许多，有了气势，她给周衍回：【在聚会。】

紧接着，周衍直接弹来了视频。

"啊！"汪婼再次尖叫，"他他他……他给我发视频了！"

"那你倒是接啊！"戴岑说。

视频直接被陈辛缭掐断。

"别忘了你在聚会上。"陈辛缭提醒。

"是哦。"

汪婼坐到座位上跷着二郎腿给周衍回：【现在视频不是很方便。】

大家看她这趾高气扬的样子偷笑着，然后趴着等周衍回。

周衍：【在干吗？那么不方便？】

汪婼：【都说了在聚会上呀，朋友很多，我们在玩游戏。】

周衍：【男生还是女生？】

汪婼激动得直跺脚，手上的动作倒是淡定：【一半一半吧，有些相亲的意思。】

"咦，你不得了了，有点飘了。"裴舒舒说。

"嘿嘿，你们说，周衍是不是喜欢上我了？"汪婼抬头问。

"喜欢。"裴舒舒说。

"我看也是喜欢。"戴岑说。

只有陈辛缭没回话，大家看陈辛缭。

陈辛缭想了想，说："你别开心得太早，不要那种昙花一现的喜欢，要漫长的喜欢。"

三小只似懂非懂。

陈辛缭又解释："就好像歌词里说的，轰轰烈烈不如平静，总之就是细水长流。"

"哦……"三小只还是似懂非懂。

陈辛缭这边给汪婼出谋划策，另一头微信朋友圈的内容被何律珩看见了。

何律珩直接打了电话过来。

陈辛缭的振振有词被打断，她对三小只指了指手机屏幕："我出去接个电话。"

陈辛缭走到了阳台。

"在聚会上？"何律珩问。

陈辛缭想起汪婼和周衍的戏码，自己也上演了。她带有醉意地说："嗯，和朋友们玩游戏呢，好多人，男男女女都有，有点相亲的意思。"

"哦。"那边轻描淡写的一句回复。

"晚上有好几个小哥哥问我要微信。"陈辛缭说。

"你给了吗？"

"大家都给了，我不给有点不给面子。"

"嗯。"

"嗯？"陈辛缭对此有些意外，居然不吃醋？

"男生也能进女生宿舍吗？"

陈辛缭一愣："不能呀。"

"这位同学，我现在正盯着你的定位，我在想到底是定位错误还是？"

陈辛缭被无情地拆穿了，硬着头皮："应该是定位错误了。"

"应该？"

"好嘛，好嘛。"陈辛缭把事情的真相告诉了何律珩。

何律珩听后笑出了声："越来越聪明了，周衍什么回应？"

"至少没有枉费我一片苦心。"

"嗯，那你准备好人民币。"

言外之意，这场赌约陈辛缭输定了。

陈辛缭反正里外都不亏，她大发慈悲地说："为了我闺密，我输给你心甘情愿。"

和何律珩挂了电话后，陈辛缭也好奇起何律珩的位置。

自从连上定位，她是一次也没看过。现在通过定位她看见何律珩在景江壹号，她准备去给他一个惊喜。

景江壹号离世津大学打车二十五分钟，来回也就是五十分钟，对陈辛缭来说，五十分钟的路程换来一个贴心的拥抱是值得的。

景江壹号的门禁卡她一直都有，之前搬离这里的时候她想交还给何律珩的，何律珩却让她好好保管，这里永远是她的家。

电梯上达楼层，她大步迈出。站在门前的时候，她想着何律珩等下看到她时的惊喜样，她比他都要激动和紧张。

按下指纹，门打开，房间通透明亮。

客厅没有人，倒有声音从卧室传来。

"其实明天搬也可以的，今天你喝了酒，应该早点回家休息。"

这个声音，是杨若荀的。

她止步在门口，偷着听。

"明天有别的安排。"何律珩回杨若荀。

"什么安排？"杨若荀问。

"从舟极岛回来后，我就没有好好陪辛缭，明天我去陪她。"

听到这句话，陈辛缭女主人的腰肢一下子就挺了回去。

她退回到大门口的位置，假装自己是刚来的，在门口喊："何律珩！"

房间里，何律珩整理行李的动作一顿，他赶忙从房间里出来，看到陈辛缭的时候，开心地笑了，伸手去拥抱住她。

"你怎么来了？"何律珩感觉这一刻如梦般。

从前都是他想方设法去找她，这还是她第一次主动来找他。

"想你了就来了。"陈辛缭将他抱得紧紧的，"我好像越来越依赖你了。"

"说明你已经越来越爱我了。"

陈辛缭抬头看着走出来的杨若荀，做愣怔状。

"那个……"杨若荀小声说，"要不我去车里等？"

陈辛缭松开何律珩，意思是给他解释的机会。

何律珩也急着解释："晚上的晚宴她也在，我喝了点酒，她没喝酒，于是她开车帮我一起完成一些事情。"

"这样啊，那谢谢了。"陈辛缭替何律珩感谢杨若荀。

杨若荀露出人畜无害的单纯笑脸："都是朋友就不用感谢了，我去车库等你们。"说完懂事地走到门外关上了门。门关上的瞬间，她的笑容也没了。

何律珩在房间整理东西，陈辛缭陪着他兜兜转转，最后觉得有些无聊便去了阳台吹风。

不远处江面的风吹来暖暖的，这就是夏天的味道。

何律珩整理好行李出来的时候，正好看到陈辛缭背对着他站在阳台上看夜景。他向她走去，从后抱住了她的腰，脸穿过她的肩膀与她的侧脸相贴。

"要不晚上我们都不要走了？"何律珩的声音低哑。

"楼下还有人等着呢。"陈辛缭说。

何律珩抱她更紧，气息萦绕在她耳畔，淡淡的酒味："我可以让她先回去。"

陈辛缭解开何律珩抱着她的手，转了过来："我出来的时候说自己去的是图书馆，如果我现在和她们说我不回去了，她们肯定会想歪了的。"

"她们没有想歪。"

陈辛缭愣了愣,有些紧张:"你想干什么?"

何律珩将她揽进自己怀里:"你不该来的,你来了,我就不想放你走了。"

"不、不行啊,何律珩,冷静,你要冷静。"

"你害怕了?"

"怕。"

"怕什么?怕我不对你负责?还是怕你对我负不了责任?"

"不知道,就是有点怕。"

何律珩轻声一笑,在她后背轻轻拍了拍,恢复往常的声音:"不要怕,哥哥保护你。"

陈辛缭觉得他越来越孩子气了。

何律珩从她身前退开,看了看这个房子,有些遗憾:"如果我们能一直住在一起就好了,就像暑假的时候一样。"

"那就等你我的大婚之日吧,哈哈,到时候你就梦想成真了。"

何律珩觉得到那一天要好久:"寒假我们再来体验一次?"

"才不呢,寒假我可得回去了,不能再便宜你小子了。而且你每天没日没夜那么忙,我和你一起跟守寡一样。"

何律珩叹一口气:"身份越重,责任越大。"

"你能不能不要那么努力致富呀?我们过过平凡小日子也挺好的,每天都能有时间在一起,一起买买菜,一起散散步,都挺好。"

平凡的小日子对何律珩来说是很久以前的感觉了。

那个时候他还在小小的临城,过着无忧无虑的生活,那个时候生活大于梦想。

现在在硕大的海城,也许是每天都被何盛元带领着,他的欲望也就越来越强。

"会有那一天的。"何律珩拉上陈辛缭的手。

陈辛缭却觉得不会有那一天,照何律珩目前的形势走下去,以后应该会越来越忙,但是她不在乎,只要有爱就好。

新学期,看腻了"老人"的男生女生终于有机会迎新学弟学妹了,一大早宿舍楼下的过道就很热闹,吵得陈辛缭她们早早就醒了。

早晨风光明媚,鸟儿都唱起了歌。

成为大二学姐的四人走起路来都不知道哪里来的自信,昂首挺胸,无所畏惧。

/ 203

每年迎新，学生会都会组织志愿者去接新生，然后献出免费劳动力帮学弟学妹搬行李。陈辛缭她们不想干活，于是与那些免费劳动力隔得远远的，单纯看"风景"。

　　只是看了好一会儿，都没有看到艳压群芳的，大家都有些打退堂鼓了。

　　人群中，忽然有什么闪了一下。

　　大家望着交错的人群，瞄准那个有点好看的轮廓和身影。

　　对比循规蹈矩的大学生模样，那位看起来帅气时尚许多。

　　等那位从人群中出来后，四人下巴要掉地上了。

　　"大魔王来了。"

　　陈辛缭想要躲避已经来不及。

　　顾知遇刚进校门就看到了她，拖着行李箱，主动过来打招呼。

　　"又见面了，陈老师。"

　　陈辛缭假装不认识他，故意看风景。

　　"陈老师在张望什么？这里还有比我更好看的风景吗？"

　　陈辛缭压根不看他一眼。

　　顾知遇索性把两个行李箱推到陈辛缭面前："学姐帮我搬行李吧。"

　　陈辛缭难以置信地指了指自己："凭什么要我给你搬？"

　　"因为我是软弱无力的小学弟，今天刚进校，学姐是有义务帮忙学弟的。"

　　"顾知遇，不如我给你指条路吧。"陈辛缭扯了下顾知遇的袖子，让他往旁边的学生会看去，"喏，那边是学校特办的新生求助台，你去那边找那几个学姐学长，他们非常乐意帮助你，绝对满足你的所有需求。"

　　"哦。"顾知遇往那群学生会的成员走去。

　　陈辛缭如释重负："我想我得赶紧走了。"

　　"你确定你能逃得过顾知遇的五指山？"汪婼说。

　　"我又不是孙悟空。"陈辛缭说着走下花坛台阶。

　　"陈辛缭。"

　　刚迈开一大步，背后有男声叫住她，这气宇轩昂的声音像极了学生会会长。

　　陈辛缭一回头，就看到会长和顾知遇并肩走来。

　　"这位同学刚才投诉说你不帮他搬行李，有这事吗？"

　　陈辛缭哑巴吃黄连，只得瞪顾知遇。

　　"我还有事呢。"陈辛缭找了个借口。

　　顾知遇现在是傍了棵大树，风吹不动的那种："学长，咱们学校的学姐好凶，感觉我要重新考虑这所学校了。"

　　这位会长和陈辛缭有过几面之交还算认识，应该偏袒的，偏偏校长和他说让他今天一定要搞好学校的气氛，千万不能出现捣乱秩序的事情，他也是左右为难。

"要不我帮你搬吧？"会长对顾知遇说。

"不行，我就要这位学姐帮我搬！"

会长只能求助陈辛缭，把她拉到一边谈话："帮下忙吧，今天我实在是有公务在身，今后如果有什么需要我帮忙的，在所不辞。"

会长可怜巴巴，陈辛缭满脸不情愿也得给个面子："好吧。"

会长感谢至极："谢谢女神。"

陈辛缭回去拿过顾知遇的行李，深呼吸："顾知遇，以后去找你的杨姐姐，你们熟。"

"杨姐姐是用来疼的，我才不舍得杨姐姐为我的事情出力。"

陈辛缭恨不得把顾知遇扔到地上踩一百遍。

宿舍没有电梯，全程靠扛。

陈辛缭以为顾知遇会有些男子气概，两人一起分担行李箱一人一个搬上五楼，结果顾知遇直接在一楼坐在了其中一个行李箱上："学姐，你先搬那个上去吧，这个等下再下来搬。"

陈辛缭心里的一团火即将要往外喷了，想说一句"你和我有仇"，仔细一想，确实有仇。

她只能在心里暗骂顾知遇一百遍。

几秒钟后，整个男生宿舍就出现了一道特别的风景线，校女神帮大一新生搬了所有行李上五楼，大一新生完全没有怜香惜玉，可谓是个英雄。

扛完两个沉重行李箱的陈辛缭手脚都软了，扶着男宿舍的桌板手发抖："小学弟，还需要学姐帮你整理吗？"

"这个就不用学姐费心了，毕竟学姐今天是真的累了。"

顾知遇这样说，陈辛缭反而不想顺他意了，她走到行李箱前，扶着拉杆："这是学姐应该做的。"

顾知遇拉回行李箱："学姐请回吧，今天就这样了，谢谢学姐。"

"你这行李箱里该不会有什么秘密吧？"陈辛缭对着行李箱扬了扬下巴。

"我是怕学姐看到男士内衣裤会害羞。"

"不会的，我又不是没见过。"

身旁室友倒吸一口气："你们什么关系？连那么私密的都见过？"

陈辛缭是完全忘了室友们的存在，尴尬地解释："自家弟弟。"

"谁是你弟，我姐只有一个，叫顾知湘。请问你是顾知湘吗？"

陈辛缭忍无可忍，上前就拍了一下顾知遇的寸头脑袋："要死啊！烦死

/ 205

了！以后别让我再见到你！"说完气呼呼地走了。

顾知遇没生气，反而笑了。

室友见他这样，调侃："那是你喜欢的女生？"

顾知遇瞥了一眼室友，收了笑："那是我最讨厌的人。"说完拉开行李箱，那个海贼王的手办正好放在最显眼的位置，顾知遇拿起手办在手掌里看了看，忽抿唇笑了笑，把海贼王放在了书柜上。

杨若荀受顾知湘之托来校帮助顾知遇入校，一路上听到了陈辛缭和顾知遇、陈辛缭和何律珩的事，惹得杨若荀前脚窃笑，后脚就又苦了脸。

顾知湘算是全盘脱手把顾知遇这个弟弟送给杨若荀看管了，明明家住得不远，还要支持弟弟住校，说想清静一段时间，而顾知遇也非常擅长逃避。

杨若荀刚进顾知遇的宿舍，室友眼睛一亮："美女！"

顾知遇看向门口，见到是杨若荀，开心得跳了起来："你怎么来了？我姐让你来的？"

室友羡慕："怎么你认识的女生都那么好看。"

顾知遇看室友："有吗？明明就她一个好看。"

杨若荀进屋，环视了一圈："我自己来的，来看看你有没有缺什么。"

"居住我最在行，一样都不落。"

这几年顾知遇在国外去过很多地方旅行，所以他太了解自己需要什么，对于必需品也很敏感，不存在少件。

整理好行李，杨若荀带顾知遇去逛校园。

走出宿舍楼，顾知遇注意到对门好些女生拉着行李箱走进，他问杨若荀："对面是女生宿舍？"

杨若荀点头："嗯。"

顾知遇若有所思："陈辛缭住几楼？"

杨若荀愣了一下，摇头："这个我不清楚，怎么了？"

顾知遇耸了下肩："没什么，我们走吧。"

"你今天怎么和陈辛缭联系上了？现在学校都在说她给你搬行李的事。"

"她那么红吗？这事那么快就传遍了？"

"学生们挺无聊的，说来说去也就那么几个人。"

"那会说到你吗？"

"偶尔会，不过说我也没什么好说的。"

杨若荀带顾知遇从校内介绍到校门口，也有碰到熟人，杨若荀都主动解释是弟弟。

之后两人一起去了市区的大商场闲逛，男生看看衣服，女生看看化妆品。

路过一家店的时候，顾知遇被门口的望远镜吸引。

他走过去拿起望远镜放在眼前照着远方，左照照，右照照，照到杨若苟的时候，由于太近了于是模糊一片。他拿下望远镜，准备去收银台付钱。

杨若苟好奇地问："你买这个干吗？"

顾知遇冲她挑了下眉："看美女。"

杨若苟为他担心："你可别看到什么不该看的。"

顾知遇笑着说："我什么没见过？"

杨若苟心想要不要和顾知湘知会一声呢？

顾知遇自回校后就站在阳台拿着望远镜观摩外面的世界。

视线可见的窗台他都一个个扫过去，都没看到陈辛缭的影子。

终于在晚上九点多的时候，他等到了和男友约完会的陈辛缭，她从车上下来后与她的男朋友挥手再见，笑起来特别甜。

他再次见到了她的两副面孔，在男朋友面前可甜可柔，在他面前却冷冰冰凶巴巴的，她到底是有多讨厌自己。

陈辛缭进入宿舍楼，顾知遇通过楼梯的灯光影子来判断陈辛缭到了几楼住在几楼，他看见陈辛缭的影子在四楼就没有继续了。

看来她是住在四楼了。

可是，是四楼的哪一间呢？是正对着他的那扇窗还是靠后的那扇，他无法再探索。

室内，室友三人探着脑袋看着顾知遇的诡异行为，其中一人不免上前严肃地质问："喂！顾知遇！你该不会是偷窥狂吧！"

顾知遇愣了愣，直到注意到自己手中的望远镜才反应过来，他颠了颠望远镜："我找人而已。"

"找谁？"

这个找谁实在是难住了顾知遇。

他自己都觉得奇怪，为什么要买台望远镜去找陈辛缭？

疯了吧！

他为自己的奇怪行为感到迷惑，干脆把望远镜塞进垃圾桶。

室友三人更蒙圈了。

"那么好的望远镜就这么扔了？"

"难不成是人找到了？"

"你不要望远镜就给我呗，别扔呀，兄弟。"

顾知遇淡淡地看最后一个说话的兄弟："你是偷窥狂吗？"

小兄弟尴尬极了:"这玩意扔了就扔了吧,到时候被对面女生发现咱们用望远镜就惨了。"

晚上,顾知遇躺在床上辗转反侧,仍然在想自己今天的迷惑行为。他又翻了个身,拿起手机看了看时间,已经凌晨一点多了,想着已经不能赖床了得赶紧睡,结果他某个室友突然放了一个响屁,他彻底清醒。他气急败坏地坐了起来,没人吱声,他也没法宣泄情绪,于是又生气地躺下了。

他觉得顾知湘绝对不是他亲姐,否则怎么忍心让他受这合租之苦!本来他只是想在学校最近的小区租个单身公寓的。

他给顾知湘发了个消息:【我快不行了。】

顾知湘醒来的时候压根没回他消息,当没看到。她觉得顾知遇是该好好磨炼一下了,多在外面吃吃苦,也许就知道家里的好了。

住校第一天就失眠且后来慢悠悠沉睡的顾知遇开学第一天就迟到了,起床后室友三人全部消失,他心想反正已经迟到了,也不用那么着急去了,仔细地打理自己,然后去食堂吃了早饭才去教学楼。

站在教学楼下的他又迷茫了,完全不记得自己是哪间教室了。出于求助心理,他发给了通讯录里最开头的人:陈辛缭。

系统显示:【您的消息已被拒收。】

他被拉黑了!

没有顾知遇的打扰,陈辛缭的生活是无比美好的,加上很快顾知遇就去了军训营,陈辛缭终于可以大步在学校里走。可是紧跟着的是体育部也去了那个营地,没有何律珩在身边的日子,陈辛缭觉得有些枯燥,每天只能和他视频通话,分享自己的身边事,以及听听他身边的新鲜事。

军训期间,陈辛缭无意听说了顾知遇因为忤逆教官而被不知道体罚了多少次,期间他还和其他同学发生了口角上升到打架。人家不敢做的事他也都做了,比如说重金叫跑腿送外卖,结果肉还没到嘴边就被发现重点批评,种种事情陈辛缭听得哭笑不得。

大魔王不愧是大魔王。

军训二十天末,学校突然组织音乐社去军训营参加最后一晚的晚会。知晓情敌去往营地,陈辛缭还没有什么感觉,三小只却按捺不住了。

课堂上,三小只和陈辛缭坐在教室最后面。

汪姞挠挠腮帮,望着陈辛缭:"你怎么一点也不紧张?"

陈辛缭奇怪:"我要紧张什么?"

"杨若荀今天出发去军训基地了。"裴舒舒提醒。

"所以你们是担心杨若荀在那边会对何律珩下手？"陈辛缭反问。

"可不是嘛，她这个小妖精，当时一起在舟极岛的时候，你都在场，人家还对何律珩各种暗示靠近。你这要是没在，指不定她又出什么鬼主意去勾引，而且我都怀疑她是知道何律珩在舟极岛才去的。"汪婼像极了身经百战。

陈辛缭微微挑了下眉，说："重要的不是杨若荀怎么表示，而是何律珩怎么表现。"

三小只似懂非懂。

陈辛缭道："安全感是自己给自己的。"

晚上七点，被陈辛缭拉黑许久的顾知遇突然在遥远的军训基地用新号码发了一条短信给陈辛缭。

顾知遇：【你的男朋友正在出轨。】

还署名了。

紧接着用彩信发了一张照片，照片里是何律珩和杨若荀站在操场边说话，何律珩只有一个背影，杨若荀可谓是谈笑风生。

陈辛缭无奈回复：【管好你自己的想象力。】

顾知遇：【要不要我做你的眼线？】

陈辛缭觉得顾知遇真的是闲得发慌，回了一句"无聊的话去站军姿"，然后按灭了手机屏幕。

不过顾知遇的这张照片确确实实地影响了陈辛缭接下来的心情，她辗转思绪后给何律珩发了条消息：【想你的期限即将余额不足，如需续费，请回来后第一时间出现在我眼前。】

发完后她自己直打哆嗦，好肉麻。

一个晚上，陈辛缭在校外陪汪婼上网店培训课。

汪婼说周衍太优秀，自己也要努力跟得上他的脚步。

上课期间需要手机静音，陈辛缭只调了振动模式，但因为和顾知遇的消息打扰到了旁边需要努力的商家，陈辛缭自觉地调了静音。前期她会不断看手机，想看看何律珩有没有回复，后来也就被课程洗脑，最后还十分配合地跟着讲师的节奏给自己打气："加油！我是最棒的！"

整堂课在晚上八点结束，回到宿舍，陈辛缭打开手机，何律珩的消息仍然没有。

陈辛缭想，他到底在干吗呢？她又点开顾知遇发的那张照片，何律珩该不会真的和杨若荀一起吧？

内心有什么在隐隐作祟。

就在这时，何律珩的视频弹来，陈辛缭秒接，大男孩额头布满了汗："不好意思，刚训练完，回复晚了。"

看到他，陈辛缭吊着的心也就落了下来。

"听说杨若苟也去了基地？"陈辛缭白天义正词严晚上瞬间打脸，追究起来。

"嗯，到的时候她和我打了招呼，后来我就去训练了。"

"那你要背好男德哦。"

"男德？"何律珩想到这个词就要笑，"男德自在我心中，我就是男德。"

何律珩说完，看了看不远处的天空，把镜头翻到了后置，对上了去年那座寻宝的山："时间真快，不知不觉又过去了一年，你还记得那个山头吗？当时你说过不熟，但其实我有听出了口是心非，却也担心着是不是从此以后真的不熟。单方面喜欢一个人的时候好像确实会自我消极，凡事都会往坏的想，好在一年后的我们终于是我们了。"

陈辛缭回想到那个时候，当时大多也是计较他和杨若苟的关系，好在他们心中一直都有等彼此。

陈辛缭说："要一直这样爱下去。"

下半年的开启，"盘丝洞"四美日渐生出事业脑，起初是因为汪婼的店铺不景气，货囤了好些卖不出去，眼见又烦，资金也不能回笼，陈辛缭、戴岑、裴舒舒帮她一起出点子。

经过四人几天对于大数据的分析与总结，决定往微博发展。很多博主靠发博吸粉带货发家致富，人设应有尽有。

汪婼颜值上还算过得去，但靠颜值是走不通，想靠才艺却没有，光是人幽默是吸引不了多少粉的，想分享生活又感觉不够有钱，最后她决定靠陈辛缭。

只有陈辛缭的歌声是脱颖而出的，她想让陈辛缭当幕后，她来出镜对口型。

汪婼说出这个大胆的想法的时候以为陈辛缭不会同意的，谁知道陈辛缭很爽快地就答应了。

或许是对她的业绩真的看不下去了，想要尽快帮她解决眼前的囤货。

因为陈辛缭的加持，汪婼的号稍稍有了人气，但回报率还不是很高，以为的奇迹并不那么容易出现，汪婼的号曝光还是不足，粉丝量太少，对带货并没有起多大作用。

"还是不够红啊。"汪婼托腮思考人生。

陈辛缭翻着今日的微博热搜，找关键词、关键人，从上看到下，她看到了熟悉的名字——蒋媛媛。

点开蒋媛媛的热搜话题，原来是蒋媛媛最近参加了一档综艺节目，因为清新靓丽的外形和活跃的表现又收获了不少粉丝。

大家直夸她将会是四大小花之一，都期待着她去拍戏。

如果找蒋媛媛推广流量应该会上升得飞快，但去找蒋媛媛谈这件事情实在是太难了。首先她没有蒋媛媛的联系方式，其次，这位可能也是情敌。

汪婼正好也看到了蒋媛媛的名字，说："这事大姐夫可能可以帮上忙。"

陈辛缭默默把耳朵关上。

裴舒舒说："周衍不是和蒋媛媛同个学校的嘛，还是一个专业，没准是同学。"

裴舒舒的提醒很到位，但是汪婼说："我们家周衍的魅力，也还是别和蒋媛媛搭边为好。"

戴岑和裴舒舒哈哈哈笑成一团。

因为汪婼有了事业脑，异地的周衍更是好奇汪婼每天都做了什么，还以为她变心得太快，到最后汪婼快扛不住了终于苦诉自己的日常，称做事业比考试还难。

周衍去找了蒋媛媛，谁料蒋媛媛说这事让何律珩来说，周衍这才知道原来蒋媛媛和何律珩认识，于是很单纯地把这件事情告诉了何律珩。

何律珩的交际圈广泛。

不过他平常不和那些人私下往来，现在突然约那些人来帮忙想必也是很奇怪的。

他分析了一下自己的人脉，与他最投合的应该还是蒋媛媛，而且他知道只要自己开口蒋媛媛一定会帮。

何律珩思前想后还是发了微信给蒋媛媛，把汪婼的微博推了过去。

蒋媛媛去微博搜索了这个号，名叫"婼cky"，从最上面拉到最下面，微博动态不是很多，内容比较统一，除了分享生活中的一些点滴就是人物视频，第一条置顶内容是某宝链接，想必是为了带货经营的号。

她随机点开了一个视频，听了半首歌，从最初的不感兴趣到逐渐眼前一亮。

这歌声……好好听，仿佛是在清澈的海边感受着春风，整个人都被治愈。

蒋媛媛说到做到，晚上的时候她转发了"婼cky"里她认为最好听的一首歌，带上了文字：【无意间刷到的音乐作品，太好听了，不知道有没有机会可以合唱一首。】

很快，"婼cky"这个号活过来了。

电脑前，陈辛缭和三小只看着屏幕上不断变化的点赞与评论，以及粉丝

/ 211

量直线上升,下巴即刻就要惊掉了。

"叮咚!"汪婼的某宝开始有人下单。

汪婼赶忙打开某宝,看完兴奋得跳了起来:"有人买衣服了!"

"哇,这蒋媛媛的力量也太强大了吧!"裴舒舒替她开心。

"不过蒋媛媛怎么会帮忙?我可不相信这是巧合。"戴岑说。

"应该是何律珩帮忙了。"陈辛缭只能想到是他了,只是不知道他是怎么知道这些事情的。

汪婼有些心虚地上前拉住了陈辛缭的手:"那个……我把创业的事告诉周衍,周衍去告诉何律珩了,何律珩又去找蒋媛媛了。"

陈辛缭并没有怪她的意思,也不知道怎么去说这件事情,至少付出总算有回报了。

"以后你要更加努力。"陈辛缭语重心长。

汪婼抱住陈辛缭:"你太好了。"

因为蒋媛媛的宣传,汪婼的号日渐红火,原先只是汪婼的小创业也成为宿舍四人的共同事业。陈辛缭负责运营和录歌,汪婼负责镜头里的工作,录制视频以及服装拍版,戴岑负责线上宣传,线下和厂家谈合作,裴舒舒则是各种打下手,哪里需要她,她就在哪里。汪婼说要把收入平均分,大家表示才不稀罕,就是打打下手,以后还得靠她自己。汪婼好感动,还是在年底给大家发了心意红包。

很快到了寒假,周衍一回海城就和何律珩约上了。

两人虽是表兄弟但是以前接触并不频繁,如今关系突飞猛进算是陈辛缭和汪婼的功劳。

浦江边,两人靠在围栏上,人手一罐啤酒。

"你想你女朋友吗?"周衍问。

何律珩望着江边,并不想在弟弟面前表现脆弱:"干吗问这个?"

"交流一下。"

"我可以经常和我女朋友视频通话。"

"也是。"

"你和汪婼什么情况?一直听说你们在联系,却一直没听说你们在一起。"

何律珩也是听陈辛缭说的,当大家都以为汪婼在谈恋爱的时候,却被告知还在相处期。这一点陈辛缭对此有些不满,就怕汪婼又只被当成暧昧对象。

"我很喜欢她,也很想和她在一起,但你知道我爸妈那关是很难过的。之前我和叶可期在一起的时候,我爸妈把她的背景家世调查得彻彻底底才同意的,汪婼……我怕不能给她好的结局,就算我现在和她在一起,如果只是短暂的爱情,她应该会很伤心吧。"

"既然你能料到没结果,就不要再给人家女孩子幻想了。"何律珩做事喜欢干脆利落。

"控制不住。"

何律珩看着周衍,忽然有些怜惜。

他们这种家庭的人,都是天生使命。人们总是羡慕显赫家世,却不知显赫家世背后的许多无能为力。

在这点上,他庆幸他父母目前的妥协,但是以后真的很难说。

冯玥心性单纯,是真真实实喜欢陈辛缭并且愿意接受,但何盛元却不是,何盛元的表面功夫做得很好,何律珩却知道他仍然一直在挑选,而且何家他说了算。

何律珩能做的就是努力维护,并且让自己能够驾驭何氏集团。那么以后他不需要靠所谓联姻来稳固家业,他自己就是最好的武器,到时能选择的就更多。

对于周衍,他只有奉劝:"多努力一定会改变现状的,如果你还是没底气给汪婼一个承诺,那就趁早和她别联系了,不要伤人伤己。"

整个寒假,何律珩日复一日忙着公司的事,陈辛缭回津城后也去曾科的公司实习了。曾科明着给了她秘书的职位,实则就是帮她打发一下时间,顺便积攒一些社会经验。

他相信陈辛缭是有能力的,当今社会,女人必须要独立。

陈辛缭自从高中以后,做的所有事在曾科眼里都是背道而驰的。

老天给了她一条平坦的路她不走,后来的每一步人生轨迹好像都变得坎坷。

他知道陈辛缭的迷茫与难舍难分来自何处,这也就是他为什么不喜欢何律珩的原因。

年轻人总是血气方刚,不知道未来险恶,总是因小失大。

曾科闲暇之余会故意绕远路,带着陈辛缭路过她曾经最向往的大学。每每那个时候,陈辛缭都会假装没看见或者直接别开头。

曾科会故意打趣:"如果我们家的小明星当时顺利进了津城音乐学院,想必现在应该粉丝不计其数了。不过天无绝人之路,最近我准备投资一个综艺,到时候你要不要来助阵?"

陈辛缭觉得曾科真的是太抬举她了:"我去打杂吗?"

"也可以。"曾科知道她在抗拒,暂且也不多说了。

二十岁,对陈辛缭来说是不能回头,也是在未来的某一天不能悔不当初的。
她天生好嗓音,如今除去好嗓音似乎变得一无是处了。
专业成绩不优异,未来职业走向不明确,虽然现在和汪婼做着小事业,但也不是她喜欢做的事情,可能只是出于朋友的情谊当时顺手帮忙了,后来也还适应于是继续做了下来。
也许汪婼以后可以一直当博主带货,但是她总有一天要做关于自己的事。
二十岁,她失去了成为科班的机会,剩下的时间已经不能轻易挥霍了。
曾科为陈辛缭是操碎了心,明明只是个舅舅,却像个当爹的。
他在了解了音乐相关行业后,又给陈辛缭指了另一条路,去考教师资格证。
曾科说:"学生时期多证傍身总归是有益无害。"
陈辛缭第一次赞成曾科给她的建议,开始往考证上花心思。但她了解到非专业师范类报考教师资格证是要等毕业后才可以申请的,不过在此之前她可以先考普通话等级证书以及其他必要证书。
其他的相对来说好像没有那么难。
临近过年,陈伯明和曾科突然齐齐回家,说要好好陪陈辛缭过个年。
陈辛缭已经很多年没有感受过其乐融融的家庭氛围了,开心地和父母一起选购新年战袍,然后囤年货。
这一次大包小包不再是她一个人提回家,爸爸力气大,全都交给了爸爸。
回到家,陈辛缭瘫在沙发上,打开手机看见了何律珩的消息。
大概是十分钟前发的。
何律珩:【把你家地址给我,我给你寄新年礼物。】
陈辛缭心里开始期待:【是什么?】
何律珩:【秘密。】
陈辛缭把地址发给了他,然后从这一刻开始等待礼物的来临。
陈伯明放好东西后,一回头就看见陈辛缭满面春风,不禁戳了戳曾莉:"你猜咱家囡囡在笑什么?"
曾莉观察了一分钟:"铁树开花了。"
陈伯明难以置信:"真的?"
曾莉说:"真的假的你得问咱家囡囡,我说了也不算。"
"我不敢问,你问。"
在部队陈伯明可是有勇有谋行事果断的领导者,到了家里,他只能去厨房帮曾莉一起分担家务。
大年三十晚上,陈家喜洋洋的,曾莉做了好多菜,还邀请了曾科来聚聚。
今年曾科不再是一个人来,他带了位漂亮的女人。陈辛缭一眼就认出来了是演唱会闭幕后在大厅见到的那位，何律珩说她叫冷行舟。

很特别的名字，和人一样，格外好看高雅。

"姐姐好。"陈辛缭热情地打招呼。

"你好。"冷行舟温婉地笑着。

冷行舟给每个人都带了礼物，陈辛缭收到的是一块价值不菲的手表，陈辛缭睁大了眼睛，这块手表的价格她是想都不敢想的。

冷行舟这礼物送得也太贵重了吧！

陈辛缭握着手表去客厅找冷行舟："姐姐，这个太贵重了。"

冷行舟笑着说："或许你现在用不到，但是两年后你出社会一定需要。我思来想去，还是手表最实用而且也保值，希望你以后可以越来越好。"

陈辛缭好感动，一下子就对冷行舟喜欢得不得了。从这一刻开始也对冷行舟改了称呼，把"姐姐"换成了"舅妈"。

虽然冷行舟的年龄并不比陈辛缭大多少，但是辈分在，冷行舟也喜欢听这声"舅妈"。

陈辛缭把手表拿回到房间小心地收藏着，期待有一天可以真正配得上它。

突然，她想到了何律珩。

早两天何律珩问她要了地址说寄礼物给她，也应该到了才对，但是手机一点动静都没有，往常快递员都会打电话的。

她不好意思去问何律珩这件事，只能跑去门卫室问有没有自己的快递。

门卫说并没有她的快递，陈辛缭心想或许是年边快递不正常，估计要年后到了。

晚饭的时候，冷行舟代替了陈辛缭成为陈伯明与曾莉的重点关注对象，看着父母不停地给冷行舟夹菜的画面，陈辛缭想到了上年在何律珩家过年的场景，当时也是这样，被不停地夹菜喊多吃点，然后吃得好撑。果然天下父母一条心。

因为有了自己的经历，陈辛缭深有体会，称再夹下去要吃健胃消食片了，曾莉乐呵呵地说都是一家人别客气就行。

晚饭后，大家坐在沙发上看春节联欢晚会。

陈辛缭属于耳朵听着晚会表演眼睛看着手机，微信朋友圈里大家的大年三十过得都很丰富：汪婼带领着邻居家的孩子们一起在家门口放鞭炮，戴岑在家庭KTV里，裴舒舒则是晒了红包。

陈辛缭在四人群里发起了抢红包环节。

此时不管是放鞭炮的，或是KTV的，还是在炫富的都前来抢了红包。

/ 215

顾知遇给她发了条短信:【我怕新年的祝福太多,所以提前抽空祝福一下你,新年快乐,陈辛缭。】

看到前面几个字陈辛缭以为是群发,直到看到自己的名字,她才觉得这个人用了10%的心。

说起来这几个月顾知遇的微信都躺在她的黑名单里,短信倒没停过,会发一些问候,会发一些关于看到她的事,陈辛缭都选择忽略。

今天是关于新年的祝福,陈辛缭礼貌地给他回了一条:【新年快乐。】

顾知遇开心了好久,给她回:【今年的新年愿望是可以从陈辛缭的黑名单里移出。】

不仅仅是微信黑名单。

陈辛缭看着手机发呆,不知道要不要回。

陈伯明老早就发现陈辛缭不对劲,似有若无地对着手机笑,他偷偷地假装站到沙发上拿东西,然后时不时地回头偷看陈辛缭的手机。

聊天对象叫顾知遇。

陈伯明做了解状地点了下头,想再继续看,陈辛缭已经没有继续聊了。陈伯明假装摸了摸壁柜上的小摆件,空手离开了。

临近深夜十二点,夜空中绽放出绚丽的烟花。

陈辛缭喜欢看烟花,每每这个时候她都开心得像个孩子,哪怕她已经不再是小孩了。

她趴在窗户边看五颜六色的烟花。

握在手中的手机振动了一下,陈辛缭划开消息,是何律珩的。

何律珩:【在干吗?】

陈辛缭:【看烟花,虽然每年都没什么特别的,但也别有一番滋味。】

何律珩没回消息了。

陈辛缭继续看天空。

突然,天空中绽放出了新的烟花,绚烂的火焰冲向半空,瞬间变幻出了许多颗大小不同的彩色爱心,爱心又变成了小星星散落。陈辛缭以为这就结束了,直到夜空中绽放出了"行星环","CXL"的字母出现在了星星中。

CXL——怎么这么像她名字的缩写!

手中的手机再次响动起来,这次是何律珩的来电,陈辛缭快速接起电话。

"烟花好看吗?"何律珩在电话那头温柔地问道。

"好好看,有人放的烟花还有我名字的缩写。"

"猜猜谁放的?"

陈辛缭心里仿佛一下子就有了答案,激动地问:"你放的?"

"不然还有人比我更爱你？"

"只有你了。"

"你的礼物放在门卫室了，记得来取。"

陈辛缭想起晚饭后去了门卫室还是一无所获，以为今天都不会有了，没想到礼物这就到了。

"好！我这就去！"陈辛缭挂了电话走出房间。

客厅里大人们都还在，陈辛缭慌忙的脚步变慢，总得交代一句："我去楼下买点东西。"

陈辛缭说完飞快地跑了出去。

陈辛缭连鞋子都没有换，拖鞋穿在脚上十分绊脚，又因为在暖气房里没穿袜子，结果出了暖气屋明显脚冷，她冷得"嗞"了一声，速战速决跑去门卫室。

正要进门卫室的门，手被人拉住，来人一个用力将她拉入了怀中。

熟悉的体温与味道。

熟悉的胸膛的位置。

陈辛缭知道是何律珩来了。

厚厚的羽绒服裹着她和他，两个人相拥了好一会儿。

陈辛缭甚至还有一些做梦的感觉，抬头清楚地看到何律珩，再次露出了笑脸："我想了很多种礼物的可能性，都没想到这个礼物会是你。"

何律珩低头吻了下她的额头："喜欢吗？"

"喜欢，这是世界上最好的礼物。"

何律珩温柔地打量着她。

半个月没见了，甚是想念。

"又变漂亮了。"何律珩捏了捏陈辛缭的脸。

"轻点，粉要被你捏掉了。"

何律珩轻轻地笑着，想要低头吻她的唇，被她急忙挡住了。

"门卫叔叔在。"陈辛缭小声提醒。

何律珩看了眼门卫叔叔，门卫叔叔从最初的姨父笑变成懂得的笑，关上了门卫室的门还拉上了窗帘，足够懂小情侣。

"现在可以吻你了吗？"

陈辛缭左看看右看看，拉着何律珩去了一棵隐秘的大树下，主动地背靠在树上，抬起脖子："现在可以了。"

何律珩突然不情愿了，为难地说："辗转了一下好像没有欲望了。"

"啊？"陈辛缭有些失落。

她好想吻他。

217

可是如果她太主动，会不会不太好？

女孩子要矜持。

她只能忍住心中的那团火。

"那好吧，那只能等……"

下一秒，她的唇被他吻住，她还没反应过来，呆呆地看着他闭上的眼睛，长长的睫毛，可真好看。

不是说没感觉了？又是套路……

她笑着闭上了眼睛，轻轻咬了下他的唇，然后与他唇齿相贴，感受他的万千柔情。

她的吻技愈来愈好，吻着吻着，何律珩心里的火更旺了，就像刹不住的车轮，只想往前。但他抑制住内心的欲望，最后还是及时止吻。

"晚上陪我睡？"

陈辛缭以为自己听错了，结果一抬头就看到了他浓情蜜意的眼眸，格外诱人。

"我爸妈看着我出来的。"陈辛缭声音小小的。

"意思是如果你爸妈不在就可以？"

陈辛缭的脸瞬间就红了："也不可以！"

"那什么时候可以？"何律珩期待着她的回答。

"等你拿着聘礼来我家的时候。"

"我现在就可以。"

"啊？"

何律珩从口袋里掏出车钥匙，对着不远处的一辆车按了一下，后备箱打开，满满的礼物。

陈辛缭都看呆了："你还真带了礼物啊？"

陈辛缭跑去车后备箱的位置，何律珩走在后面。

礼品很丰富，燕窝、鱼翅、海马……很多陈辛缭都不认识。

"何律珩。"陈辛缭突然想到一件事，"你开车来的？"

海城开车到津城得十个小时以上。

"坐飞机来的，东西是在津城买的，车是问津城的朋友借的。"

"那就好。"不然陈辛缭可真担心何律珩开长途吃不消。

"礼物我帮你一起拿到你家门口，到时候你带进去我就不进去了。如果你父母问，你就说你买的，避免你尴尬。"

"我有什么尴尬的？"陈辛缭奇怪。

"我怕你父母多想。"

陈辛缭看着这些礼物,她父母是不会相信这是她买的。

"要不你进去坐坐?"陈辛缭邀请。

"不了,我坐早班机回家,四点就要检票了,从你这儿离开后我直接去机场。"

陈辛缭好心疼何律珩,心疼他为了她不顾一切。

她上前拥抱住他:"以后你别再做这样的事情了。"

"你不喜欢?"

"我很喜欢,但是我不想你那么辛苦奔波。"

"见你一面什么都值得。"

"年后我早点去海城,早点去见你。"

"好。"何律珩揉了揉陈辛缭的头,低头看见她的脚丫,一阵心疼。

"快上去吧,小心冻脚。"

陈辛缭这才想起自己的脚,刚才与他爱意太浓,都忘了冷了。

"好。"陈辛缭提起一部分车上的东西,何律珩也提着,两人一起往小区里走。

陈家窗台边,陈伯明、曾莉、曾科、冷行舟挨个站着。

"咱闺女居然真的铁树开花了……"陈伯明还是有些难以置信,顺带有些不舍得。

"咱闺女人美心善大长腿,谈恋爱不稀奇,这帅哥看起来也不错。"曾莉又拿起望远镜看了看,陈辛缭和何律珩已经走进小区了。

"大包小包的礼盒,这是要上来见我们了?"陈伯明这才反应过来。

"糟了!老陈!赶紧的!收拾一下!"曾莉慌忙地去客厅收拾茶几,晚上看了一晚的春晚,茶几上都是瓜子壳、花生壳。

陈伯明有些唱反调:"曾莉女士,你这是同意女儿和这小伙一起了?"

"女儿喜欢的男孩一定不会差,我尊重我女儿的决定。"曾莉不想和他浪费口舌。

"姐姐,我觉得你还是应该先了解一下这个人,不要急于表现热情与欢迎。"曾科说。

"不管未来怎么样,乐享现在,未来是他们两个人一起去创造的,现在,我只知道有个人第一次来咱家,我必须要做好礼节。"曾莉终于处理干净了台面,双手叉腰,看着家里的两个男人,"我不管你们两个是反对还是赞成,今晚你们必须给我露出笑脸。"

曾科和陈伯明对视一眼,强撑出了微笑。

这个家里,曾莉女士的话语权还是很高的。

在一旁一直看着听着的冷行舟抿唇一笑，对曾科说："这个男生是不是演唱会上那个？"

曾科点头："是。"

"很帅。"

曾科面无表情地瞄冷行舟："有我帅？"

冷行舟挽上曾科的手臂，笑着说："在我眼里，没有人能比得过你。"

曾科这才满意，又撑出了笑脸，准备等待着何律珩的初次登门。

他虽然不看好陈辛缭和何律珩，但何律珩突然在新年出现在津城的事还是挺打动他的，这并不是随随便便能够做到的事。

陈辛缭第一次往家里带男生，作为主导的她一直在纠结待客之道。

哪怕是何律珩说就送她到门口不进去，她觉得何律珩大老远过来，就这样回去实在是太亏欠他了，更何况他还带了很多礼物给她的父母。

电梯到家门口，两人走出电梯。

何律珩把东西放到门口的鞋柜上，小声对陈辛缭说："我走了，新年快乐。"

陈辛缭拉住他的手不舍得放："进去坐坐吧。"

"太晚了，不耽误你家人休息了。"

"他们都还没睡呢，这会儿估计正好看完春晚，我妈应该在做点心。"

"那你吃完点心早点休息。"

陈辛缭还是好舍不得何律珩，但也不得不尊重他的决定。

她松开了何律珩的手："那……你路上注意安全。"

"嗯。"何律珩低头吻了吻陈辛缭的唇，"晚安。"

陈辛缭依依不舍地看着他："晚安，新年快乐。"

"还有呢？"

"还有什么？"陈辛缭不明所以地眨了下眼。

何律珩俯身唇贴着陈辛缭的耳边："我爱你。"

陈辛缭激起一阵酥麻感。

何律珩摸了摸她的头："快说，说完我真得走了。"

陈辛缭调皮地吻了下何律珩的耳垂，然后说："我爱你。"

何律珩满意地笑了，从口袋里拿出三个红包："老样子，一份爷爷奶奶的，一份我爸妈的，一份我的。"

陈辛缭万万没想到自己还被何家长辈惦记着，这太暖了。

"我都没给你们准备东西，你们这样，我得回报些什么好呢？"

"以后给我们何家生几个孩子就好了。"

陈辛缭的脸又红了，抽过红包："你不是要去赶飞机吗？快走吧。"

何律珩笑着和陈辛缭挥挥手，走去电梯。

陈辛缭看着他进电梯，电梯门关上，才确定两人下次见面真的得是十多天后了。

好舍不得。

她看着他送来的礼物，想着门里面的家人，不管他们看见是什么样的表情什么样的猜测，她都会承认何律珩的存在，她都会承认她爱何律珩，这辈子只想和他在一起。

不管家人是什么态度，她都要保护何律珩。

她给自己打足了勇气，打开了家门。

门后，陈伯明、曾莉、曾科、冷行舟一个不落地站成一排，像极了迎宾，个个脸上都带着笑。

"你们……干吗呢？"陈辛缭被这个阵势看得浑身不自在。

"欢迎光临陈家。"四人整齐地弯腰迎宾。

"到底干吗呢？"

曾莉看着被陈辛缭挡住的半扇门，她把陈辛缭拉到了一旁，出去找人。

"哎？你男朋友呢？"

得知陈辛缭没有留住何律珩，曾莉坐在沙发上抱臂生气。陈辛缭使出浑身解数哄曾莉，她更加不满了："人家大老远来祝你新年快乐，你倒好，连人都留不住。"

陈辛缭词尽了，只得用眼神求助陈伯明。

陈伯明轻咳一声："那个，人家小顾连夜要回去，赶时间。"

"就是啊。"陈辛缭应着。

等等！

"什么小顾？"陈辛缭看陈伯明。

"你男朋友不是叫顾知遇？"

陈辛缭瞪大了眼睛："我男朋友什么时候叫顾知遇了？"

陈伯明不知道该怎么解释了，感觉自己把自己坑了。

"哎？你怎么会知道顾知遇的名字？"陈辛缭眯眼看他。

陈伯明心虚，声音都不自觉压低了："就你晚上对着手机笑着聊天的时候，我偷瞄了一眼。"

日防夜防，家父难防。

父亲偷看聊天记录也就算了，还把人认错了。

"家人们，我对象叫何律珩。"陈辛缭正式介绍这个名字。

"原来是小何啊。"陈伯明惭愧。

谈恋爱的事情藏不住,曾莉作为母亲并不想多干涉,只是与陈辛缭交流了一些细节。曾莉认为女孩子到这个年龄了是应该谈恋爱,如果初恋是认认真真且白头偕老那真的很美好,她希望陈辛缭幸福。

但女孩子要保护好自己,再爱也要适度,绝对不能超温。

陈辛缭说何律珩很尊重她,曾莉放一百个心相信他们,相信女儿的三观和人品,所以也相信同类吸引。

就像当初放她一个人成长一样。

睡前,终于逃脱父母不停追问的陈辛缭躺在床上开始找何律珩分享父母认同的喜悦。

陈辛缭:【小何呀,以后别躲躲藏藏了,我爸妈晚上都看到了。】

何律珩从陈家离开就直接去了机场,刚在机场停好车,他看到消息的时候上扬的嘴角就没放下来过:【可喜可贺。】

陈辛缭融化在了爱的海洋里,期待着未来的某年某月某一天,可以和何律珩一起踏进婚礼的殿堂。

年后,陈辛缭和父母一起回了一趟临城,去看望老人和老房子。这几年没走的亲戚通通都走了一遍,回去临城的房子也住了几天。

曾莉感慨人生好像就是那么一瞬间便改变了。

曾经土生土长在这座小城里,从小过着农村人朴素的生活,喂鸡种田都做过,从没有想过未来某一天会在大城市定居,也从没想过未来社会发展得那么快,突然某一天就因为工作安排去了津城,从此带户口成为津城人。

她人生的转折对于她的一生而言,是正确的选择。当初放弃临城所有的一切远去津城,归来前程似锦,如今是她的女儿站在了人生的选择上,她却开始忧心忡忡。

自从陈辛缭在艺考上失利,曾莉一直有个心结。原来曾莉想着陈辛缭来津城完成她爱的学业,那么此后也都会在津城,这是陈辛缭人生的转折,但是孩子失利后突然就放弃了,从此只字未提。曾莉一直想不通是什么原因,如今孩子看起来也还是乐观向上,但是她觉得孩子是有遗憾的。

人生的选择真的很重要,也许一生只有一次,如若一步走错那便是步步错。

她必须要引导和帮助孩子,她不想陈辛缭以后在不喜欢的事情面前别无选择只能咬牙前行,她觉得陈辛缭可以有更轻松的路。

曾莉站在铺了一层白布的钢琴旁揭开了那尘封许久的琴盖,并不熟练地试了几个键,一首她最喜欢的《茉莉花》也就跟着琴键响起来了。

陈辛缭小时候学钢琴的那段日子,是曾莉对孩子童年最深的记忆。那时候她还在临城,孩子也还在身边,为了让孩子能够坚持一些兴趣,她也跟着学习了一段时间。不过她的手指已经没有小孩子的那么灵活有塑造性,只学了首自己最喜欢的歌。

　　此时陈辛缭正好在房间里看书,听到熟悉的旋律缓缓起来,不由得想起了小时候。那个兴趣四溢的小时候,她坚持了很多事情,都是她后来想想觉得很了不起的,毕竟能够坚持度过那段日子就很厉害了。想着想着她突然有些感伤,原先之所以坚持不懈的努力源头是因为梦想,因为小时候的她想长大后成为歌星或者音乐家所以一直咬牙前行,如今自己却做着对小时候而言最不负责任的决定。

　　她放下书从床上爬了起来,走去客厅。

　　看着妈妈弹钢琴时的背影,她总会想起自己。

　　其实她和妈妈是有几分相似的。

　　陈辛缭拿了把凳子放在曾莉身边坐了下来,曾莉的琴声也在这一刻停了一下,陈辛缭笑着对曾莉说:"我们一起弹吧,像小时候一样。"

　　曾莉微笑着默认了,和陈辛缭一起弹起了这首《茉莉花》。

　　夕阳的光晕照在墙面上,橘黄色的光影。画面仿佛也被染上了做旧感,就像真的回到了不过几岁的年纪,做着天真而又烂漫的美梦。

　　曾莉一边弹琴,一边时不时地看着陈辛缭,孩子终究是长大了,长成了漂亮的姑娘,也有了自己的感情,她是应该欣慰的,却也有些不舍得。

　　不知道这样能在一起的日子还有多久,也许不久后,孩子就是别人家的媳妇。

　　那个时候,应该更难见面了。

　　弹完《茉莉花》的尾音,曾莉满足地笑着:"好过瘾。"

　　陈辛缭说:"您还是弹得那么好。"

　　"你退步了哦,几个音都弹错了。"

　　"下次不会了。"陈辛缭在心里做了决定,"妈妈,我准备重新走那条路了。"

　　曾莉愣了一下:"什么?"

　　"完成我小时候的梦想。"

　　曾莉惊得站了起来:"你再说一遍?"

　　陈辛缭一字一字地说:"我要坚持最初的梦想,成为一名音乐事业者。"

　　曾莉激动得尖叫一声,把在房间休息的陈伯明吓了出来。

　　"怎么了,怎么了?又有蟑螂?"陈伯明一只手举着拖鞋。

　　曾莉眼角含泪:"老陈,咱女儿说她要坚持她最初的梦想了。"

/ 223

陈伯明看了陈辛缭一眼，强行冷静："你说的是真的？"

陈辛缭被父母难得的惊奇行为逗笑："千真万确。"

陈伯明赶紧拿出手机打开录像功能："不行，我要录下来，陈辛缭同学，请你再说一遍。"

陈辛缭面对着镜头，自信沉稳，就像小时候对着大家勇敢地树立自己的理想一样："我，陈辛缭，长大了要做一名音乐事业者，无论是成为歌星、音乐家，或者音乐老师，我愿一生奉献我最爱的职业，一生不辜负自己的理想。"

10
理想之外 /

从临城回来后,陈伯明和曾莉复岗,陈辛缭在曾科的压迫之下继续上了几天班,一直到开学前两天曾科才放过她。

陈辛缭想说曾科是在压榨她,转眼看到丰厚的工资,默默咽回了这句话。果然钱的力量是万能的。

一逃离苦海,陈辛缭赶着最近的航班拖着提前准备好的行李奔赴海城。

海城国际机场和海城火车站上下并列,三小只等了好一会儿终于见到了迟到许久的陈辛缭,陈辛缭气喘吁吁地拉着行李箱前来。

汪婼拿出手机打开前置摄像头,大家一起拍了新的一年的第一张合影。

同样的位置,同样的角度,同样的手势,这是第三张。

今天不再挤地铁,有帅哥、豪车相伴。

何律珩特地开了一辆SUV,后备箱比较大,正好装下大家的行李。

"汪婼,话说你家男朋友呢?怎么不来接你?"裴舒舒故意调侃。

好在汪婼的心态倒很好:"还不是男朋友呢,虽然不能亲亲抱抱举高高,但是吧……"

"你想亲亲抱抱举高高吗?"就在这时,副驾驶座的门打开,钻出一大高个。

周衍倚在车门上,对着后备箱位的汪婼。

汪婼看到周衍,她惊讶得捂住了嘴,敢情都被听到了?

"你怎么也来了?"汪婼冲上前问。

"陪我哥。"周衍说。

"是想见你。"何律珩看了周衍一眼,将周衍的心里话说出来。

汪婼害羞地拍了一下周衍的手臂,以作回应。

到达学校,熟悉的校园环境,熟悉的宿舍墙面,何律珩给陈辛缭搬行李,周衍给汪婼搬行李。

只能靠自己的戴岑和裴舒舒感觉自己被深深地打击了。

"希望这学期我可以找到男朋友。"裴舒舒立志,哪怕她这个愿望已经很多年了。

"靠人不如靠己,男朋友不在身边不还得靠自己。"戴岑一口气把行李箱扛到了楼梯转角处,然后大口呼吸。

裴舒舒一级一级楼梯艰难地迈上来,与戴岑站在一起休息:"咱俩还是别逞强了,有时候女子真的不如男。"

陈辛缭往上走了几步才发现戴岑和裴舒舒掉队了,看到她俩单薄的身躯搬着箱子,往年大家一起共苦自顾不暇,今年自己和汪婼都脱手了,看到那两人形成了明显的对比。

她喊了汪婼一起帮两人搬行李。

人多力量大,终于到宿舍。房门打开,封闭了一个月的空气闷闷的。

陈辛缭去拉开了落地窗通风,简单整理了一下。

情侣档一起出发去约会,单身的只能抱团。

陈辛缭和汪婼走后,裴舒舒和戴岑靠在一起,裴舒舒有些沮丧:"突然有些怀念以前的日子。"

戴岑安慰地拍拍她的肩:"这次可能只有你一个人了。"

"啊?什么意思?"

戴岑笑着说:"我谈恋爱了。"

刚来一座城市的时候,大家对这座城市充满了幻想,曾遥想着要走遍这里的大街小巷。时隔一年半后,斗志变成了习惯,连约会都觉得好像只有吃饭和看电影。

翻了一圈推荐玩点后,四人壮起胆子决定智闯密室逃脱,还很不要命地选择了排名第一的,可惜进去前雄心壮志,进去后吓破胆,中途还是汪婼情绪失控揍了一拳出来吓人的"鬼",然后吵喝着不玩了,其他人确实也是玩不起了,于是中途收官。

因为这场经历,晚饭大家都失去了味觉,就近最热闹的地方随便吃了点东西,好好感受了人气,到点就回去了。

想想那几个小时用来吓自己,可真是惊心动魄。

回去的路程,最先路过周衍家,周衍见快到自己家了,忙对何律珩说:"晚上我去你家睡,正好陪你。"

何律珩看了眼车内后视镜:"不需要。"

"你变了,我记得你初中的时候有一次一个人在家,整晚睡不着觉,外公外婆被迫连夜赶回来陪你睡觉,就怕耽误你第二天学习。"

"咳。"何律珩被揭露糗事有些颜面无存,"我现在长大了。"

"哦,那就预祝你晚上可以好好地睡一觉,不要想起今天密室里的什么东西。"

何律珩表示现在就开始疯狂想起来了。

"你也一个人住?"汪婼问了一句周衍。

"是啊,我爸妈都在国外。"

"那我陪你呀。"

周衍愣怔。

陈辛缭回头看后座的汪婼,眼神威胁:"你和我一起回宿舍。"

"你也害怕?"汪婼根本没想到陈辛缭所想。

"我……"不害怕是假的,但是担心汪婼更真,她道,"对,我害怕。"

"那你让戴岑和舒舒下来接你,周衍就不一样了,他一个人住多害怕。"

陈辛缭想说他俩还没确定关系,又觉得确定了关系也不能太过逾越,总之像个担心孩子的妈妈,她对汪婼说:"孤男寡女共处一室,不合适。"

汪婼问周衍:"你家几个房间?"

周衍的声音小得几乎听不见:"房间倒是很够。"

汪婼贴着耳朵听到的:"周衍说房间够,我就住客房。"

"不行。"陈辛缭教导她,"你必须回宿舍睡。"

"为什么呀?"汪婼使用可怜术。

"因为……"陈辛缭觉得再不说出那几个字,他们两个真的只能永远稀里糊涂的,有些关系和行为是需要名正言顺的。

"周衍,汪婼是你的谁?"

汪婼有所期待地看着周衍,却因为他实在难以启齿似的,她的心开始失落。

这段时间她一直在骗自己他是喜欢自己的,是在乎自己的,是想和自己在一起的。

只是为什么没有"身份",她也不知道该怎么回答。

他们两个人真的像极了谈恋爱的模样,会每天联系,会视频语音,也会约会。除了牵手、拥抱、接吻那些,他俩保持着恋人的心意。差一点,她就觉得自己真的是周衍的女朋友。

当面临现实时,她又想把自己蒙蔽,就当是他女朋友了。

"辛缭,我和周衍还没到那一步,我们就是好朋友。"

这声"好朋友",犹如被迫。爱得卑微,自己也就卑微。

周衍到家的时候是一个人走的,总有人得认清,这段可悲的关系。

回校的路上,车子后排很安静,陈辛缭不自觉地回头看,就见汪婼靠在窗上发呆。

何律珩在，陈辛缭也不好说闺密间的话，直到到达学校，陈辛缭陪汪婼坐在宿舍楼下的长椅上许久。

感受着凉凉的空气，和她凉凉的心意。

"辛缭。"汪婼终于忍不住号啕大哭，就像孩子。

陈辛缭抱着汪婼的肩，想安慰又不知道该说些什么，有些话，得当事人先开口。

"我和周衍之间，我们彼此依赖彼此喜欢，可我不明白为什么他就是不让我是他女朋友，我也闹过不理他过，可是我忍不住，我太喜欢他了，发了脾气后我还是会去找他，他也会对我满心接受，我们就像是没有身份的恋人，在一起很开心。可是辛缭，他明明也说过喜欢我，可是当我问他可以做他女朋友吗，他却总是沉默。我真的很不甘心这样的关系，辛缭，你可以帮我问问何律珩吗？为什么我和周衍之间会是这样呢？他们是兄弟，经常往来，他肯定知道的。"

看着汪婼，陈辛缭同样痛苦。

她不是没问过，只是何律珩也说不知道，也不知道他是真的不知道还是隐瞒着什么。

"因为你配不上他。"突然，顾知遇从一棵大树后出现。

黑夜里，顾知遇穿着黑色的羽绒服，连帽的那种，帽子罩着头，不仔细看根本不知道这是个人，完全和夜幕下的树丛混为一体了。

顾知遇看着这受到惊吓的两人，拉下帽子："我，顾知遇。"

听到名字，陈辛缭和汪婼才淡定下来。

"我不是故意偷听的，我在这儿等人，正好就听到你们聊天了。"顾知遇解释。

这点陈辛缭没必要怀疑，本来这个点路上没什么人，如果有人刻意去后面肯定会被发现的，只能说顾知遇真的早早就在树后了，而且他的穿着打扮太不起眼了。

顾知遇看了眼汪婼，从口袋拿出一包纸巾扔给她，然后说："周家不容小觑，他们家是不会接受你的。而周衍早就知道这一点，所以他不和你恋爱，因为谈恋爱搞不好还要负责任，太麻烦了。"

大家只听过"灰姑娘"的故事，却忘了古往今来所谓的"门当户对"。而且谁也不知道灰姑娘和王子婚后的生活，童话的结尾并没有结局。

顾知遇的话让汪婼陷入沉思，也让陈辛缭因为想起曾科曾经的劝说而陷入一种对未来的恐慌中。只是她想到冯玥和何盛元对她并非不喜欢，每年何家父母都会在一些节日邀请陈辛缭来家中，也会在过年给她红包，她觉得何家是接受她的，她不能想太多。

上楼梯的时候，汪婼对陈辛缭请求："辛缭，晚上的事情可以帮我保密吗？"

陈辛缭知道这是小女生的自尊心，她点头："一定。"她本来也没准备和谁说。

宿舍门口，汪婼深呼吸，尽量恢复自己在事发前元气满满的一面。

打开门，就见裴舒舒被吓了一跳忙把笔记本电脑合上。

"在干吗？"汪婼好奇，想马上打开裴舒舒的电脑。

裴舒舒死死按着笔记本电脑的翻盖："隐私，懂不懂？"

"哦。"汪婼笑得猥琐，"懂啦，姐妹。"

裴舒舒感受到她的脑子里正在放什么奇怪的剧情，自我澄清："修图而已。"

裴舒舒把电脑的屏幕重新点亮，确实是一张照片，确实是在PS："你们都有男朋友了，现在整个宿舍就我落单，我也得努力找男朋友。我整日和你们待一起都没男朋友，所以我要多发社交网站……"

"等等。"陈辛缭和汪婼互视一眼。

"什么叫整个宿舍就你落单？"汪婼问。

"戴岑恋爱了？"陈辛缭问。

"是啊，我也是刚知道的，现在他们在约会。晚点她回来的时候，我们可以趴阳台看看，她男朋友一定会把她送到宿舍楼下吧。"裴舒舒说。

陈辛缭觉得这样的画面似曾相识。

"这一招是不是在我身上用过？"陈辛缭问。

裴舒舒和汪婼对视一眼，嘿嘿笑了。

恰巧这时，窗外传来动静，大家一听，赶忙往阳台跑去。

一辆保时捷帕拉梅拉停在楼下，下来一个笔挺的男人，西装革履，黑皮鞋。

陈辛缭、汪婼、裴舒舒内心"哇"地惊呼。

"这是传说中的霸道总裁爱上我吗？"汪婼道。

戴岑的男朋友妥妥的一米八大高个，戴着一副斯文的银框眼镜，体形不胖不瘦穿起西装来胸板挺括，年龄猜不出，看起来像哥哥。

两人相拥再见，戴岑还抱回了一束花。

"好羡慕，我还没收到过花。"裴舒舒捧着脸。

戴岑上楼的时候，陈辛缭、裴舒舒、汪婼拉来了小板凳，关上了灯，三人一排坐在靠近门口的地方。待戴岑打开门，三人打开手电筒照着戴岑，像是审视"犯人"。

陈辛缭"扑哧"一声笑了出来,故技重施吗?

这一幕太熟悉了,看来宿舍每一位谈恋爱都会上演一段了。

这一晚,陈辛缭、汪婼、裴舒舒没放过戴岑,让她细细说了她和池源的事。

原来池源是她哥哥戴政的朋友,比她大五岁,他俩从小就认识,因为池源经常来她家玩,成绩优秀,外形俊朗,戴岑早早就暗恋着池源。寒假的时候家里说到池源在相亲的事,戴岑就自告奋勇,刚开始戴政并不同意,还称太荒谬,但是戴家父母十分喜爱池源,就偷偷帮戴岑安排了相亲,还是戴岑开门见山先主动表白的,没想到两人就在一起了。

"池源家是做什么的?你们是门当户对吗?"汪婼问了一句。

"算是门当户对吧。"戴岑说,"不过,我们家比他们家有钱一点点,哈哈。现在他自己在做传媒这块,寒假的时候汪婼的微博上了一阵热搜是他帮忙的。"

"真好。"汪婼退出群聊。

只有陈辛缭注意到,且知道这是为什么。

只是,陈辛缭也知道这个傻丫头非但没有就此放弃周衍,反而越发勇猛。

大二到大三的过程,是比较努力的一年。

陈辛缭忙着各种考证,汪婼忙着发家致富努力配得上周家,戴岑忙着在异地恋里努力和池源见上一面,裴舒舒则是忙着脱单。

那年盛夏,年复一年为全国大学生田径锦标赛备赛的何律珩突然收到了出国交换的邀请。

这是学校为优秀学生准备的奖励,期限为一学期。如果在国外各项成绩优秀则可以在国外读研究生以及更高学历,所谓为优秀人才免费提供镀金的机会。

这是他人生很重要的一次选择。

只是他收到消息的第一个想法就是放弃。

学校却不愿意放弃对他的培养,于是让冯玥来了一趟学校。

一直支持何律珩的冯玥听到消息的时候是与何律珩截然相反的反应,她果断替何律珩应了下来。但是何律珩已成年,这件事情的决定权还是在于何律珩,冯玥为这事没少操心。

早在高中的时候她和何盛元就做过让他出国的准备,只是当时何律珩执意留下,她算是尽自己最大的努力说服了何盛元让何律珩留在国内,现在机会又来临,对于快大四的人来说,不应该再错过。

上年末,何盛元查出身体不好,今年初,也不知道是谁在何氏内部高层走漏的风声,原本看似和谐的股东会突然分出两派,何盛元看事明了,早就预料到这一天,而自己历经磨难走到这一天,身边的人里,总有坚守的骨干和想要谋权不服他的人。只是何盛元不露声色,谁也不敢说他究竟有恙无恙。

这些何律珩都不知道。

冯玥和何盛元很默契地对何律珩隐瞒了不好的事情,她想让何律珩开开心心地念完大学,也许这会是何律珩一辈子最快乐的时光。

在他们这种人家,出生即是荣华富贵,但是能不能掌财,就看能付出多大的代价。

冯玥思前想后,最后在周末去了景江壹号。她没有和何盛元说关于何律珩出国的事,她怕引起父子俩的直接矛盾。

何律珩回到家的时候,冯玥开心地迎接他,给他准备了一大桌的菜,吃饭的时候一字不提自己来的目的。

何律珩实际上心生异样,但若冯玥不开头他也不会做这个开头。

饭后何律珩去书房写论文,冯玥坐在沙发上看着自己准备的清单,心中犹豫,这是她准备的方式。

回头看了看书房的门,她深呼吸一口,拿着这份清单走了过去。

"儿子,来看看还需要什么。"冯玥自然地把几页纸放在他的桌上。

何律珩只是瞄了一眼,看到排头的那几个字就知道是什么东西了。

"我不会去的。"何律珩直接否决。

"为什么?这是多好的镀金的机会呀。"冯玥拉来椅子坐在他旁边。

"我不需要这些来衡量我。"

"这哪是衡量不衡量的事,这是学习的机会,打开眼界的机会。你去的可是世界排名前几位的名牌大学,多少人梦寐以求的学校。我也不是什么崇洋媚外的人,但是我们必须要承认好的东西。就像这个学校的含金量显而易见,并不是说你去了是为了顶个这个学校的头衔,妈妈希望你去是为了提高自己的能力。"

何律珩沉默了一下:"您担心的无非是怕我以后不能维护爸爸创下的伟绩,不能超越他而被其他不该相干的人取代,但是我认为在国内在爸爸身边我也学到了很多,这都是最真实的社会实践。"

"是的,儿子,妈妈非常赞成你的想法,但你有没有想过什么是你自己的思维。你爸爸经历了许多事情能够将企业做得风生水起是因为他拥有独立的思维和敏锐的判断,你在你爸爸身边学习也只是像个影子。扪心自问,如果你失去了这座靠山,你能靠自己的思维和判断去独当一面吗?"

何律珩再次沉默。

或许他一直以来的自信也只是为了逃避一些现实的问题,逃避脱离父母后自己的能力。

其实他一想到未来就焦虑,因为他知道自己是多么依赖父亲。

他的父亲确实是个出类拔萃之人,他何律珩还远远不够,如果拿现在二十多岁的他和当年二十多岁的何盛元来比,他也只不过是毛头小子。

这一夜,何律珩失眠到凌晨,好不容易睡去了,又做了一个梦。他梦到自己一直被人追,他逃进了一栋楼。楼梯只能往下却不能往上,于是他不停地往下跑,可是这座楼很深,怎么跑都见不到底,他在这空洞里越来越难呼吸,也不知道怎么醒的,醒来时能够感觉到猛然抽回的呼吸,整个人冒冷汗。

他摸来手机看了下时间,才四点多,却再也睡不着了。

他起身拉开了窗帘,夏天的太阳起得早,天微亮,像是一幅被云缠着的画。

陈辛缭往常早上六点起床,起床捣鼓好自己后就会在阳台上拉筋。

这一次她的腿刚迈上栏杆,就被楼下熟悉的身影吸引。

她果断把腿放了下来,往楼下跑去。

何律珩坐在宿舍门口大树下的长椅上,抱臂看着前方发呆。

陈辛缭喜悦地坐到他身边,对他笑着招手:"早上好,学长。"

何律珩看着她笑,心也跟着温暖起来。

"早上好,小学妹。"

陈辛缭挽上他的手臂:"你今天不训练吗?"

何律珩说:"请假了。"

"哇,你这是人生中第一次请假吧?怎么了,遇上什么比跑步更重要的事情了?"

"想见你这件事算不算?"

陈辛缭笑得更甜了:"那必须是人生中最重要的事情了。"

两人手牵手在校园里一边散步一边去食堂。

何律珩说虽然两人认识很多年,但是好些事情都没做过。比如说一起去食堂吃早饭,比如说坐在一起上课,比如说在图书馆一起看书。

这都是生活中最简单不过的事情了,他们却一次也没做过。

陈辛缭说那就全都安排上,想到什么就做什么。

两人一起去了食堂吃早饭,一起在一节综合课上坐在一起十指相交听课,一起去了图书馆找好看的书面对面度过了一个下午的闲逸时光。

晚上的时候,两人在田径场的草坪上背靠着背看天空。

"有点想念临城的星空。"何律珩些许感慨。

"有机会一起回去一趟。"

"等我七月份比赛后,我们一起回去吧。"

"安排。"

陈辛缭回头看何律珩，何律珩也正好回头，两人相视一笑。

那年七月，谁也不知道这是何律珩人生中最后一个有意义的七月。

是他梦开始的七月，也是结束梦的七月。

那一年的赛道在粤城，与海城相距一千多公里。

陈辛缭和何律珩买了同一班航班，因为运动员的机票支出是学校包办的，陈辛缭和何律珩没能坐到一块儿，下飞机后何律珩申请了让陈辛缭一同坐大巴去往酒店。

教练对陈辛缭可谓是非常眼熟了，看见何律珩像儿子，看见陈辛缭就像是儿媳。

车上，陈辛缭和何律珩靠在一起睡了一觉，醒来后就是下榻的酒店。

酒店门口，一名穿着红色运动服的中年男人先是与何律珩的教练握手打招呼，教练招来了何律珩，给何律珩介绍这位男人："国家队的李教练。"

何律珩愣了一下，然后与这位李教练握手。

"我看了你上年的成绩，你小子可真了不起。"李教练夸赞。

"偶然而已。"何律珩回。

"我关注你很久了，有没有兴趣加入明年的奥运会？"

李教练的"奥运会"一出，看热闹的其他成员以及陈辛缭都心中一震。

"先看我这次的成绩吧。"

"好，拭目以待。"李教练笑着说，他对何律珩抱有很大的期许。

在何律珩高中的时候，这位李教练就已经在关注他了。

他的成绩一直都很好，而且是越来越好。

李教练和运动员住在一个酒店，抬头不见低头见。陈辛缭每次碰到这位李教练的时候会有些紧张，并不是因为他的外表，其实这位李教练外表并不凶，只是陈辛缭一想到比赛后何律珩要给李教练答案，就会替何律珩担心。

因为她知道何律珩的决定。

第二天的赛场，如期而至，激烈无比。

不知道是谁透露的消息，说有位国家队的教练在挑选奥运会的运动员，全部选手打起精神全力以赴。

只是实力总是参差不齐的，强者永远是强者，弱者只能加快脚步追赶。

决赛最后一枪打响的时候，陈辛缭整颗心紧绷着。

运动员们就像是一匹匹黑马在跑道上奔腾。

他们经历了多少个日夜才能在这条红色跑道上尽情挥洒。

/ 233

人类力量的极限，正是因为这些人的挑战而精彩。

他们不知道受伤过多少次，也有想要放弃但是因为梦想而坚持的那一刻勇敢，心中的力量有多大，创造的极限就有多大。

这一次，何律珩再次首冲终点线，全场沸腾。

"9秒85！"解说员激动得站了起来。

何律珩扶着腿，抬头看着显示屏上的成绩，满意地笑了。

这是他第一次在赛场上有所动容。

分明比上年的成绩只好了一丁点，但他是真的满足了。

何律珩站上领奖台，手持奖牌，面对镜头，他嘴角带着微微的笑意。

记者道贺："恭喜恭喜，永远的冠军。"

何律珩低头看了看奖牌，突然热泪盈眶："我从八岁开始坚持每天跑步，对跑步这件事情乐此不疲。这是我热爱跑步的第十四年，无关比赛也无关荣誉，在今后的人生中，我仍然热爱。此刻，我站在这个承载着汗水与心血的奖台，我要特别感谢这些年我的教练对我的栽培，也感谢所有认识我知道我的人对我的支持与建议，因为有你们，才有为体育事业坚持奉献的何律珩，看着这枚……我人生中的最后一块奖牌，我百感交集，但是也该结束了，我将永远退出任何关于体育的比赛，我们珍重再见。"

台下一片寂静无声。

仿佛刚才何律珩说的话，就像是一个梦，并不是现实中发生的。

大概过去半分钟，赛场的观众席才逐渐有声音。

"他刚才说什么？"

"退役了？"

"我有没有听错？是我们以后都见不到他的意思吗？"

也在一瞬间，赛场上恢复了所有的声音。

陈辛缭感觉自己耳边的嘈杂被消音了，只有"嗞嗞嗞"的声响。

何律珩从领奖台离开的时候，她也从观众席离开，往运动员休息室跑去。

休息室外有保安站立，陈辛缭被挡在了外面，她站在最近的距离等待着。

虽然知道总有一天他会结束这一切，但是在心里她认为至少还会再等一年。

他突然宣布退役，让她内心莫名慌乱。

突然，休息室发出一声呵斥，陈辛缭吓了一跳，转头看着那扇关闭的门，想必是教练和何律珩之间发生了不好的事情。

不被理解才是正常的。

不然那位来自国家队的李教练也不会特地前来。

休息室的门被打开，何律珩前脚刚出，看见陈辛缭愣了一下，有些不知道该如何上前。

在意外来临的时候，陈辛缭是最理解他的人，也是最该理解他的人。哪怕是万人指责他荒唐的自我宣告，她也应该知道是为了什么，而这一切的落差只是时间的差异而已。

她对何律珩张开双臂："没准备鲜花，就用这个拥抱来祝福你，退役快乐。"

何律珩深深地抱住了她，大男孩的身子微微颤动。

陈辛缭不多说不多问，轻轻拍打着他的背，笑着哭了。

后来听说李教授失望而归。

后来听说带何律珩的教练气到住院。

后来听说有些人得意地笑了，觉得属于他们的时代要来了。

那些后来，在当时的岁月里，都不重要了。

从何律珩决定宣告结束开始，就画上了句号。

何律珩没有在粤城多待一天，连夜办理了最近的航班和陈辛缭飞往了离临城最近的机场，然后两人转了动车回到了临城。

到临城的时候是中午，何律珩没准备去爷爷奶奶那边，一是怕给爷爷奶奶添麻烦，二是怕何盛元知道他的行踪，他去了陈辛缭家。

两人相拥睡了一整天，醒来是晚上八点。

冰箱空空的连电都没插，饿了一天的两人准备去外面吃点。

小城市的夏季夜晚，家家户户楼下有乘凉的热闹景象，好些人都认识陈辛缭，与她打招呼，看到她身边的男生时心领神会，直夸男生长得好看。

两人终于穿出小区，陈辛缭松了口气："感觉不出一个小时，整个小区里的人都知道我有男朋友了。"

"那岂不是很好。"何律珩为此得意。

"希望不要传着传着传偏了。"

小城市的邻里之间虽然家家户户很亲切，但饭后的闲聊也是十分精彩，往往传着传着就令人匪夷所思了。

小区门口就是公交站牌，两人坐着等公交车，就像是回到了高中时期。

唯一不同的是，那双以前不敢去牵的手如今终于可以理直气壮地握紧。

公交车来了，陈辛缭和何律珩一前一后投币上车。这个点车里人挺多，两人共同抓住了一个吊环，何律珩护陈辛缭在身前，陈辛缭贴着他的胸膛，然后两人不约而同地看向窗外辗转而过的景象。

都是很熟悉的画面。

那些路，何律珩曾经几乎每天都会路过，那个骑着自行车神采飞扬的青春，许多年后回想起来是无与伦比的。

"以后老了回临城养老也挺好的，选个喜欢的地段，最好是可以自己盖房子的地段，盖个喜欢的房子，带个院子，养养花种种草也挺好。"陈辛缭说。

"安排。"何律珩遵从陈辛缭所想。

"你会养花种草吗？"陈辛缭问。

"这是老太太的事情。"

陈辛缭莞尔一笑，想了想："那老公公可以做些什么？"

"盖房子的事情交给老公公就好了。"

那一刻，陈辛缭真想和何律珩立马有个家。

在喜欢的地段，盖自己喜欢的房子，她喜欢简约现代风，空间不用太大，温馨就好，两层就可以了，老了腿脚不麻利也不擅长爬楼梯，加装个电梯又感觉小题大做。院子倒可以大一些，种些竹子或者其他树木都可以，树旁要放摇椅和桌子，花花草草也要有，可以再开个池塘养些小鱼，有园丁精神的话也可以种点菜，年纪大了吃点自己种的菜总归是健康许多，毕竟身体最重要。

公交车在紫阳街站停下，陈辛缭和何律珩下了车。

紫阳街变化很大，原先是石板路木屋子，除了有些特产小店就是家户，老人在自家门口下棋、打牌，还是巷子的模样，现在紫阳街经过政府整改，虽还是石板路木屋子，却热闹了许多，家家户户楼下都开起了店，小吃店、音乐餐厅、甜品屋……也引进了许多连锁品牌，植物也都开花结果，古老中混着时髦。

冯记面馆还在，精装修过了。

老板看见是熟客，忙热情地招呼着。

"冯叔，老样子，两碗牛肉麦虾，两根小肠卷。"陈辛缭和何律珩坐在靠窗的空位上。

"好嘞。"老板和老板娘知会一声，老板娘在收银台上操作，招呼后厨开做。

老板坐到何律珩边上，看着何律珩："你小子好久没见到了，算起来最起码三四年了。"

"您记性真好。"何律珩笑着回。

"怎么都不来我这儿吃饭？是我这儿的东西不合你小子胃口了？"

"您店里的东西很好吃，是我近几年很少回临城。"

"他父母定居海城，他正好在海城念大学，所以很少回临城。"陈辛缭帮何律珩接了一句，防止冯叔不信又开别的玩笑。

"原来是这样。你这个丫头有福气，要嫁到海城去了。"

陈辛缭帮何律珩躲过一茬，没想到下一茬居然是自己。

"冯叔，我就不能为迎娶她来临城？"何律珩把玩笑开回去。

"哈哈！原来你们两个真的在一起了。"

原来是套路呀。

冯叔转向陈辛缭："你不知道吧，你们两个第一次一起来我店里吃饭，我就看出来了他是喜欢你的，不过那个时候你傻乎乎地把这当成友谊。这小子对你可是用心得很，我记得有一个雨天，是中午，雨特别特别大，风也特别大，应该是快来台风的天气，我都准备关门了，这小子浑身都湿透了突然出现在门口说打包麦虾，加醋加辣，你的口味。"

"这可不一定是我，万一他买给别人的呢？"陈辛缭故意递眼神给何律珩。

"是买给你的。"何律珩回忆，"你那时留在学校出黑板报，午饭都没顾得上吃。当时我只知道你喜欢吃麦虾，我就过来给你买。不过等我送去你教室的时候，你已经在吃别的了，那碗麦虾后来我吃了，挺辣的。"

"哈哈哈！"陈辛缭笑着笑着忽然有些泪目，终究是感动了，"你可真傻，都买来了还不送过来，这叫做了好事不留名？不过你这名没留下就算了，对方还压根就不知道这事，太亏了。"

"你这么说来，我觉得确实有点亏。"

相伴回家的路，不再孤孤单单。

从前陈辛缭一个人走在夜里，现在两个人一起头顶总是有光。

小区门口的二十四小时便利店，陈辛缭和何律珩进去挑选了牛奶做第二天的早餐，从紫阳街回来的时候，两人还买了临城有名的特色小吃海苔饼，所以只需再买饮品就好了。

当陈辛缭拿起黄桃味牛奶的时候，正拿着两瓶草莓味牛奶的何律珩看了看自己手中的奶瓶又看了看陈辛缭的："你换口味了？"

陈辛缭愣了一下："我什么口味？"

"你以前不是都喝草莓味？"

陈辛缭努力想起高中时期和他共同出现在关于牛奶里的画面，就一次，他和她初识的那一次。

"我当时随手拿的。"

何律珩愣了一下，转身放回草莓味牛奶，拿了一瓶黄桃味的牛奶。

再次走在夜阑人静的小巷，何律珩想起了一些过往。

说起来要感谢那个尾随者，他的保护欲不自觉地拉近了他和她之间的

/ 237

距离。

"还记得那个左拐的死角吗？"何律珩指了指路尽头。

陈辛缭说："一辈子记得。"

何律珩嘴角一翘，拉着她往尽头走。

"你去那里干吗？"陈辛缭不解。

到了尽头，何律珩一把将陈辛缭拉进了左边的巷子里。他将她压在墙上，一只手扣住她的后脑勺，另一只手捧着她的侧脸，唇就贴了上来。

这一次不再错位，他吻得坦然用情。

两人吻了一会儿，何律珩离开了她的唇，低头看她："其实当时我是真的想吻你。"

这是何律珩第一次住陈辛缭家，哪怕没有长辈也有些拘谨，他对陈家的一切也都不熟悉，于是在厨房煮水的时候喊过陈辛缭，在洗漱找不到热水龙头方向的时候喊过陈辛缭，准备洗澡的时候还是喊了。

"老婆，哪个是洗发水，哪个是沐浴露？"

陈辛缭在这一晚里不知道被他喊了多少次老婆，听着听着她居然快习惯了。

陈辛缭走到洗手间门口："你递出来我看一下。"

何律珩那边有走动的声音，然后洗手间门打开。

陈辛缭伸出手："拿给我看看。"

放到她手上的是他的手，他一把将她拉了进来关上了门。

洗手间里已布上了温热的水蒸汽，有淡淡的香味。

多的是来自他身上的熟悉且让她面红心跳的味道。

陈辛缭不敢多看一眼，只直直地去淋浴房里看洗发水和沐浴露。

"紫瓶是沐浴露，黑瓶是洗发水。"

识别成功后，陈辛缭摆好了瓶子转身，忽然就撞上了何律珩坚挺的胸膛。

这下她的脸更红了。

"让一下，我要出去了。"

何律珩偏不让，故意伸脖子要去吻她。

陈辛缭慌张地拿手抵住："哥哥，不可以。"

"哥哥？"

"嗯，我们白天做情侣，晚上做兄弟。"

何律珩爽朗一笑，原来"哥哥"是这个意思。

不过这个时候的"哥哥"总有些更迷人了。

他吻了下她的额头，还是乖乖让了道。

陈辛缭给何律珩关上了门，心脏扑通扑通跳得飞快。她去厨房猛灌了一杯水，这才慢慢恢复正常心跳。

陈辛缭准备了两条空调被，何律珩洗好出来看到的时候笑了："哪条是我的？"

"都可以。"陈辛缭坐在床边。

何律珩抱起最近的那条出去了。

陈辛缭愣了一下，追出去，就见他在沙发上铺被子。

"你干吗呢？"陈辛缭问。

"我只有睡沙发的份。"何律珩铺好被子，躺在了沙发上，"还挺舒服。"

"嗯，你可以去我爸妈的房间。"

何律珩猛然坐了起来，有道理！

何律珩在临城待了五天。

他和陈辛缭走遍了临城大大小小的地方，回味了紫薇山，回味了东清寺，回味了《一生中最爱》的三桥，还有其他。

最后一站放在了临城中学。

暑假期间临城中学的校门紧闭，何律珩带着陈辛缭做了一件他从前一直想着但是从没实现过的事——翻墙。

靠近教学楼的围栏下，何律珩用肩支撑着陈辛缭踩上去。陈辛缭小心翼翼地翻了墙，何律珩则是三两下就翻了过去，不禁让陈辛缭怀疑他到底是不是第一次。

两人牵着手晃啊晃，在教学楼里从一楼走到二楼。

陈辛缭的教室就在二楼。

陈辛缭趴在玻璃窗上往室内看。

教室布局都差不多，只是属于他们那一年的东西都清空了，现在是新的一个时代的开始。

"你原来就坐在这个位置。"何律珩走到后窗前，指了指靠窗的座位。

陈辛缭回头，走到后窗的位置："是啊，突然有些怀念了。"

"总觉得你高中的时候不是很快乐。"何律珩回忆起初见陈辛缭时的那几次，她都是没有笑脸的，包括她和同学相处时，也总是板着一张脸。

陈辛缭想了想："说快乐也没有，说不快乐也没有，很多事情对我来说不痛不痒没什么感觉，可能是我内心太强大了吧，哈哈。"

"那现在呢？你快乐吗？能感觉到快乐吗？"何律珩又问。

陈辛缭捧着他的脸笑着:"快乐,有你特别快乐。"

何律珩的教室到陈辛缭的教室不过是一段楼梯的距离,他从对面走到她的心里却走了很久很久,走得很不容易。

回忆初见她时的交错灯光。

回忆那个她披上盔甲的夜晚,那瓶被误会的草莓牛奶。

回忆和她一起跑过的紫薇山,回校后的比赛她得了第三名还开心地要请他吃紫阳街的麦虾。

走到回忆的那个田径场,阳光里,还能看见那一年的少年,在跑道上肆意挥洒的汗水,在跑道上尽情洋溢的青春。

只是一想到他以后不会再比赛了,陈辛缭突然有些难过。

这些天他表现得安然无恙,她也不提过去。

陪他一天天地往前看,尊重他的所有决定。

可是现在她心里却堵得更加厉害。

红色的跑道,何律珩走在前,陈辛缭走在后。

看着他的背影,她总觉得他是感伤的,就犹如此时她的心情一样。

她不敢超过他,就怕看到他的脸上有证实她想法的那个表情,她怕自己忍不住想哭。

何律珩在跑道上静静地走了一圈,又回到了起点。

从前他都是用跑的。

他站在起点仰起了头,静静地看着不知名的远方。

陈辛缭心脏就像被抽走了空气,她从他身后抱住了他,眼泪突然就忍不住流了下来,沾湿了他背部的棉质面料。

"你哭了?"何律珩有些慌了。

"是汗,太热了。"陈辛缭悄悄擦了眼泪。

何律珩回过身来看着她,很心疼:"为什么哭?"

陈辛缭吸吸鼻子:"为什么你突然就宣布不比赛了?也不提前和我说。"

何律珩知道迟早都要面对这个问题。

这些天她不问,也总有问的那一天。

"想听真实的原因吗?"

陈辛缭内心有些不安:"你说。"

何律珩抿了下唇:"下学期我要去英国了。"

何律珩的教室到陈辛缭的教室不过是一段楼梯的距离,临城到海城也不过是三百三十七公里。

可是中国到英国呢?这不是单纯的陆地的距离了,海城到英国的航班将会飞行至少十五个小时。

这都是后来陈辛缭在网上搜到的最快抵达的时间。

后来她查看了地图，海城到英国有九千多公里。

跨过山与海洋。

光是想到太平洋，她都觉得深远。

这是何律珩最后一天在临城了，也许在未来的几年里，都不再抵达这里。

最后一夜，陈辛缭躺在床上默默流眼泪。

一想到何律珩要去英国以后也许很少会面了，心就会疼，眼泪也是止不住地流。半边枕头一下子就湿透了。

何律珩不知道出现在了她的房门口几次，每次都是贴着耳朵听着里面，感觉她还没睡，感觉她在哭，他心神不宁。

半夜，他还是打开了那扇门。

她面朝靠窗的那面侧躺着，没什么动静。

何律珩走到床边，上床后从后抱住了她，躺在了她身边。

陈辛缭睁着眼睛看着前方几秒，不再装睡，翻了个身和他相拥在了一块。

"我以后得怎么见到你呀。"陈辛缭的声音细细小小有些沙哑。

"我给你买机票，或者我回来见你，总有假期。"何律珩安慰她。

"可是我想经常看见你，我想天天看见你。"

何律珩哽咽了一下："我们可以视频通话，每一天。"

"会有时差的。"

"也就慢七个小时。"

"你可得一直爱我呀。"

"我只会越来越爱你。"

陈辛缭又抱紧了一些："什么时候决定的去英国，我什么都不知道。"

"六月初。"

"为什么突然决定去英国了呢？"

"学校给了机会，父母不想让我错过这次机会。"

"所以我是最后一个知道的？"陈辛缭有些埋怨的意思。

"你应该可以是第一个知道的，是我没想好怎么告诉你。"

"你都决定了还不告诉我。"

"一开始也没有决定，甚至反抗过，后来发生了一些变数。"

"什么变数？"

何律珩沉默了一下，语气里有些惆怅："我一直没和你说，为什么周衍不能和汪嫮确定关系，因为周衍未来的妻子并不是他可以选择的。他的父母其实早就给他物色好了人选，是可以帮助他家事业的集团千金。其实我看得出来，周衍喜欢汪婼是真实的，但是周衍没法独身接任他家的企业，他喜欢音乐，他拿喜欢的事和喜欢的人做了等量交换，因为他不能保护自己家的事业，所以他只能找一个强大的企业联姻来巩固自己的地位，以及百年之后他家企业的地位。"

那是陈辛缭第一次听他说起美梦以外的事情。

哪怕是这件事情早有人对她讲过。

而那些现实一直在她心里，只是她自己不愿意承认罢了。

陈家确实不差，甚至比很多很多家庭都要好，但是对于商贾世家，传承除了个人的实力还要有更多的力量的融进，陈家是军事家庭，有权，但没有那么大的资金去支撑整个何家企业，保不了这个企业几生几世的荣华富贵。

这就是理想之外的现实。

"辛缭。"何律珩的语气沉了许多，"上年末我爸查出了肝癌，我并不知道，后来还是顾知遇告诉我的。我意识到，何氏企业可能要提早换代了。以前我都觉得那一天很遥远，我也就习惯躲在我爸背后，但是这个事如同晴天霹雳，我要承担起我的责任，我必须要有所成就才能说服公司那些老人，才能保护我爸创立下来的业。我不想因为我没有能力而保护不了你，辛缭……"何律珩哽咽了。

那是陈辛缭第一次见何律珩流眼泪。

他的眼泪不小心落在了她的脸上，也掉进了她的心里。

有悲伤，也有无助。

"我很讨厌我的出身，如果可以，我真希望自己可以平凡一些。"

陈辛缭抱何律珩更紧，有意去遗忘他的眼泪。她知道他始终想在她面前坚强一些，不然他也不会总是自己一个人承受。

"你爸爸一定会没事的，而你，也一定会越来越好。"

这是她的一个梦想，也是一种祈祷。

她怀念单纯美好的小时候，也不得不面对长大后的成人世界。

她必须要和他一样努力。

11
童话 /

　　那年暑假，陈辛缭在景江壹号陪何律珩度过了完完整整的夏天。那个温暖的家，有着他的精心设计，有着她的温柔以赴。
　　他本想以后再设计的，到时候等她一起来，可是每每独身一人住在这里的时候，他都会不自觉地去打造。他给她准备了应有尽有的化妆台，定制了各种情侣用品，也给她挑选了适合她的衣服和鞋子放着备用，他总是很细心地去了解她的一切，比如说她的衣码是 S，鞋码是 37。
　　在那个惊喜的房子里，她看见了那个他亲手做的相框，里面放了她和他的第一张合影。
　　他曾经说过，这个相框里的照片放的一定是他和妻子的第一张合影。
　　也在衣帽间里发现了那双被她踩了一脚而留下脚印的运动鞋，脚印已经由黑色的笔画了起来，不过原先那层灰也还隐隐约约存在。
　　也不知道怎的，她有些热泪盈眶了。
　　原来不知不觉，他们已走过五年。
　　那个夏天她就像是提前嫁给了他，虽然某些事情还是克制了，但是除此之外的所有时光，都是朝夕相处。即使他去公司上班，她也会在临近下班点等在他公司门口和他一起回家，然后一起去超市买菜一起研究厨艺。
　　两人也会在晚上躺在一起睡觉的时候谈谈梦想。
　　就像从前一样，只收纳美好的，而有意避开现实。
　　她和他分享了自己重拾的梦想和努力的结果，她离她的梦想已经越来越近了，只是她还在纠结当音乐老师还是歌手。
　　他说："还是不要当歌手了，我想要把你保护得好好的，娱乐圈太复杂，我怕你会受到舆论的压迫，那个圈子不适合你，你还小没怎么经历过人间险恶。不过我希望你永远都能够活在单纯的生活环境里，做个快乐的小傻瓜。"
　　陈辛缭也不再纠结，毕业后就当音乐老师吧。
　　八月中旬，何律珩飞往英国。

陈辛缭站在机场外看着头顶飞过的飞机，很低，却又很远。

她对着空气伸出双臂环了个圈，假装何律珩还在面前，假装抱的是他。

他有着宽宽的肩膀、结实有安全感的胸膛。

抱着抱着，她又哭了。

这个夏天多了多愁善感。

又是一年开学日，一切看起来按部就班。

这是新的一张她和三小只的合影，大三的姑娘们又都漂亮了许多，也不知道是不是长开了，每个人都有了些属于自己的气质。

早在何律珩去往英国后，这几个姑娘都计划着提早回海城，还说想要再来一次旅行，不都是为了想让她暂且忘掉何律珩走了的事嘛。只是她实在打不起精神，似乎何律珩走后，她整个人变得郁郁寡欢起来，一个人在景江壹号住了十多天，每天都会想哭。

后来三小只每天变着法子转移陈辛缭的注意力，再后来就回校了。

陈辛缭举起杯里的饮料："友谊万岁，祝我们的友谊天长地久。"

九月，除了何律珩已经不在这个陈辛缭曾经不惜放弃梦想也要到来的世津大学，其他看起来都是日复一日。

每天宿舍里的人轮流去买早餐，每天一起去上下课，偶尔去逛逛圣榆街去买买买。

偶尔……

也有很多偶尔的事。

比如偶尔会想起他。

她不敢用太多时间去想起他，就怕和他一起的回忆太甜蜜，容易倾覆她故作坚强的心。

不过他们两个经常视频通话，靠着镜头分享彼此的生活。

他在那边挺好，一切都适应。

他说手机屏保还是他俩的合影，让她放心，他绝对拒绝除她外的感情。

陈辛缭笑着说："你倒是提醒了我，你不在，我就可以装单身了。"

最后她也换了新屏保。

初冬来得很快，陈辛缭每天忙着学习、考证、提升自己，几乎忘了时间。

要不是天气一下骤冷要买冬装了，她以为还停留在何律珩还在的夏天。

现在，她意识到应该很快就到了寒假了。

她又去查了英国学校放假的时间，十二月初就圣诞节放假了，一直放到一月初。

这对她而言真是惊喜。

这一天，陈辛缭自告奋勇去给大家买早餐。赖在温暖被窝里的三小只表示这位陈大姐好像又有什么新动向了，也不敢问。

总之能够在被窝里多缩一会儿都是幸福的。

初冬的早晨，呼吸都是哈着雾气的。

陈辛缭却觉得心里开始变暖，就好像春天快要来了。

这一天顾知遇难得起早，远远看见陈辛缭的时候恍惚了一下，好像总是看见她的背影，这一年来他看到过无数次，也有好几次都是一眨眼就消失了。

这一次，他骑着自行车从她身边划过又停在了她面前，回头看她，真的是她。

"嗨，陈辛缭，好久不见。"顾知遇对她热情地招手，握过车把手的手冻得发红。

陈辛缭好久没见过顾知遇了，他变了许多。

寸头变成了短短的发，身上也没有了过多的装饰，整个人显得清爽干净。也不知道是不是外形的改变太大，她觉得他没有了原先的桀骜不驯，好像阳光了些，让人眼前一亮。

"早上好，顾知遇。"陈辛缭回了招呼。

"去哪儿？食堂吗？"顾知遇问。

"嗯。"

"我载你去，节省时间，海城的冬天还是挺冷的。"

陈辛缭摆手。

"那我陪你一起走。"顾知遇下了车。

"你快走吧，你的手都冻红了。"陈辛缭目光落在他手指上。

"其实骑车的时候风吹来更冷，走走还暖和一些。"

陈辛缭不好再说什么，和顾知遇一起走。

走着走着，陈辛缭突然想到一件事："何律珩的爸爸身体怎么样了？"

顾知遇不知道她会知道这件事，说："我们家医院和他们家签了隐私合同，恕我不能告诉你。"

"那你怎么告诉何律珩了？"

顾知遇有些理亏，当时他见到何律珩的时候也不知道为什么就说了，他在心里仿佛就是为了看何律珩不如意的样子。

"他们是一家人嘛。"顾知遇解释。

陈辛缭理解，这确实是事实，家人有权知道一切真相。

她陈辛缭还不算。

顾知遇看出了陈辛缭不会再问了，又说："你把我微信加回来，我就告诉你。"

时间真是个好东西，陈辛缭也遗忘了许许多多和顾知遇的是是非非，终于把他从黑名单里移了出来。

顾知遇喜出望外，也如约相告："发现得早，你不用太担心。"

"好的，谢谢。"对陈辛缭来说，这样已经算知道了。

"何律珩现在去英国了，你有什么新计划吗？"顾知遇期待地看着她。

"没什么新计划。"

"不准备考虑一下我吗？"顾知遇对陈辛缭抛了个媚眼。

"我有男朋友，你也有女朋友。"

"你看到过哪一个？"顾知遇好奇。

"你到底谈了多少个？还是同时在谈好多个？"陈辛缭略显无奈，之前确实看到他身边出现过女生，还挺漂亮的。

"好多好多，和星星一样多。"

陈辛缭翻了个白眼。

"你在考资格证？"顾知遇问。

"嗯，你怎么知道的？"

"我也在考，之前偶然碰到你了，不过我没打招呼。"

"为什么不打招呼？"

这个原因，顾知遇也很难解释。他和陈辛缭似乎总在错过。

每次他认为可以趁虚而入借此靠近的时候，她和何律珩总会又如胶似漆。后来他想要忘记她的。

"可能是因为那天你打扮得有点丑，我不想和你打招呼。"

周末，陈辛缭带了礼品去看望了何家长辈，当时何盛元在公司，陈辛缭和冯玥待在一起好一会儿，算是陪陪她。

何律珩去英国后，冯玥的生活变得无聊许多。不过很快冯玥就找到了新的乐趣，那就是打麻将，她说打麻将可以防止老年痴呆。

可惜陈辛缭不会打麻将，否则还可以陪冯玥玩一玩。

从何家回来后，陈辛缭主动买了迷你小麻将，整日窝在宿舍找三小只一起玩麻将。三小只可谓良苦用心，耐心地对她传授麻将技术。

很快到小雪。

很快十二月快要到来。

陈辛缭每天都精神抖擞，期待着何律珩也到来。

十二月初，英国学校终于放假了，陈辛缭迅速给何律珩打了视频。

他在温暖的室内，穿着一件简单的黑色毛衣。

"何律珩，何律珩，你几号回来？"陈辛缭迫不及待地问。

镜头那边的人却是抱歉的口吻："可能不回去了。"

陈辛缭心情一下子就低落了："为什么？"

"寒假我报了补习班，有太多东西需要学习了。"

陈辛缭撇着嘴："好吧。"

"复活节还会放假，到时候我回去。"

陈辛缭想着复活节还得好几个月，心中毫无期待了。

为此陈辛缭冷落了何律珩好多天，到圣诞节的时候又忍不住主动祝他圣诞快乐。

因为圣诞节是英国的过年，何律珩在异国他乡感受着别人的团圆与热闹，心中一定也会想家吧。

何律珩收到消息的时候，感觉自己被宽恕了，终于松了一口气。他都不知道该如何赎罪了，给她买了很多礼物，却没有什么礼物是比他能回去更好的，但是他也确实回不去。

他给陈辛缭回复：【圣诞快乐，我的爱人。】

圣诞节这天，陈辛缭的班级里举办了圣诞晚会，教室里张灯结彩，有才艺的同学还准备了节目，每位学生的桌子上都放着饮料、果盘和一些小零食，很热闹。

有人唱歌有人跳舞，掌声不断，陈辛缭却格外分心。

她第一次感受到什么叫"哪怕身边再多人，却还是感觉一个人"的孤独。

晚会结束后，顾知遇等在门口，也不知道站了多久。

他给陈辛缭准备了圣诞礼物，大男孩递上礼物的时候有些紧张，脸上又特地绽放着笑容，生怕自己的紧张会被发现。

"没什么好回礼的，这个苹果送你吧。"陈辛缭接过他的礼物，把手中的苹果递给他。

顾知遇握着苹果就像是握了颗闪闪发亮的钻石："谢谢，圣诞快乐。"

陈辛缭抿唇对他一笑："我和我的朋友们约会去了，拜拜。"

顾知遇点头，看着她走远消失在拐角，低头看着手中的苹果舍不得吃。

陈辛缭和三小只开始了圣诞狂欢。

四人想要感受一下前所未有的刺激感，去了酒吧。

酒吧气氛特别嗨，灯红酒绿，男男女女喝酒跳舞，整个空间充斥着荷尔蒙的浓烈气息。

陈辛缭开了一箱酒，四人围坐着高脚桌。

"圣诞快乐，致我们天长地久的友谊！"

大家一同举杯一口闷。

"这里帅哥好多呀！"裴舒舒的心飘到了舞池，然后走过去。

大家看着她那么自信地冲向舞池，以为是"青铜"没想到是王者。

"之前怎么没见她发挥过这项技能？"戴岑问。

"那是被我们局限了。以前我一想到酒吧就害怕，觉得这里太危险了，现在长大了，自我保护意识和反抗意识都强了，感觉这里也还好。"汪婼说。

戴岑和汪婼展开了一场关于自我保护意识和反抗意识的讨论，然后突然好像听见陈辛缪说："男人可真辛苦。"

两人以为自己听错了，第一次从女性口中听到对男人这么善解人意的理解。

转头就看见了陈辛缪喝得通红的脸。

"果然是喝多了，才会说男人辛苦。"戴岑和汪婼这样想。

陈辛缪捧着脸说："你们说，何律珩明明是为了我那么努力，我也明知道他肩上有很大的责任与重担，可是得知放假的他因为他的努力不能回来陪我，我就会对他失望，我是不是太自私了？是不是要求太多了？"

"那么久没见了，确实会很想念，你那么爱他，好不容易熬到他放假，他又不回来，换我我也会很失落。虽然我和池源也是异地恋，但我们每个月都会见一次面，太久不见面，就会觉得这不是爱情。"戴岑说。

"何律珩其实很辛苦的，他每时每刻都在充电的状态，休息的时间也很少，因为他的将来是要靠现在积淀的，他不敢出错，也不能松懈。但是其实我并不喜欢这样的生活，我并不希望他以后因为要赚很多钱，因为要很努力地运营企业而失去生活，我就想过温馨的小日子，朝九晚五的工作日，节假日的时候一家人可以出去旅游。其实说白了，最重要的还是想要陪伴。"陈辛缪说着说着，眼眶红了，"你们说，我和他是不是本质上是不适合一起的？只是学生时代的爱情没有那么多的压力和烦恼，喜欢得很纯粹，相处得也很简单，所以就爱了。而一旦面临未来，就会发现其实没那么合适，因为想要的生活并不一样。"

戴岑和汪婼对视一眼，不知道该如何劝说。

从前陈辛缪才是她们的鸡汤，她哪有像今天这么烦恼过。

"辛缪，我觉得你应该就是还不适应，你们两个突然的生活转变确实是要重新磨合一下的。其实办法总比烦恼多，工作后大家都会很忙，反正何律珩家又不缺钱，他负责赚钱养家，你负责貌美如花就好了。你做一份简单的工作，轻松一点的。如果他没时间奔赴你，你时间多就可以主动奔赴他，也可以照顾你们的家庭，做个贤妻良母。"戴岑说。

"按目前的形势想，觉得未来不是做贤妻良母就能解决现实问题那么简单，我总觉得他太优秀，我若不优秀不前进就会被淘汰。两个人总是互相欣赏才会一辈子互相吸引，如果我成为贤妻良母，他在不断进步，我们俩一定会有隔阂，到时候说话恐怕都是牛头不对马嘴了。"

戴岑和汪婼又沉默了。

陈辛缭讲得太现实了。

"如果周衍有何律珩三分之一能为我努力一下就好了。"汪婼也开始喝闷酒。

"你和周衍发展到哪一步了？"平常汪婼不提，大家也不敢问，因为汪婼和周衍的关系太复杂了。

"牵手、拥抱、接吻，但我却好像只是一个情人。"汪婼苦笑，"我都快不认识自己了。"

"还怕遇不到更合适的吗？"戴岑劝说。

"周衍真的是……太过迷人了，我无法抗拒。"汪婼一饮而尽手中的酒，看着被灯光照得闪闪发亮的杯子，"反正他也只是不能给我身份而已，再试一年吧，到时候还不能确定关系，我也就认了，就当和他谈过一次恋爱了，最后也就当分手了吧。"

她讲得通透干脆，可是陈辛缭和戴岑都看得出来，真爱是难断离的。

就怕她越陷越深，最后被伤得再也喜欢不上别人。

这一晚，陈辛缭喝到六分醉就没继续了。喝多了反而是突然放松了，她相信，办法总比困难多。

下半夜不知不觉地拉开帷幕，酒吧却未能因此安静一些。

陈辛缭看了看时间，现在是北京时间凌晨十二点三十分，英国时间应该是下午五点半。

何律珩应该要吃晚饭了吧？

因为两个国家的时间差异，两个人总是会忘了彼此的时间，习惯性地总以自己的时间为准，经常把对方的时间搞错。有一次何律珩在英国时间晚上十一点发消息给陈辛缭说晚安，其实那个时候陈辛缭刚在晨雾中醒来。

然后一个准备睡觉一个准备起床。

想到这里，陈辛缭无奈地笑了笑，也许是想在何律珩的手机里刷刷存在感，她在朋友圈拍了张酒桌上的照片，附带了文字：【都说圣诞快乐，是挺快乐的。】

只是半个小时过去都没来自他的关怀。

也许他压根没看朋友圈吧。

如果他知道了,一定会来教育她的,说她熬夜,且来了酒吧这种不安全的地方。

她现在居然觉得这些教育都比他们平常聊的"生活"要好很多。

说来也挺无趣的,原先在一起的时候是生活,不在一起分隔两地了,聊天框里明明也是分享生活,但是压缩后的生活变得很乏味。

何律珩从不分享他的学业以及在学校里的事情,也许是怕她听不懂吧,毕竟国内课程并不一样。

凌晨一点多,大家都彻底困了。

汪婼在舞池里抓回了裴舒舒,几人有些踉跄地走出酒吧,门口等着好几辆出租车。

"选哪辆呢?"陈辛缭指着面前的车,有些眼花,每辆车都有重影。

"不如选我这辆吧。"顾知遇突然出现。

陈辛缭看他,两个顾知遇。

她晃了晃脑袋:"你怎么在这儿?"

"圣诞气氛还不错,我肯定要来酒吧邂逅,没准就可以抱得美人归了。"顾知遇吊儿郎当的模样。

"喝了酒别开车。"陈辛缭转回去走向出租车。

"我开的是小电驴。"顾知遇指了指旁边一辆白色的电动车。

陈辛缭回头看,确实有一辆小电驴:"那你也别开车。"

"玩归玩,我没喝酒,不信你闻闻。"顾知遇走上前。

陈辛缭捏住鼻子:"不闻。"

"真没味。"顾知遇拉下她的手,"跟我走吧,我送你回学校。"

"这可不行,顾知遇,你不靠谱。"汪婼拉回了陈辛缭。

"我怎么就不靠谱了?"顾知遇问。

"你哪儿哪儿都不靠谱。"汪婼打开了一辆空车的车门,先送陈辛缭进去。

顾知遇站在原地哭笑不得,其实他哪是真的非要送她回去。

只是在朋友圈看到陈辛缭在酒吧,又看到她照片里那张桌子上有酒吧的标识,他因为不放心她便问室友借了一辆小电驴开过来,就想护她周全罢了。他不知道她能喝醉几分,不知道她会不会遇到坏人,好在他去酒吧绕了一圈找到她,看到她很安静地和朋友喝酒聊天,便放心了许多,一直在门口等着。

十二月底的冷风吹进出租车的车厢,有酒的余味,有车内的暖气,吹散了一些温度,味道却怎么也散不完,姑娘们倒在车里昏沉沉的。

陈辛缭坐在副驾驶座的位置,眼睛一直落在后视镜上。

顾知遇骑着小电驴一直跟在出租车的后面,戴着白色的安全帽还挺可爱的。

许是他不经冻，一只手开车，一只手揣进羽绒服口袋里，车子摇摇晃晃。

看着看着，她低头笑了一下，给他发了条信息：【下次记得戴手套。】

回到宿舍，陈辛缭总算是等到了何律玎的消息。

很简单的日常，看样子是没看朋友圈。

他说英国的过年很热闹，过了一会儿又发了一句：【你现在肯定睡了，希望你能梦见我，希望梦里的我能够代替我。】

陈辛缭没回消息，当自己真的睡去了。

第二天陈辛缭想着要怎么回何律玎，微博跳出一条关于蒋媛媛的热搜。

陈辛缭手滑点开那条微博，是来自官方娱乐号的八卦。

"蒋媛媛谈恋爱""蒋媛媛圣诞约会神秘男子"，这些字眼布满了陈辛缭的眼球。

出于好奇，陈辛缭按照顺序点开了第一张来自蒋媛媛微博的截图。

蒋媛媛的微博内容是：【迷人的夜晚。】

时间显示是圣诞节当晚，定位是英国。

文字带了一张照片，昏暗的环境，一张餐桌上是丰盛的西餐，对面入镜的手指正在切牛排。

看到那手，陈辛缭的心脏骤然一紧。

那只手很像何律玎的，尤其是那块手表，是陈辛缭陪何律玎一起选的。

她的胸口有些发疼，颤抖着手指点开接下来的一张张照片和动态图。

有蒋媛媛和"绯闻男友"在街上两人并肩走的，有在餐厅两人一起吃饭时的谈笑风生，蒋媛媛笑得很甜，吃完饭两人一起回酒店。

两人一起去往酒店的路上，还有蒋媛媛和"绯闻男友"的牵手照。

陈辛缭浑身血液仿佛都要凝固，呼吸变得短促，真的是何律玎。

娱乐圈爱好炒作，但是这些细节却又真真切切。

她可以为何律玎拒绝所有来自其他异性的接触，他却和异性朋友单独约饭，哪怕这也许是两个异乡人在异地的偶然碰面，但是她这个女朋友也做不到善解人意落落大方。

而且还因为和别的女生吃饭忽视她的动态！

她气得牙痒痒，双手抱臂靠在床头。

如果这个时候去吵架，那她也太失败了。

对于这件事情陈辛缭还算没被气糊涂，蒋媛媛并不是国际巨星，也并不是在英国随便一条路上走走都有人认识她的，更没有娱乐记者会那么闲从国内跟她到国外，只能说这是提前计划好的，蒋媛媛找人偷拍，找人爆料，又买了热搜。

这个人家境殷实,来娱乐圈就是体验人前风光的,活得明白,不会只图事业,还要图人,也许图人更占上风,到时候还可以炒一波专情的人设。

网友通情达理、善解人意得很,对于这次绯闻网上祝福声多,都说郎才女貌,妹妹也应该找到属于自己的幸福了,这更是证实了陈辛缭的想法。

"辛缭……"三小只依次抬起头举起手机对向她,话到嘴边不好说。

"我知道。"陈辛缭现在只想吸氧。

"会不会是误会?"汪婼帮何律珩说话。

"我觉得应该是蒋嫒嫒的炒作。"戴岑也想帮何律珩说话。

"你问一下他吧。"裴舒舒提议。

大家都知道何律珩虽然很招人惦记,但是吧,只专心于一人,那个人就是陈辛缭。

"首先,如果他没和蒋嫒嫒一起吃饭,就不会有这样的事,这是起始;其次,我绝对不会主动找他问,要说也是他自己主动来向我澄清。如果他自己发觉错误就会主动来找我,如果我主动问他,但他感觉自己没有错,我问了也没用,这是本质区别。"陈辛缭庆幸自己还有理智。

三小只再一次刷新了认知。

"我宣布,从现在开始,我和何律珩进入冷战期,何律珩一天不找我解释我就一天不理他。"陈辛缭斩钉截铁道。

汪婼默默摸手机。

"还有你。"陈辛缭对汪婼说,"不许打报告!"

汪婼默默收回手。

接下来的几天,陈辛缭对何律珩绝对是做到了不理睬。

何律珩还以为陈辛缭失踪了,给汪婼发了微信:【陈辛缭在干吗?】

汪婼捧着手机回头看了看陈辛缭,此时陈辛缭正在卫生间。

她安心地给何律珩回了消息:【你不上网的?】

何律珩:【怎么了?】

汪婼把微博内容截图发给了何律珩。

何律珩看到关键词就知道大概了,事发时间和陈辛缭不理他的时间一致,而且微博内容还在发酵。

何律珩发给了蒋嫒嫒:【请务必澄清一下。】

蒋嫒嫒过了好一会儿才回:【不好意思,我刚回国,才知道这个事情,公司已经在公关了。】

下一步,何律珩给陈辛缭发了一行字:【我现在回国。】

陈辛缭从卫生间走出来，低头看着手机。

他怎么突然就说回来了？

陈辛缭终于回了他：【干吗突然回国？】

何律珩：【需要当面和你解释。】

人的情绪都是会随着时间消散的，这几天下来，陈辛缭实际上也看淡了很多。

思来想去，她最后还是顾及他的学业：【你不需要大动干戈地回来和我澄清，你只需解释一下我就会信；如果你心虚，更不用回来，我不会见你。】

何律珩匆忙收拾行李的动作顿了一下，坐到地上给她打了语音。

"首先，我是清白的；其次，圣诞节我们确实一起吃了饭，但是没去酒店，照片里的牵手，是因为她当时被一只路过的狗吓到了反应性地握住了我的手，这是真相。"

何律珩的解释里，陈辛缭其实最在乎的自始至终是起始。

因为如果没有起始就不会有后来的事情。而这个"起初"也是最重要的原因。

"为什么和她一起？"她冷漠地发问。

"因为我答应过她帮她实现三件事情。"

"为什么？"

"上次让她帮你们的微博推广，我本想支付推广费，她不要钱，只要我做三件事。"

"随便三件事？"

"有底线，我的底线就是你，她也同意。"

"尽快结束那三件事，以后不许再来往。"

何律珩发誓："一定！"

何律珩态度好，陈辛缭心情也变得好了。

她转眼看到汪婼，好一副心虚的神情。

"汪婼……"陈辛缭眯眼看她。

汪婼拿起桌上的钱包："我可什么都没说什么都没做，我去超市了，你们要带什么发我微信就好！"说完一溜烟跑了。

蒋媛媛的公关很敷衍，当事人并没有澄清，经纪人、工作室倒是发表了澄清，称两人只是朋友。

网友并不买账。

很快，何律珩的信息被挖了出来。

短短几天的发酵，从不看娱乐新闻的何盛元也知道了。

那是一次晚宴，何盛元在敬酒的时候被对方企业的老总问道："何总，贵公子的女朋友当真是蒋媛媛？如果真的是蒋媛媛的话，你儿子还真的是太有眼光了。怪不得之前我们想给你儿子介绍姑娘，你都给挡了。"

何盛元并不知道蒋媛媛，愣了一下。

对方以为他又在刻意逃避，提醒了一句："那可是蒋忠垚的独女。"

蒋忠垚这个名字如雷贯耳，在晚宴结束后，何盛元给何律珩打了越洋电话。

"你和蒋媛媛是什么关系？"何盛元开门见山。

"朋友。"何律珩回得坚定。

"她喜欢你？"

何律珩答不上来。有些感觉他是清楚的，蒋媛媛虽然和他相处的时候大大咧咧的，却也有小女生的信号，只是他会在第一时间避开，她也不会追着不放，彼此都有台阶下。

何律珩的沉默何盛元已了然："蒋媛媛很好，如果能和蒋家达成……"

"爸爸。"何律珩截住了何盛元下面的话。

那些他最不愿意听到也是内心最反感的事。

"也许您一直以来以为我的梦想是成为运动员，但是当我真正了解自己后我才知道，没遇见陈辛缭之前我谈不上有梦想，跑步只是一件我喜欢和擅长的事，但是陈辛缭是我的梦想，且是毕生的。我之所以可以听您的安排，是因为我不想因为自己没有能力而用牺牲幸福来促成自己的人生大业。我不想摧毁掉我仅有的爱，我会好好努力，也希望您可以尊重我的感情。"

那是何律珩第一次与何盛元说那么多的话，交那么深的心。

陈辛缭是他最重要的人，如果没有她，他是不会快乐的。

人的一生，不是功成名就才能快乐，幸福一生往往比金钱更重要。

他可以承受着肩膀上重重的来自何氏企业的责任与压力，但是内心深处的那根定心桩是陈辛缭。

元旦假期的到来，暂且消散了那些流言。

假期三天，戴岑安排了回家约会，裴舒舒要去参加亲戚的婚礼，汪婼去津城找周衍了，眼下只有陈辛缭不知何去何从。

好像哪儿哪儿对她来说都一样，不太有意义，于是她留寝看家。平常最热闹的几个人走了，宿舍空空荡荡的。陈辛缭无聊得头皮发麻，准备给宿舍来个大扫除。

手套刚戴上，手机有新的信息。

这是最无奈的事，麻烦至极。

陈辛缭又脱掉了手套，拿起手机看消息。

汪嫮在群里发的消息：【完蛋了，我感觉出租车司机不怀好意，不知道是不是故意绕路想多赚点还是什么，偏航了，这大晚上的太吓人了，我还没拍车牌。】

陈辛缭忙在群里回：【开共享位置，我看看。】

汪嫮分享了位置，陈辛缭看了地图，确实是偏航了。这个路线看着是还可以绕回到津城音乐学院去，但司机没往最近最顺的路段开而是开到偏僻的地方。陈辛缭忙给曾科打电话，助理接的电话说曾科在应酬。陈辛缭知道这个时候不能打扰曾科。挂掉电话后，陈辛缭在津城的名单里筛选人，又想到了周衍，可是她没周衍的联系方式。

陈辛缭：【你联系周衍，让他来找你。】

汪嫮：【不能让他知道我来了，这是惊喜。】

陈辛缭：【命重要还是惊喜重要？】

汪嫮：【要不我相信司机一次吧？】

陈辛缭拗不过汪嫮的执着，她继续在通讯录里找人。她父母虽都在津城，她也在津城生活过，但是几乎没什么人脉。

忽然，她看到了一个名字——金祁泽。

金祁泽是她父亲的部下，之前经常被派来接送她于是就留了联系方式。

情急之下，陈辛缭给这个人打了电话。等待被接通的过程里，她紧张地咬手指，好在最后一声接通了。

"喂，金师兄，你现在有空吗？"

金祁泽第一次接到陈辛缭主动打来的电话，认为一定是什么重要的事："你说。"

陈辛缭把汪嫮的情况说了一遍，金祁泽加了汪嫮的联系方式，让她把车窗摇下，拿一个标志物又不影响司机注意的东西放到车窗上，他正好在附近，沿着路线去找一下。

陈辛缭一边把希望放在金祁泽身上，一边打开航班软件开始买机票。

晚上刚好还有一班航班，只是时间紧迫，她必须飞奔而去，她随意在包里塞了几样必备品，穿上了最适合行动的平底鞋飞奔下楼。

出门右拐，她差点与人撞了个满怀。往左也不是往右也不是，两人总是会撞上似的。陈辛缭干脆先让对方，抬头就看见顾知遇。

那就不让了，陈辛缭干脆推开他继续往校门口方向跑。

顾知遇追了上去。

"那么着急？何律珩回来了？"他在她身边跑着。

/ 255

陈辛缭不想和他浪费时间:"去趟津城。"

"去干吗?"

"有事。"

"我送你。"

"不用了,我去门口叫车。"

陈辛缭继续往校门口跑,顾知遇却往回跑了。

一分钟后,顾知遇骑着室友的小电驴优哉游哉地在陈辛缭身边跟着:"你也太慢了吧。"

陈辛缭已经没力气回他了。

"上车,送你去校门口。"

陈辛缭看着前面还有一段路太浪费时间,于是坐上了顾知遇的车,道了声"谢谢"。

顾知遇并没有在校门口停下,而是多开了一段路停在一个校外的停车场,他拿出一辆轿车的车钥匙:"欢迎乘坐我的滴滴快车。"

顾知遇确实很顾知遇,很酷,车开起来车速要人命。

陈辛缭紧紧拉着安全带,很想吐。

"顾知遇,你这是真的在送我上路啊。"陈辛缭看着前面风景转瞬即逝。

"怎么了?"顾知遇完全沉溺在速度中。

"请保持60迈的车速吧,我怕你会被交警拦下,耽误我的行程。"陈辛缭说。

顾知遇逐渐松了油门:"就听你的。"

顾知遇把车停在机场车库,还没来得及和陈辛缭说句话,陈辛缭解开安全带飞快下车了。也许是那人赶飞机的途中突然想起来礼貌的问题,于是顾知遇收到了一条:【谢谢。】

顾知遇无奈地笑笑,他才不想回"不用谢"。

登机前陈辛缭联系了金祁泽,金祁泽说找到汪婼了,不管出于什么原因偏航,金祁泽都报警了,现在在派出所做笔录,等结束后会送汪婼去音乐学院。

陈辛缭又联系了汪婼,让汪婼在学校门口等她。汪婼这次很乖,就在门口等,对于刚才的事还心有余悸。

陈辛缭一路飞驰,在看到汪婼站在行李箱旁老老实实、安安全全的时候,终于松了口气。

"你这运气也太背了吧!刚来津城就遇到这事。"陈辛缭朝她走去。

汪婼看见陈辛缭,抱住她:"辛缭,吓死我了,还好有你和你的大师兄。"

陈辛缭轻拍她的背："金师兄呢？"

"把我送到这里后，他就忙事去了。"汪婼松开了陈辛缭，拉着行李箱，"回去前我请他吃饭。"

两人根据导航和指路牌找到了男生宿舍楼。

站在门口，汪婼抬头望着楼房："哇，原来这就是我们家周衍平常住的地方呀，好漂亮。"

陈辛缭抬头看房，心想，也没什么特别的。

"你准备怎么给他一个惊喜？"陈辛缭问。

汪婼对她挑了下眉，然后随机叫了一个男生，突然就静止了，说了一句认错人了，就弱弱地回来了："我不知道他房号多少，本来想让人去通报一下说楼下有人找的。"

陈辛缭翻了个白眼，给她出主意："假装有他的外卖好了，让他下楼拿外卖。"

"对哦！"汪婼眼睛一亮，"辛缭，你也太聪明了吧！"

陈辛缭总不能在这个时候说何律珩曾经做过类似的事，这太像秀恩爱了。

汪婼给周衍发了消息：【我给你点了外卖，已经到了，你下来拿。】

过了一会儿，周衍回了个"好"。

汪婼现在整个人都要激动得跳起来了，等周衍下来了，她要好好抱着他。

两人看向男宿舍楼的大门，大概过了五分钟，下来的人好几个，就是没有周衍。

汪婼又发给周衍：【你下来取了吗？】

周衍那边又没消息了。

汪婼干脆坐在行李箱上等，手拄着拉杆。

这时，下来一个微胖的男生，左顾右盼像是在找人。

汪婼小声对陈辛缭说："他好像是周衍的朋友。"

陈辛缭帮她验证，上前问："你好，请问你是周衍吗？"

汪婼不明情况地看着陈辛缭，奇怪她为什么要这样问。

男同学点头又摇头："我是他同学，他让我下来拿东西，你好眼熟，我们是不是在哪儿见过？"

"同学，你这是在搭讪吗？"陈辛缭双手抱臂，满脸不高兴。

男同学抱歉道："不好意思，我大概是认错人了。"

"他人呢？"陈辛缭问。

男同学没多想，说："最近他女朋友来了，两人住酒店，他有几天没回来了。"

"女朋友？"

"对啊，他女朋友从国外回来了。"

"啪啦！"在一旁坐在行李箱上的汪婼整个人随着倒落的箱子摔坐在地上。

陈辛缭从男生口里得知周衍住的酒店名字，以为汪婼会杀过去，结果她一直窝在自己订的酒店里，不吃不喝，就躺着，用被子盖住了头。

第二天也不知道是受到哪根神经的挑唆，她突然掀开被子，笑着对陈辛缭说："你说他同学是不是误会了？也许他们只是朋友，就像何律珩和蒋媛媛一样的误会，我应该不要那么敏感，要相信他。"

陈辛缭无法回答。

"连你也不相信他吗？"汪婼像是把陈辛缭当作最后的希望。

"眼见为实，我们一起去找他？"

话到这儿，汪婼又退缩了，缩回到了被窝里，就像是盖上了重重的壳。

汪婼不去，陈辛缭去了。

她站在酒店门口，看着进进出出的人，想看看周衍会不会出现。

她仰望着这个五星级的酒店，心想他们会住在哪一间房，此时在做什么。那个人会不会想起另一个女孩，想起时会不会心生愧疚。

门口的保安见她站了许久，前来询问："你好，请问有什么需要帮助的吗？"

陈辛缭看着他，终于做了决定："找人。"

陈辛缭走进大堂，去了前台询问周衍的信息。酒店人员对住户信息保密，不愿意多说。陈辛缭并不想那么容易打退堂鼓，她坐在大堂等了好久，也没等到周衍。

她走出酒店。

忽然，身后一道影子一闪而过。

陈辛缭猛地回头，人影不见了。

回去的路上，她小心翼翼，走着走着就想回头看。

路过高楼之间的林荫时，也许是人烟稀少，那个影子也就容易露出破绽了，陈辛缭忽而回头，就见一个影子钻进了灌木丛。

陈辛缭走过去，揪起他的外套："别躲了，我都看见你了。"

顾知遇抬头对她憨憨地笑着。

"你怎么在这里？"陈辛缭问。

顾知遇站起来，拍了拍内搭毛衣沾上的几片树叶，做了一个超人的手势："当然是为了宇宙的和平与正义，保护你呀。"

顾知遇对她挑眉:"感动吗?"

陈辛缭内心想,感动什么啊,莫名其妙还以为自己被坏人跟踪了。

看样子顾知遇这行踪是从她来津城那天就开始了,说起来自己可真不敏锐,到现在才发现。

顾知遇跟着陈辛缭一起回了酒店,到房间的时候,他被陈辛缭拦在了门口:"女生房间,男生勿进。"

顾知遇耸了下肩:"我回房,就你隔壁。"

陈辛缭看着顾知遇刷房卡进去,看样子真的是她来的那天就跟来了。

陈辛缭打开自己的门,汪婼已经在收拾行李了,她整个人看起来好了许多。

"宝,我们今天回去吧。金师兄有空吗?我想请他吃晚饭,吃完饭我们再回去吧。"

"好。"陈辛缭不多说,就按照她说的安排。

金祁泽晚上正好没安排事,所以汪婼想要致谢的晚饭安排上了。出酒店的时候,陈辛缭突然想到顾知遇,又返回楼上去敲了顾知遇的门。

顾知遇打开门后惊喜一笑,马上让道:"快进来坐坐。"

"不进去了。你要和我们一起吃晚饭吗?我们晚上回海城,你要一起回去吗?"陈辛缭靠在门口。

"要要要!"

酒店门口停着一辆SUV轿车,顾知遇帮陈辛缭她们把行李放到了后备箱,然后钻进了副驾驶,陈辛缭和汪婼坐到后排。

顾知遇回头:"我们去哪儿?"

"虹一商场。"

"好。"顾知遇对金祁泽道,"师傅,去虹一商场。"

金祁泽愣了一下,瞥了他一眼,抿唇笑了,不计较地发动车辆。

陈辛缭从后拍了下顾知遇的脑袋:"喊什么师傅,这是我朋友。"

顾知遇惊讶地又看了金祁泽一眼,刚还在想怎么会有那么帅气年轻的滴滴师傅。

"不好意思。"顾知遇道歉。

金祁泽彬彬有礼:"没事,是我忘了自我介绍。"

这顿晚饭因为顾知遇在添了不少热闹。陈辛缭第一次发现顾知遇是个快乐体,至少这两天总是泪眼婆娑的汪婼因为他不知道笑了几次。

有些人的相遇也很奇怪,一开始彼此看不顺眼,后来却成了朋友。

吃完饭后,四人走出餐厅。

餐厅正对着扶梯,汪婼看着从那儿上来的人,整个人颤了一下,下意识地抓住了身旁人的胳膊。

身边的金祁泽不明情况地低头看了一下她的手,汪婼对他低吼一声:"配合我!"

金祁泽配合地转回了正前方。

从电梯上来的人正是周衍,还有他身边陌生的女生。女生高挑漂亮,一看就是富家女孩。

周衍看到汪婼,愣在原地。

女生注意到周衍的反应,问:"认识?"

周衍点头:"嗯。"

周衍介绍陈辛缭是"我哥的女朋友",其他三位全当"朋友"概括。

汪婼心寒,脸上却是笑着。

"亲爱的,这个是辛缭男朋友的表弟,周衍,敷衍的衍。"汪婼也对金祁泽介绍。

金祁泽对这两人的关系一目了然,之前接到她的时候她就说过是来找男朋友的。

对汪婼来说,周衍就是男朋友,他们做着所有恋人做的事情,身份似乎已经不重要了。可是到了此时此刻需要结束的时候,却发现一旦没有身份,所有的委屈都会迎面而至,犹如哑巴吃黄连,令人难堪。

而这样的结果,连分手都不必说,自然地结束了。

汪婼在飞机起飞的提示广播声中把周衍拉黑了,就当是梦一场。本来,也应该当成是一场梦的。这样的情感太复杂了,她这辈子都不要再经历了。

以后,就爱个正常而阳光的普通人吧,不要什么海市蜃楼了。

两个小时后,飞机到达海城。

汪婼一上车就侧躺下闭上眼睛睡觉。陈辛缭看着后座又看着前座,最后将后座车门关上坐在了副驾驶座。

顾知遇在车厢里随着心情放了一首 *I Love You*。

汪婼抬起重重的脑袋,骂:"成年人能不能听点正常的歌!"

顾知遇吓得忙切歌,心里想,这首歌哪里不正常了?

失恋也不能限制别人幸福啊,他切下的下一首歌是《其实都没有》,感觉失恋的人也听不得。

想再切的时候被汪婼喊停了:"就这首吧,我喜欢这首。"

大家仿佛都被带入了歌声和词藻的寓意里,车里很安静。

车子开出航站楼驶上高架。

"我也曾经憧憬过,后来没结果,只能靠一首歌真的在说我……"杨宗纬的声音浅浅低吟娓娓道来。

大家各有所思。

顾知遇想着和陈辛缭的初识至今,想着过去的一年里,他也去接触过别人,哪怕是别人符合他的所有要求,可是他都没有想要恋爱的欲望,人有时候就是莫名地执着。

汪嬉想着和周衍的无始无终,她以为会感动他的。她曾经给自己再一年的期限,等过完这一年,如果周衍还是决定和她只谈没有身份的恋爱,那么她也就算了。这一辈子也不是只爱一个人的,可是他的三心二意突如其来、格外明显,她的专情被狠狠击打,打落下的还有她的自尊心。

陈辛缭在想就要大四了,何律珩选择在英国读研,将来,自己不知道何去何从。是去追随他吗?可是那样就丧失了自己的价值。

突然,原本稳稳行驶的车子向右紧急偏了一下。

陈辛缭的思绪强行被拉回,紧张地看着顾知遇:"你慢点开!"

顾知遇没回,而是一边看着左边的后视镜,一边打着方向盘。

只感觉车子又往右飘了一下。

陈辛缭看着左窗外,一辆玛莎拉蒂正与他抢车道。

玛莎拉蒂一直想要超车,顾知遇偏不让。

"让他吧,我们也不急。"陈辛缭劝。

"我不,竟然敢在我面前撒野。"

陈辛缭紧紧地抓住安全带,担心地看着窗外的那辆车。有些眼熟,但是车子长得一样的太多,她不敢多遐想。

"不行!我要吐了!快停车!"汪嬉从后座爬了起来。

顾知遇看了眼后视镜,又看了看左侧的车完全没有被逼退的意思,心烦地皱起了眉头,一脚油门驶离了高架桥,将车停在了路边。

汪嬉忙打开车门在一旁的绿化带呕吐,陈辛缭从车里拿了一瓶矿泉水下来安抚她。

汪嬉喝了一口水:"帮我拿下纸巾。"

陈辛缭准备返回车里,余角视线一顿,她看见那辆玛莎拉蒂已经停在了顾知遇的车前。

车门打开,男生的身影从驾驶座钻出,高高的个子盖过了车子的高度。

他穿着挺括的灰色羊绒大衣,更衬着他的身姿挺拔好看,里面一件黑色的修身高领羊绒毛衣,更修饰了他的脸形,有着强烈的立体感,也有着成熟感。

这是四个多月来他们第一次真实的见面。

陈辛缭看着何律珩，咧嘴笑了，眼里有湿润。

看到她笑，他也跟着笑了。

他从车这边走来，揽过她的腰，低头吻住了她的唇，深深一吻，没有多余的动作，却吻进了她心里。

陈辛缭根本就没想过何律珩会回国，而且那么巧，在路上都能遇到。

"你们可以顾及一下我的感受吗？"汪嫱自己从车里拿来纸巾。

陈辛缭收了吻，何律珩还不尽兴地吻了下她鼻尖，转眼看到满面憔悴的汪嫱，心里也明白了原因。

他下飞机的时候就听周衍说了，现在看到汪嫱，心生愧疚，他早就知道这个结果的。他也在心里发誓，这样的结果一定不会发生在自己身上。

顾知遇送汪嫱回宿舍，陈辛缭和何律珩二人世界。或许是因为汪嫱这一遭，陈辛缭跟着深有体会，在车上的时候有些心不在焉。

"周衍和汪嫱的事，你知道了吗？"陈辛缭还是问了。

何律珩点头。

"对方是什么身份？"陈辛缭问。

"不太清楚，不过家世显赫。"

"蒋媛媛家有钱还是那个女生家有钱？"陈辛缭又问。

"大概还是蒋媛媛。"

何律珩回的时候没想那么多，回完感觉气氛不太对，他握住她的手，温柔道："我和周衍不一样。"

"哪里不一样？"

"我不将就。"

陈辛缭看着他笑了笑，却未达心底，她居然有一瞬间是慌乱的。

许久未来的景江壹号，对于情感而言却不是久违的。

还没待陈辛缭回温这里，何律珩忍不住地往陈辛缭身上贴，他抱着她的腰和她深吻。

她抓住他往下滑的手，问："你这是在填补这几个月的寂寞？"

他的声音低哑："我是在惩罚。"

"惩罚？"

"嗯。惩罚我为你千里迢迢而来，却在下机后看见你和别的男生一起，惩罚你还坐在了他的副驾驶座，惩罚你等我下车才认出是我来了。"

"那你在圣诞节和别的女生约会被拍，还送人家去酒店，还无意被人牵了手，我是不是也该惩罚你？"

"可以，随你罚。"

何律珩的吻停在她的耳边："等你一毕业，就给我生个孩子吧？"

"想用孩子套住我？"陈辛缭玩笑道。

"可以这么说。"

陈辛缭不敢多想，也不知道为什么。

"你不是说好不回来了吗？难道是心虚了？"陈辛缭转移话题。

何律珩握住她的手："我一直在犹豫要不要回来一趟，后来出了那件事，我还是买了票。尽管你说让我不用回来，我却认为还是要来，选在了你的假期，不为那些误会，只为我是真的想见你。"

其实她又何尝不是想见他，却总是没有机会去见他。

英国不是随便能够到达的。

而对于他来说，回国也一样。

"准备待几天？"她小心翼翼地问。

他犹豫了一下，同样小心翼翼，生怕她失落："很想待得久一点，但是只和老师请了三天假，算上路程……明晚就得飞回去了。"

陈辛缭确实很失落，但不想表现出来给他造成压力。她紧紧地抱住他，是一种不舍，也是一种成全。

第二天两人哪儿都不想去，就想窝在家，一起简简单单地度过一天。

也许是因为过得平淡了，感觉时间会变长，这样就会觉得不只是只待了一天。

一大早何律珩就去买了菜，在陈辛缭醒来后准备了早餐。

陈辛缭记得何律珩以前并不会做饭，如今厨艺精湛许多，做的菜品有模有样的，还摆了盘。

"老婆，过来帮我解一下围裙。"何律珩站在餐桌旁张开双臂。

陈辛缭想要绕到他身后给他解，被何律珩拉了回来。

"从前面解。"

"前面？"陈辛缭蒙了，"前面怎么解？"

何律珩继续撑开双臂，眼神暗示她可以开始了。

陈辛缭双手从他的腰侧穿到后腰，摸到了那两根绳子，只是轻轻一扯，蝴蝶结就掉了。

"这很容易呀。"

下一秒，何律珩拥抱住了她。

"其实我就是想抱抱你。"

"还需要我给你脱围裙吗?"陈辛缭问。

"需要。"

何律珩乖乖站好。

"你往下弯一点。"陈辛缭够不到。

何律珩往前弯腰,陈辛缭顺利摘下他的围裙。

陈辛缭站直撑开双手:"爱卿平身。"

何律珩被逗笑,伸手掐住她的脸:"越来越调皮了。"

陈辛缭吃痛也不忘顶嘴:"难不成我要说夫妻对拜?"

何律珩觉得这个太行了,他往后退了一步:"来吧。"

陈辛缭也往后一步,两人看着彼此,学习古代人行礼相拜。

"礼成。"

陈辛缭喊了一声,两人直起腰。

"下面是送入洞房。"何律珩坏笑。

"白日做梦?"

何律珩揽上她的肩:"这样的梦也很可以,不过如果是现实就更好了。"

这是何律珩的梦想,希望现在已经娶到她。

陈辛缭当时的梦想还没那么遥远,她希望他能多留一天。

只不过晚上总是如期而至,何律珩准时飞回了英国,陈辛缭没问归期。

剩下来的日子一直到寒假放假前,大家都刻苦学习,用以逃避某种思念的情绪。

也有失控的时候。

某些深夜,汪姞还是会哭得撕心裂肺,大家都静静陪着她,等她哭着哭着累了睡着了才又继续躺下。

寒假,陈辛缭没有任何牵挂地回了津城陪父母。

她发现越长大越向往有人的地方,往年一个人也可以孤零零地待在临城,现在再放她一个人在那个空空荡荡的房子里,总会因为没有人烟气而感到孤独。

曾莉本计划着何律珩跟着新年一齐到来,听说何律珩去了英国已有半年,她有些鼓舞陈辛缭也努努力去英国镀个金得了。陈辛缭则是对出国并不感兴趣,她还是选择在国内等他,自己嘛,大学四年本科读完就工作吧。

正月里,趁着大多数人都有空,曾科和冷行舟不声不响地订了婚,请帖发得低调又突然,不过仪式还是很足的,一百多桌的大场面。陈辛缭也不知道他哪里来的那么多熟人,也许更多的是生意上往来的人,还有就是冷行舟那边的亲人朋友。

毕竟冷行舟也是大有来头的。

订婚晚宴上,陈辛缭遇见了蒋媛媛。明星的出场引起了小小的轰动,风头差点盖过主角。

陈辛缭问了曾莉一句:"舅舅还认识蒋媛媛?"

曾莉说:"小舟是蒋媛媛的表姐。"

"啊?"意识到自己的惊讶表现得太明显,陈辛缭转为平静,"哦,原来是这样。"

"你舅舅孤家寡人那么多年,总算是找了个好媳妇。"曾莉看着台上的一对新人,很欣慰。

"听说是舅妈追的舅舅?"陈辛缭问。

"是啊,还好你舅舅这根木头开窍了。"

陈辛缭偷笑。

台上,曾科在说敬酒词,陈辛缭默默地听着,心中开始幻想某一天,台上的人是她和何律珩。

他曾经说过毕了业就结婚。

她还有一年半就可以领到毕业证书了,就是不知道他那边还得多久。

主角下场,助兴上场。

是蒋媛媛带来的歌曲表演。又唱又跳的女团风范嗨动全场,瞬间点燃了气氛,不知道的路人也许还以为这个宴会厅里面是在开演唱会。

"这小姑娘倒是能唱会跳的。"曾莉拿了只螃蟹开始低头剥蟹壳。

"嗯,星途璀璨。"

曾莉把螃蟹掰成两半,一半放到陈辛缭碗里:"哪有我女儿好,那姑娘还想挖我女儿的人,怕是不知道你老爸老妈的厉害。"曾莉扒下一只蟹腿,勾起一边嘴角,颇有女将风范。

陈辛缭忽然就想到了母亲穿军装时的模样,英姿飒爽,那是很少见到的,只有在军大院的时候会看到。陈辛缭总共也就去过那里两次,那边戒备森严,曾莉回家的时候也都是便装。

"您还看娱乐新闻呀?"陈辛缭想都不用想曾莉是在网上看到的。

"娱乐新闻我是不会关注,当时头条突然跳出蒋媛媛和绯闻男友的事,却手滑想解锁手机,结果点到了那一条推荐,然后就自动弹出了。可能这就是缘分吧,非要让我看到和我女儿有关的一切。"

陈辛缭怕曾莉对何律珩会因此有嫌隙,解释了当时真实的事情经过。

曾莉被她的急忙解释逗笑:"傻丫头,我当然相信何律珩了,我相信他也就是相信你,你的眼光准不会错。"

"为什么您总是那么相信我的选择?万一,我也有错的时候呢?"

"错了就错了呗,人是活在当下的。"

当时的陈辛缭并不完全懂这句话,有些领悟,是要等发生的时候才会懂。

订婚宴结束的时候,蒋媛媛特地来和陈辛缭打了招呼。

这一举动出乎意料,至少陈辛缭觉得和这个人完全没有打招呼的必要。

"好巧,看来我们以后见面的机会会更多呀。"蒋媛媛说。

"嗯。"

"有空吗?我想和你聊一下。"

"我们家宝贝现在没空。"曾莉过来挽住了陈辛缭的肩,皮笑肉不笑的。

看到长辈,蒋媛媛毕恭毕敬了许多:"阿姨好。"

"你好。"曾莉指了指大门方向,"你爸妈等了你好久了,快过去吧,姑娘。"

蒋媛媛回头去看,确实自家父母等到门口。

蒋媛媛不死心地和陈辛缭说:"那我们先加个微信吧,你有空可以联系我,我最近都在津城。"

陈辛缭想了想,对曾莉说:"妈,您去车上等我一下。"

曾莉尊重陈辛缭的选择,先离开了。

蒋媛媛也听出了言外之意,对父母摇了摇手,父母心领神会。

"去楼上天台聊怎么样?"蒋媛媛说。

"可以。"

陈辛缭和蒋媛媛去了酒店天台。津城的冷空气很低,两个人裹紧羽绒服,趴在围栏边。

"你想和我说什么?"陈辛缭想和她长话短说早点结束回去。

"关于何律珩的。"

这和陈辛缭心里想的差不多,毕竟她和蒋媛媛之间除了何律珩并没有共同话题。

"说吧。"

"你和何律珩每天都联系吗?"蒋媛媛问。

"每天。"

"你了解他的生活吗?"

"了解。"

"我指的是他在英国的生活,你有去英国看过吗?"

陈辛缭看了她一眼:"怎么了?"

"我去看过,也知道他在那边过得怎么样,可能你不去,他永远不会告诉你。其实他过得很累很辛苦，压力很大，每天睡觉的时间也很少，而且，他床头放着安眠药。"

陈辛缭的心咯噔一声往下坠。

蒋嫒嫒看着她，眼里有着锋利："你有没有想过，如果他遇到的那个终身伴侣是我，他就不用那么辛苦。我家和他家联姻可以保他家稳固地位，而你，能给他什么？"

陈辛缭沉默了一下，嘴角微微扬起："何家未必需要你们家。"

"何家上年一直在亏空，外人可能不知道，毕竟何家的底子还在。但是，何律珩的父亲已经有意在亲近我们家了，我爸也就查了他家的状况，也就知道了那些事，以及，何律珩的父亲身体不太好。想必这个何律珩也是知道的，所以他那么努力地想要提升自己来稳固家族地位，想要用一年的时间完成人家五年的学识。当然里面最重要的原因应该是为了你，我想他应该是想用自己的力量保护你们的爱情，但是你忍心吗？你什么都做不了也帮不了他，你可以安心享受着他的付出享受着他如此的爱吗？"

陈辛缭没法回答这些，她根本来不及想这些前因后果。但是这个从小在商圈长大的千金小姐，却只用了几句话就捋清了。

"陈辛缭，人不能永远活在童话里，成年人的世界里是有利益的。"

陈辛缭强撑着坚强，对于蒋嫒嫒的隐喻假装不放在心上："嗯，谢谢你的一番劝说，我永远支持何律珩的选择。"

言外之意，只要何律珩还没放弃，那么她一定会陪着他。如果未来某一天他真的累了，她也会放手祝福的。

"也许未来就不是何律珩能选择的了。"

陈辛缭冷笑："谢谢你的话，但是大可不必。"

陈辛缭往回走。

蒋嫒嫒意犹未尽地在她身后又说了一句："我父亲对他很满意。"

陈辛缭假装自己没听到，走出天台。

12
一生中最爱 /

后来那一年的春夏秋冬,都是毫无征兆的。

日复一日的生活,已经开始不太有时间观念了。

只记得那年的春夏,异地恋很辛苦,学习也很辛苦,快要进入大四的实习生涯,大家都有些焦虑,暑假还没开始就纷纷投简历,想要在大四的时候能找到合适的工作。

几天后,陈辛缭、汪婼、裴舒舒均被不同公司录用。戴岑一想到大家都要出去工作了,自己整天待宿舍也不行,老家是挂了实习单位,但荒废人生是可耻的。

然后又过了几天,戴岑突然告诉大家一个"好消息":"姐妹们,我准备去学校门口的甜品店当收银员了,是不是也算是专业对口?"

大家集体沉默……

实习期间,努力的同时,大家带回来的还有各种办公室八卦,每天回来分享得不亦乐乎,总有说不完的实习经验。这里面数戴岑最无聊,每天见的都是一面之缘的人,想唠嗑的人都没,不过回来的时候听听人家的故事也很不错。

这样的生活一直维持到第二年的春天。

第二年的春天,曾科投资了一档音乐选秀类综艺节目,在海城录制,以素人为题材,从中挑选出具有天赋才华的音乐人培养。这档节目因为导师都是歌坛顶尖人物,呼声很高。

曾科喊了陈辛缭,希望陈辛缭可以去参加。

陈辛缭只问了一句:"当明星真的很赚钱吗?"

曾科还以为陈辛缭缺钱,想给她打钱,陈辛缭说:"我就是想发挥自己的价值,如果价值性高能赚很多钱,也是极好的。毕竟每个人都是潜力股嘛,有多少能力赚多少钱。"

曾科深思熟虑后,对她说:"要不你还是别参加了,我原先可能想得太简单了,但是你一说要参加,我就突然有些慌。"

"舅舅，蒋媛媛在娱乐圈过得复杂吗？"陈辛缭问。

曾科知道陈辛缭这是在类比了："她倒是被人都捧着。"

"我有舅舅在，有爸爸妈妈在，也有何律珩在，我一定可以顺顺利利的。"

谈起何律珩，曾科问了一句："你们有经常联系吗？"

"有的。"

"我也是后来才知道蒋媛媛是小舟的表妹，蒋媛媛喜欢何律珩这件事，你看得出来吧？"

"知道。"

"鉴于小舟的关系，我不能对蒋媛媛有过多的看法。但是比起蒋媛媛，你是我亲外甥，最疼爱的人之一，你一定要留个心眼，蒋媛媛，是比较聪明的女孩子。"

"难道我就不聪明？"

"不是那种聪明，总之要有防备。"

曾科非常语重心长，陈辛缭心里明了，很多时候也是无计可施。

不过哪怕是蒋媛媛之前明着和她宣战了，至少这一年以来也没激起什么水花。

只要何律珩不给机会，蒋媛媛就压根没机会。

曾科的这档节目从那年四月份开始就一直在全国各地办小规模的比赛，算是给节目预热，正式播出时间是在那年七月份，正好是暑假档。

陈辛缭在节目里的横空出世，让三小只以为只是同名同姓长得很像的人。

当然这也只是自我洗脑，因为她们压根就不敢相信曾经那个低调不蹭热度的女生居然去参加节目了。

一点预告都没有。

那是节目的第三期，陈辛缭以应届毕业生的身份出现在镜头里，穿着一条修身的黑色连衣裙，端庄优雅得就像一只黑天鹅，走起路来也是很飒，拿起话筒的样子更是自信满满。

导师们是这样评价她的。

有说她的歌声就像是将一首情诗娓娓道来，情意融入人的心里，暖暖的痒痒的。

有说她的声音像少女的干净清透又像遇到了初爱而散发出的微微迷人性感。

也有评价她外形的，是无法逃避地去欣赏，浑身带着光闪闪发亮。

陈辛缭不知道该如何评价自己这场格外正式庄严的演出，她当时是有些紧张的，但是她给自己打气，并且在舞台灯光的照射下，她忽视了光外的一切，这首《喜欢你》就当是唱给何律珩听的，就当是他就在面前的一场告白。

告白这几个月来她对他的浓浓爱意。

陈辛缭的首场演出，掀起了一阵粉丝浪潮。

因为姣好的外形、完美的身材，又有着迷人的嗓音，被迫营业的微博一夜之间涨了几十万粉丝，她在节目组安排的酒店里看着数据发呆。

她现在是有"家"不能回，怪想念三小只叽叽喳喳的样子。

比赛期间，曾科作为投资方只是偶尔来一次。没有曾科一起，陈辛缭会有些孤单，节目中的其他选手都很戒备的样子，哪怕是有些性格外向表面和谁都相处得来，私下的时候陈辛缭也听到他们会说其他人的坏话，知道这种场合是没有交心的朋友的。

不过她不和人家交际，总有人会主动和她套近乎。有个小姑娘经常找她唠嗑，问问她准备的进度，也关心她是不是关系户。

因为比赛这个东西大家都认为很透明，能走到这一步，不一定非靠实力。

陈辛缭反问她："你的关系是谁？"

小姑娘很炫耀地说："台长是我爸的朋友。"

陈辛缭故作羡慕："你们家好厉害。"

"那你家呢？或者说你的关系是谁？"

"我自己。"陈辛缭不想被人说是关系户，这是大忌。

后来陈辛缭看了回播才知道这个小姑娘叫余洁子，唱的是甜歌。余洁子并不是她们战队的，也不知道为什么要和她热乎。

"你知道下一期会有谁来吗？"准备录制第四期的时候，余洁子问陈辛缭。

陈辛缭没关心过这个，摇头。

"我也是听台长和我爸说的，下一期会有蒋嫒嫒。"余洁子说。

陈辛缭愣了一下："她还需要来这样的节目被人评价？"

"不知道呢，每个人都有自己的想法，猜不透。"

第四期节目开录的时候，陈辛缭在舞台上果真看到了蒋嫒嫒。她的出场方式很炸，精致的造型夸张中带有俏皮，她带来的是一首又唱又跳的英文歌，一出场观众席全员轰动，后来表演的过程中也让四位导师都为她转身了。

导师们看到蒋嫒嫒很惊讶，没想过她会来。

也不知道是不是剧本效果，陈辛缭只是淡淡看着。

导师们在争取蒋嫒嫒成为成员的同时，有导师问蒋嫒嫒为什么会来。

蒋嫒嫒拿着话筒："我无时无刻不是一位学习者的身份，在学校、在工作上都是。我很喜欢这档节目，很喜欢每一位导师，你们都是国内非常有影响力的人，是我仰望的榜样和学习的目标，我希望可以在导师们的带领之下变得越来越优秀。"

台下掌声四起。

蒋媛媛又看了眼观众席："还有一个原因，就是我想和我的朋友互相陪伴，一起成长。"

"哦？"主持人问，"你的朋友是哪位？"

蒋媛媛转向陈辛缪这组，伸出手。

陈辛缪心里一个紧张。可千万别说是她，她俩不熟。

蒋媛媛故作神秘似的停留了一下，后开奖："麦心，我们是同学也是朋友。"

陈辛缪回头找了一下，原来她后面那个酷酷的女生叫麦心。

与此同时，蒋媛媛也选择了麦心同组的郑晴老师战队。

可是郑晴战队已满员，此时面临的就是PK环节。蒋媛媛要从郑晴战队目前的成员里挑选出一位作为PK对象，最后由郑晴选择哪位留队。

蒋媛媛看着成员组，从左看到右，从上看到下，最后定睛在了陈辛缪身上。

她似玩笑道："我选陈辛缪吧。我看了上一期的节目，陈辛缪唱得很好，人气也很旺，我喜欢做有挑战性的事。"

陈辛缪从座位上站了起来，走到了舞台中间，接受这一次PK。

陈辛缪擅长抒情歌曲，她唱完后，蒋媛媛突变曲风，也唱了一首抒情歌曲。两人的功底不相上下，声音却各有各的味道，陈辛缪的美，蒋媛媛的甜美。

郑晴在两位选手之中很纠结，几次挣扎后，说："媛媛相对更多元化一些，既能唱跳又能抒情，属于抗打型选手，我选蒋媛媛。"

蒋媛媛安慰地上前拥抱住陈辛缪："加油，其实你也很棒。"

陈辛缪如何不知道她的故意，被她打败也有些挫败感。但在镜头前陈辛缪知道如何表演，她笑着说："一起加油。"

蒋媛媛成功代替陈辛缪去了郑晴队，陈辛缪还有被其他导师选择的机会，十秒钟的倒计时，好在另一位导师亮起了灯。

陈辛缪别无选择，也不想狼狈离场，选择了另一位男导师——陆见。

陆见所带的队伍成员中就有余洁子，余洁子看见陈辛缪很开心，特地往旁边挪了个位置让陈辛缪坐过来，陈辛缪也就坐在了她旁边。

录制结束后，陆见带着队员们去往酒店。

穿梭走廊的时候，陈辛缪正好在陆见后面，陆见放慢了脚步与陈辛缪并排对她低声道："何律珩是你男朋友，也是蒋媛媛放料出来的绯闻男友，蒋媛媛是临时安插进来的，来者不善，你多注意。"

陈辛缭愣了一下。

陆见是怎么知道那么多的？

陆见瞥了她一眼，看回前方："注意自己的身份，低调行事，比赛期间不要产生八卦。"

陈辛缭点头正要回，前方走来几位领导人，陆见很快露出微笑与对方说话。

陈辛缭觉得这个人可真是高深莫测、雷厉风行。

陆见和领导人谈话的时候，队员们很老实地在后面等着他。陆见无意转眸看见那几个呆板的身影，略皱了下眉，一个手势便让大家心领神会地回自己房间去了。

回到房间是陈辛缭最轻松的时刻，一人一间，很有个人空间。

陈辛缭跳躺在床上，刚准备玩手机，就有敲门声，她无奈地走到门口，问："哪位？"

是蒋媛媛的声音："我。"

陈辛缭停了几秒，不解地打开了门。

蒋媛媛不请自来，也不请自进，走进了陈辛缭的房间。

"你来参加比赛何律珩知道吗？"蒋媛媛坐在床边的单人沙发上。

"不知道。"陈辛缭实话实说。

"你没准备告诉他？"

"是的。"

"为什么？"

"不想打扰他学习，我参加比赛他会替我紧张。"陈辛缭无形之中秀了一波恩爱，虽然这并不是真实原因。

真实原因是何律珩说过想把她保护得好好的，只需她过得简简单单就行，而镜头下的生活往往很复杂。

陈辛缭之所以来参加比赛，只是某一天忽然想到当明星很赚钱，她想赚很多钱以此来减轻何律珩的压力，证明她也可以为他分忧。

一年前蒋媛媛的话在她心里形成了一层膜。

"知道我为什么来参加比赛吗？"蒋媛媛又问。

陈辛缭并不感兴趣："你在台上已经说过了。"

"那都是讲给观众听的。"蒋媛媛看着陈辛缭，嘴角扬起自信而又张扬的笑，"我是来打败你的。"

蒋媛媛说这句话的时候想从陈辛缭的眼中看到紧张，可陈辛缭实在是太波澜不惊，似乎这场比赛对她来说可有可无。

"看来我的实力确实可以。"陈辛缭笑了一下。

蒋媛媛有些懊恼，自己特地来向她示威，反而被她略胜一筹。

蒋媛媛露出假装客气的笑容："期待和你的对决。"

"好的。"

蒋媛媛走到门口，不忘放话："对了，决赛的时候会开启网络投票模式，祝你好运。"

蒋媛媛离开后，陈辛缭看着门深呼吸再吐气。

好生气。还好藏得深。

第四期节目播出的时候，三小只发表评论。

汪婼："没想到这蒋媛媛比当初的杨若荀段位高那么多！"

裴舒舒："这……"

戴岑："我听池源说决赛的时候是网络投票的，我让池源搭把手，且不说咱大姐能不能进决赛，预备工作得先做起来，不能让蒋媛媛借着出名早、粉丝多就把我们辛缭踩在脚下！"

说到涨粉，裴舒舒想到什么，说："哎？汪婼！你可以给辛缭推广一下，你也是有粉丝的人。"

汪婼噎住："你们怕是忘了我的视频都是辛缭配音的吧？"

大家一想，也是，如果汪婼帮陈辛缭宣传，她的粉丝肯定能听出是同一个声音。

几天后，节目组在官方号放出了关于网络投票的通知，不是等到决赛才开启，而是从第五期确定成员后就开启了，最后决赛以总票数为加分项。

学校和亲朋好友都给陈辛缭强烈推荐，陈辛缭的粉丝团也成立了。

陈辛缭很好奇这个创始人，于是用小号打入了以"陈辛缭粉丝团"为微博名的一个群聊。

群主是个女生，实时定位是英国。

英国？女生？

陈辛缭点开何律珩的朋友圈，啥也没有。也不知道是不是女人的直觉，她看到坐标英国就想到了何律珩。

万一他真的早知道一切了，自己的刻意隐瞒是不是显得很不忠诚？

她试图去试探，首先发了个朋友圈：【离梦想越来越近的每一天。】

半个小时过去了，都没何律珩的点赞。

她继续等，终于何律珩给她发了一条微信：【每天累不累？】

陈辛缭趴在床上琢磨着这句话，总觉得他像是早知道一切了。

陈辛缭回：【累并快乐着。】

何律珩直接弹了视频过来。

陈辛缭刚要接起，又犹豫着万一他不知道这一切看到陌生的环境肯定要起疑。

她把大灯关了只开了一盏朦朦胧胧的床头灯，然后窝在床上，还特地把头发打乱了："Hello（你好）！"

何律珩那边光线通亮，英国今天天气很好，阳光明媚，他正走在校园里，大概是觉得阳光刺着屏幕有点暗看不清陈辛缭，他小跑到了林荫下。

"是准备睡了吗？"何律珩问。

"没有，还早着，睡不着，就躺着看手机。"陈辛缭说。

"我们家的要多注意休息。"何律珩主动打开局面，陈辛缭微微烫脸。

"你什么时候知道的？"

"第三期播出的时候，我就知道了，很多人给我发了消息。"

陈辛缭完全忽视了这一点。这世界有很多人，但是人和人之间总有个圈子。

"我不是有意要隐瞒你的。"陈辛缭羞愧。

"难道没有意？"

"呃……有意。"

何律珩笑了一声："不告诉我是因为怕我担心你吗？"

"嗯，这个也是一点，还有一个原因是以前我答应过你不进这个圈子，我食言了。"

"好好表现吧，不要留遗憾。很多事情，也许都是命中注定。"

"命中注定？"

"嗯，就像你命中有我，逃也逃不掉。"

陈辛缭被逗笑，听见他这样的口吻整个人都放松了下来："好的，我会努力的。"

"也不用太努力。"

陈辛缭偷笑。

节目第六期开始是所有成队成员以组与组之间的PK（对抗），每一期都会有淘汰制。录制的现场，观众席开始有了粉丝牌，粉丝牌上的名字很多，陈辛缭站在后台隐秘的帘后找自己的名字，直到看到三小只拉着带有陈辛缭名字的横幅，陈辛缭开心地笑了。

她还看到了顾知遇，几个人也不知道什么时候混成一块了。

陈辛缭偷偷拍了照片，保存在了相册里。

这一期，陈辛缭被陆见安排和一位男选手PK，评分由特邀的来自各大音乐媒体公司的专业人士们来决定。

这一场事关能不能进全国十强。如果 PK 失败则是直接淘汰，但是每位导师也有抢救权，每人只能行使一次特权。

陈辛缭依照一贯风格唱了一首抒情的歌曲，对方却直接点燃全场，一静一动，全场的互动数后者最嗨，评审团的票跟随着互动支持后者比较多。陈辛缭本该绝缘十强，陆见却给了她一张抢救卡，这让陈辛缭有些不知所措。

她本来觉得输就输了，但是陆见对她的期望，让她认为不能辜负陆见，可是这一场比赛加上上一场和蒋媛媛的，都让她有些失去信心，她不知道该如何再站起来。

录制结束后，陈辛缭回到了休息室。

晋级的人暗暗作喜，被打败的人灰雾蒙蒙。

陈辛缭的 PK 对象来找她聊天，一副格外愧疚的样子，好像自己做错了什么，然后又给她打气，祝她下一场比赛一切顺利。陈辛缭微微一笑，只用了"谢谢"两个字来回应。

比赛的时候手机一直保持静音放在后台，现在重新拿回手机，陈辛缭打开手机见到何律珩几分钟前发来的消息：【比赛怎么样？】

陈辛缭回：【又被陆见捞回来了。】

何律珩几乎秒回的：【是输了？】

陈辛缭：【嗯，本来是淘汰了的。】

何律珩：【我们家小公主有没有偷偷抹眼泪？】

陈辛缭起初有一些失落现在因为何律珩豁然开朗许多：【45 度的仰望。】

何律珩：【摸摸头，反正不管结果如何，我的怀抱都会第一时间送上。】

陈辛缭：【准备什么时候回来一趟？】

何律珩：【尽快。】

陈辛缭淡淡地吐气。嘴巴越来越甜，好像也越来越敷衍了事了。

现在见面的机会越来越少，快赶上牛郎织女一年一见了。

陈辛缭回：【你再不回来，我怕我真的就不依赖你了。】

那边过了一会儿回复的：【我突然想到我们刚在一起的时候，那个时候的你很独立，我总是希望你可以依赖我，后来你依赖了我，我却在距离上离你远了，真是感觉愧对你。】

陈辛缭不由得想起那个时候，明明不过两三年，却感觉自己变了很多。

当时的独立是没有依附的，现在的独立是有支助的，何律珩是她坚强的后盾。

三小只和顾知遇不知道是通过什么关系来到的后台。三小只推开门后，先是探出脑袋找陈辛缭的位置，顾知遇比三个人高出很多，一眼就看到了陈辛缭，他的手越过三人的头："在那里。"

三小只在他的手下往陈辛缭这边跑去，看见她兴奋不已，四人抱成一团。

再见三小只，陈辛缭才算真正地感受到人味。太想念和这些人一起在学校的日子，小小的宿舍，承包了青春年华最美好的时光。

这些人简单快乐，遇见是福气。

戴岑将花递给陈辛缭："我们送你向日葵，希望你能一路向阳。"

陈辛缭接过花："爱你们。"

顾知遇拿出一盒糖，递给陈辛缭："我也不能空手来，送你一盒润喉糖。"

陈辛缭看了看盒子，没有产品信息："这是新产品？"

顾知遇嘿嘿笑着："我自己研发的，比市面上的要好多了。我用的都是顶级的药材，专门给你准备的。"

"啊？"陈辛缭看着这盒润喉糖，"不会中毒吧？"

顾知遇拿来吃了一颗，以身试毒："放心，我已经吃过很多了，一点毛病都没有。"

"那就谢谢啦。"陈辛缭是相信顾知遇的，他可是学校药学系的药神。

听说他虽然生活中挺顽皮的，专业上却很有天赋也很努力，在学校已经以"优秀"吸引了很多小迷妹。

门口，蒋媛媛走进，她交代了助理两句便朝陈辛缭走过来。

"你的朋友们？"蒋媛媛表现得很熟的样子。

三小只看见蒋媛媛，没好脸色地继续站在陈辛缭旁边，不想理会她。

"嗯，朋友。"陈辛缭回。

蒋媛媛扫了一眼三小只，把眼睛定在了汪婼的脸上："这位美女我认识，我宣传过她的微博，唱歌很好听，哎？说起来你们俩的歌声可真像啊。"

汪婼一下子就心虚了，不知道如何回答。

陈辛缭帮她回答："是啊，我们俩声音挺像的，一开始也是因为声音像相识的，后来关系越来越密切，说起来都是缘分。"

"我们在学校的时候经常因为她俩的声音搞错人。"戴岑帮着说。

裴舒舒狂点头。

顾知遇一头雾水，不多话。

"嗯，那真是太有缘了。"蒋媛媛随意结束了话题，去自己位置拿了东西就走了。

汪婼舒了一口气。

"我看了她 PK 你的那场，分明是故意选你的。"戴岑说。

"其实我觉得她唱得没你好，但是她在这个圈子里已经有一些人脉，所以我觉得应该是走了后门，郑晴不得不给她面子。"裴舒舒说。

"还好陆见收留了你。我感觉陆见也很厉害的，虽然年龄和资历没郑晴深，但是陆见人气比郑晴要高，观众缘应该是陆见更好。陆见是新型偶像实力派，二十岁就出道了，在歌坛十年，开过无数场演唱会，属于创作型歌手，人长得也帅气……那个，其实我最想说的是你可以帮我找陆见签个名吗？我还蛮喜欢他的，嘿嘿。"裴舒舒对陈辛缭眨眨眼。

陈辛缭对于陆见的看法是这个人从不谈工作以外的事，平常有些队员会用开玩笑的语气套路他的一些私生活，陆见是完全不搭理，连个表情都没有。可大家都看得出他在表达"你的话太多了"这个意思，不动声色就很有杀伤力了。

"我尽量。"陈辛缭觉得还是等自己拿出好成绩的时候再去要吧，不然眼下会被陆见认为她不务正业、不思进取……

陆见这个人不像其他导师一样喜欢说说笑笑，他在教导成员这件事情上做得可谓是一丝不苟，耳朵很灵，能够抓住很多细节，教导起人来也很有自己的风格，说话属于极简型，就和他的耳朵一样喜欢挑重点，遇事有一说一，有时候会不顾及对方感受。这个时候如果队员不服，那好，等你服了再来找他指导，反正结局都是需要找他带领。

对于这样的人，陈辛缭是能不得罪就不得罪，得罪了不知道如何收场。她又不是那种擅长做低着头去认错的人，所以她干脆不犯错。

这一场陈辛缭的落败并不是因为唱歌技不如人，陆见之后找她谈过话。陆见认为只是观众的点正好被对方选手抓住了，观众们听多了前面几位选手的抒情，忽然来了首激情的大家耳畔一新罢了。

陈辛缭说下一场自己是不是需要换类型，陆见想了想说："保持自己的风格并且精益求精就好，比赛不过是种让大家认识你的方式，并不能决定你的未来。不管你走到哪个位置，都不要迷失自己，我也会一直协助你。"

接下来的一个星期里，陈辛缭在陆见的协助下选了一首比较经典的歌，经典容易打动人。

第七期开始，这是全国十强的 PK，十进七，最终迎来冠军之夜。

经过两次 PK 失败，陈辛缭开始迷信，出门前不忘对天祈祷。

来到演播厅，大家看起来都信心满满，时刻等待着爆发。

郑晴组有三名选手，另外两位导师各两名，陆见组还剩陈辛缭、余洁子，还有一位男生。

这一期将淘汰三位，迎来全国七强。现场由专业评审团五十名与大众评审团两百票综合投票比分。

　　这一场陈辛缭的经典歌曲给她带来了新的评价，从最初的少女青涩带着轻熟，这次的歌让她的歌声更有韵味许多，也挑战了巨稳的高音，诠释了她更强的实力，可谓是让观众惊喜万分，对她又产生了更多可能性的探索。

　　陈辛缭成功晋级七强，同组的男生遭淘汰，余洁子留了下来，蒋媛媛毋庸置疑会进入前三。

　　网上有一组分析，认为蒋媛媛会是冠军，陈辛缭会是亚军，网上把两人的比较分析得透透的，这届网友里卧虎藏龙。

　　比赛结束后，导演组邀请七强选手以及投资方一起去吃夜宵。

　　地址在某酒店的包间。

　　饭局上少不了喝酒环节，导演举着酒杯庆祝七位选手共同进入决赛，并祝大家前程似锦。大家举杯同庆，礼貌应对。

　　酒桌上，最能看出人性和地位。

　　蒋媛媛咖位在，不用奉承，别人也不敢得罪。

　　余洁子是人精，很懂得酒桌之道，与导演组、制作人那边混得很熟，喝酒玩游戏，一样没落下。

　　一桌能容下二十个人，蒋媛媛对面就是陈辛缭，中间隔着一盆花摆。

　　陈辛缭无意抬头的时候正好对上蒋媛媛的目光，蒋媛媛举杯对她笑了一下，看似庆祝。陈辛缭对蒋媛媛淡淡一笑，举杯迎合。

　　这样的场合对她来说太无聊了，或者说是她太不会阿谀奉承了。

　　陆见和领导人碰完杯回到座位，看见陈辛缭两眼发呆，低声对她说：“累了就先回去休息。”

　　陈辛缭哪敢一个人先溜，虽然不会阿谀奉承，但做个空气人也是可以的。

　　"不累，我们大概几点结束？"陈辛缭问。

　　陆见说：“领导的心情就像天气变幻莫测。”

　　陈辛缭笑了一下：“那我等着领导先累。”

　　后来陈辛缭也不得不佩服这些领导的体力，一个个五十岁左右的年纪，比年轻人还能抗这个夜。

　　大概是过了零点大家才有散的意思。

　　几个领导人也不知道是真醉还是假醉，随手就拉上几个漂亮的让人家扶着。

　　陈辛缭特地躲得远远的，一位老板色眯眯地要搂住她，陆见先一步搭住了那位老板的手，放在了自己的肩上："小心，李总。"

　　李总为此有些不悦，企图又不能太明显，对陆见道了声"谢谢"，之后就像是酒醒了半分，居然自己能走路了。然后陈辛缭看见他朝余洁子走去的时候又假装跟跄了。

余洁子很机灵地接住了他，还不忘关心："您还好吧？"

李总个子不高，把头埋在余洁子的肩上，又往人脖子上蹭了蹭。

陈辛缭想去帮余洁子，被蒋媛媛拦住了。

蒋媛媛觉得有些好笑："还看不出来吗？谁能讨好投资方谁就能走上更高的台阶，你以为比赛靠的是实力？就像如果曾科不是投资方，而陆见不是曾科的好朋友，你认为你能一而再再而三地被陆见捡回来？"

蒋媛媛的话一语惊醒梦中人。

之前陈辛缭也并不相信是自己运气好正好合陆见的眼，包括陆见能知道她、何律珩、蒋媛媛之间三角恋的事，就证明有人在牵线。

饭局结束后，只有陈辛缭和蒋媛媛回了酒店。

她的人生经历终究是太单纯了。

第二天的练习，每个人都准时出现在了练习室。

陈辛缭这组只剩下她和余洁子，陆见对两人的表演要求更精细严格了。

最后一期是荣誉之战，不管是陈辛缭还是余洁子，只要是有一个冠军，都是陆见战队的荣誉。但是两人能不能进前二甲的 PK，对陆见来说也是一种压力，如果一个都没进去，想必媒体会觉得他拿着最大的牌却没打出最好的牌，会影响个人口碑，总之决赛能不能王炸就看最后一搏了。

那几天，余洁子看起来心情很好，面容如桃花盛开一般。陈辛缭只是记了她那一眼，后来也没关注她，只投入在自己的练习里，结束后也就回去休息了。

决赛之夜之前宣布看全国总票，但是因为网上刷票太严重，节目组被总局警告，于是这个环节提前临时取消了，新的政策是场内专业评审团 88 名评审和场内 200 名观众的投票采用分数制决定最终比分，这对陈辛缭来说是件好事。

拼网络人气，在场谁也拼不过蒋媛媛。

不过越到决赛，陈辛缭越轻松。

比赛期间因为怕有绯闻产生，陆见让她把屏保都换了，还让她把朋友圈设置了，不要出现任何关于恋爱的信息被其他人看见而做文章，陈辛缭觉得好不自由。

陈辛缭问过陆见："这个行业里，有真实做自己的人吗？"

陆见的回答是："我认为每个人都是多面性的。"

比赛前几天，余洁子反倒有些懒散了。陆见同她说过不要松懈的话，余洁子漫不经心没把那些告诫放在心上，后来干脆早上就不来了，睡到自然醒

/ 279

才出现。

陆见大概是放弃她了，把精力全部放在了陈辛缭身上。

陈辛缭表现好又听话，陆见对她很满意。

看到陆见满意，陈辛缭也就趁着他心情好问他要签名。

当时陆见正好在看伴奏的音符，想给陈辛缭调到最适合她的音调，听见陈辛缭要问他拿签名，他还开了句玩笑："试图当我粉丝了？"

陈辛缭笑着说："如果得冠军会有奖金，如果没得冠军，拿着陆老师的签名去卖，还能安慰下自己。"

"你们家又不缺钱。"

"陆老师好像很了解我家？"

"只是看得出来而已。"

"小户人家啦。"

"笔纸拿来。"陆见始终没看她一眼。

陈辛缭开心地到处找纸，没有多余的纸，她把目光定在了自己的白色T恤上。

在这里待久了私下反倒是像极了学生的样子，经常T恤、短裤、鸭舌帽就来练习室，有时候连隐形眼镜都懒得戴直接架副镜框，全部的专注力都在音乐上。

反正何律珩也不在，这里大家也都是竞争者，完全没人关注她的外表。

"签这里吧。"陈辛缭把背转了过去。

陆见抬头，看着她的背影，忽然笑了一下："你确定？"

"嗯。"

陆见扯起她的宽松T恤，在上面签上了自己的名字。

"哎？这个如果洗了会褪色吗？"陈辛缭问。

"不建议多洗。"

"懂了。"

陈辛缭准备回去过过水就不穿了，到时候希望裴舒舒不要嫌弃……反正这件T恤她也就穿过这一次。

"不舍得洗了？"陆见问。

"不舍得，怕洗没了我就白忙活了。"陈辛缭想回头看看签名，无奈看不到，她走到练习室的镜子前，转了个身，看到了字。

签名太艺术了，不说真看不出来是"陆见"这两个字。

余洁子在快下课的时候来的，只对了一下曲又下课了，大家一起去地下车库。

陈辛缭上了陆见的保姆车，转眼看见余洁子上了一辆豪车。豪车先离开，陈辛缭看着那辆车扬长而去，转眼瞥见陆见在看着她。

"看我干吗？"陈辛缭问。

"好奇吗？"陆见指的是那辆豪车的事。

陈辛缭摇头："不感兴趣。"

两人一起回了酒店，陈辛缭走在前，陆见走在后，看见她背后大大的签名，陆见觉得还挺可爱的。

手机振动，助理打来的。

陆见接起电话听了两句话，眉头紧皱起来。

陈辛缭正要关门，被陆见用手抵住了。

"还有事？"陈辛缭疑惑。

只见陆见举着手机对陈辛缭说："这个人和你什么关系？"

陈辛缭看见的内容是关于汪婼的，她拿过手机，看了内容。网上有人爆汪婼的所有视频都是假唱，背后人正是这届歌手比赛中的陈辛缭。

很多网友特地做了分析，把汪婼的视频和陈辛缭的视频剪辑在了一起，光听声音大家表示真的就是一个人唱的。网上已有人开始攻击汪婼，还有人爆出汪婼和陈辛缭是好朋友，提供了两人的合照，称之为"二人转"。

"你跟我出来一趟，把这件事情老老实实地和我说一下，现在是比赛紧要关头，这种丑闻很容易影响大家对你的评断。"陆见严肃道。

"不进来说吗？"陈辛缭指了指室内，她觉得明明现在就有场合说。

陆见为她的朽木脑袋更是气恼，看在曾科的面子上，他忍着气："难道你想明天头条出现导师陆见和成员陈辛缭共度一夜的新闻吗？"

陈辛缭立马顿悟，跟着陆见又去了电梯。

两人去酒店顶层的茶餐厅，晚上八九点，还有人在喝茶。

灯光昏暗，谁也认不出是谁。

陆见选了角落的位置，四周几桌都没有人，不用担心隔墙有耳。

"说说吧。"

在和陆见的相处中，陈辛缭实际上是很信任陆见的，更何况陆见和曾科还有一层关系。陈辛缭老老实实交代了之前微博视频的事，陆见觉得这代年轻人还真是聪明反被聪明误。

"联系你的朋友，让她开直播。"

"啊？"陈辛缭不知道该如何隐喻地评论汪婼的歌声，"我朋友，唱歌很一般。"

"能唱就行，我有办法。"

"五音不全……还有办法拯救吗？"

陆见有些头疼地扶额，手机屏幕一条消息闪过。

陆见拿起手机。

陈辛缭看见是他助理小于发的，也不敢问，只观察着他的表情，她隐约注意到他胸口堵着的那口气好像散了。

"你朋友开直播了。"陆见说。

"啊？"陈辛缭实在是太惊讶了。

她以为汪婼此时应该还在想办法中，没想到汪婼这次这么速战速决。

陆见点开汪婼的直播，拿出随身携带的耳机连在了手机上。

"你过来。"

陆见的意思是让陈辛缭坐到他那一边，陈辛缭乖乖地坐了过去。他把一只耳机递给她，她拿过戴在了耳朵上。

汪婼唱的正是陈辛缭比赛中唱过的一首歌，相对声音比较稳，没有从前的五音不全，虽然有些跑调，但是因为原先声音就比较干净唱起歌来还是和陈辛缭有些相似。

网友在直播间留言：【就算视频中的歌声和你现场的很相似，但是好听程度怎么会差那么多？难道真的是假唱？】

汪婼怒回："是我的修音团队强大行了吧？"

陈辛缭"扑哧"一下笑了出来，她笑起来好看又温柔，眼里有亮亮的光。

陆见第一次见她真心的笑容，眼睛留在她的笑眼上许久，跟着也就勾起了嘴角。

绯闻消除，从陆见手下逃脱后，陈辛缭一回房间就打视频联系了汪婼。

"什么情况？"陈辛缭因为陆见总是很谨慎，自己也跟着谨慎了起来，戴上了耳机。

汪婼扬扬得意："我厉害吧？其实自从上次与你分开后，我们几个就觉得这事肯定得出，所以早早就防备起来了。"

陈辛缭对她竖起了大拇指："你什么时候会唱歌了？"

汪婼说："其实我私下有找老师学习啦，但老师说我真不是唱歌的料。她也只是帮我纠正了五音不全，并不能让我变成专业的。老师说音感这个东西是与生俱来的，而我是真的没有，哈哈哈哈！"

"但我觉得你刚才那首唱得还不错。"

"这首歌我一直很喜欢，学唱歌的时候也一直都是拿这首歌练习，没想到这次居然帮上忙了。我算是领悟了一句话，上天不灭我，谁也灭不了我。"

陈辛缭很想亲手抱抱这个姑娘，她的朋友们总是那么好。

"辛缭，"戴岑从镜头里冒了出来，"你要小心蒋嫒嫒，这事肯定是她爆料的！"

　　陈辛缭也只能想到是蒋媛媛，只是她和蒋媛媛之间的牵扯并不简单，至少何律珩是两人之间最大的恩怨所在。

　　陈辛缭也不能当众质问蒋媛媛，这个人一定会狡辩且全身而退。

　　接下来在电视台排练期间，陈辛缭和蒋媛媛虽然低头不见抬头见，但谁也没找谁说过话。

　　比赛前一天，网上绯闻又起。

　　有人爆料蒋媛媛插足陈辛缭的恋爱，传陈辛缭有相处多年且稳定的对象，而这个对象就是蒋媛媛之前在圣诞夜传绯闻的那位。这一次爆料的人直接明目张胆地爆出了何律珩的名字，也引动了几天前"汪婼假唱"的丑闻。有人说那个事情主要是针对陈辛缭爆出的，是蒋媛媛嫉妒陈辛缭而故意爆出给人难堪，因为蒋媛媛早年的时候就宣传过这个微博号，现在又来故意踩一脚。

　　这件事情对蒋媛媛有一定的影响，因为第二天就是现场直播的决赛，每位选手的状态都很重要，新闻出来的这一天，蒋媛媛并没有及时发公关，也没出现在演播厅。

　　这个绯闻同时影响了陈辛缭的状态，当隐私被公布在大众前任人议论，她很不适应，同时很讨厌那些人的评头论足，哪怕是有人觉得她是受害者表示同情她。

　　这一天，陆见一直陪着陈辛缭，生怕她被影响而出什么岔子，却也不敢太过严苛，尽量由着她。这个姑娘也不是不可塑的，很快将注意力转移到了工作中。

　　晚上，娱乐号更新了八卦的最新进展。

　　有记者拍到蒋媛媛进了何家与何家人共进晚餐，舆论开始反转，但是也有一部分网友并不买单。有人说蒋家、何家都是企业家，有生意往来私下帮忙打掩护也正常，蒋媛媛这一趟不过是去避避风头，这种事情她也不会澄清，大家都知道只要不澄清舆论就会散得很快。

　　陆见让陈辛缭保持心态，不要被娱乐给娱乐了。

　　只是对于蒋家和何家、陈家和何家，陈辛缭莫名地没有了底气。

　　第二天正式比赛，此时除了昨夜的风声，还是有很多人把关注点放在结果上，节目迎来最后一期，名次也都一一产生。

　　上台前，蒋媛媛出现了，造型已经做好，穿着漂亮的礼服。

　　这一期每位都是礼服加身，陈辛缭的是一字肩长拖礼服，像是穿了婚纱，余洁子的是短款重工礼服，粉红粉嫩，当大家站在一起的时候场面特别隆重。

在台后等待的时候，蒋媛媛拖着自己的礼服特地来到陈辛缭身边。

像是为了踩一下陈辛缭的信心。

蒋媛媛说："还好吗？"

陈辛缭瞥了她一眼，回："什么还好？"

蒋媛媛说："网络上那些。"

陈辛缭说："好像是针对你比较多，你还好吗？"

蒋媛媛笑了笑："你是不是以为网上那些是我发的？"

陈辛缭不作声，她认为除了蒋媛媛没有别人。

蒋媛媛说："是余洁子，两次都是。我找人查了，她背后的人很多。她想要一箭双雕，我和你是她最大的竞争对手。不过我也挺感谢她，至少第一次，就算她不爆料我也会去爆料，只是昨天那一次，确实让我有些措手不及，可是又如何？事实就在眼前。"

蒋媛媛讲得很轻松，陈辛缭不屑一顾。

"你是不是也以为何盛元是我找的救兵？其实我才是他的救兵。"蒋媛媛说完对陈辛缭得意一笑，走回了自己的队伍里。

陈辛缭站在原地深呼吸，她的节奏确实被打乱了一些。

就在这时，她的肩上落下一只温厚的手掌。

陆见对她说："相信自己。"

陈辛缭对陆见感谢地笑着，只是这一笑，实在是太牵强。

这一期根据抽签顺序来表演，每位表演结束后专业评审团会直接公布票数，200位大众评审团的票则会先做保留，等大家表演结束后一起公开。

陈辛缭准备了两首歌，一首是必唱曲，一首是万一进入前二，那么会有一场冠亚之争，另一首是留给那个时候的。

她准备的其中一首歌就是《一生中最爱》。

起是何律珩，那首《喜欢你》；终也是何律珩，那首回忆里的《一生中最爱》。

都是她的深情告白。

事到如今，她有些不敢唱《一生中最爱》了，这歌本是她的勇气，用何律珩坚定的爱意做的基垫。可昨天事发后，她在心里想，陈辛缭和蒋媛媛，何家选择了后者。

她决定将《一生中最爱》延后，能不能演唱，就看能不能进前二，全看命运安排了。

按照排位，大家一首首献唱，最后比分揭晓。

蒋媛媛停在了第三强。

这让陈辛缭有些惊讶，至少她觉得蒋嫒嫒是冠军或者亚军。不过由评审团打分来看，应该是昨天的绯闻对她造成了一定的人气影响。

最后，舞台上只剩下陈辛缭和余洁子。

"哇，都是陆见老师战队成员了，想必陆见老师此时已经松了一口气了，因为不管如何，陆见老师已经是冠军战队了。"

主持人一阵吹捧，陆见并未松懈，坐在座位上看着接下来陈辛缭和余洁子的对决。

余洁子先表演，台下掌声一片。

舞台灯光重新打起，陈辛缭穿着白色的镶钻晚礼服，站在台上端庄优雅。

《一生中最爱》的曲调响起，仿佛带着她回到了很多年前。

说起来也不过是六年吧，这六年就像是经历了所有。

从最初的相识，后来的相知，再是相爱。

原来相守才是最难的。

她可真想这辈子都陪着他，可是他的身边人注定不能平凡吧。

这首歌陈辛缭早就会了，只是唱的机会很少，也许是这首歌的回忆太浓了。这一次也是与以往都不同的心境，像是人生中最后一次唱这首歌，情感里全是遗憾，在场的好些人都听哭了，连着导师都静默了很久。

陆见说："好的声音是不需要太多评价的，就像故事总会悄然体现。"

接下来由88位专业评审团依次上前投票，支持谁就站到谁身后，票数多的将会是本季冠军。

陈辛缭和余洁子一同随着升降台升上两米高。

88位专业评审一个个上来。

一开始票数就拉开了。

陈辛缭一直是票数比较低的那一方，所以她早就做好了获得亚军的准备。

现实有时候就是如此，一开始拉开了距离，后面也注定追不上。

就像爱情里，原来也是有身份的。

最后一票落下，余洁子以52票获得冠军。

荣誉的背景音乐响起，半空彩带撒下，余洁子站在舞台中央握着奖杯说着致辞。

作为导师的陆见本该在她身旁一同庆祝致辞，陆见却去扶陈辛缭下了还有二十厘米的升降台，他把她带到舞台中央，站在了余洁子旁边。

陆见说："在我心中，冠军是两个人，一位是余洁子，一位是陈辛缭，只是比赛终有胜负，余洁子的冠军实至名归，陈辛缭的冠军，会在未来的人生道路上赢回来。我祝福她成为更好的自己。"

13
这一别，就像是关闭了回忆的大门／

比赛正式落幕，陈辛缭和余洁子从舞台两侧下，回到后台。

后台的长走廊，两人迎面走来。余洁子面露胜利的喜悦，陈辛缭则永远都是淡淡的。

两人在休息室门口停下，陈辛缭说："恭喜。"

余洁子看了看手中的奖杯："其实应该是你的。"

陈辛缭不回答。

余洁子说："其实在那些人里，你是我最欣赏也是最喜欢的，只是原来我以为我们是同一类人，我们都没有后台靠着自己走上来，但当我知道投资方里有你的亲戚时，我觉得这个比赛包括这个圈子就是如此，没有后台和手段是走不远的。"

"你开心就好，祝你以后星途璀璨。"

"谢谢，你也是。"

"洁子！余洁子！"

一群记者突然从后拥来，余洁子瞬间恢复了元气少女的形象，满脸单纯可人的笑。

陈辛缭知道这是冠军的采访时刻，识趣地进了休息室。

休息室里，蒋媛媛已经换好了衣服，助理拿着她的大包小包，看样子准备走了。

"陈辛缭，有缘再见。"

蒋媛媛虽然得了第三名，但是看起来心情很好，按理说输给陈辛缭，她应该不服气才对。

"还是别见了。"陈辛缭回。

"我表姐婚礼的时候，我们肯定还会见面的。"这也是大实话。

"叔叔！"蒋媛媛朝门口新出现的人热情地打招呼。

陈辛缭回头，在门口看见了何盛元。

她整个人一顿，连着表情都僵了。

何盛元满眼都是蒋嫒嫒，就像是在迎接自己未来的儿媳。她从没有见过何盛元这一面，哪怕是从前几次一起聚会，何盛元都是不多话且微微笑，让陈辛缭觉得成功男士都是如此，内心格外沉稳也不客套。但是此时此刻，看见何盛元对蒋嫒嫒的样子，陈辛缭知道答案了。

何盛元一直只是把她当成何律珩人生路上的一个过程罢了，从前的放任是因为时间未到，现在逐渐到了谈婚论嫁的年纪，何盛元终于出手了。

蒋嫒嫒去了属于自己的庆功宴，陈辛缭去了节目组安排的庆功宴。

一晚上陈辛缭都是魂不守舍的，满脑子是何盛元的那一幕幕。

陆见敬完领导的酒后，坐到她身边，把她杯中的红酒倒在了自己杯中，给她的杯中加了果汁。

陆见把果汁递给陈辛缭："以后怎么决定？"

陈辛缭接过果汁："还在考虑。"

陆见与她碰杯："星行传媒还可以，你可以着重考虑签他们公司。"

自从在比赛中开始打响知名度，已经有很多家公司与陈辛缭联系过，只是陈辛缭对这些一无所知，原先计划着等比赛结束后交给曾科整理。

"好。"陈辛缭提不起什么兴趣，只是先应付。

"你和何律珩……分了？"

陈辛缭不知道为什么陆见会突然开口问这些，至少她觉得他对任何的娱乐八卦都不感兴趣。

"怎么了？"

"最新八卦，蒋嫒嫒比赛结束后何盛元亲自去接，蒋嫒嫒和何盛元一起去了一家酒店庆祝。何律珩捧花出现，为庆祝女友比赛圆满。"

陆见一字一字地复述娱乐新闻上的内容，也一直观察着陈辛缭的表情。

这一次她破防了。

陆见看见她的眼眶很红，随后眼泪一滴滴地落进了手捧的酒杯里。

陆见心疼地皱了下眉，拿走了她手中的杯子，拉着她离开了宴会厅。

电梯下达 B2 层，司机还在车上，看见陆见提前下来忙给他打开了车门。

保姆车一人一座，陈辛缭坐到老位置后就侧躺着闭上了眼。

陆见坐在她旁边，拿来了一条披肩盖在了她身上。

抬眸的时候陆见看见了前车镜里司机略微吃惊的表情，陆见对他做了一个"嘘"的手势。司机点了下头，用口型问："去哪里？"

陆见想了想，说了一个"公园"的口型。

司机开去了一个较偏的公园，确定外面没有什么人才回来车里，对陆见打了一个"好"的手势。

陆见的指腹在陈辛缭的手臂上轻轻戳了一下。

陈辛缭在半梦半醒之间睁开了眼，看了看窗外，是一个公园。

"下去走走吧。"陆见拿了一顶鸭舌帽给她，打开了自己的那侧车门下了车。

陈辛缭戴好帽子下车，看见陆见已经戴上口罩。

两人走进公园，沿着湖边走。

"你和何律珩在一起多久了？"陆见问。

"我舅舅没和你说？"

陆见愣了一下："你已经知道我和曾科的关系了？"

"嗯。"

"所以你会和我交心吗？"陆见又问。

"为什么不呢？"

"因为小辈对长辈都会有些提防，我指的是你和曾科，而我和曾科又有一层朋友的关系，也许你会觉得我会和曾科交流你。"

"我的事其实我舅舅都知道，有时候想刻意藏着也是怕被我舅舅教导。但是事实证明我舅舅说得没错，他早就说过我和何律珩不合适，是我自己目光短浅信情比金坚。事到如今，我和何律珩，确实不合适。"

陆见沉默了一下，问："你指的是人不合适还是其他？"

陈辛缭说："人很合适，是家庭，家庭不合适。谈恋爱和结婚不一样，谈恋爱是两个人的事，但是结婚是两个家庭的事。"

"我和曾科是多年的好朋友，你们家的家庭情况我也都知道，我不觉得你家和何律珩家不是门当户对的。"

陈辛缭苦涩地摇摇头："我们家撑不起整个何家的产业，但是蒋嫒嫒家可以。"

陆见沉默了。他很心疼陈辛缭，也很为之可惜。

不过二十出头的年纪，却被这个世道磨炼得那么透。

这个女孩子应该是被保护得很好的，父疼母爱，连曾科都十分疼爱她，却因为一个生命之外的人，辜负了亲人想要带给她的所有美好，硬生生被教会了很多道理。

"你准备放弃这份爱了吗？"陆见问。

陈辛缭想了想："如果放弃是为了他好，我会放弃。"

两人沿着湖边走了一圈，湖不大，话也说得差不多，一圈结束后两人回了酒店。

陆见和陈辛缭是同一层，两人一前一后走出电梯。

陈辛缭先出的电梯，到走廊的时候整个人顿在了原地。

陆见看她的反应跟着停了一下，站到她身边时才看清了走廊里的那个人。

何律珩靠在陈辛缭的房门前，高高的身型和五官都生得格外好看，对于演艺圈的人，陆见看到他真人的第一个感想是：不出道太可惜了。

何律珩余光看见两个身影，转头，也就看见了陈辛缭。

想想都有半年没见了，每次再见，都有种初见时的感觉，让人怦然心动。

这本是不属于有着长久恋爱关系的人的心境。

陆见回了自己的房间，给两人空间。

长长的走廊，只剩下陈辛缭和何律珩。

陈辛缭紧捏了下手心，迈步走向自己的房门口，拿出房卡刷开了门。这一切都是多么自然，就像他并不在。

何律珩想跟进来，被陈辛缭拦在了门口："到处都是监控，也许还会有记者跟着，你先回去吧。"

何律珩被这句话戳得心痛："什么意思？"

陈辛缭鼓起狠心的勇气："意思就是，你不该出现在这里。"

何律珩的眼眶变红："那应该在哪里？"

"蒋媛媛那里。"

何律珩握住陈辛缭的手，高个子弯曲的样子让人心疼。

"我会处理好的，你相信我。"

这句话陈辛缭听了太多次了，在这一晚，已经失去信念了。

"明天我会回津城，如果你有什么想说的，来津城找我。"

陈辛缭说完把他推出了门外关上了门。

门关了，陈辛缭的心也真的碎了。

明明是梦寐以求的人终于出现，却不再是纯粹的感情了。哪怕是她还是想再给彼此一个机会。

不单单是她说过的，只要放弃是为了他好。

她太清楚幸福的婚姻很大一部分是决定在父母手上，得不到对方家人祝福的婚姻，注定是痛苦的。

家人，其实才是最难割舍的。

陈辛缭说的津城见，是最后一个可能。如果他会来，证明何盛元还是有祝福的可能，如果他不能来……

第二天陈辛缭回了津城，义无反顾的。

她原先没准备回津城的，也不知道是不是为了躲何律珩，又或者说想要看看他的诚心。

曾科派人去接的她。电话里曾科询问陈辛缭关于签约的事,她说先休息几天再决定,曾科也不多过问,只让她好好休息。

刚回津城的时候,陈辛缭以为自己不过是参加了一个节目也许并没有多少人会认识她,直到她在小区地下车库取行李,几位邻居走过,和她拍了合影要了签名,在一旁的司机都看笑了。邻居走后,司机对陈辛缭说:"陈小姐,看来你以后出门也要做保密工作了。"

陈辛缭无奈一笑。

在津城的那几天,陈辛缭假借着休息不被打扰来等着何律珩的出现。那几天她也没出过门,吃饭都是叫外卖,因为怕被认出来都让外卖员把东西放门口,等人走了才来取。

这种感觉挺烦恼的,她觉得还是当个普通人好。

那几天,她没等到何律珩,倒是等来了顾知遇的电话。

"嗨。"陈辛缭接起电话。

"你看起来心情还不错嘛。"顾知遇在电话那头调侃。

"能有什么不好的。"

"那我倒是来和你说一个好消息和一个坏消息的。"

"先说坏消息吧。"

"何盛元住院了,这次是高血压晕倒,应该是被人气的。"

陈辛缭不用问就知道是被谁气的。有那么一刻是很揪心的,她不希望何律珩是叛逆的,就算是为了她。

"何律珩去过医院吗?"陈辛缭问。

"就知道你会关心这个,我给你观察了,前两天来了,这几天没来,听说回英国去了。"

陈辛缭这边沉默了许久。此时她躺在落地窗边的躺椅上,眼睛正好对着门卫室的方向——就是突然的,突然想起那个人的身影曾经在过年的时候出现过在那个地方。

刚才也不知道是不是奢望,居然希望他没有回英国,而是来找她了。

"你们结束了?"顾知遇小心翼翼地问。

"这种事很值得被关心吗?"陈辛缭想怼他。

"当然,只有你们结束了我才有机会。"

"快说说另一个好消息吧。"陈辛缭跳过话题。

"我已经说过了。"

"什么时候?"

只听顾知遇清了清嗓子："陈辛缭，我是真的真的真的很喜欢你，而且我爸也很喜欢你，我姐也很喜欢你，我们全家都喜欢你。"

不知为何，陈辛缭笑着笑着就哭了。

眼泪滑过眼角，她拿手擦掉，忍住哭腔："顾知遇，你别再和我告白了，我和你最多只能是朋友，要么就没有任何关系。"

"唉，真叫人伤心，拒绝我那么多次，你都不会良心不安？"

陈辛缭轻轻地笑着："不会。对了，顾知遇，那一次是你吧？"

"哪一次？"

"我最后一次住宿舍的时候，前一晚，是你唱的歌吧？"

那是六月份的事了，那个时候大四下学期的学生都在面临即将搬离宿舍的事。

因为要去录制节目，陈辛缭提前搬离，该寄的寄到了曾科那边暂存，随身需要的就装了行李箱带去节目组准备的酒店。

那一晚，陈辛缭也没想到是人生中最后一次出现在宿舍，之前还以为有空的时候可以回来住上几天，和三小只叙叙旧重温一下宿舍时光，只是节目录制太忙，不久后大家毕业了，三小只也搬离了那边，在外面租了房子。

那一晚，宿舍停了电。

燥热的入夏季，大家靠手扇支撑，不知道是谁喊了一声："可真热啊！"

男女生宿舍楼一同发出哄笑声。

"外面好像凉快一些。"又有男生喊。

大家一一趴到阳台上。

"凉快什么啊！想喊美女出来直说！"女生楼有人回应。

"那么请问你是美女吗？"对面男生回。

"你加我微信不就知道了！"

"哇哦！"两栋楼再次轰动起来。

接下来女生报了自己的微信号，汪嫶出于好奇也加了，美女谈不上，但还行。汪嫶对着两人喊："如果看对眼了，祝你们有情人终成眷属！"

"哈哈哈哈！"大家跟着笑。

"陈辛缭！"忽然，男生宿舍楼那边有人喊陈辛缭的名字。

陈辛缭愣了一下，抬头找，只是乌漆麻黑的看不见是谁。

"干吗？"汪嫶替陈辛缭回。

"我是真的真的真的很爱你……"

男生唱了一首《我是真的真的很爱你》，大家从最初的跟着轻轻哼到大合唱。同学们也很配合地拿出了手电筒当荧光棒，那一晚就是这样过去的。

在歌声中，在没有回应的告白声中，那一刻成就了最后的青春。

顾知遇："怎么样？你要不要多考虑一下我，其实我的深情并不比何律珩少。"

陈辛缭笑了一下："顾知遇，谢谢你喜欢我。"

"只有谢谢？"

"只有谢谢。"

陈辛缭只给了自己七天时间等何律珩，哪怕是等不到人，至少要等到答复，如果等不到……就算了。

也没等到第七天，大概是第六天的时候，估计他已经降落在希思罗机场。

何律珩给陈辛缭发了一条消息：【可以再等等我吗？】

陈辛缭没回，那一天她蜷缩在了被窝里一整天。

北京时间晚上九点二十分的时候，他又发了一条：【还是别等我了。】

紧接着又是一条：【祝你幸福，一定要幸福。】

陈辛缭的内心防线全部崩塌。如果他再说一句，哪怕是一句希望她等他，她都还是愿意的。

可是他放弃了，放弃了那些年两人之间的承诺，放弃了那些年建设好的所有未来。

可是没有他，谈何未来，她该如何幸福。

她看着他的那一句话，渐渐地，眼泪湿满屏幕。如果这就是结局，她还有些不甘心。

可是这就是结局。

后来没有了何律珩的消息，很多后来都来自听说。

听说决赛的那一晚，何律珩捧着花是想来替陈辛缭庆祝的，结果父亲的大摆宴席却是为了另一个人。早已安排好的媒体躲在角落，何律珩被迫给蒋媛媛面子。因为何盛元的擅作主张，连着冯玥都生气了。庆功宴结束后，冯玥带着何律珩去另一个公寓住了几天，直到何盛元住院冯玥才搬回来照顾。

这件事情也不是其他人说的，大概是冯玥实在是心疼陈辛缭和何律珩的这段爱情且觉得愧疚，拨通了她的电话。那一次两人聊了很久，聊得很多，冯玥是善解人意的好母亲，到头来还为儿子争取原谅，哪怕是明知道这个结局对两个人都是伤害，却也希望能够将伤害降到最小。

在陈辛缭看来，何律珩自始至终没有做错什么，所以不需要原谅，只是事已成定局，只有各自安好，彼此都重新生活。

陈辛缭放弃了去传媒公司做所谓的明星梦，没有何律珩后，其实有一段时间她是想不明白的，但她就想多做一些尝试。

为了找回内心的那丝平静,那年深秋她跟着志愿者团队去了山区当支教。这一去就是两个月。

两个月里,她看尽了人间烟火。清晨微亮的带着雾蓝色的天空,远处屋檐上的袅袅青烟,灶内柴火烧时的香味,借住的人家家里有个五岁的小女孩,小女孩每天的脸蛋都是红扑扑的,喜欢在烧柴的时候往火堆里放个红薯,于是就成了烤红薯。

陈辛缭原先不喜欢这些东西,但是小女孩的红薯格外香甜,她百吃不厌。在那个地方,很多从前的经历变成了身外事。

她懂得了一个道理,最悲凉的不是爱而不得,而是明明身处阳光的人却刻意把自己埋在阴影里。

所有的负能量,都是自己自讨没趣。

年边,陈辛缭回了津城。父母给她准备了丰盛的年夜饭,这一次没有叫人,大概是怕人多嘴杂,一不小心就说漏了什么。

临近深夜十二点的时候,室外烟花四起。

陈辛缭站在自己房间的窗口,静静地看着天空。很多的感觉已经变得遥远。

手机里的祝福短信很多,顾知遇还在坚持给她发电,两人互相祝福后,也没有了他自作多情的告白,他好像成熟懂事了许多。

群里三小只也是不亦乐乎。

陈辛缭的手机又响起,这次是陆见。

说起来陆见应该是在电视台参加跨年晚会,陈辛缭看了看时间,这个点应该是散场了。

陈辛缭接起电话:"陆老师,新年快乐。"

陆见那头有走路的气息:"新年快乐,听曾科说你回来了,我刚参加完津城电视台的跨年晚会,明天有空吗?我想找你说点事。"

陈辛缭问:"你说的明天是初一还是初二?"

陆见想了一下,难为情:"不好意思,我忘了已经是初一了,就初一,不会耽误你太久。初一晚上我还有家庭聚会,所以如果你有空的话,我们一起吃个午饭怎么样?"

"好。"

第二天陈辛缭去了和陆见约定好的餐厅。为了顾及陆见的隐私,她戴了帽子和围巾,围巾能够裹住大半张脸。其实自从山区回来后,她就没有做掩护措施了,这个世界人太多,很容易被遗忘的。

陆见订的是包厢,陈辛缭到的时候,陆见已经在包厢里了。

/ 293

"好久不见。"陈辛缭打了招呼，拿下围巾和帽子。

陆见看着她嘴角微笑："好久不见。"

这是一张五个人的圆桌，陈辛缭坐在了陆见的对面。

陆见注意到这个细节，只是看了一下并未说什么。他给她倒了水，转到了她面前："女孩子多喝热水。"

陈辛缭笑出了声："陆老师，这不适合你。"

陆见哪管什么语录，怎么想就怎么做。

"听曾科说，你还是准备当老师？"陆见说。

"嗯，教师行业环境简单一些，孩子们很单纯，我很喜欢。"

"嗯，很适合你。"

陆见对陈辛缭的感觉实际上是复杂的，他希望她的才能能够被更多人赏识，从而创造真正属于自己的价值，但是她的性格太安稳为人也很乖巧，不适合娱乐圈的摸爬滚打。

能够一直被保护得好好的也是一种幸运。

"今年我的主要工作都会安排在津城，有时间多聚聚。"陆见说这话的时候，刻意看着陈辛缭的眼睛。她的反应让他很满意，至少对于他，她是没有防备的。

"可以呀，我听说当音乐老师并不是很忙，闲的机会比较多。"陈辛缭为此有些庆幸。

"你呀，就是被一个'懒'字给打败了。"

"说起来也挺奇怪的，十多岁的时候很勤奋，属于好好学习天天向上型，对未来也有很大的期望，自己的理想也很高，但到现在这个年龄，忽然很想要安定，想要简简单单地过日子，我是不是很没出息？"

陆见说："女孩子就应该过这样的生活，做自己喜欢的事，然后遇见一个可以疼爱你一生的人，代替你的父母继续保护你，这辈子就负责把你保护得好好的。"

陈辛缭的眼眶一下子就湿润了，这句话是多么耳熟，那个人曾经就这样讲过。

只是他放弃了。

"我感觉我这辈子都遇不上这样的人了。"陈辛缭埋头吃饭。

陆见坐到她身边的空位，伸手到她肩膀上想安慰她的时候，手掌还是收了回来，他抱着手臂，靠在椅背上："你的人生才刚刚开始，这个世界有很多人，总有人比他更爱你。"

可是啊，她只想要他。

正月里，曾科和冷行舟举办了婚礼，有些人注定是躲不掉的。

让陈辛缭轻松的是何律珩没来，蒋媛媛照常和家人一同前来的。

蒋家人很会做表面功夫，虽知道和陈家有这么一梗，但谁都是爱女心切，蒋忠垚也不过和陈伯明以冷行舟的面子互相吹嘘几句，也就过去了似的。

曾莉偏偏不肯，问了一句："怎么媛媛还是一个人来呀，不是谈恋爱了吗？男朋友呢？"

当时陈辛缭和蒋媛媛都是紧张的。

是蒋媛媛的妈妈答的话："还在国外呢，那孩子就是太努力了。"

"努力好呀，瞧被你说得好像是坏事一样。"

"说起来我们两家搭亲，他们家几辈子都稳了，可以享福了。但那孩子偏偏格外上进，我觉得这样也好，毕竟自己强大，才能保护得了我们家媛媛。"

曾莉心中不屑："准备什么时候结婚？"

"等那孩子先学业归来吧，也快了，到时候我给你发请柬。"

"那就提前恭喜了。"

两家人各回各位，刚才的对话看似两边都没输没赢，实则元气大伤。

毕业后的那几年，身边接二连三有好事发生。

戴岑和池源结婚了，汪媂和金祁泽在一起了，裴舒舒未婚先孕最先当了妈妈，一直以为成熟懂事的顾知遇又开始桀骜不驯了，顾知遇有时候会来津城找陈辛缭叙叙旧。陈辛缭说他该收收心了，顾知遇总是欲言又止。

那几年和陈辛缭保持联系的人还有陆见，不过陆见是大忙人总是到处飞，但一停留的时候他就会在津城。曾科问过陆见是不是对他外甥女动心了，陆见总会打岔说："我要是和你外甥女一起了不就乱辈分了，我得叫你什么？"

曾科毫不犹豫："当然是舅舅。"

两人总是一碰杯，玩不玩笑的话也就都过去了。

后来，陈辛缭听说何律珩回国了。

陈辛缭感觉好像离他近了一些，但是那些年也只敢停在海城之外的地方。

那几年陈辛缭会关注一些关于蒋媛媛的娱乐新闻，也只能从她身上有机会探索到另一人的动态。曾经蒋媛媛经常去英国陪他，两个人发展到了什么程度舆论猜测很多，有人说订婚了，也有人说秘密领证了。因为何家最难的那两年，是蒋家一直支撑着的，但到了何律珩回国的这年，突然爆出蒋媛媛和其他男生的绯闻，大概就是一群人在酒吧玩之类的，因为男男女女比较多，很多事情也许就是捕风捉影。

第二年夏天，冷行舟和曾科的宝宝出生，是个英俊的小男孩，陈家有意和蒋家错开时间看宝宝，却也没躲得过百日宴上的再次聚会。

蒋媛媛仍然是和父母一起来的。而陈家和蒋家的交汇，实在是像极了一年前婚礼上的那一幕。

"呀，媛媛，想见你男朋友可真难，听说都回国了，怎么不一起来？"曾莉故意关心。

这两年蒋媛媛变得刁钻了不少，已经不用母亲代替出面自己完全可以冲锋上阵了，只见蒋媛媛笑着说："阿姨，您怎么这么关心我男朋友呢？"

"阿姨哪是关心你男朋友，阿姨是关心你，大明星的婚礼阿姨还是没有见过的，想必到时候不少俊男美女出席，阿姨就是想看帅哥美女了。"

"阿姨心态还真是年轻。"

"人老心不老嘛，所以好事将近了没？"

蒋媛媛抿了下唇："快了。"

"你们家宝贝有好消息了吗？"姜还是老的辣，蒋母终究是拉女儿到身后。

"妈，我发现好多人关心我的婚姻大事，我就是还舍不得您和爸爸，不想那么早出嫁。"陈辛缭挽着曾莉的手，撒娇道。

"爸妈也舍不得你呀。"曾莉捏捏陈辛缭的脸。

"可别熬成大姑娘了，不好嫁。"蒋母道。

"都什么年代了还恨嫁，这个年代的孩子呀，就应该一辈子做自己喜欢的事情。"

两家哼哼哈哈三两句，又是一年。

后来的那一年，何律珩步步高升，陈辛缭在学校过得也很适应。

她教的是小学生，孩子们虽然很闹腾，但活泼可爱，总是可以给她带来不一样的快乐。

何律珩仿佛真的成为过去式，就像他朋友圈的那一条杠，两个人从此天各一方，此后不再有交集。

谁知这年的夏天，一场天灾让两人再次重聚。

就像两人其实从来没有真的忘记过对方。

四年，说久也不久，但真是好久不见。

因为以为一辈子都不会再见了。

晚风好像渐渐吹散了空气中的那股平静，泛起了一片涟漪。

陈辛缭看着何律珩的背影，多了感伤。

画面里好像又突然出现了那条橙色的跑道，一道矫健的身影而来，他眯起眼的微笑，仅对她可见。那个时候，到底是年少，还是一辈子里面最真实的模样，谁也说不清。

第二天真的是个好天气。

黄泥水退去，一切都逐渐恢复，生活也逐渐恢复。

陈辛缭在支援站的躺椅上睡了一晚，醒来的时候，没有看见何律珩。她想也许他已经回去了。

毕竟这几年，他都在为何氏集团努力着。

从支援站离开，陈辛缭回了趟朝阳小区，来的时候匆匆忙忙除了钱包、手机、钥匙什么也没带，连一些生活必备品都是来时一同的志愿者协会供的。现在灾难过去了，陈辛缭想回这里的家好好洗个澡，记得衣柜里还有一些以前的衣服，正好可以派上用场。

临城中学这一带水退得相对比较慢，陈辛缭来的时候水位还到脚踝。

她穿的是一双临时换的拖鞋，由于地面还有些泥，走起路来容易打滑。

陈辛缭小心翼翼地往前走，一步一滑的样子有些像新手溜冰者。

身后不远处的地方，何律珩看着她的背影，眉毛轻轻皱着，着实担心。他比她好一些，虽然鞋里都是水，但是至少不打滑，他向她走来，扶住了她的手臂。

陈辛缭抬头看到是何律珩，笑了笑："还以为你回去了。"

"在这里掉了东西，今天过来找找。"

"什么东西？"

"回忆。"

陈辛缭愣了一下，一下子想起了许多回忆。

譬如面前的这条路，曾经两个人来来回回也走过不少次。

还有那个尽头。

那个吻……

她不敢泄露她的回忆，只是点了点头。

陈辛缭家的楼道，二楼的住户在清扫，从楼梯上往下将泥水扫下来。

二楼的邻居一边扫一边抱怨："哎哟，从没见过那么大的洪水，可把我累得够呛，三楼那家就幸运了。"

邻居的老公在室内擦洗，声音倒不小："要是满到三楼，我们家就真的报废了。"

陈辛缭路过的时候看了下二楼住户，并不认识，应该是租客。

这个小区的原主人越来越少，大多数是租给了别人，少部分像陈家一样空着就空着，可能几年也不回来。因为觉得住一趟还得里外打扫一遍太麻烦了，于是每次过年过节都是直接去老人家，反正也都是看望他们的。

297

陈辛缭打开了那扇门,里面的空气很闷,一种陈年的味道。
她拿了两双干净的拖鞋,一双给自己,一双给何律珩。
"你先坐一下。"
陈辛缭去开了四周的窗户通风,再次回到客厅看见何律珩还站着。
"怎么了?"陈辛缭问。
何律珩指了指自己身上,没一处干净的。
陈辛缭笑了:"不用在意。"
说完陈辛缭去了房间拿了干净的换洗衣服准备去冲澡,走出房间时又想到了何律珩:"你有带换洗衣服吗?"
"放车上了。"
"车在附近吗?"
"不确定,我打个电话问一下。"
何律珩打了组长的电话,得知在城外的车辆已经进城了,他对陈辛缭说:"我先走了,东西在附近,等会儿我找个酒店冲一下。"
陈辛缭看着他,一时间不知道是不是想要挽留,话在喉咙里,也没说出来。她对他点了点头:"好。"
何律珩走了,陈辛缭看着那扇关上的门许久。
这一别,就像是关闭了回忆的大门。

14
见证 /

陈辛缭前来临城的事,曾莉很担心,这个姑娘这几年过得太安稳了,生怕她已经不知道如何在逆境里生活,就怕她受伤。

陈辛缭说灾难已经平息,明天统一回去,曾莉这才放心。

陈辛缭洗了澡后就回了支援站,想看看有什么需要自己帮忙的。

支援站旁停着一辆保姆车,陈辛缭觉得好眼熟,看了眼车牌,秒懂。

车里的人想必是也看到她了,降下一半车窗,伸出手对陈辛缭勾了勾。

陈辛缭上了车,也就看见了陆见。

"你怎么来了?"陈辛缭问。

"曾科派我来接你。"陆见摘下墨镜。

"为什么他要派你来?我又不是回不去,我们志愿者有专车。"陈辛缭觉得太麻烦陆见了,很难为情。

"他不放心你。"

"扑哧!"司机笑出了声。

陈辛缭看着司机,觉得好奇怪。这事很好笑吗?

"我也挺担心你的。"陆见突然又补了一句。

司机直接笑翻了:"其实这才是真心话。"

陈辛缭不明情况只跟着笑:"不用担心我,陆老师你那么忙,别被我舅舅影响。我舅舅就是操心的命,他如果找你说什么关于我的要你帮忙,你可别理他。我又不是小孩子了,不需要被时刻保护。"

"陈老师,哪怕你今年已经二十六岁了,但在长辈眼里,你永远是小孩子。"

陈辛缭顿了一下:"我二十六岁了?"

陆见点了下头。

陈辛缭捂脸:"我居然快三十岁了,我都以为自己还只有十八岁。"

陆见笑了笑:"你在我眼里,倒好像永远停留在那个时候。"

"时间过得真快。"

陈辛缭转向窗外,外面的人总是忙忙碌碌。她看见了何律珩,他已经换了一身干净的衣服，看见后面的大货车在下货，他又过去帮忙了。

"我们的物资到了。"司机透过后视镜说了一句。

"下去帮忙吧。"陆见戴上了口罩和鸭舌帽。

陈辛缭指着何律珩在搬的那个："你送的？"

"不然？"

"阔气呀！"陈辛缭开心地跟下了车。

陆见带来的大货车上有吃的也有用的，陈辛缭想帮忙一起搬，被陆见扯着后衣领拉了回来："你去干点轻松的。"

"搬东西不就是最轻松的吗？"

这些比陈辛缭昨天帮忙搬人可容易太多了，昨天搬人的时候她紧张得不行，就怕给人整地上去了。

"太沉了。"陆见转了转四周，想看看有没有什么轻松的活，不料与一旁的何律珩四目相对。

陆见认得他，也记得他。

陈辛缭顺着陆见的目光看去，也就看见了来人。在陆见以为陈辛缭会哭鼻子的时候，陈辛缭淡定得就像是没有往事，看样子是早就见过了。

"我去搬牛奶，牛奶总可以吧。"陈辛缭说完去抱起一箱牛奶。

陆见和何律珩没有多余的交流，大家各忙各的。

东西全部下完，陆见的时间也用得差不多了。

"走吧，带你回津城。"陆见帮陈辛缭打理了下被风吹乱的头发。

"我明天和其他志愿者一起回去。"陈辛缭说。

"你该不会是舍不得他吧？"陆见的下巴往何律珩那边扬了一下。

此时何律珩坐在支援站的大帐篷下的椅子上看手机。

被陆见这么一说，陈辛缭好像是找到了心中想多留一会儿的原因。只是那个人，在四年前就已经是过路人了。

"不是，就是衣服晒在家里还没干。"陈辛缭找了个合适的理由。

"回去我带你买衣服去。"

"也不是这个原因。"

"那还是因为他？"

陈辛缭要说不过陆见了："是不是我和你走，才能证明不是因为他？"

"嗯。"陆见格外认真地点头。

陈辛缭突然就有点气陆见，心里却也有其他的傲娇。她气呼呼地爬上陆见的车，降下车窗："走吧，陆老师！回津城！"

陆见满意地上车了。

车子驶离支援站的时候，陈辛缭不相信何律珩是不知道的。当时她喊得那么大声就是为了他可以听到，她想看看他是否动容，可是他却看着手机始终未抬一眼。

陈辛缭泄了气，靠在了车座椅上。

"这一次见面，你们有过交流吗？"陆见问。

"也就是寒暄了几句，无关紧要。"陈辛缭语气寡淡，没有了之前在支援站时的生机。

"他好像没怎么变。"陆见又说。

陈辛缭却摇头："变了很多。"

"有什么变化？"

陈辛缭回头看陆见："干吗？你对他感兴趣？"

陆见扯起一边嘴角，似笑非笑："我就是好奇你会不会和他旧情复燃。"

"陆老师，你说得也太直接了吧。"

"所以你的答案呢？"

陈辛缭的眸光晃了一下，后笑着唱："总之那几年，我们两个没有缘。"

回了津城，陈辛缭还处于暑假中，离学生开学还有半个多月。陆见问她接下来有什么打算，她没想，说顺其自然。

陆见拿了一张门票给她："这周六有一场我的演唱会，欢迎你来。"

陈辛缭接过票看了看地点，海城。

陈辛缭本是抗拒海城的，却在重遇何律珩后，好像不想逃避了。

既然遇见了，那就遇见。就像他遇见她时，是如此落落大方，想打招呼的时候就打招呼，不想说话的时候可以没有任何交流，最后连告别都不用。

"好。"她答应了。

陈辛缭去海城前做了很多准备，美容院跑了好几趟，买了几套好看的衣服。她总觉得上次遇见何律珩的自己是丑的，素面朝天整个人脏得不行。如果这次去海城遇见，她一定要是精致的，之后她又自嘲，觉得自己忘了他已属于另一人的事。

人也总是自恋，以为去了他的城市，就一定能见到他。

毕业后汪婼如愿留在了海城，依然做她的带货主播。这几年网红趋势很猛，汪婼跟着这个趋势涨粉不少也抓住契机带了不少货，赚了不少钱。

金祁泽还是常驻津城，毕竟公务缠身。汪婼租了一个单身公寓，方便金祁泽来的时候可以一起。陈辛缭来之前特地问了金祁泽会不会来，汪婼说："他这个月都不会来，你倒是快来吧，我的宝贝儿，我们可好久没一起睡了。"

/ 301

两人会面后就像两块橡皮泥粘在一起分不开，两人结伴一同去了圣榆街寻找旧时光，汪婼说虽然住的地方离世津大学也不远，但是总因为找不到情怀所以很少去那边，现在陈辛缭来了，仿佛回到了大学的时候，以及大学时期的自己。

不过圣榆街改变了不少，自那年的一场因为电路老化造成的火灾后，整个圣榆街翻新，原先的老房子拆迁了，现在更加商业化了，少了以前的人间烟火味。

两人点了瘦肉丸、烧烤、奶茶这些小吃，坐在了公共区的露天餐位。

"辛缭，我可太喜欢咱们大学的时候了，那个时候除了钱少了点，但是好自由好快乐，那个时候大概就是穷开心吧。毕业后除了忙工作就是忙工作，虽然赚了点钱，但是感觉都没什么乐趣了。"汪婼感慨。

"是啊，那是我们一生中最美好的时光，也是一生中最快乐的我们。"

"你这句话让我想起我最近在网上看到的一段话，有人说'原来十八岁到二十八岁不止隔了一个十年，而是一生中的整个青春'，写得可真好啊！"

陈辛缭看着她这副多愁善感的样子，有些难想象从前的她是多么逍遥快活。

"明天忙吗？带你去看演唱会。"陈辛缭邀请。

"演唱会呀？好想去，但是去不了呀，明天还要直播，现在不自由啊，招了两个人打下手，要多努力一些供她们吃饭呢。"

陈辛缭笑出了声："真的是长大了。"

第二天汪婼忙工作，陈辛缭一个人去了演唱会。陆见给她留的是前排的票，整场演唱会陆见好几次的目光都是对着她的。

最后一首歌一般是致敬经典，陆见却邀请了陈辛缭一起上台。

陆见说："我有一位朋友正好在我的演唱会现场，她曾经也是我的学员，我想借此机会和她合唱今晚的最后一首歌，看看这些年她有没有进步。"

陈辛缭措手不及，陆见却在台沿蹲下对她伸出了手。

"来吧。"

陈辛缭盛情难却，上了台。

最后一首歌原先定的是陆见所有歌里最经典最有名的，这一次陆见把歌改成了《有点甜》。陈辛缭疑惑，拿开话筒小声问陆见："你还会唱这个啊？"

陆见抿唇一笑："你是觉得年轻人的歌我不会去听？"

"不是啦，你很年轻，主要就是觉得这不是你的风格。"

"好听的歌我都喜欢。"

伴奏响起，全场轰动。

粉丝团躁动不安了。

曲尽，陆见拉起了陈辛缭的手谢幕。

舞台上空彩带飘下，观众离场，陈辛缭被陆见带去了后台。

"陆老师，还好这首歌我会，不然就出糗了。"陈辛缭说。

"特地挑了你会的。"

"所以这是你精心设计的环节？"

"嗯。有何感想？"

陈辛缭哪儿还有心想什么："当时我紧张得怕唱错，毕竟没有彩排。"

陆见笑了一下："等下有什么安排？"

"没什么安排，就是回我朋友那边。"

"不如去我的饭局吧？举办方请客。"

陈辛缭不喜欢那些陌生人偏多的场合，正想着怎么回绝，一通电话进入。

看到顾知遇的名字，陈辛缭心中有了合适的理由，对陆见摆了摆手机："有老朋友约我了。"

A1出口，顾知遇的车停在过道上。

看见陈辛缭，他开心地给她开车门，手扶着车顶对她说："越来越漂亮了。"

陈辛缭觉得他即便到六十岁也还是这副油嘴滑舌的腔调。

车子驶上马路。

陈辛缭问："你怎么知道我来了？"

"你和陆见上头条了，我正好住附近，衣服都没来得及换就来了，就怕错过你。"

如今陈辛缭对上头条的方式以及上头条的事见惯不惯了，她倒是看了眼顾知遇的衣服："终于不是海贼王的睡衣了。"

顾知遇被逗笑："多少年前的事了。"

"记忆犹新。"陈辛缭接着说，"我不急着回津城，我最近住汪婼那边，所以你不用着急。"

"你就算不急着回去，我也急着想见你。"

"找我有事？"

"想见你就不是事？"

陈辛缭无话可说，笑着别开脸。

就在这时，车窗外有一辆车迎面开来，车速很快，一晃眼，就不见了，却在玻璃窗里，陈辛缭好像看到了熟悉的人。那辆车开过去的时候，陈辛缭还回头看了，想看看车牌，可是速度实在太快，完全看不清。

"以为是何律珩？"顾知遇说。

"干吗提他？"

"除了他，没人能让你那么有反应。"

"我是那种会在一棵树上吊死的人？"

"挺像的，你这个人啊，执拗。当初拒绝我的时候，我就看出来了，所以你能吊死在一棵树上也不稀奇。"

好好的话到顾知遇的嘴里，好像就变味了，陈辛缭不和他计较："准备带我去哪儿？"

顾知遇的车速慢了下来："你有想去的地方吗？"

"去江边吧，吹吹风，这个季节，晚风迷人。"

顾知遇换了路线去往浦江，这条路线陈辛缭记得，会经过景江壹号。

夜晚霓虹闪烁，景江壹号在光照下清晰可见。

陈辛缭一眼就看到了那一栋最熟悉的楼，只是有些距离，不能清楚地找到那一层。不知道何律珩还有没有去过那里，不知道里面是不是变了样。蒋媛媛一定不会同意里面有关她的，所以里面的布局可能早就变了。

还挺可惜。

车子停在江边的地下车库，两人到路面，经过咖啡店的时候，顾知遇问："要喝咖啡吗？"

陈辛缭说："还是隔壁的奶茶店吧，喝了咖啡晚上就别想睡了。"

"我就是不想你睡。"顾知遇说，"想和你待得久一些。"

两人最后还是买了奶茶，站在江边吹风，聊了一些过去，也聊了一些日常。

顾知遇说自己谈了一个稳定对象，之所以稳定是因为彼此不是特别来电，对方是医生，和他家算是门当户对，处着也就处着，应该快要订婚了。

陈辛缭说他们明明不喜欢对方还要勉强在一起。顾知遇说很多事情无能为力，就像喜欢一个人的能力，好像在之前都用完了，之后也不想用了。

后来顾知遇也说了一件事。

蒋媛媛怀孕了。蒋媛媛近两年在海城发展比较多，之所以顾知遇知道她怀孕的事是因为她去的正是顾氏的医院，当时顾知遇还挺吃惊，至少以为不会那么快。

众所周知，何律珩爱的是陈辛缭，不过那都是几年前的事了，或许"爱"与"人"真的都会变。

陈辛缭也不是没想变过，只是她的执拗好像更深一些。

当没听说何律珩和蒋媛媛的喜讯，当没看到何律珩和蒋媛媛恩爱的同框画面，她在心中还是会有执拗。

如今听说蒋媛媛怀孕了，陈辛缪的执拗也在一瞬间消散了。

汪婼本计划陈辛缪会待很久，都想着什么时候带她去做什么样的事，虽然工作很忙，但也绝对不能怠慢了闺密，结果陈辛缪在回她那儿后就说自己要回津城了。

"怎么这么突然？"汪婼好舍不得陈辛缪，和她不过是待了两天两夜。

"回去还有点别的事情要处理。"陈辛缪将行李箱合上。

"什么事比我还重要？"

"那多了去了，比如说去约帅哥。"

"约陆见？"

"难道我身边只有陆见了吗？"陈辛缪白了她一眼。

"那就没有男人了，哈哈哈！"汪婼笑，"我看了头条，好多人都说陆见和你合唱的那首歌像是在宣布恋情。"

"网友的奇思妙想我都习惯了。"陈辛缪拉着行李箱准备出门了。

"陆见有名有才又有钱，你连他都看不上啊？"汪婼跟着她走出门。

"陆见可是我舅舅的好朋友，他看我估计也像是看自家外甥女一样。"

电梯口，两人一前一后进去。

"那如果陆见和你告白，你会同意吗？"

陈辛缪眯眼看汪婼："你怎么和一个八卦记者一样。"

"我这是关心你的终身大事，你是我们四姐妹里面最早恋爱的，现在就你落单，我替你着急呀，怕你孤独终老，那太可怜了。我们几个到时候还得陪孙子玩，顾不得你，哈哈哈哈！"

陈辛缪淡淡地吐了一口气，不想和她谈爱情的天论爱情的地了。

小区门口，停着一辆车。陈辛缪只是瞄了一眼没在意，继续等汪婼给她叫的网约车。

结果车窗摇下，里面的司机对陈辛缪喊："陈小姐，这里。"

陈辛缪目瞪口呆，望着汪婼："你可真豪气，给我叫这样的车。"

"嘿嘿，你姐妹我出息了嘛。"汪婼帮陈辛缪一起把行李搬上了后备箱。

"这服务不太行，怎么说豪车也得配上上等的服务，居然让乘客自己搬行李。"陈辛缪对汪婼嘀咕，"回头给他差评！"

汪婼要笑抽了。

"你笑什么？"陈辛缪奇怪。难道自己说错了？这服务确实不行呀。

"你快走吧，还得赶飞机呢。"汪婼赶着陈辛缪。

"你前一秒在楼上还很舍不得我呢。"陈辛缪觉得汪婼好善变。

"请吧,小主。"汪婼变身骑士做骑士礼。

陈辛缭打开了后座的车门,正要坐上去,隐约看见后座还有个人,弯腰一看,愣住了。

何律珩。

她回头想问汪婼什么情况,汪婼人已经飞快地跑进小区了。

"上来,我送你。"车里,何律珩的声音沉沉地响起。

"谢谢。"陈辛缭大大方方地上了车。

陈辛缭不想自己是扭扭捏捏的,显得对他格外余情未了,却也和他保持了一些距离。

就当是个很久以前的朋友吧。

司机开着车,陈辛缭规规矩矩地坐着,而身旁那个人连着气息都十分严肃。

之前他穿休闲装的时候没这样的感觉,现在整个衬衫西裤,头发还梳理起来,真是让人呼吸都要冻结了。

才二十八岁的人,这气质比八十二岁还要稳。

大概开了一半路,陆见的电话打来了。

陈辛缭接起电话:"陆老师。"

"在哪儿?"

"准备回去了,现在在车上。"

"那么突然,不是准备玩几天吗?"

"临时有事,得回去一趟。"

"几点的飞机?"

陈辛缭看了看时间:"这倒还早,就是习惯早点去候机。"

"来一趟MONA酒店吧,我有东西要给你。"

"好。"

陈辛缭挂了电话,然后对司机说:"你好,可以送我去MONA酒店吗?"

司机有意看了眼后视镜,回:"不顺路,何总要赶飞机,送你过去他会误机。"

陈辛缭打开手机地图,确实不是很顺:"那麻烦路边停一下吧,我打车过去。"

司机又看了一眼后视镜。

这次陈辛缭顺着后视镜的内容看到了何律珩。那人正闭目养神呢,所以司机看什么呢?

陈辛缭又往后看了看,可能是自己太敏感了,没准是看路段。

"停一下吧,彼此都别耽误了。"陈辛缭做好准备下车,手突然被身边人按住了。

陈辛缭回过头,何律珩已经缓缓睁开了眼。

"小吴,送她过去。"

小吴转了路线,将陈辛缭送到了酒店门口。

"谢谢,麻烦开一下后备箱。"陈辛缭打开车门。

"拿个东西应该很快,我等你。"何律珩说。

陈辛缭愣了一下,敢情他都听到了。

"我不耽误你,你还要赶飞机。"

何律珩看了下手表:"来得及,你尽快。"

陈辛缭"噢"一声,下了车,有点乖。

陆见给陈辛缭的是一个精致的长方形的盒子。

陆见说:"举办方送的,我不喜欢戴这些,寻思着应该挺适合你。"

陈辛缭打开盒子,是一条名贵的项链,满钻:"举办方也太有钱了吧。"

"喜欢吗?"

"没什么场合戴,我又不是名媛千金要参加各种派对。"

"那下次我送你一条简单的。"

"不用了陆老师,你那么客气我还得想着该还什么礼。"

"那就把你送给我。"

陈辛缭蒙了,抬头看他,他的眼神很认真,不像是开玩笑。

转瞬,陆见又露出了看似玩笑的笑脸:"你是我最好朋友的外甥女,对我来说也和亲人一样,我家就我一个独苗,你就当我对你是……兄妹之情。"

陈辛缭这才放了心:"谢谢陆哥哥。"

陆见又笑了:"这哥哥叫得……真好听。"

因为何律珩还在下面等,陈辛缭拿了礼物就走了,上车的时候她拿着礼物没地方放,就一直放在手上。

何律珩瞄了眼她的礼物,不屑地继续闭上了眼睛。

到达机场,三人一起下车一起去航站楼。

小吴全程帮陈辛缭拿行李,陈辛缭很难为情:"那个,谢谢你啊,小吴。"

小吴说:"不客气,陈小姐给个好评就行。"

陈辛缭更尴尬了。

在航站楼取完登机牌,何律珩那边还有一张要取,陈辛缭借机先走,她拿过小吴手中的行李:"谢谢,我先走了,拜拜。"

这声告别,大概只用了一秒,仓促得没有停顿。

过了安检，陈辛缭这才放慢脚步回头看了看，确定何律珩还没进来，她速速给汪婼打了电话："什么情况？你和何律珩什么时候连上线了？"

汪婼在那头贼兮兮地笑着："一直都有微信呀，大学那会儿加的。后来你们完了后，我也挺奇怪为什么他都没有删，然后他昨天突然找我，大概也是看到你的头条了，然后觉得你来海城会来找我吧，所以就来问我了。"

"问你什么了？"

"关于你待几天之类的，我说你今天就走了，他说他送你，让我配合一下，我也就配合了。不过我也很好奇是什么情况呀，这么多年没联系，突然的……你们有聊什么吗？"

"没有，他就将我送到，然后我们各走各的了。他应该是顺路顺便送送我吧，因为他今天也要赶飞机，不知道去哪儿。"

"我感觉他对你一直都没变，我在海城这几年都没听到什么关于他的八卦，更没有看到他和蒋媛媛的同框，像蒋媛媛那么高调经常在微博晒恩爱礼物的，却连张两人的合影都没有。如果说是有意保护何律珩，我是不信的，因为大家都知道何律珩长什么样，网上都能找到何律珩的百科呢。"

"不知道呢，反正我和他是真的没戏了。"

"啊？为什么啊？这几年你没找不也是因为心里有他吗，不然陆见是多好的选择呀，你连陆见都没看上。"

"陆老师和我之间很纯洁，别乱猜测，而且我这几年没找不是因为心里有何律珩，而是因为我忙工作，没时间找。"

"喊，两句我都不信，当个音乐教师能有多忙。"

陈辛缭被戳破谎言，无奈，无意间回头，看见何律珩和小吴进来了。

她假装自己没看见，对汪婼说自己要登机了，加快脚步去自己的候机口。

飞机飞往津城，仿佛开启了新的篇章。

陈辛缭深知这一次何律珩对她虽然是主动的，但是和从前以往都不同，这一次的重遇，是非常有分寸的，话语间也是平淡得不能再平淡，一定要给这样的关系加层名称，应该也就是"朋友"。

或许是他对她有愧疚吧，所以想着稍微弥补，也就有了送机这一段。

陈辛缭回到了家里，曾莉像是算准了时间，给她打了电话。

前两年曾莉对于陈辛缭的情感问题是一点也不着急，她知道陈辛缭还有一些伤需要疗养，这一年也不知道是不是陈辛缭身边同龄的姑娘们一个个都结婚生子，曾莉也突然开始着急起来，不工作的时候就是给自己物色女婿。

"宝贝，妈妈知道你今天回来累了，所以给你安排了明天晚上，就一个挺不错的男生，你爸爸朋友的儿子，特别帅，人也很好……"

以为陈辛缭会立马拒绝，所以曾莉都不敢换气地介绍，等到的是一句："您把时间地点发我吧。"

陈辛缭那么爽快，曾莉又有些担心："你是敷衍我还是真的想清楚了？"

"给个面子吧。"陈辛缭说。

"如果只是因为这个的话，那妈妈就给你推了。"曾莉终究是不想强迫女儿做不喜欢的事情。

"没事，妈，我是应该出去认识新朋友了。"陈辛缭这句"出去"是打开了心门，她知道自己一直停在过去是犯傻，这个年代的女性应该独立自强且洒脱。

"有你这句话，妈妈就放心了。"

第二天陈辛缭按照曾莉安排的准时去了约会地点——是个挺雅致的餐厅。

曾莉给预约的位置，7号，靠窗。

这个地方不算是津城市中心，但附近都是高端场所，这家餐厅的正对面就是津城非常有地位的酒店，名流圈最爱去那边谈事，在津城的网红也很喜欢出现在附近，一来拍拍视频打打卡，二来吸引一下名流的注意。

陈辛缭没什么兴趣地把视线转回到餐厅大门方向，又低头看了看时间，人还没来。

她给曾莉发了微信：【这位公子哥迟到十分钟了。】

陈辛缭有些没耐心了，觉得对方不太尊重她，谁知曾莉回：【你挺准时的嘛，我还怕你好久没约会了，拖拖拉拉给整迟到了，特地把你的时间提早了半个小时，没想到你已经到了，那你就等吧。】

……老母亲的套路真的是太深了。

陈辛缭只得继续等，拿出了手机下载了一个小游戏，靠小游戏打发时间。

没打两局，男主角来了。

"你好，陈辛缭。"

声音很好听，陈辛缭收了手机抬头，笑着说："你好。"

男生温文尔雅，一看就是受过非常好的教育的，这点倒是陈辛缭挺欣赏的。

其实学校的同事之前也给陈辛缭牵线过，当时那个男人和这位感觉挺像，都很温柔细腻，只是当时陈辛缭心里有人，所以对其他人都不来电罢了。

这次也不知道是不是放下了以往的羁绊，陈辛缭看待新人也有了一些耐性。

这场约会总体双方都还算愉快，陈辛缭这几年来第一次比较快地记住一个人的名字，男生叫姜崎深。

从餐厅出来，陈辛缭跟着姜崎深去附近停车场取车。

偶遇一个女网红正在直播，女网红似乎是认出了陈辛缭，把镜头转向陈辛缭："哎？你是不是陆见前几天演唱会上那个合唱的陈辛缭？"

陈辛缭有些为难，因为她的脑子里此时此刻是演唱会后的绯闻。

"哎？原来你是小橘子呀，我说你怎么这么眼熟。"陈辛缭看了眼女生直播的网名，准备把话题转走。

"你认识我呀？"女生对此有些得意。

"刷到过你的短视频，你本人更好看。"陈辛缭夸赞了她。

女生开心得要起飞了。

"你好好直播，回头我去你直播间看你，现在我和我朋友有点事要先走了。"

女生完全忘了自己想要让陈辛缭露镜的初心了，热情地对陈辛缭说再见。

陈辛缭走远后，姜崎深对她说："你真的知道她？"

陈辛缭看了眼他："我刚才的表演很假吗？"

姜崎深笑着说："大概是旁观者清。"

陈辛缭说："不想被人拿来博眼球，所以出此下策。"

"这就是你没有选择走星途的原因吗？"

陈辛缭对他眯了下眼："看来你对我做了功课。"

姜崎深说："你是曾阿姨的骄傲，所以她经常会说起你的事情。"

"还有听说别的什么事吗？"

"有是有，不知道你想听自己的什么事？"

"关于……我曾经有缘无分的故事。"陈辛缭有些玩笑的意思。

"曾阿姨说过。"

"啊？"陈辛缭惊讶，"我妈连这都说？"

"其实是我问的，我……认识你很久了，这次是我主动托我父亲的关系联系你的，你参加比赛的时候我就知道你了，并且知道你是我父亲朋友的女儿，我也知道你的过去，知道你爱过一个人，但那么多年过去，是不是可以让其他人走进你的生活了？我也就是斗胆选择这个时候重新认识你，也让你认识我，不管结果怎么样，我都不遗憾。"

姜崎深的勇敢告白，让陈辛缭心里暖暖的。

只是好久没有触及感情，感觉这个东西还有些老化状态。

她拍了一下姜崎深的肩，笑着说："来日方长。"

曾经她最讨厌的四个字，如今成了她的想法。

来日方长，其实是个褒义词。

就在这时，一辆汽车对两人发出了鸣笛声。陈辛缭意识到是两人站在过道挡了路，于是拉着姜崎深站到了旁边。

车子开过两人身边时突然停了下来。

后排车窗降下，露出何律珩冷冷的一张脸。

陈辛缭愣了一下。他怎么会在这里？难不成昨天他也是飞津城？

忽然，她的肩上落下姜崎深的手，只听姜崎深礼貌地对何律珩说："不好意思，打扰了。"

陈辛缭就心虚了。

姜崎深看了她那么多八卦，难不成不知道他就是她爱过的那个人？

陈辛缭的目光从姜崎深的脸上重新跳到何律珩这边，那人面无表情地把头转回去，车窗升起，车子也就开走了。

还真像个陌生人……

到达陈家小区门口，姜崎深从后备箱拿了一束花递给了陈辛缭。对送花，姜崎深有些不好意思："曾阿姨说你对花这些并不是很讲究，但我觉得还是要给喜欢的女生送花，所以我选了满天星。这种花好养活，你不用特别打理，摆放在家里喜欢的位置就好，希望你每次看到它时可以有个好心情。"

看到花，陈辛缭想起和何律珩一起的时候，他会经常送她花，后来她一个人生活了，也没有接触过花了。

现在看着面前的这个男生，满心真诚，挺触动她这个曾被情伤过的人。

"谢谢。"陈辛缭收下花，"第一次见面没有给你准备礼物，下次我补上。"

"不用不用，女生只负责收礼物。"

"那作为男生不是很吃亏？"

"不吃亏，都是心甘情愿的。"

陈辛缭笑着看他："开车注意安全，我先进去了。"

"好，下次见。"

陈辛缭与姜崎深道了再见，走进小区，不过刚到楼下单元楼门口，曾莉的电话就打来了。

陈辛缭严重怀疑自己是不是被曾莉监控了。

"到家了吗？"曾莉问。

"到了。"

"感觉怎么样？"

"挺好，人长得干干净净的，性格也不错。"陈辛缭按下电梯上楼键，

/ 311

此时两部电梯都刚上去，要等一会儿才下来。

"那就好，那就好。"

陈辛缭明显感觉到曾莉那边的喜悦，仿佛明天就可以领证结婚后天她就可以抱外孙了。

"他到底多大？"和姜崎深没见面之前陈辛缭只听了曾莉说那位有多好多好，却怎么也不透露年纪。陈辛缭看到本人，总觉得年纪小，却也不敢想。

"比你小三岁。"

"啊？"陈辛缭惊了，"真的比我小啊？"

"这有什么，现在都什么年代了，人家姜家还说了女大三抱金砖呢。"

陈辛缭无语至极。

此时电梯门打开，陈辛缭想要溜了："我要上电梯了，先挂了，电梯里没信号。"

"不挂，我不挂，你就这样开着，等到了咱们继续说。"

陈辛缭翻了个大白眼，默认地把手机从耳边拿下，然后按下自家楼层键。

她靠在电梯墙上，一想到姜崎深是个弟弟，她就……

抛开何律珩，她一直都喜欢比自己年长的，会成熟一些。虽然晚上和姜崎深接触下来感觉他也没有很幼稚，但是小三岁，总觉得还是个刚出社会的小孩子。

电梯到达楼层，"叮"一声，想必是曾莉也听到了，忙从手机里传出她的声音："刚你姜叔叔跟你爸说了，人家姜崎深说认定你了。"

陈辛缭举起手机："先不管人家姜家喜欢女大三抱金砖，你和爸爸真的同意我找一个小三岁的老公？"

"可以可以！年龄不是问题，重要的是爱，懂不懂？"

陈辛缭正要回，看见自家门口打下一道修长的身影。

陈辛缭愣在了原地，在光照下，她看见了何律珩。

何律珩抱臂靠在陈家的门前，看见陈辛缭的出现，仍然不动声色，一副居高临下的傲感。

一瞬间，陈辛缭怀疑何律珩是不是走错楼层了。

"妈，我这边有个电话进来了，我先挂了。"陈辛缭迅速挂断了电话。

明明是回自己家，陈辛缭却有些拘谨。

"你怎么在这儿？"陈辛缭抱着花的手握紧了一些。

"我对津城不熟，怕踩雷，没吃晚饭，所以想来你这儿吃一顿你做的，毕竟你的厨艺我很放心，而且我会付费。"

何律珩说完这些，陈辛缭都蒙了。所以她是厨娘？意思是给他开个小灶赚点外快?

她才不愿意。

"蒋家在这里,你可以去那边,你可别说连蒋家的路都不熟悉。"

"确实不熟,这几年我第一次来津城。"

何律珩并不情愿谈起蒋家,陈辛缭家的门是指纹锁,他直接拿起了陈辛缭的手,把她的手指按在了锁上,门锁开了。

"就当是收留一位老朋友吧。"何律珩说。

这句话给了陈辛缭一个理由,也给了何律珩一双拖鞋。

何律珩看着陈家,当年一门之隔没踏进去,后来的故事也都变了。

如果当年他勇敢地走进来,当年更快一步地引荐双方父母见面,也许彼此早就尘埃落定了,也不至于后来各自发展,如今站在彼此面前犹如新识。

陈辛缭把满天星放在了客厅的茶几上,走去厨房打开冰箱门:"太费劲的不想做,所以你要不要吃碗面?"

"可以。"何律珩跟在她身边。

陈辛缭从冰箱里拿出西红柿、鸡蛋、瘦肉,还有面条,关上门看见何律珩站着给他指了条路:"去沙发上坐吧,好了我叫你。"

"不想坐。"何律珩靠在了厨房的拉门上,看着陈辛缭开始在厨台上忙。

陈辛缭也不管他了,现在她的任务就是给他做一碗好吃的面条,让他吃完早点回去休息。

何律珩看着陈辛缭从切菜到下锅,不由得想起他们开始的第一年,那个年后在她家吃的第一顿来自她的手艺,当时他说毕业就结婚吧。

如今毕业四年了。

"陈辛缭。"何律珩唤她的名字,是情不自禁的。

"嗯?"陈辛缭刻意让自己的心思都在锅里,哪怕是在煮的过程里是可以休息片刻的,她也仍然站在原地,眼睛看着锅里。

似乎一旦转移注意力,就要被过去牵绊住。

"对不起。"

陈辛缭的眼眶忽然就开始湿润,是莫名其妙的。

"干吗说对不起?"陈辛缭开了下锅故意被蒸汽熏到擦了下眼睛。

"想起一些过去,没有对你实现的承诺。"

陈辛缭将锅里的面搅拌了一下,重新盖上锅盖:"不知道你说的是哪些事,总之我已经忘记了,你也不必再耿耿于怀。"

何律珩那边沉默了一下,答了一字:"好。"

煮好面,陈辛缭将面捞了起来盛到碗里放在了餐桌上。

"吃吧，吃完早点回去。"

留下这句话，陈辛缭准备离开餐区，手被何律珩轻轻拉住。

"坐下，陪我。"

陈辛缭回头看着他，他坐在餐桌前，侧影对着她，看不清他的表情，却总觉得语气让人无法拒绝，而那只手就这样拦着她，也不放过她。

陈辛缭往回走，坐在了旁边餐椅上。

画面又开始进入沉默，何律珩吃面，陈辛缭看手机。

姜崎深在两分钟前发了消息，是用语音发的，陈辛缭刚看到，点开语音，是姜崎深温柔的声音："我到家了。"

声音还真的挺好听。

陈辛缭给姜崎深回了文字：【好的。】

何律珩抬眸看了她一眼，神情明显有些不屑："和那个……"

他不知道对方名字就用了刚在门口时听到的来概述："和那个弟弟发展得怎么样？"

陈辛缭并不吃惊他的概括，电梯口到家门口很近，走廊还有回音，他听到也很正常，也不怕他听到，两个人现如今应该更坦坦荡荡一些才好。

"今天刚见面，人挺好的。"陈辛缭说。

"所以你现在喜欢弟弟？"

陈辛缭不知道该如何说年龄的事，或者曾莉说得也没错，年龄不是问题，主要是心智。

"跟着感觉走吧。"陈辛缭回。

"陆见呢？为什么他没有机会追到你？"何律珩又问。

陈辛缭愣住，这已经不知道是第几个人说过这事了，她从不觉得陆见是喜欢她的，也从不觉得自己连哪种喜欢都分辨不出来。

那些绯闻产生的时候陆见也会和她澄清让她别想太多。

"他是我的导师，又是我舅舅的好朋友，当初的比赛如果不是我舅舅的关系他根本不会把我捞回来。"

"可是比赛早就结束了。"

"但他是我舅舅的朋友，他很优秀，但他和我完全是两个世界和频道的人，他不可能会喜欢我，他身边美女才女非常多，不可能轮到我。"陈辛缭对此太有自知之明了。

"如果就是轮到你了，你会接受他吗？"

陈辛缭抚着脸："如果嫁给陆见……这竞争也太大了吧，他身边诱惑太多，我会没有安全感。如果一定要在陆见和姜崎深之间选，我一定会选姜崎深，我喜欢过简简单单的生活。"

何律珩已经很久没有见她这副女孩子幻想未来的模样了，不由得笑了一下："嗯。"

吃完面，何律珩起身拿着碗筷去厨房要洗碗，陈辛缭把手抵在了碗上："还是我来吧，你可以回去了。"

"洗碗我会。"何律珩拿开了陈辛缭的手。

陈辛缭觉得穿着一身名牌的他洗碗可太违和了，于是拿来围裙递给他："穿上吧，你的衣服都很贵。"

何律珩张了下手掌："都已经下手了，现在穿太麻烦了，没事。"

陈辛缭拉住了他的一点衣料，让他转了过来，给他套上了围裙，在他身后打了个结："洗碗要有洗碗的样子。"

何律珩轻轻笑了一下："嗯。"

完工后，何律珩取下围裙："老板，这顿饭多少钱？"

陈辛缭摆手："算了，就当是收留了老朋友。"

何律珩点了下头："你号码多少？或者是加个微信吧，我这几天都在津城，可能会需要向你了解一下城市情况。"

陈辛缭说："你可以用导航，也可以上网搜一下攻略，都比我实用。"

何律珩没有放弃要联系方式："如果不方便，就留个号码吧。"

陈辛缭仿佛陷入了必须要二选一的状况。

"你前几天在海城可以问到我的路线，难道没有问到我的号码？"陈辛缭问。

"问路线都已经够费劲了，你的闺密口风太紧。"

陈辛缭抿唇一笑，伸出手："手机给我吧。"

何律珩交出手机。

拿到他手机的那一秒，陈辛缭有意地看了他的屏保，很简单的图案。

她刚才只是有那么一瞬间想起从前他的屏保是他们两个人。

"好了。"陈辛缭输上号码，将手机递还给何律珩，这一次她给自己备注了名字，完完整整的"陈辛缭"三个字。

何律珩按下了那个号码，陈辛缭的手机铃声响起。何律珩抬眼看了下她亮起的手机屏幕，然后把电话挂掉："我的号码，你记得存一下。"

何律珩从陈家离开后，在小区门口等了一小会儿，小吴开着车出现。

何律珩上车，小吴打着方向盘去往酒店。

"何总，陈小姐是一个人在家吗？"小吴问。

"是。"何律珩有些疲惫地合上了眼。

"我刚等您的过程中给您打听过了。陈小姐的约会对象叫姜崎深,和陈小姐家算是门当户对。姜崎深没有任何黑历史,虽然比陈小姐年纪小,但为人处世沉稳,在学校成绩优异,至今未谈过恋爱……"

何律珩并不以为然:"姜崎深追不到她。"

"是,这不还有您嘛。"

何律珩没答。

"晚上您有和陈小姐说您的事吗?以及您这次来津城的目的。"

"还不到时候。"

小吴觉得自己这位老大还真能沉得住气。

"虽说姜崎深跟您没法比,但是陈小姐目前和姜崎深挺火热,我觉得您不能掉以轻心。"

何律珩轻扯了下嘴角:"我和陈小姐从前的时候就是这种局面,我一直都知道她想要什么样的生活,只是我给不了,而我能给的又不是她想要的,所以很多事情还不到时候。"

"陈小姐想要什么?"

"她想要和一个简简单单的人一起过简简单单的生活。"

"那您确实不是。"

何律珩睁开了眼,透过车内后视镜看了小吴一眼。

小吴正好也在看他,一脸怕得罪领导的胆怯表情。

"我觉得陈小姐只是想要过安稳的生活,虽然您的身份不简单,但是这些年您一直在为陈小姐而努力,您是可以给陈小姐想要的生活的。"小吴解释。

何律珩想了一下这句话,继续合上了眼,也不言语了。

陈辛缭第二天醒来的时候被一条娱乐头条炸醒——【蒋媛媛将于下个月结婚!】

这条娱乐新闻已经被各大平台推爆了。

陈辛缭靠在床头翻阅细节。没看到男方的信息,评论区众多猜测。

陈辛缭也懒得看了,还能有谁?何律珩这几天来津城也就是为了这些事吧。

她在床上又赖了两分钟,有些落寞地用被子包住头。

手机响起,陈辛缭被迫从被窝里出来,拿过手机,是何律珩打来的。

陈辛缭果断地掐断了。

电话又来了,陈辛缭仍然掐断,然后给人设置了黑名单。都要结婚了他还给她打电话,她是情人吗?

"情人……"陈辛缭开始思索这两个字,还真是讽刺。

酒店的总统套房里,何律珩站在落地窗前看着楼下的车水马龙。

他心情烦闷,又感到一些莫名其妙。

昨天还感觉两个人之间近了一些,今天就被拉黑了。

小吴带了早餐回来,何律珩毫无饥饿感。

仔细想,陈辛缭以前也有让他摸不透的时候,但每每这个时候都是因为他做错了什么,所以这一次他到底做错了什么?还是说她真的不准备和他联系了?

陈辛缭在床上赖到下午,连着早饭午饭都没吃。

傍晚的时候曾莉和陈伯明忽然回家,吓得陈辛缭赶紧从床上爬了起来,想表现得勤奋一点已经来不及了。

她趴在房门口,探出脑袋看着父母笑着问:"爸妈,你们怎么回来了?"

曾莉看见她蓬头垢面的,又看了看时间:"你赶紧的,一个假期就变得那么懒散,你快去收拾一下自己!晚上我们一起出去吃饭。"

"哈?"

曾莉和陈伯明平常生活比较勤俭,能在家做饭就绝不出去消费的那种。

"带你吃点好的去。"陈伯明端了一杯水走过来,对陈辛缭神秘笑着。

"贵不贵?"

曾莉白了她一眼:"贵。"

"那就不枉费我精心打扮了。"陈辛缭说完回房间收拾自己去了。

在她快化好妆的时候,曾莉扔给了她一个购物袋:"穿这件。"

"你选的?"陈辛缭问。

"嗯。"

"您多少年没给我买过衣服了,我能相信您的眼光吗?"陈辛缭虽然嘴上嫌弃,但心里却期待着这件衣服。

打开包装盒,是一条精致的连衣裙。旗袍领,修身的无袖鱼尾长裙,时尚与复古的结合,端庄大气,孔雀蓝的颜色很美。

陈辛缭还没穿过这种风格,她迫不及待地去试衣服。站在更衣镜前,她觉得自己真是个衣架子,这种风格也能驾驭,原先还怕自己穿旗袍会很老气。

"好不好看?"陈辛缭亮闪闪地出现在曾莉面前。

曾莉只是淡淡看一下,淡淡回答:"好看,我看到这条裙子的时候就知道你穿上是什么样的了。"

"所以一点惊喜也没有?"陈辛缭问。

"没有。"

……得不到夸奖的孩子只能默默气馁。

"头发是不是要盘一下？"曾莉的夸奖没有，倒是挑出了毛病。

"盘什么样的？"陈辛缭问。

曾莉杵着下巴想了一下，拉着陈辛缭回到房间，把陈辛缭按坐在化妆台前。

"我给你盘一个。"

于是陈辛缭乖乖坐着，镜子的倒影里，是曾莉细心地盘弄着她的头发。

陈辛缭好奇的眼眸逐渐变得温柔。

"妈，这样好像要送我出嫁一样。"陈辛缭说。

曾莉看着镜子里的女儿与自己，手上的动作也因此停了一下。

"还真的是，上次你表姐结婚的时候，你小姑也是这样的。"曾莉继续帮陈辛缭盘头发，"当时你表姐也穿了一件旗袍，不过是大红色的，不知道你什么时候也可以穿上。"

"穿红色旗袍不是分分钟的事。"陈辛缭说。

"不单单是红色的旗袍，是婚礼，我可真是太期待那一天了。"

"那您可得再多期待几年了。"陈辛缭有意浇冷水。

"反正我相信缘分来了挡也挡不住，你就等着吧。"

"您这是在期待我和谁？姜崎深？"说到这个名字，陈辛缭明显感觉到来自曾莉脸上的喜悦。

不过曾莉嘴上不说："反正就是期待，我期待总行了吧？"

去往酒店的路上，曾莉催了陈伯明两次。虽说方向盘是陈伯明掌握的，但是陈伯明表示这正好赶上晚高峰，他也想快，除非车子上安装了翅膀用飞的。

到达酒店是傍晚六点多。

曾莉看了看时间："还好没迟到。"

曾莉又注意了一下陈辛缭的妆容："不愧是我女儿，真漂亮。"

莫名被夸赞，陈辛缭一脸蒙。

电梯从地下车库上去，餐厅在酒店顶层的包间。服务员见来人，打开了包间门，隐隐约约能看见里面已经有人了。

等门全部打开，陈辛缭愣在了原地。

姜……姜崎深。

陈辛缭小声问曾莉："妈，什么情况？"

显然她慌张了。

因为除了姜崎深，还有两位长辈，其父亲姜臻，母亲姜玲。明眼人都看得出来这场晚宴意味着什么。

曾莉有意忽视她的问题，挽着她的胳膊把她送到了姜崎深旁边的空座上:"你姜叔叔可是你爸爸非常要好的朋友,以前我们两家聚会的时候你都不在,现在你长大了,有必要让你熟悉一下你爸爸的圈子,可都是非常了不起的人物。"

陈辛缭听出来这段话主要是让她注意分寸。

哪怕是抗拒,也要顾及双方面子。

"姜叔叔,姜阿姨。"陈辛缭礼貌地对两位长辈打招呼。

"你好呀,辛缭,你可比照片上漂亮多了。"姜玲总是笑眯眯的,还挺亲和。

"阿姨您才漂亮呢,要是我在路上看见您和姜崎深两个人在一起,我还以为您是他姐姐。"

姜玲笑得更开心了,对曾莉和陈伯明说:"老曾、老陈,你俩这女儿,我可太喜欢了。"

陈辛缭心想,完了,表现过头了。

这场晚宴比陈辛缭想象中要轻松许多,没有很明显地对她与姜崎深之间关系的推动,看似就是很普通的家庭聚会,聊的都是一些家常琐事。也许是双方家长的情商着实高超,知道情感需要"小火慢炖"。

姜玲对陈辛缭是疼爱有加,快结束的时候,送给了陈辛缭一个镯子。

陈辛缭吓得不敢收,姜玲直接给她套上了。

"阿姨初次见你,给你准备了见面礼,希望你能喜欢。"

陈辛缭看着这价值不菲的镯子,喜欢是喜欢,就是还不起。

她发现成年世界里的"礼"真的都太贵重了。

上次陆见送她的礼物,她托了舅舅的关系给陆见竞拍了一幅艺术家的画送给他,那幅画可费了她不少私房钱,虽然三分之二是曾科赞助的,但是欠舅舅的她才不还,至于别人,哪怕是一点点都觉得是要还的。

这次的镯子让她很不安,总觉得像是婆家下的聘礼。

"姜玲,咱俩可太默契了,我给崎深也带了礼物。"曾莉说着从包里拿出了一个盒子,是一块名贵的手表,"崎深这孩子为人处世低调,我也不知道送什么好,就选了一块手表。这个品牌的手表很保值,就算崎深平常不戴也可以做收藏,不过没你送的手镯贵啊,你可别在意啊。"

"说什么呢,咱俩的关系还需攀比嘛,哈哈哈。"姜玲乐呵呵地拍着曾莉的手。

姜崎深收下礼物,看了陈辛缭一眼,陈辛缭正好也在看他,两人相视一笑。

离开包厢的时候,曾莉和姜玲有说有笑黏一块,陈伯明和姜臻有说有笑道发展,两对家长走在前,陈辛缭和姜崎深走在最后,在长辈面前两人永远都是孩子,这两个小孩话少得可怜。

/ 319

"我来的时候也不知道是约了陈叔叔、曾阿姨还有你，看见你的时候挺诧异的。"姜崎深说。

"嗯，家庭聚餐，我们就是两小孩，摆设。"陈辛缭圆了过来。

"互相多认识一些也好，看得出来我父母都很喜欢你。"姜崎深又将话锋转了回来。

陈辛缭不知该回什么，迟钝了一下，说："你是做什么工作的？"

姜崎深有些不好意思，语气也变得不太自信："还在读书。"

"啊？"陈辛缭算了一下他的年龄和学位，"也是，你比我小三岁，是大四吗？"

"我上学早，目前在读研。"

陈辛缭有些无地自容，这是个妥妥的学霸。而她是曾经的学霸。

她发现人生还真是百转千回，一个选择一个未来。

"我听说你学习成绩也很好。"姜崎深说。

"还好啦，只是什么年龄做什么样的事情罢了，我这个人没什么广泛的兴趣，人生路上就是读书的时候读书，工作的时候好好工作，其他时候就是欣赏音乐。"

"你最喜欢什么歌？"

"《一生中最爱》。"陈辛缭是毫不犹豫地说出口的。

"我记得你之前比赛决赛的时候唱的也是这首歌。"

"嗯。"

"有特殊含义吗？"

陈辛缭没法去想这个含义，眼看快到电梯口，她想摆脱掉这个问题，就在这时，靠近电梯口的包厢门打开，里面的人走出的时候，陈辛缭的瞳孔瞬间放大。

那人看见陈辛缭，又看见姜崎深，眉宇就压了下来。

"电梯来了，走啦。"曾莉没往这边看，只是看到电梯上来了，便喊了一声。

"哦……"陈辛缭应了一声，想走，被何律珩拉住了手腕。

陈辛缭愣得不知所措，回头看电梯口方向，曾莉、陈伯明以及姜家两位长辈都已将目光投在了她的手上。

陈辛缭现在是一脸"你听我解释"的意思。

何律珩拉着陈辛缭到他身边，然后对曾莉和陈伯明微微颔首："叔叔、阿姨，你们好，陈辛缭我先借用一下。"

说完，他拉着陈辛缭去了安全出口。

楼梯间，陈辛缭靠着墙站，何律珩抱臂站在她面前一副居高临下的威严感。

陈辛缭抬头看他，他并没有说话的意思，仿佛是一脸无语。

其实她也是。

两人就这样僵持了一会儿，陈辛缭心想"得嘞，浪费时间"，从墙上起身想要离开，被何律珩按住了肩，他弯曲的上身暗淡了她的直线视线。

"昨天刚见面，今天就见家长了？"何律珩声音很冷。

陈辛缭眼神飘了一下，心想，吃醋了？说起来关他什么事？

"嗯，怎么了？"陈辛缭平淡地回。

"商量得怎么样？准备什么时候定下来？"

"快了吧，想生个虎宝宝。"

明显感觉到何律珩压下了气息："想清楚了？现在真的喜欢弟弟？"

"小鲜肉不香吗？"

何律珩"呵"一声，随后紧抿了下唇："我不香吗？"

陈辛缭愣了一下，这是何律珩的问题吗？

她不明所以地眨了下眼："你香不香关我什么事？"

"我们和好吧。"

陈辛缭的心一紧，用楼道间仅存的光亮去探视他的眼睛。

他的眼神太坚定了。

"不要。"陈辛缭根本不敢想。

"为什么？"

"我有病？当你情人？"

何律珩微微蹙眉："谁说你是情人？"

"众所周知，蒋媛媛要结婚了。"

何律珩忽然又笑了："你都看到了？"

"我只不过是刚睡醒手机就被她的消息霸屏了。"

"所以，当我情人怎么样？"

陈辛缭的脸色瞬间就不好了，想要推开何律珩，却被何律珩再次挡住了。这一次，他的唇直接吻了下来，不留任何拒绝的机会。

他的手机响了两次，他没法再掐断，只得停下来回电话。

陈辛缭想趁机溜走，何律珩一边接电话，一边牢牢将她拥在怀中，她狠狠地咬了下他的肩膀，听见他和对方说话的声音带着强忍，她心情好了许多。

结束通话，何律珩将陈辛缭从身前松开，双手扶着她的肩，命令的语气："你必须等我。"

"你以为这样可以捆住我？"陈辛缭反驳。

"我知道没那么容易。"

"那就放开我。"

"不放。"

"我不会当你情人的。"

再次听到这个词,何律珩忍不住又笑了一下,点了下她的额头:"不知道你整天在想什么。"

他低头看了下手机上的时间:"我先回去了,还有事在谈。"

"你快走吧。"陈辛缭现在只想他赶紧离开。

他的突然行动,让她措手不及,大脑根本来不及分辨。

"总之,陈辛缭,一定要等我。"何律珩的语气认真了许多。

陈辛缭这一次同样是来不及想,又被他吻了一下唇。

何律珩真的准备离开了,陈辛缭喊住了他:"你等一下。"

何律珩回头。

陈辛缭从包里拿出一张湿巾递给他:"擦下唇,有口红印。"

何律珩没接:"看不见,你帮我。"说着再一次将唇靠近她,这一次保留了安全距离。

陈辛缭知道他着急有事,其实她也急着去应付父母以及一些解释。两个人待得越久越让人起疑,她速战速决,快速地给何律珩擦掉了口红印。

"下次温柔点。"说完何律珩先离开了楼梯口。

安静的楼道,陈辛缭望着这片昏暗。刚才真的是意乱情迷了吗?

陈辛缭到电梯口的时候,只有曾莉和陈伯明,她倒是轻松了许多。

不敢问,也不能主动问,陈辛缭只能当刚才只是碰到了一位朋友,刚才什么事都没发生,她对父母大大方方地说:"走吧,回家。"

自己先钻进电梯。

回家的路上,车厢里安静得很。陈伯明一向喜欢开车听歌,这回连歌都不敢放了,只加速开车回家。

结果还是被曾莉骂了:"开那么快干吗?刚吃完准备去吐?"

陈伯明好委屈,来时大慢被骂,走时想要好好表现一下,还是被骂了。

陈辛缭想笑又不敢出声,别开头只能憋笑。

回到家,曾莉显然气全上脸了,却还是不言语地去了自己的房间。

陈伯明给陈辛缭使了个眼神,意思让她去和母亲坦白。陈辛缭知道坦白从宽,小心翼翼地进了曾莉的门。

曾莉坐在床头双手抱臂气呼呼的。

陈辛缭坐在一旁讨好:"妈,您听我说……"

话还没说完,被曾莉一口气驳回:"听你说?你能说实话吗?"

"能。"陈辛缭乖乖巧巧的。

"好,那你说,那个是何律珩吧,你们怎么回事?"

"我们什么事都没有。"

"看吧,就知道你不会说实话。"

……陈辛缭灰溜溜地从曾莉房间走出,出来的时候还特地关紧了门。

曾女士在气头上,她反驳失败,只能去找陈伯明套套话。

比起来,陈伯明是一副闲逸的样子,在阳台上泡茶。

陈辛缭一度觉得父母的形象好像调换了。以前是陈伯明总是一副对她恋情着急的模样,就怕她遇人不淑,曾莉总是相信她的选择,现在是曾莉操碎了心,陈伯明反而安然了。

陈辛缭在陈伯明对面的凳子上坐下。室内没开空调,夏日的晚风也挺清凉。

"爸,刚才姜家有说什么吗?"陈辛缭问。

陈伯明一边换茶,一边悠然道:"老姜和他老婆倒是没说什么,小子说了一句话甚妙。"

"说了什么?"

"小子说,陈辛缭好优秀,她的追求者好多,看来我要更加努力了。"

"扑哧!"陈辛缭笑出了声,"姜崎深真这么说?"

"是啊,我挺意外的。老姜倒不意外,说他这儿子总是那么谦卑,鼓励他自信一些。"

"看来我得感谢一下姜崎深的谦卑,如果不是他这么理解,估计我们家和姜家会尴尬吧。"

"你知道就好,所以你到底选谁?"

"啊?"

"姜崎深、陆见,还是何律珩?"

如果选了其中一个,另外两个就会受到伤害。

"就先说一下我认为可能性最低的陆见吧。"陈伯明先做引导。

"你也觉得陆老师和我根本就不可能对吧?大家总是乱造谣,其实陆老师和我之间非常单纯,就是朋友,或者是师生?"

陈伯明默默汗颜:"你舅舅明着暗着和你妈妈引荐过陆见,当时你妈妈也很震惊。毕竟你妈妈也没看出陆见对你有意思,但是你舅舅说了那么多次,我们俩也只能当真。"

"啊?我怎么不知道?"

"你是真没把陆见当男人啊?"陈伯明问。

"陆老师是男人啊。"

"那看来陆见不可能是你的选择了。"

"我和陆老师……"陈辛缭觉得自己还是要再仔细解释一下了,"我和陆老师联系真的非常少,不过他对我确实也挺好的,节日的时候给我发祝福,有时候会给我送礼物,但是我都送回去了,所以我觉得,我们真就是朋友。至于舅舅的引荐,可能是舅舅身边就他一个未婚的挚友了吧,然后顺道和我认识,所以想牵牵线。"

陈伯明喝了口茶:"嗯,那就当是个误会吧,那么姜崎深呢?"

"姜崎深……才认识第二天呢,这个该怎么说?"

"人家可认识你好多年了。"

"这个他也和我说过,但是他好小,我和他一块总觉得我们是姐弟。"

陈伯明仰天叹了一口气:"看来你还是想要何律珩啊。"

陈伯明一语惊醒梦中人,陈辛缭沉默了两秒。

"有一件事我一直没告诉你。"陈伯明说,"蒋媛媛要结婚了,新郎不是何律珩,是罗子安。"

"啊?"陈辛缭坐不住了,"什么意思?"

"本来是何律珩的,后来不知道什么原因,蒋媛媛怀了罗子安的孩子,两人准备奉子成婚了。比起何家,罗家实力更强,蒋忠垚不亏。这几天何律珩在津城,应该是谈判。"

"谈判?"

"这种商人间的事我就不懂了。"

"哦……"陈辛缭开始想何律珩的那句话。

他让她等他。

"其实你妈妈给你牵线姜崎深,是因为你妈妈也知道了这件事情,原先她很支持你和小何,但是后来的事让她气得牙痒痒,包括这两年蒋家的挑衅都让她气得不行,所以她把这样的气无形中加到了小何身上。她现在非常不支持你和小何一起,你妈妈想让你换个人……"

就在这时,曾莉打开了房门,虽还是没什么好脸色,但是明显没刚才气愤了。

她走过来喝了一杯陈伯明的茶,然后把杯子还给了陈伯明:"给我沏一杯,口渴。"

陈伯明笑了笑:"好的,女王大人。"

陈辛缭、曾莉、陈伯明,三人坐在一张茶桌前,气氛有些严肃。

"何律珩想和你旧情复燃,还是你想和何律珩旧情复燃?"曾莉开门见山。

陈辛缭在桌板下玩手指,胆怯:"他吧。"

"你们什么时候又联系上的？"

她继续玩手指："在临城救灾的时候，他也来了。"

曾莉算了下日子："这么快就想旧情复燃了？"

陈伯明说："人家小何应该是从没忘记咱闺女，原先就是蒋媛媛插足导致的，这几年也没关于小何和蒋媛媛的新闻。你看曾科结婚和小蝌蚪降临的时候，何律珩都没有随蒋家出面，说明人家压根就是被迫的。"

"你怎么还帮何律珩说话了？原先不都是你反对声最大？现在一口一个小何，你什么意思啊？"

陈伯明在嘴巴上拉上了拉链。

"陈辛缭同志！当初的事我可没放下，这次何律珩要是想和你旧情复燃，必须要先过我这关！"曾莉放狠话。

陈辛缭和陈伯明对视一眼。陈伯明对她挑了挑眉，意思是"有戏"。

陈辛缭故作懊恼："唉，算了吧，这何律珩，我已经看不上了。"

"你连何律珩都看不上？你还能看上谁？姜崎深你看上了吗？姜崎深虽然没何律珩有魄力，短短几年能坐稳自己的位置，但姜崎深也是非常优秀的。"

陈辛缭抚着脸："唉，被伤过的心还能爱谁，还是孤独终老吧。"

曾莉已经抄起拖鞋。

一脱离曾莉的魔掌，陈辛缭快速躲进了房间去搜索罗子安。

网上没多少关于他的信息，就是之前蒋媛媛泡吧的时候被拍到他也在。有人对他的身份进行了分析，但谁也没想到他就是孩子他爸。

手机进入一条微信消息，陈辛缭点开看，是姜崎深发的。

姜崎深：【其实我知道晚上那个男人是何律珩，只是我不想认输，你可以给我一个机会吗？和他公平公正地去争取你。】

陈辛缭自从知道姜崎深比自己小，就莫名看待他像个弟弟。现在看他这样说，她竟然觉得他挺可爱的。只是她不知道该怎么回。

这时，她的脑子里突然就出现了何律珩的吻。

她无意识地把手指放在了嘴唇上一下，然后给姜崎深回了消息：【我可以当你姐姐。】

姜崎深没声了。

陈辛缭有些罪恶感。

第二天曾莉和陈伯明要回军大院去了，太阳晒屁股了陈辛缭还在睡懒觉。

曾莉如今是对曾经引以为豪的女儿越发不顺眼了，习惯越来越差，和年少时完全判若两人，但是出于自己陪伴的时间实在太少，她还是想和女儿保持友好的联系。她对陈辛缭说:"爸妈不在身边你好好照顾自己,保持良好的生活习惯,你最近看着有点胖了。"

陈辛缭一秒清醒,睁开眼,抬起一点头:"真的?"

"家里有秤。"

陈辛缭一溜烟爬了起来,去了客厅称体重。

"重了两斤,应该不会胖到哪里去吧。"陈辛缭自言自语。

曾莉和陈伯明已经走到了门口:"你可以去看一下两斤猪肉的分量,然后想象一下如果两斤都长在脸上。"

"你别吓女儿了,没胖。"陈伯明打圆场。

陈辛缭这时更相信自己胖了。

"我去健身不就完了。"一南方人急得都开始说北方话了。

曾莉推着陈伯明出门,嘴上被逗乐笑开了花,关上门后又赶着陈伯明进了电梯才说:"这下这丫头总该勤奋起来了吧。"

陈伯明眯眼看她:"'曾木兰'不愧是有勇有谋。"

女人勤奋起来不是梦。

陈辛缭迅速地去了家旁边的健身房开始了一个下午的体能训练,结束后满头大汗腿还发抖。

休息室,陈辛缭收到了半个小时前曾莉发来的消息:【姜崎深那事,如果你真不喜欢人家,我这边给你推了,还好我昨晚留了一手,当场就给人家姜家还了礼,否则还真是说不清。】

陈辛缭第一次知道原来自家母亲想得那么周到。

陈辛缭:【谢谢母上大人。】

陈辛缭在健身房冲了个澡换了身衣服走回小区。

小区门口停着一辆车。姜崎深站在车旁,抬头看着似乎是她家那幢楼的位置,神色忧郁。

陈辛缭的罪恶感更深了。她没准备就此逃避他,有些事情还是要给人家一个决断的好,或者应该说是给他一个答案。

"姜崎深。"陈辛缭大大方方地喊他的名字。

姜崎深看见陈辛缭是有些诧异的,或许是以为她的性格这个时候应该是宅家的,然后看到她手上的运动包。

"去运动了?"他问。

"嗯,有点胖了。"

姜崎深有些不可思议地打量了她一圈:"你这都叫胖,其他女孩子可怎么办。"

陈辛缭难为情地笑了笑:"自身要求罢了。"

姜崎深的眼神忽然就深了:"陈辛缭,为什么你那么好?"

"什么?"陈辛缭蒙了。

"在我眼里,你是最好的,没有缘由的,或许何律珩在你眼里也是这样的吧。有些人的出现,就是注定无可替代的,我很遗憾,我没有比他更早地出现在你的世界。"

陈辛缭沉默了一下,想安慰一下他:"何律珩没那么好,如果你比我大个……"

姜崎深忽然就抱住了她。

陈辛缭整个人僵住了,然后感受到了男生的肩膀有些轻微抖动。

"我都知道的,其实不管是谁和你,中间都差一个何律珩,他才是你生命中的那束光。"

一瞬间,陈辛缭也不知道是心疼谁,连着自己都有些哽咽。

姜崎深说:"如果你最后选择的还是何律珩,记得给我发一张请柬,让我来见证你的幸福,这样我才会真的放下。如果不是他,记得给我一个机会。"

陈辛缭的眼眶渐渐湿润。多么好的男孩,只是人的一生,先后顺序确实很重要。

她轻轻地拍了拍他的肩,算作回答。

回到家中的时候,那束满天星还在客厅的茶几上竖着。一道阳光落下,在空气里形成了一道彩色的光,正好落在满天星上。

陈辛缭看着那道光,静了许久。渐渐地,那束光里仿佛开始有了何律珩的影子。

看着看着,她又笑了。

晚上,安静了数月的"盘丝洞"群终于又有了动静。

有些情感就是这样的,也许很久未联系,但是一旦联系感情并没有减少。

陈辛缭不过是洗了个碗的工夫,已经错过三十多条消息了。

她把手擦干,点开手机划到第一条,是喜讯——汪婼说自己十二月结婚。

陈辛缭兴奋地加入了群聊。

聊完天后,陈辛缭突然陷入沉思。

这个年龄的大家,生活仿佛都是婚姻和晒娃。她在朋友圈里看着裴舒舒的孩子一点点地长大,看着戴岑和汪婼的幸福,她想到了自己,也想到了那个人。

那个人曾经点燃了她的生命，熄灭后，她的光也消失了。

陈辛缪躲在沙发上，看着四周空荡荡的一切，开始有了一些寂寞感。她走去酒柜拿了一瓶红酒，倒在了酒杯里，搜了一部老片子开始看。

手机就放在身边，无意中摸到的时候，她想给那个人打电话，却还是犹豫。

哪怕是他说想重新在一起，哪怕是他说让她等他。

可是那一声后，他又没有什么音讯了。

那天的他是喝了酒的，她不确定他的酒话能不能信。或许和她此时一样，有些情感的泛滥也不一定是真的。

白天的时候她还是很冷静的。

就这样一直陷在沙发上到晚上十一点有人来敲门，她才动了一下。

打开门，来不及看人，就听见那人有些责备的意思："不知道接电话吗？"

陈辛缪抬头，看见了何律珩。

他戴着一副金边眼镜，穿着深蓝的绸缎睡衣，一脸的严肃。

陈辛缪看到他这样，笑了一下："你是在紧张我吗？连衣服都没有换就来了？你平常在家的时候是不是就是这样的？"说着她扯了一下他的衣服，无意中将他扯进了屋。

"喝酒了？"何律珩环顾了下四周，在茶几上看到了酒瓶。

"不多，就两杯。"

实际上可不止。

"醉了？"何律珩又问。

陈辛缪松开了他："指不定就是醉了，所以你还是赶紧回去吧。如果你打我电话是为了和我谈什么事，还是等明天吧。"

陈辛缪在强撑的理智下推了推何律珩。

何律珩直接关上了门："有些事，可能还是在你喝醉的时候比较好谈。"

陈辛缪抱臂垂着眸，有些犯困："说吧。"

"重新在一起，怎么样？"

陈辛缪扯了下嘴角，似笑非笑："当你情人？"

"不是，是认真地在一起，和从前一样。"

"可以和从前一样吗？"

"可以邀请我坐一会儿吗？我和你说一下这些年的一些事。"

陈辛缪没有迟疑任何，对他做了一个"请"的手势，两人坐在了沙发上。

何律珩说了他的这几年，都是有计划的，在国外的时候他一直都在储备自己的能量，和蒋媛媛没有任何谈情说爱，蒋媛媛来英国他都待在学校，而蒋媛媛也都住酒店。后来，他回国了陆续地接下何氏集团一些项目，虽然何盛元表面上还是主权,但私下也已经把权力渐渐交给了他,何盛元对他逐渐刮目相待也开始退让。

也许是何盛元自己看开了很多事,把权力分割了,与何律珩之间的关系也开始微妙地回温。这一切何律珩都看在眼里,而这一切都是成功的开始,他的终极目标,从来都是陈辛缭。

蒋媛媛和罗子安也是他计划里很重要的一部分。

当年何家遇难是蒋家拿联姻出手相救的,也拿下了何家的部分股权,何律珩可以冷落蒋媛媛,但是不能退了这门亲事,这已经是两个家族的合作,白纸黑字的不容侵犯。蒋家从帮助何家的那刻起,注定是占上风的,所以何律珩用了计谋。

罗子安是蒋媛媛的粉丝,一年里为蒋媛媛送去了上亿诚意,里面包含礼物与某些投资为名的项目,蒋媛媛对他不看一眼。罗子安看不惯何律珩对他的女神冷冷淡淡,所以前来挑唆,何律珩直接给了他条件。

是的,明目张胆的条件。

罗子安人脉广,何律珩需要罗子安给他解决生意上的一些事,而何律珩给罗子安提供蒋媛媛的路线。在蒋媛媛每次被何律珩拒绝的时候让罗子安去抚慰美人心,久而久之,蒋媛媛因为寂寞抑或是在别人身上感受到了前所未有的温暖所以感动了,在一次酒后松了警惕和罗子安发生了关系。蒋媛媛并不是很保守的女孩子,但她也许是真的意识到了这辈子和一个不爱的人结婚是很痛苦的,她出身好,在遇见何律珩之前,从没受过任何委屈,但就是因为自己的固执,这几年一直在受伤。她也想找一个爱自己的人,但也碍于家族间的合作,私下和罗子安在一起,并在一次意外后有了身孕。

蒋媛媛是蒋忠垚的独苗,蒋忠垚哪怕是十万个不同意她和罗子安的婚事,也不能逼着自己的女儿去堕胎,最后是蒋忠垚自己联系何盛元以及何律珩退了这门婚事,任何条件都可以谈,只要不要影响到女儿的名声。

何盛元把处理权交给何律珩,何律珩这次来津城就是去和蒋忠垚谈条件的,这场交易如今已经换了主,但何律珩念及旧情和考虑未来,毕竟何氏集团最难的那一年最感谢的人确实是蒋家。两家之间结束了所有在联姻上的事,何律珩却保留了蒋忠垚在何家的那些股权,不多,但也够安慰蒋忠垚了。

做生意彼此有台阶是助人助己,蒋忠垚也同意一切决定。

这些事情,也是在这一天,全部圆满结束了。

陈辛缭听完这些年里自己错过的他的真心,心情复杂地缩到了沙发的一角,背对着何律珩:"现在的你好聪明好厉害,我感觉自己招架不住你了。"

何律珩挪了过来,从后抱住了她的腰,下巴蹭在她肩上,声音温柔:"我

/ 329

从没对你用过计，我对你用的只有真心。"

那年，他第一次见到她，就一见钟情了。

何律珩也不曾想过那个一见钟情就是钟情了一辈子，她有着无人可以代替的魅力，未来如果不是她，他过不下去。

过去的四年，如果不是以她为信念，他早就崩塌了。

不是没有去找过她的消息。

小吴曾在津城待了两年，最初的那两年里，他是何律珩的眼睛，也代替着何律珩去保护她。有一次陈辛缭遇到流氓，是小吴出面解决的，只是陈辛缭对其他人眼缘太浅，就算是见了几次也记不住长相，所以再见到小吴的时候，她没认出来。

后来何律珩回国了，小吴不得已回到了海城辅助他。最近的两年里何律珩实在是太忙了，应付的事情太多，只能通过原先在津城的朋友知道一些关于陈辛缭的消息。

那些事情是那四年里的良药，知道她过得还好，知道她还没有另一半，他更加努力，在她还没有决定终身大事之前他还有机会成为她的终身伴侣。

现在，他终于等到了。

沙发上，两人的影子在电视屏幕的光照下放大在墙面上。

他从后抱着她，影子多甜蜜。

"晚上我想留下。"何律珩抱她更紧。

陈辛缭犹豫了好一会儿，扳开他的手："回去吧，终身大事父母做主。"

"我家现在我做主。"

"我家我父母做主。"陈辛缭转了过来，与他面对面。

"不难，我可以说服你父母。"

"可是我还没想好要不要和你在一起。"

"嗯？"

陈辛缭说："我很清楚四年前我们分开的理由，也很清楚自己和你是两种环境里的人，我不知道我们是不是单纯有爱就能拥有一辈子，我害怕好不容易爱一场又是迫不得已，我的心已经折腾不起了。"

"你还爱我吗？"何律珩问得干脆。

陈辛缭却隐隐分心。如果她还是大学时期的自己，爱与不爱她都可以回答得流利；现在的她，不爱可以说得隐喻，爱却更难说出口。

"如果你不确定爱不爱我，没关系，我可以再次走进你的心里。"他的眼神认真得让人心疼。

陈辛缭望着他的眼睛，再一次醉进了心里。她知道不用他走，他一直都在。

"我不想只是谈谈恋爱了。"陈辛缭尝试将自己的防备松懈。

"我也是。"他拉起她的手放在他胸口,"我们结婚吧,明天就领证。"

"你带户口本了?"

实际上陈辛缭只是本能反应的提问,因为她不觉得有人出门会带户口本,何律珩却笑了:"如果我真的带了呢?你愿意吗?"

陈辛缭把头低下,嘴角藏着笑:"我得问问我父母。"

何律珩勾起她的下巴:"如果你父母对我的误解真的很深的话,不如我们也试一下先上车再补票?"

陈辛缭愣了一下,慢慢地理解这句话的意思了,她捶了下何律珩的胸:"我不会让你轻易得逞的,你还是先去说服我父母吧。"

"好,给我你父母的联系方式。"何律珩交出手机,"还有把我的主号从你手机的黑名单里拖出来吧。虽然我号码多,但是不习惯用工作号联系你,毕竟你是我爱的人,只能用私人号。"

陈辛缭点亮何律珩的手机屏幕,这一次不再是之前看到的屏保了,已经换了他俩的合照,那一年在舟极岛的那张。

"为什么换了?"陈辛缭问。

何律珩靠在她身边:"因为终于可以爱得明目张胆了。"

陈辛缭给何律珩存好了号码,在何律珩想要的备注上加上了"未来"。

何律珩看到那几个字,已经很满足了。

"好啦,送客,你走吧。"陈辛缭站了起来。

"你房间是哪个?参观下。"何律珩避开了她的话,已经凭着自己的直觉去找了,"这个?"

他的直觉还真是很准。陈辛缭不说话,何律珩也看出来了。他推开了她的卧室门,打开了灯,屋里很整洁。

陈辛缭没跟上去,以为他在细细参观了,本来她卧室里也没什么秘密。她在客厅等了他一会儿,见他还没出来,好奇地跟了过去,人已经躺在她床上了。

"何……何律珩,你干吗?"

何律珩已经摘了眼镜了,在床上盖上被子,闭上眼睛:"今晚我留宿。放心,我洗好了来的,你可以过来闻一下,还是你喜欢的味道。"

这个毋庸置疑,陈辛缭早在他来的时候就闻到了。

"你睡我的床,那我睡哪儿?"陈辛缭问。

何律珩拍了拍自己身旁的空位:"过来,我抱着你睡。"

陈辛缭果断去了父母的房间。

/ 331

何律珩也没去挽留，笑了一下，继续安心睡觉了。

这一晚陈辛缭没睡好，何律珩那边倒是格外安静。陈辛缭半夜出来偷看过他，门也没关，整个人笔直地躺着。陈辛缭给他轻轻地带上了门，这才回去又躺下酝酿睡意。

陈辛缭晚上睡不着，白天赖床，半梦半醒之间才想起这里还有一个人，忙从床上爬了起来。打开门，对面自己的卧房门已经打开了，床铺得整整齐齐，她又去客厅找他，终于在客厅的阳台看到了他，背对着她打着电话。

阳台的门没拉上，她可以听见一些他的声音，但是又不太清楚。

她悄悄地走过去，趴在门上偷听。

大概是听得特别不是时候，已是尾声，只听到一句"下午见"。

陈辛缭想往回躲，被发现了。

"都听到什么了？"何律珩眼眸有浅浅笑意。

陈辛缭心虚地故意打了个哈欠："什么也没听到，我刚起来。"

"快去洗漱吧，我让小吴送了早餐过来，我给你热着了。"

"小吴来过了？什么时候？"

"有半个多小时了，给我送洗漱用品和衣物。"

"你不准备回去呀？"陈辛缭问。

这洗漱用品和衣物都带来了？是要住下来的节奏？

"我可以不回去吗？"何律珩反问。

陈辛缭不理会他的问题，走去洗手间："反正你迟早得回去的，何总你的假期应该差不多结束了，海城才是你的归宿。"

下午何律珩出了门，出门前让陈辛缭睡个午觉，他会早点回来。

当时陈辛缭还在沙发上精神抖擞地看电视，瞄了眼他："我没有睡午觉的习惯。"

"那你想想晚上想吃什么，我带你去。"

陈辛缭对他扬了扬手："再说。"

何律珩笑了一下，出去了。

何律珩前脚刚出，后脚陈辛缭就换上了衣服，叫了辆车，偷摸着跟出门了。

陈辛缭有很强烈的直觉，这个"下午见"是自己的父母！

何律珩的车停在小区外，陈辛缭一开始差点跟丢，好在何律珩开的那辆车陈辛缭记得，出租车司机完美跟上，地点是一家港式茶餐厅。

何律珩在迎宾员的指挥之下去了停车场。

陈辛缭趁机下车。

进了餐厅后，陈辛缭选择了最里边的座位，点了杯港式奶茶，然后压低帽子等何律珩和"约会对象"。

没一会儿，何律珩进来了，选择了靠窗的座位。陈辛缭打开气垫霜的镜子摆在面前，时不时地看着何律珩那边的情况，然后就见大门口曾莉和陈伯明也来了。

果然，这才是何律珩的速度，一旦决定就是速战速决。

期间，不知道何律珩和父母都说了什么，但是场面没有她担心的那种尴尬，以及父母对过往计较的严肃，不然何律珩的表情应该不是如此胜券在握游刃有余。只见他拿出一个档案袋，从里面拿出纸张。

像极了合同。

难不成是所谓的婚前合约？

陈辛缭继续透过镜子里看，父母已经接过纸张翻看了。之后就见母亲满意地点了下头，再说什么就看不清了。

陈辛缭越来越好奇了，何律珩到底会拿什么说服自己父母，而自己父母是否真的会被说服。想着想着，那边就结束了，陈辛缭注意到结束的时候，何律珩和自家父母是握手再分开的，不禁想，难道自己就这样被谈拢了？

何律珩和曾莉、陈伯明一起离开餐厅，陈辛缭算了下时间，大概间隔了十分钟才出去的，现在她是基本放松警惕了，但是以防万一帽子也没脱。

刚出门，帽子被人掀开。

"夫人是担心我才来的吗？"

人生中第一次鬼鬼祟祟，结果还被当场抓住，陈辛缭无地自容了。

"我就是来喝下午茶，怎么，你也来这里喝下午茶？"陈辛缭一本正经地问。

何律珩眯眼看她："嗯，和丈母娘、老丈人一起来的。"

"哦……"陈辛缭想拿回他手中的帽子，被他举得高高的。

陈辛缭伸手够不到，不服气地说了一句："你好幼稚。"

何律珩不以为然："你第一天认识我？"说完把帽子盖回到了陈辛缭头上，"走吧，带你回家。"

陈辛缭注意到他手上的公文包，知道里面放着那些纸张。在和他一起去停车场的时候，她忍不住好奇问："包里放了什么？"

何律珩没打算瞒她："一些婚前合同、股份转让书，还有一份婚礼策划书。"

陈辛缭愣在原地。

何律珩回头看她，笑着牵起了她的手："嫁给我，不会让你吃亏的。"

"嗯？"

/ 333

到车旁，何律珩给她打开车门，她也就坐了进去。何律珩上车后没开车，而是转过身来，握着她的手，语气格外认真，神情像是宣誓："关于你的没有安全感，我认为我可以给你，如果婚后我做了任何违背我们爱情的事，我愿意净身出户，我在公司的股份我愿意转一部分给你作为我的聘礼之一。关于婚礼策划书，我早在我们在一起后的第二年就去咨询了，当时就已经有方案了，只是遗憾以为毕业后可以娶到你，结果一直拖到现在。期间我的灵感也变了许多，这份婚礼策划也一直在变化，现在，应该是最后确定的方案了。请原谅我暂且想对这份方案做一个保密，因为我想给你这辈子难忘的婚礼。"

陈辛缭把头低下，眼眶开始打湿。

"你为什么要在这个时候告诉我，这不是应该在求婚的时候说的嘛，浪漫的情景说着这些让人感动的话，现在……我……你总不会当这就是求婚了吧？我可不答应！你可别突然又给我变出一枚戒指……"陈辛缭有些语无伦次。

何律珩抬起她的脸，看她这样被逗笑："只准备了结婚，没有准备求婚策划案，该如何是好。"

"啊？"陈辛缭微微张嘴，突然一点也不感动了。

下一秒，何律珩吻上了她的唇，轻轻柔柔软软。

这个时间点正处下午的尴尬时分，不早也不晚，陈辛缭说去超市，买点菜回家做。

逛的是家附近的超市，陈辛缭平时最常去的。

蔬菜区的王阿姨正好是和陈辛缭一个小区，又因为陈辛缭经常买蔬菜两人碰到的时候会打个招呼闲聊几句，这次见陈辛缭带了个男人过来，大老远的她眼睛就放光了。

"男朋友？"

陈辛缭瞥了眼何律珩："还不是呢，您看我和他般配吗？"

王阿姨看了看何律珩又看看陈辛缭："般配呀！你俩站一块儿难道没人说过你俩有夫妻相？"

陈辛缭还真没看出来。

"有吗？"陈辛缭表示怀疑。

"我看到你俩连你俩孩子的样子我都想象出来了，这基因可不要太好。"

陈辛缭看了眼何律珩，何律珩在偷笑着。

只听何律珩对王阿姨说："阿姨眼光很好，我们俩准备结婚了，到时候记得来喝喜酒。"

防不胜防呀。何律珩这就官宣了?

陈辛缭也来不及解释,就听王阿姨握着何律珩的手激动地说:"小伙子,谢谢你,谢谢你啊,阿姨祝你们早生贵子。"

陈辛缭从后拧了一把何律珩,在何律珩和王阿姨又说了几句话后,推着何律珩往前走。

到了下一个区域,陈辛缭才说话:"你怎么占我便宜!我还不知道我父母同意不同意呢,别以为咱俩这事就定了啊。"

"丈母娘和老丈人同意了。"

"啊?"陈辛缭不觉得有那么容易。

"真的,你妈妈和我说户口本就放在保险柜里,密码是你生日。"

陈辛缭目瞪口呆。自家父母就这样把她交给他了?

"你妈还邀请我去参加你舅舅儿子小蝌蚪的生日,说月底让我一定要去。"

陈辛缭突然有奇怪的预感。小蝌蚪的生日?一般来说小蝌蚪过生日都和办婚礼一样格外隆重。这注定会遇到蒋家人的节奏啊!

陈辛缭觉得自己有必要和何律珩说清楚:"蒋媛媛是我舅妈的表妹,早几年和我们家没少见面,每次我妈都被他们家的嚣张气得不行,这一次让你去估计是想让你帮她要回一口气。"

何律珩捋了一下关系:"这没问题。"

"你确定你要加入?"

何律珩挽着她的肩:"事因我而起,我有必要让我的丈母娘扬眉吐气。"

"原来你还知道是因为你啊,不过你为什么之前都不出席?挺不给蒋家人面子的,因为其他人也问了关于你的事。"

何律珩说:"我要好好读书,没时间。"

……这人也挺嚣张的。

晚上陈辛缭做菜,何律珩洗碗。两人搭配得天衣无缝。

睡前大家也都自然地相处着,何律珩去了陈辛缭的房间,陈辛缭去了父母的房间。

"对了,户口本记得拿出来。"何律珩提醒。

陈辛缭在床上敷面膜:"我不。"

"你父母都同意了,你要反悔?"何律珩倚在门上。

"女人的脸比翻书还快,我再考虑一下有什么问题?"面膜时间到,陈辛缭撕下面膜去洗了,出来的时候何律珩还靠在房门口。

陈辛缭无视他穿过门,突然被何律珩一把横抱起来。

"啊!你干吗?"陈辛缭怕自己摔下去搂住了他的脖子。

何律珩抿唇一笑:"看来我只能霸王硬上弓了。"

陈辛缭脑子一片空白,还没等反应过来就被何律珩抱回到了自己的房间。

她被他放在床上,他低头去吻她,一边吻一边退去自己的衣服。陈辛缭不敢看只得闭着眼。

何律珩退去了自己的外衣裸露出上身肌肤,陈辛缭感觉到他的气息更浓了,紧张地抓着床单,何律珩低头趴在她耳边诱语:"同意吗?"

陈辛缭已经不知道他问的是哪个意思了,以为他说的是结婚的事,她忙点头:"同意同意!"

这下何律珩反而愣住了:"真的?"

陈辛缭见气氛缓了下来,这才睁开了眼:"你不要娶我了?"

何律珩笑了:"同意。"

第二天,两人醒来,陈辛缭还想赖床。

"起来吧,我们去广场看升国旗。"

这个想法让陈辛缭诧异到睁开眼:"你认真的?"

"嗯。"

"没想到你还有这个爱好。"陈辛缭抬起身来,摸了手机,看了时间,"好,满足你吧。"

两人简单地收拾了一下就出门了。

今天升国旗的时间是5:35,这几年里陈辛缭在津城只去看过一次,因为实在太早了,她起不来。

到达广场,早已布满了人。陈辛缭和何律珩十指相扣在人群中,看着解放军迈着铿锵有力的步伐在激昂的旋律声中,将鲜艳的五星红旗高高地升起在上空。

仪式结束,人群散去。

"走吧。"

陈辛缭拉着何律珩走,何律珩突然就不走了。陈辛缭回头,就见那人单膝下跪举起了一枚戒指。

陈辛缭惊讶地捂住了嘴。

四周有人群开始录制,开始欢呼。

"这是求婚呀。"

"嫁给他!嫁给他!"

那一天的景象大概就是如此。

夏日的暖阳升起,迎着五星红旗的光辉,何律珩说:"我们生在红旗下,目光所致皆为华夏,五星闪耀皆为信仰,在祖国的繁荣昌盛下,在五星红旗的见证下,我愿将我此生奉献于你,愿你能同我一起共度此生。陈辛缭,你愿意嫁给我吗?"

那枚他亲手设计的钻戒在阳光下闪闪发亮,后来在她的手指上闪闪发亮。

五星红旗见证了他们的爱情,民政局见证了他们爱的印章。

这一章,就是永恒。

番外

何律珩:"爸,我今天领证了。"

电话那头沉默了一会儿,然后是父亲一如既往沉静的声音:"还是和她吗?"

何律珩:"嗯。"

电话那头又没声了,过了一会儿有翻书声,何盛元说:"那就尽快举办婚礼吧。我看了一下日子,正月日子不错,可以的话就那天举办仪式吧。"

何律珩和陈辛缭听了后笑出了声。

"好的,爸爸。"